Greta Hansen
Auf der Suche nach dir

PIPER

Zu diesem Buch

Welche Geschichten stecken wohl hinter den Gesichtern und Szenen auf den Bildern? Suzanne Godards Leidenschaft ist die Fotografie, hinter der Kamera findet sie aus der Tristesse heraus, die ihr Leben bisher begleitete. Ist sie doch unter schwierigen Verhältnissen aufgewachsen – ohne Mutter, mit einer als wunderlich geltenden Tante. Erst durch die Arbeit im Fotostudio von Monsieur Felix findet sie Selbstvertrauen. Als Suzanne für Fotoaufnahmen ihr kleines Dorf in der Provence verlässt und ans Meer reist, begegnet sie dort dem Journalisten Robert. Sie verlieben sich unsterblich ineinander und planen eine gemeinsame Zukunft. Doch dann erhält Robert den Auftrag, von der Jungfernfahrt der Titanic zu berichten. Nach der Katastrophe gibt es kein Lebenszeichen von ihm. Suzanne ist verzweifelt und beschließt, in Paris einen Neuanfang zu wagen. Sie fasst Fuß in den Kreisen der Boheme und schließt neue Freundschaften. Von Robert bleiben ihr nur Fotos, ihr Herz ist mit ihm untergegangen. Wird sie eines Tages wieder lieben können?

Greta Hansen ist das Pseudonym der Autorin Tania Schlie. Sie wurde 1961 in Hamburg geboren und verbrachte ihre frühe Kindheit an der Ostsee. Nach dem Studium der Germanistik und Politikwissenschaft in Hamburg und Paris arbeitete sie als Lektorin für verschiedene Verlage. Seit zehn Jahren ist sie freie Autorin und lebt mit ihrer Familie in Schleswig-Holstein. »Auf der Suche nach dir« ist nach »Zwischen uns der Ozean« ihr zweiter Roman, der bei Piper erscheint.

Greta Hansen

AUF DER SUCHE NACH DIR

Roman

Piper München Zürich

Mehr über unsere Autoren und Bücher:
www.piper.de

Von Greta Hansen liegen bei Piper vor:
Zwischen uns der Ozean
Auf der Suche nach dir

MIX
Papier aus verantwortungsvollen Quellen
FSC® C014496
FSC
www.fsc.org

Originalausgabe
Oktober 2012

Umschlaggestaltung: Cornelia Niere, München
Umschlagfoto: Susan Fox/Trevillion Images
Satz: Kösel, Krugzell
Gesetzt aus der Scala
Papier: Munken Print von Arctic Paper Munkedals AB, Schweden
Druck und Bindung: GGP Media GmbH, Pößneck
Printed in Germany ISBN 978-3-492-27486-9

Prolog

Am 23. Februar 1890 erschütterte ein schweres Erdbeben die ligurische Küste bis hinunter nach Nizza. Die Bewohner hatten am Vorabend das Ende des Karnevals gefeiert. Und plötzlich, bei Tagesanbruch, begann die Erde unter ihnen zu beben, Mauern wankten und stürzten ein, die Glocken begannen zu läuten, Möbel tanzten durch die Zimmer, Bilder fielen krachend von den Wänden. Die Menschen, die ein paar Stunden zuvor noch fröhlich auf den Straßen getanzt hatten, stürzten jetzt aus ihren Häusern, um ihr Leben zu retten.

In dieser Nacht entschloss sich in dem kleinen Ort Fayence, ungefähr dreißig Kilometer landeinwärts, ein kleines Mädchen, auf die Welt zu kommen. Für seine Mutter und die Hebamme blieb keine Zeit, um sich in Sicherheit zu bringen. Zum Donnern des Erdbebens kamen die Schreie der Gebärenden, die in den letzten Wehen lag. Um sechs Uhr morgens war dann plötzlich alles ruhig. Ein Morgen brach an, der in seiner Süße und Stille ganz außergewöhnlich war, und die Sonne schien von einem wolkenlosen Himmel. In einer allerletzten Kraftanstrengung bahnte sich das Mädchen seinen Weg ins Leben und betrachtete aus riesigen blauen Augen das Chaos um sich herum, ohne einen Laut von sich zu geben, so als wollte es die Ruhe nicht stören.

»Sie soll Suzanne heißen«, flüsterte ihre Mutter.

Sie lehnte sich erschöpft in die Kissen zurück. Sie hätte glücklich sein können über die Geburt ihrer Tochter. Aber ihr Herz war schwer. Denn sie wusste, sie würde nicht lange über sie wachen können. Einen Monat vielleicht noch oder zwei, so lange, wie ihr Mann sie noch im Haus dulden würde.

Sie hatte den bittersten Fehler ihres Lebens begangen, als sie sich mit dem Verlobten ihrer Schwester eingelassen hatte. Damit hatte sie das Glück ihrer Familie zerstört. Ihr eigenes, das ihres Mannes Patrick, das ihrer Schwester Madeleine. Und vor allem hatte sie ihre kleine Tochter unglücklich gemacht, die ohne Mutter aufwachsen würde.

Kapitel 1

Suzanne stellte sich auf die Zehenspitzen, um ihre Augen auf die Höhe des münzgroßen Astlochs in der hölzernen Schuppentür zu bringen. Abwechselnd sah sie mit dem linken und dem rechten Auge hindurch, wodurch sich der Bildausschnitt verschob. Sie sah hinaus in den Garten, wo die Olivenbäume in Reihen auf dem terrassierten Gelände wuchsen. Dicht vor der Tür stand der alte Feigenbaum. Der Blitz hatte den Stamm im letzten Jahr während eines Sommergewitters gespalten, und seitdem trug nur noch die eine Hälfte des Baums Früchte. Die andere war abgestorben.

Sie hob leicht den Kopf und folgte mit dem Blick dem schwarz verkohlten Haupttrieb, der wie ein gichtiger Finger zum Himmel wies. Vor dem leuchtend grünen Gras, das mit weißen Margeriten und rotem Mohn übersät war, wirkte er doppelt tot. Suzanne drehte den Kopf, wobei ihre Nasenspitze über das raue Holz fuhr, und ein neuer Bildausschnitt erschien: Die rechte Hälfte des Baums trug weißrosa Blüten. Suzanne trat von einem Bein auf das andere und betrachtete abwechselnd den Tod und das Leben. Als hätte sie eine der Tafeln vor Augen, die in der Schule im Magazin hingen und mächtige Bäume im Wandel der Jahreszeiten zeigten.

Aber die Schule war für Suzanne, die im Februar siebzehn Jahre alt geworden war, Vergangenheit. An Ostern war sie entlassen worden.

Während sie weiterhin durch das Guckloch spähte, achtete sie darauf, ihre Kleidung nicht zu beschmutzen. In dem niedrigen Anbau, der aus denselben dicken, verputzten Felssteinen bestand wie das Haus und als Remise für Gartengeräte und ausgemusterte Möbel diente, war es staubig, der Fußboden war durch Hühnerkot verunreinigt. Als Kind war Suzanne oft hier gewesen, wenn sie allein sein wollte. Sie wusste selbst nicht, was sie an diesem heißen Tag hier suchte. Vielleicht die verschiedenen Perspektiven, die das merkwürdige Guckloch ihr bot.

»Suzanne! Suzanne Godard, wo bist du? Verflixtes Mädchen, nun komm endlich!«

Suzanne zuckte unwillkürlich zusammen, obwohl sie wusste, dass ihre Tante sie nicht sehen konnte. Sie verließ ihren Rückzugsort und schlug mit der flachen Hand auf die Falten ihres rehbraunen Rocks, für den Fall, dass sich dort doch ein paar Spinnenfäden verfangen haben sollten.

Vor dem Haus wartete ungeduldig, aber wie immer in kerzengerader Haltung, ihre Tante Madeleine. Trotz der Junihitze trug sie über dem schwarzen langärmeligen Kleid eine dunkle knielange Jacke mit Puffärmeln. Das Haar hatte sie rund um den Kopf gelegt, sodass es einem Nest glich, darauf saß ein riesiger, mit dunklen Pompons und Seidenblüten geschmückter schwarzer Hut. Vor der Brust hing wie immer an einer langen Kette das Medaillon, das ein Bildnis ihrer Mutter enthielt und auf der zweiten Seite ein Jesusbild.

Ihre Tante Madeleine war zu pompös gekleidet für den Fünfhundert-Seelen-Ort Fayence. Sie hätte viel eher nach Paris gepasst, in einen der eleganten Teesalons auf der Rue de Rivoli. Suzanne fand, dass Madeleine Mons eine schöne Frau war, auch wenn sie schon fast vierzig Jahre alt war. Trotz der vielen Verehrer, die sie stets umgeben hatten, hatte sie nie geheiratet. Stattdessen war sie nach dem Tod ihrer Schwester bei Suzannes Geburt in das Haus ihres Schwagers gezogen, um sich um ihre Nichte zu kümmern. Madeleines extravaganter Kleidungsstil passte nicht zu ihrer Gottesfürchtigkeit und Unnahbarkeit. Viele in Fayence hielten sie für wunderlich, man tuschelte hinter ihrem Rücken, aber niemand hätte sich getraut, offen über sie zu lachen. Die Leute grüßten sie respektvoll, und die Kinder hatten ein bisschen Angst vor ihr. Ihr einziger Vertrauter im Dorf war der Pfarrer, und sie verpasste keinen Gottesdienst, schon weil sie die Orgel spielte.

Madeleine winkte Suzanne mit einer ungeduldigen Armbewegung zu sich heran.

»Jetzt aber rasch, wir wollen doch nicht zu spät zur Messe kommen.«

Suzanne warf einen Blick auf den Turm der Kirche Saint Jean Baptiste, der sich hoch über ihrem Kopf vor dem leuchtend blauen Himmel abhob. Noch zehn Minuten bis zum Gottesdienst, sie mussten sich tatsächlich beeilen.

Das Haus ihres Vaters lag am Dorfrand. Um zur Kirche zu gelangen, mussten sie den Hügel hinaufsteigen, auf dem Fayence thronte, denn Saint Jean Baptiste befand sich fast ganz oben, am Marktplatz. Wie auch die Nachbardörfer hatte Fayence einst als römische Verteidigungsanlage gedient, dann hatten die Bischöfe von Fréjus ein wehrhaftes Schloss gebaut, von dem allerdings nur noch das Sarazenentor übrig geblieben war. Von dort und dem nahe gelegenen Uhrturm aus bot sich ein grandioser Blick auf die Umgebung, und man konnte sehen, wie die Gassen und Straßen sich spiralförmig um den Berg wanden. Zwischen den roten Hausdächern, die sich wie die Platten einer Rüstung übereinanderschoben, waren kleine Grünflächen zu sehen und dazwischen die Spitzen einzelner Bäume. Am Rand des Ortes standen die Häuser weiter auseinander, und es gab Olivengärten, durch die sich vereinzelt kleine Straßen schlängelten. In der Ferne erhob sich der nächste Hügel mit dem Nachbardorf.

Als sie ein wenig außer Atem den Marktplatz erreichten, erklangen bereits die Glocken der Kirche und hielten die Gläubigen zur Eile an. Vor dem Café am Markt, im Schatten der großen Platanen, saßen einige Männer vor einem kleinen Schwarzen und einem Glas Rotwein. Auch Caspar Michaud war unter ihnen, ihr Nachbar, dem die Ölmühle an der Straße nach Fréjus gehörte. Suzanne sah, wie er den Hut zum Gruß lüpfte und dabei sein weißes Haar präsentierte, das ihm störrisch vom Kopf abstand. Als Madeleine Mons bemerkte, dass ihre Nichte zurücklächelte, zog sie sie energisch weiter.

Suzanne seufzte.

Caspar war in ihre Tante verliebt, so lange sie denken konnte, doch Madeleine ignorierte ihn mindestens ebenso lange.

Als sie nach dem Gottesdienst wieder ins Freie traten, traf die Hitze sie unvermittelt. Vor dem Café erhob sich Caspar Michaud, vielleicht mutig geworden durch den kleinen Roten, den er sich genehmigt hatte, und kam auf sie zu.

»Sie sehen heute wieder ganz bezaubernd aus, Mademoiselle«, sagte er und zog noch einmal den Hut.

Tante Madeleine würdigte ihn keiner Antwort und beschleunigte ihre Schritte.

»Warum bist du nicht ein bisschen freundlicher zu ihm?«, fragte Suzanne, als sie außer Hörweite waren. »Monsieur Michaud ist doch ein netter Mann.«

»Morgens schon im Café sitzen, wenn alle anderen in die Kirche gehen«, murmelte ihre Tante nur und schüttelte den Kopf.

Lass das Essen bald vorüber sein, dachte Suzanne, als sie eine Stunde später mit Tante Madeleine und ihrem Vater am Tisch in der Küche saß. Die Küche mit dem großen offenen Herd war der zentrale Raum des Hauses. Rechts davon lagen zwei Zimmer, das Wohnzimmer und daneben das Schlafzimmer von Tante Madeleine. Auf der anderen Seite gab es ein Badezimmer mit einer Sitzwanne – ein großer Luxus in Fayence – und einen Vorratsraum, zu dem einige Stufen hinunterführten. Suzannes Großvater hatte den ersten Stock auf der einen Seite aufmauern lassen, was dem Haus ein seltsames Aussehen gab. Zur Straße hin sah es aus wie ein zweigeschossiges Haus, und auf der Gartenseite zog sich das Dach tief hinunter. Oben befanden sich zwei kleine Schlafzimmer, eines davon gehörte Suzanne.

Das Fleisch war zart und mit frischem Thymian gewürzt, die Kartoffeln goldgelb. Und dennoch schmeckte es Suzanne nicht richtig. Am Tisch wurde wenig gesprochen, denn ihr Vater, Patrick Godard, war wortkarg und sagte kaum einmal einen ganzen Satz. Er arbeitete in der Seidenspinnerei im benachbarten Seillans, und als sie noch ein kleines Mädchen gewesen war, meinte eine Nachbarin, ihr Vater sei so still, weil er den ganzen Tag mit den stummen Raupen zu tun habe. »Er hat es ihnen abgeguckt«, sagte sie aufmunternd, und tatsächlich hatte die Vorstellung Suzanne eine Zeit lang getröstet. Als Kind hatte sie unter der Kälte gelitten, die im Haus herrschte. Ihr Vater war in sich gekehrt und schwerblütig und hatte seiner Tochter kaum Beachtung geschenkt, woran sich bis heute nichts geändert hatte.

Seit sie nicht mehr zur Schule ging, war die Situation noch bedrückender geworden. Ein Tag verlief so ereignislos wie der nächste. Wenn sie ihre Hausarbeit erledigt hatte, suchte sie sich ein unbeobachtetes Plätzchen und las, aber mit der Zeit wurde die Lektüre ihr langweilig. Wenn sie an die Zukunft dachte, wurde ihr ganz übel. Einige Mädchen, die mit ihr die Schule verlassen hatten, waren bereits verlobt, ein oder zwei Glückliche besuchten nun das Lehrerinnenseminar in Draguignan. Den meisten ging es aber wie ihr: Sie blieben zu Hause und arbeiteten in der Landwirtschaft oder im Haushalt mit, bis sie einen Mann fanden. Suzanne konnte sich so ein Leben nicht vorstellen. Ganz abgesehen davon, dass sie sich fragte, wie in einem abgelegenen Ort wie Fayence ein passender Heiratskandidat auftauchen sollte.

Suzanne sah zu ihrer Tante, die ihr gegenübersaß. Madeleine hielt Messer und Gabel, als seien sie chirurgische Bestecke, ihre Haltung war tadellos.

Endlich schob ihr Vater seinen Teller von sich. Er stützte seine riesigen Hände auf den Tisch, stand auf und schob dabei seinen Stuhl mit einem hässlichen Geräusch über den Steinfußboden zurück. Patrick Godard war ein kräftiger Mann, wenngleich nicht dickleibig, mit einem Riesenschädel unter wirren dunklen Haaren. Es war schwer vorstellbar, dass dieser beinahe grobschlächtige Mann sein Leben winzigen Lebewesen widmete. Neben den Raupen in der Spinnerei waren das seine Bienen, deren Körbe hinter dem Haus aufgestellt waren. Dorthin ging er jetzt, denn die Sonntagnachmittage widmete er der Imkerei und durfte dabei nicht gestört werden.

Suzanne konnte es kaum erwarten, ebenfalls den Tisch zu verlassen. Sobald sich Tante Madeleine den letzten Bissen Apfelkompott in den Mund geschoben hatte, stand Suzanne auf, um den Tisch abzuräumen und das Geschirr zu spülen.

Als sie damit fertig war, rief sie: »Ich gehe dann«, und verließ rasch das Haus.

Ihr Ziel lag fast genau auf der gegenüberliegenden Seite des Hügels. Sie hätte auch den Weg durch die Ebene nehmen können, aber sie entschied sich für die Abkürzung über den Berg. Sie wandte sich nach rechts und bog in eine winzige schattige Gasse ein, die steil aufwärts führte. Manchmal waren Stufen in den felsigen Weg gehauen, und rechts und links neben der nur wenige Schritte breiten Gasse schraubten sich die Häuser in die Höhe. Die Fensterläden waren gegen die Mittagshitze geschlossen, kein Laut drang zu ihr heraus. Suzanne lächelte in sich hinein, als sie die Wäsche bemerkte, die von einer Leine, die über ihrem Kopf von einem Fenster zum anderen gespannt war, schlaff herabhing. Wäsche am Tag des Herrn! Wie gut, dass ihre Tante das nicht sah.

Die Gassen waren menschenleer. Menschen und Tiere verdösten die heißen Mittagsstunden. Nur eine Katze lief vor ihr her und verschwand in einem Durchlass einer hölzernen Tür.

Nach der nächsten Windung verbreiterte sich der Weg zu einem kleinen Platz. Dort stand neben dem Waschhaus der gemauerte Brunnen, an dem die Dorfbewohner Wasser holten und wo die Frauen die Wäsche wuschen. Suzanne überquerte den stillen Platz und bog in eine weitere Gasse ein, die ebenso steil wie die erste hinauf, nun den Berg wieder hinunter führte. Sonnenflecken tanzten auf dem Sand, auf einem Stein sonnte sich eine kleine Echse. Sie hatte die letzten Häuser erreicht und nahm einen Hohlweg, der sich in den Feldern verlor. Eine Pfütze war vom Gewitterregen der letzten Nacht übrig geblieben, und am Rand des flachen Wassers tummelten sich Hunderte weißer Schmetterlinge. Als Suzanne vorüberging, flatterten sie auf und in einer Wolke um sie herum. Noch ein paar Minuten, und sie hatte das Haus der Familie de Coligny-Senas erreicht, das in der Ebene lag.

Als sie durch das Gartentor ging, hörte sie bereits die Stimmen der drei Schwestern, die sich wie üblich lautstarke Wortgefechte lieferten. Erleichtert atmete Suzanne auf und blieb stehen.

»Jetzt bin ich an der Reihe, gib mir sofort den Ball!«, rief Ernestine, die Jüngste.

»Hol ihn dir doch!«, gab Camille zurück und lief lachend davon.

»Könnt ihr nicht mal leise sein, ich versuche hier zu lesen!« Das war die Stimme von Sophie, der Ältesten, die immer meinte, die Vernünftige spielen zu müssen.

Ein Wort gab das andere, die Mädchen jagten sich durch den Garten, lachten und schimpften. Und in ihrer Mitte saß seelenruhig Madame de Coligny-Senas, ihre Mutter, und stickte.

Camille hatte sie entdeckt und kam auf sie zugelaufen. »Da bist du ja endlich. Hat der Drache dich nicht gehen lassen?«

Ohne auf eine Antwort zu warten, lief sie zurück zu den anderen.

Suzanne folgte ihr langsam über den gepflegten Rasen. Madame de Coligny-Senas bemerkte sie und winkte ihr zu.

»Ist schon gut«, rief sie herüber und meinte damit, dass Suzanne nicht extra zu ihr gehen müsste, um sie förmlich zu begrüßen.

Suzanne seufzte, als sie die düstere, schweigsame Stimmung in ihrem eigenen Elternhaus mit dem ewig lärmenden, lachenden, liebevollen Familienleben ihrer Freundin Camille verglich. Manchmal glaubte sie, dass Camille ihr das Leben gerettet hatte. Zumindest hatte sie ihr gezeigt, dass es nicht immer ernst und still zugehen musste. Vor acht Jahren war Camille in ihre Klasse gekommen. Sie hatte sich neben Suzanne gesetzt und war von da an nicht mehr von ihrer Seite gewichen.

Camilles Familie war von Draguignan nach Fayence gezogen. Allein der Name der Stadt klang wie ein Versprechen in Suzannes Ohren, denn aus Draguignan stammte auch ihre Mutter. Camille machte ihre Tage reich. Endlich hatte auch sie jemanden, mit dem sie reden konnte, lachen, Unerlaubtes tun. Camille wusste viel mehr vom Leben als Suzanne, die nie aus Fayence herausgekommen war. Sie war Protestantin und ging am Sonntag in die Kirche von Seillans. Dass Tante Madeleine Camille aus tiefstem Herzen verabscheute, war kein Wunder.

»Diese kleine Heidin«, schimpfte sie. »Immer muss sie widersprechen, und frech ist sie. Aber kein Wunder, bei der Mutter …«

Damit spielte sie darauf an, dass Camilles Mutter mit ihren drei Töchtern allein lebte, obwohl sie keine Witwe war, wie man sich im Dorfladen erzählte.

»Wahrscheinlich ist sie geschieden. Oder noch schlimmer!«, meinte Tante Madeleine.

»Was ist denn noch schlimmer als geschieden?«, wollte Suzanne wissen, doch ihre Tante blieb ihr die Antwort schuldig.

Suzanne und Camille waren so verschieden, wie zwei Mädchen nur sein konnten. Suzanne war brünett mit einem Stich ins Rostrote, klein und zart, während Camille rabenschwarzes Haar und eine kräftige, fast ein wenig jungenhafte Statur hatte. Viel früher als Suzanne hatte sie lange Röcke getragen und die Taille geschnürt. Suzanne hatte daraufhin Tante Madeleine so lange beschwatzt, bis auch sie Erwachsenenkleider genäht bekam. Camille traute sich alles und überredete Suzanne zu Dingen, die sie allein nie gewagt hätte. Sie und ihre Schwestern waren meistens fröhlich, zumindest gut gelaunt, und manchmal frech gegenüber ihrer Mutter, die ihnen dann aber nur mit dem Zeigefinger drohte.

Weihnachten bei den de Coligny-Senas war ein üppiges Fest der Freude mit vielen Geschenken und gutem Essen. Das große Haus summte dann vor Geschäftigkeit, ein Zimmer war abgesperrt, weil sich hinter der Tür die Gaben und duftende Kekse verbargen. Alles war üppig geschmückt und hell erleuchtet, es roch nach Gewürzen und Geheimnissen. Als Suzanne zum ersten Mal an Weihnachten ihre Freundin besuchte, konnte sie nur staunen. Sie kannte Weihnachten nur als Fest der getragenen Reue und des Kirchgangs.

»Was ist denn mit dir, du Traumsuse? Nun komm schon, wir wollen eine Partie Boule spielen. Und später muss ich dir unbedingt noch ein Buch geben,« meinte Camille und riss damit ihre Freundin aus ihren Gedanken.

Bei dem Buch handelte es sich um den ersten der Claudine-Romane. Abends im Bett schlug Suzanne ihn auf. Eine Welle der Zärtlichkeit für Camille überkam sie, als sie den Namen der Freundin in ihrer energischen Schrift auf der ersten Seite entdeckte. Was sie dann las, war eine Offenbarung. Sie glaubte, das Buch sei nur für sie geschrieben worden. Claudine hatte einen Vater, den Schnecken mehr interessierten als seine Tochter. »Und bei meinem Vater sind es Seidenraupen!«, rief sie aus, als sie die Passage las. Diese Claudine war respektlos und weigerte sich, den Konventionen ihrer Familie und des Dorfes zu gehorchen. Sie verliebte sich in ihre Lehrerin und träumte davon, Karriere beim Theater in Paris zu machen. Suzanne las die ganze Nacht, und nach der letzten Seite schlug sie das Buch mit einem Knall zu. Ihre Welt hatte sich verändert. Sie wollte sein wie Claudine, zumindest würde sie es versuchen.

Madeleine hätte den Honig, den ihr Schwager produzierte, ebenso gut in Fayence verkaufen können. Alle Bauern boten ihre Erzeugnisse auf dem lokalen Markt feil. Doch Madeleine Mons hätte sich niemals neben ihre Nachbarn auf den Markt gestellt. Also packte sie ein paar Mal im Jahr die Honiggläser und eine Holzkiste auf einen Handkarren und machte sich auf nach Seillans. Dort gab es einen wöchentlichen Markt, einen Friseur und ein Geschäft für Weißwäsche und Schuhe sowie das Fotogeschäft von Monsieur Felix.

An einem Mittwoch Ende Juni machten Madeleine und Suzanne sich früh am Morgen auf den Weg, bevor die große Hitze einsetzte, und erreichten den Marktplatz von Seillans gegen acht Uhr. Der Platz war auf einer Seite von einer schroffen felsigen Erhebung begrenzt, auf deren Spitze die Häuser der oberen Stadt lagen. Auf der anderen Seite des Marktes lag die Seidenspinnerei, in der Suzannes Vater arbeitete.

»Wir nehmen den Platz da drüben am Brunnen, da haben wir den Schatten der Bäume für uns«, meinte Madeleine bestimmt.

»Du weißt doch, dass das der Platz der alten Francine ist«, gab Suzanne zu bedenken, die sich noch gut an den Streit beim letzten Mal erinnern konnte.

Doch Madeleine ließ sich nicht beirren und baute ihren kleinen Stand, der lediglich aus der umgedrehten hölzernen Kiste mit den Honiggläsern darauf bestand, neben dem Brunnen auf.

Honig verkaufte sich nicht besonders gut, denn es gab

viele Imker in der Gegend. Madeleine machte das jedoch mit ihrem Charme wett. Sie schmeichelte den Damen und schenkte den Herren ein Lächeln. Suzanne dachte bei sich, dass Caspar Michaud ein glücklicher Mann wäre, hätte sie ihn nur ein einziges Mal mit diesem Lächeln bedacht.

Gegen elf Uhr hatte sie das letzte Glas verkauft. Madeleine zählte ihr Geld und lud die Kiste wieder auf den Handkarren.

»Wir haben noch etwas vor«, sagte sie dann.

»Du meinst die Kapelle?«, fragte Suzanne. Madeleine nutzte den Besuch in Seillans nämlich häufig, um vor der belgischen Marienstatue in der Kapelle von Nôtre-Dame-de-Montaigu zu beten. Auch Fayence hatte eine Kapelle, die fast tausend Jahre alt war und am Fuß des Ortes, auf dem Weg nach Seillans lag. Doch mit der Kapelle war es wie mit dem Markt. Die in Fayence war der Tante nicht besonders genug.

Heute hatte Madeleine aber etwas anderes im Sinn. Sie ließ den Handkarren am Brunnen stehen und ging auf die Seite des Marktplatzes, wo sich die Straße den Berg hinaufschlängelte. Dort an der Ecke befand sich in einem dreistöckigen, schmalen Haus das Fotogeschäft von Monsieur Felix.

»Du lässt ein Porträt von dir machen?«, fragte Suzanne. »Warum?«

»Warum nicht?«, entgegnete ihre Tante knapp und stieß die Tür des Ladens auf.

Suzanne hatte noch nie einen vergleichbaren Geruch wahrgenommen. Es roch nach warmem Staub, der im Licht der Sonne in goldenen Flöckchen vom Tresen aufstob, als sie den Laden betraten. Als die Tür hinter ihnen ins Schloss fiel, wurde der Raum wieder in sepiafarbenes Dämmerlicht getaucht. Die fehlende Helligkeit schärfte die anderen Sinne und ließ den Geruch von Metall deutlicher hervortreten. Daneben roch Suzanne etwas leicht Säuerliches, als würde Kupfer in der Sonne heiß werden. Sie hob das Kinn und blähte die Nasenflügel, um den Duft begierig einzuatmen.

Die Wände des kleinen Raums waren gespickt mit gerahmten Fotografien und Diplomen. Im Hintergrund verwehrte ein leicht verschlissener Paravent in Gelbtönen den Blick in einen weiteren Raum. Suzanne fragte sich gerade, was dort wohl sein mochte, als sie den älteren Mann bemerkte, der still hinter dem Tresen stand und sie freundlich anlächelte. Er hatte sehr dichtes weißes Haar, das ihm bis fast auf die Schultern reichte. Jetzt kam er mit merkwürdig kurzen Tippelschritten hinter seinem Verkaufstisch hervor. Als er vor ihr stand, stellte Suzanne fest, dass er viel kleiner war als sie selbst. Das muss Monsieur Felix sein, dachte sie. Jedes Kind hatte schon von ihm gehört, weil er kein Franzose war, aber bereits seit Jahrzehnten hier in der tiefsten französischen Provinz lebte. Und nun lernte sie ihn persönlich kennen.

»Meine Verehrung, die Damen«, sagte der kleine Mann und deutete eine leichte Verbeugung an. Er sprach die Vokale sehr weich aus und rollte das R. Suzanne erinnerte sich, gehört zu haben, dass er vor vielen Jahren aus Russland in die Provence gekommen war. Deshalb wurde er auch bei seinem Vornamen genannt, denn sein Nachname war so kompliziert, dass er den Leuten hier nicht fehlerfrei über die Lippen ging.

»Na, gibt es denn so etwas?«, rief er aus und ergriff die Hand, die Tante Madeleine ihm hinhielt, um einen formvollendeten Handkuss darauf zu hauchen. Dann nahm er Suzannes Hand, und sie spürte seinen Atem auf ihrer Haut. Rasch zog sie die Hand zurück. Sie hatte noch nie einen Handkuss bekommen, geschweige denn einen richtigen Kuss.

»Ist denn schon wieder ein Jahr ins Land gegangen?«, rief Monsieur Felix aus. »Wie die Zeit vergeht. Aber ich versichere Ihnen, Madame Mons, Sie sehen keinen Tag älter aus. Im Grunde weiß ich gar nicht, warum Sie ein weiteres Porträt wollen. Sie könnten durchaus das vom letzten Jahr verwenden, und niemand würde einen Unterschied bemerken.«

Suzanne sah verblüfft von Monsieur Felix zu ihrer Tante. Sie hatte nicht gewusst, dass Madeleine sich jedes Jahr fotografieren ließ, und sie hatte auch noch nie eine der Aufnahmen zu Gesicht bekommen. Wofür brauchte sie sie? Und noch etwas registrierte sie verblüfft: Monsieur Felix nannte ihre Tante Madame, eine Anrede, die sie sich von jedem anderen strikt verbat.

»Und die junge Dame?«, fragte Monsieur Felix und zwinkerte Suzanne dabei freundlich zu.

»Das ist meine Nichte«, sagte Madeleine. »Sie begleitet mich.«

»Ihre Nichte, ganz entzückend. Also ein Doppelporträt?«

Madeleine runzelte die Stirn.

»Nein, nein, von mir kein Foto. Aber darf ich zusehen, wie Sie es machen?«, sagte Suzanne schnell, denn sie bemerkte Madeleines Verunsicherung. Zwar hätte sie ganz gern ein Foto von sich besessen, doch gemeinsam mit ihrer Tante …

Der alte Fotograf nickte und sagte dann, zu Madeleine gewandt: »Wie wäre es heute einmal mit einem anderen Hintergrund? Ich habe eine griechische Säule aus Gips anfertigen lassen. Sie könnten sich danebenstellen, das würde Ihr klassisches Profil betonen.«

Madeleine winkte ungeduldig ab. »So wie in jedem Jahr, bitte.«

Suzanne meinte zu hören, wie der Fotograf seufzte. »Wie Sie wollen, Madame. Ich richte nur rasch alles her.« Damit verschwand er hinter dem gelben Paravent. Suzanne blieb im Laden stehen und schaute sich unschlüssig um, doch da kam Monsieur Felix wieder hervor und winkte sie mit der linken Hand heran. »Kommen Sie, kommen Sie. Sie wollten doch zusehen.«

Im hinteren Raum befand sich das Fotoatelier. Dort standen neben verschiedenen Requisiten zwei wuchtige Standkameras, von denen die eine auf Rollen montiert war. Sie nahmen einen Großteil des Raums ein. In einer Ecke hing ein Spiegel, vor dem ihre Tante, die ihnen gefolgt war, sich das Haar richtete und den schwarzen Hut zurechtrückte. Währenddessen schob Monsieur Felix mit einiger Mühe einen schweren Lehnstuhl vor die rückwärtige Wand, dessen Lehne und Sitzfläche mit blauem Stoff bezogen waren, in den gelbes Eichenlaub gewebt war. Daneben stand ein kleinerer Paravent, auf den ein düsterer, monumentaler Eichenwald gemalt war; ein übertrieben perspektivisch gezeichneter Weg verlor sich in der Ferne. Suzanne bemerkte weitere Paravents, die an die Wand gelehnt waren, und trat näher, um sie zu betrachten. Einer zeigte eine weiße Balustrade vor einer Terrasse und dahinter einen aufgerichteten Bären, der ziemlich Furcht einflößend wirkte. Auf den anderen waren gemalte Figuren zu sehen, die an der Stelle des Gesichts Löcher hatten. Wenn die Kunden ihre Köpfe hindurchsteckten, glichen sie dadurch Ludwig XIV. oder dem Präsidenten der Republik.

»Da ist ja die griechische Säule«, entfuhr es ihr, als sie ihren Blick in eine Ecke schweifen ließ.

Monsieur Felix hatte den Sessel in die richtige Position gewuchtet und richtete sich etwas kurzatmig wieder auf. »Sie ist schön, nicht wahr? Ich habe sie selbst nach einer Abbildung in einem Buch gezeichnet und geformt.«

»Eine Bank in Marmoroptik würde gut dazu passen. Auf die könnten sich die Leute für das Foto setzen. Und ein Tigerfell wäre schön.« Sie wusste selbst nicht, wie ihr diese Idee gekommen war, und vor allem nicht, woher sie den Mut nahm, sie zu äußern.

Monsieur Felix sah sie überrascht an. »An die Bank hatte ich auch schon gedacht. Und die Idee mit dem Tigerfell gefällt mir.«

»Sie könnten ein Modell aus Holz bauen und es dann bemalen.«

Diesmal nickte er anerkennend.

»Sind Sie so weit?« Madeleine trat auf den Sessel zu.

»Zu Ihren Diensten, Madame. Nehmen Sie Platz.«

Madeleine setzte sich und drapierte die Falten ihres Kleides um sich herum. Dann neigte sie sich leicht nach links und legte den linken Unterarm auf die Lehne, die rechte Hand legte sie darüber. Dadurch zeigte ihr Gesicht nicht frontal zur Kamera, sondern war leicht im Profil zu sehen. Ihr Blick ging nach links an Monsieur Felix vorbei und bekam so etwas Strenges, aber auch Geheimnisvolles. Unbeweglich verharrte sie in genau dieser Haltung.

Suzanne bewunderte ihre Tante dafür, wie selbstverständlich sie diese Pose einnahm, die sie interessant und melancholisch wirken ließ.

Monsieur Felix machte sich inzwischen hinter der größeren der beiden Kameras zu schaffen, die auf einem dreibeinigen Gestell stand. Er legte sich ein schwarzes Tuch über den Kopf und hielt mit der rechten Hand eine Lampe in die Höhe.

»Achtung! Jetzt!«, sagte er dann. Es blitzte. Suzanne erschrak, aber ihre Tante saß immer noch völlig regungslos in dem Sessel.

Dann erhob sie sich langsam und ging wieder in den vorderen Raum.

»Aber wie kommt denn jetzt das Foto aus diesem Kasten?«, fragte Suzanne.

»Suzanne, sei bitte nicht so neugierig«, kam die Stimme ihrer Tante aus dem Nebenraum.

»Bitte, lassen Sie sie doch. Es ist doch gut, wenn die Jugend wissbegierig ist«, beschwichtigte Monsieur Felix sie. Zu Suzanne gewandt, fügte er hinzu: »Das Foto ist auf dieser Platte.« Damit zog er eine viereckige Glasplatte aus der Kamera. »Und es muss entwickelt werden. Dazu brauche ich Dunkelheit und ein bisschen Chemie.« Wieder zwinkerte er Suzanne zu. »Das ist meine persönliche Zauberei«, flüsterte er.

»Wie aufregend!«, sagte Suzanne. »Darf ich zusehen?«

»Das wird leider nicht möglich sein. Das Entwickeln dauert seine Zeit, und ich mache es meistens gegen Abend oder während der Mittagspause, wenn keine Kunden in den Laden kommen.«

Suzanne war aufrichtig enttäuscht. Sie bemerkte den nachdenklichen Blick, mit dem der Fotograf sie ansah, als sie zusammen in den Verkaufsraum zurückkehrten.

»Wann ist das Bild fertig?«, fragte Tante Madeleine.

»Spätestens übermorgen. Ich lasse es Ihnen zukommen.« Dann wandte er sich wieder Suzanne zu. »Ich glaube, Sie haben ein gutes Auge. Haben Sie nicht Lust, bei mir zu arbeiten? Ich würde Ihnen alles beibringen, was ich kann.«

Suzanne spürte, wie sich die Härchen auf ihrem Unterarm aufrichteten und ein kalter Schauer ihre Haut überzog. Es fühlte sich an, als würden tausend Spinnen darüberlaufen. Vollkommen überrascht sah sie den alten Mann an, der auf der anderen Seite des Verkaufstresens stand und mit freundlichem Blick auf eine Reaktion wartete. Sie ahnte, dass dies einer jener magischen Augenblicke war, in dem sich ihre Zukunft entschied. Es gab nicht viele solcher Momente, und man musste sehr wachsam sein, um sie wahrzunehmen. Und dann musste man sehr behutsam damit umgehen, denn man konnte nie wissen, ob sie wiederkommen würden.

»Ich…«, begann sie.

»Das ist natürlich Unsinn!« Die Stimme von Tante Madeleine durchschnitt Suzannes Träumereien scharf wie ein Messer. »Lieber Monsieur Felix, Ihr Angebot in allen Ehren, aber warum sollte Suzanne denn einen Beruf ergreifen? Sie hat doch bei uns alles. Und dann als Fotografin, also…«

Entgegen seiner sonstigen Höflichkeit beachtete Monsieur Felix sie gar nicht. Er wartete nach wie vor auf eine Antwort von Suzanne.

Die ließ noch einmal die Atmosphäre des altmodischen Geschäfts auf sich wirken, sah die alte Standkamera mit dem schwarzen Tuch, den Paravent und die griechische Säule vor sich. Ihr Blick streifte die überall an den Wänden hängenden Fotos, meistens Porträts von Männern, Frauen und Familien, die allesamt würdevoll in die Kamera schauten. Immer noch wehten Staubflocken durch den Raum, die so schön golden leuchteten, wenn sie von der Sonne getroffen wurden. Noch einmal sog sie tief den Duft ein, der ihr, obwohl er trocken und leicht muffig war, verheißungsvoll erschien.

»Ich muss meinen Vater fragen«, brachte sie schließlich heraus.

Tante Madeleine schnappte entsetzt nach Luft, und Monsieur Felix nickte zufrieden.

»Wenn Sie sich entschließen können – was ich hoffe«, fügte er mit einem verschwörerischen Lächeln hinzu, »dann fangen Sie am 1. Februar an.«

Suzanne konnte ihre Ungeduld kaum bezähmen, als sie auf dem Nachhauseweg an der Seidenspinnerei von Seillans vorüberkamen. Am liebsten hätte sie ihren Vater sofort an seinem Arbeitsplatz aufgesucht, um ihm von Monsieur Felix' sensationellem Vorschlag zu berichten. Aber das war ausgeschlossen. Ihr Vater hätte sie nur verständnislos angesehen und wäre verärgert gewesen, wenn sie ihn von der Arbeit abgehalten hätte. Das wusste Suzanne aus bitterer Erfahrung. Es interessierte Patrick Godard einfach nicht, wenn seine Tochter etwas auf dem Herzen hatte.

Während des ganzen Rückwegs nahm Suzanne die Hitze nicht wahr. Am liebsten wäre sie den ganzen Weg gerannt. Der Gedanke, Fotografin zu werden, elektrisierte sie. Sie hatte zwar keine genaue Vorstellung davon, was sie für diesen Beruf können musste und worin er genau bestand, aber sie wusste instinktiv, dass er genau das Richtige für sie war. Sie wollte unbedingt herausfinden, wie es möglich war, dass die schwarz-weißen Fotos aus dem großen Apparat herauskamen. Sie konnte es kaum erwarten, das fertige Foto ihrer Tante zu sehen, weil sie feststellen wollte, ob sich die Art, wie sie sich in Szene gesetzt hatte, auf dem Foto wiederfinden ließ. Sie wollte wissen, ob die Kamera die Wahrheit sprach oder ob sie lügen konnte. Und zum zweiten Mal an diesem Tag fühlte sie die Überzeugung, dass das Angebot, für Monsieur Felix zu arbeiten, eine Chance für sie war. Eine Chance, die sie sich auf keinen Fall entgehen lassen würde. Sie musste an die Claudine in den Romanen denken und fühlte eine Welle des Glücks in sich aufsteigen: Endlich hatte auch sie einen Traum, ein Ziel in ihrem Leben! Sie musste nur die Erlaubnis ihres Vater bekommen und das halbe Jahr überstehen, bevor sie bei Monsieur Felix anfangen konnte.

»Na ja, Fotografin ist vielleicht besser als Köchin oder Hausmädchen«, meinte Camille mit einem Schulterzucken, als Suzanne ihr von Monsieur Felix und seinem Vorschlag erzählte. Die beiden saßen im Garten der Famille de Coligny-Senas. Sie hatten sich ein ruhiges Eckchen gesucht.

»Ich muss dir etwas sehr Wichtiges erzählen«, hatte Suzanne atemlos gerufen, kaum dass sie in der Tür gestanden hatte.

Jetzt war sie enttäuscht über die lahme Reaktion ihrer Freundin.

»In jedem Fall besser als nichts«, setzte Camille nach.

»Besser als nichts nennst du das?«, rief Suzanne aufgebracht. »Aber das ist doch endlich mal was anderes! Ich werde etwas lernen. Vielleicht kann ich später ein eigenes Fotoatelier aufmachen. Oder das von Monsieur Felix übernehmen. Er ist schließlich schon ziemlich alt.«

»Aber ausgerechnet Fotografin?«, gab Camille zu bedenken. »Das ist so wenig ... glamourös.«

»Aber warum sollte es denn glamourös sein? Wer will das denn schon?«

Camille tippte sich mit dem Zeigefinger auf die Brust. »Ich. Ich gehe nach Paris. Ich bleibe bestimmt nicht hier.« Sie bedachte Suzanne mit einem triumphierenden Grinsen.

Suzanne war jetzt richtig wütend. »Aber bisher bist du immer noch hier, oder irre ich mich? Und außerdem: In Paris brauchen sie bestimmt Fotografen, aber ob sie kleine unwissende Mädchen vom Land brauchen?«

»Das werden wir ja sehen!«

Beide schwiegen sich erbost an. Da war es wieder, dieses unangenehme Gefühl, das Suzanne manchmal beschlich, wenn sie mit Camille zusammen war. Sie sah vorsichtig zur Seite, aber ihre Freundin hatte den Blick abgewendet. Camille war ihre beste Freundin, die einzige, die sie überhaupt hatte, und ohne Camille wäre Suzanne bestimmt unglücklich gewesen. Aber Camille fühlte sich gut dabei, wenn Suzanne zu ihr aufsah, und sie konnte es nicht ertragen, wenn Suzanne anderer Meinung war.

Camille war die Erste, die das Schweigen nicht länger aushielt. »Was in aller Welt fängt deine Tante bloß mit diesen Fotos an? Und jedes Jahr macht sie ein neues?«, fragte sie.

Ohne hinzusehen, wusste Suzanne, dass ihre Freundin vor unterdrücktem Lachen fast platzte. Sie sah zur Seite. Camille schüttelte sich und prustete dann los.

»Ich weiß, warum sie das macht. Sie schickt die Fotos nach Amerika, um einen Mann zu finden. Das machen viele Frauen so. Ich habe in der Zeitung gelesen, dass es in New York richtige Heiratsbörsen gibt und Männer sich aus dem Katalog eine Ehefrau in Europa bestellen.«

»Du glaubst doch selbst nicht, dass Tante Madeleine so etwas tun würde!«

Camille schüttelte den Kopf. »Du hast recht. Obwohl deine Tante immer für eine Überraschung gut ist«, sagte Camille. »Sie ist zwar wunderschön und hat viele Verehrer, hat aber nie geheiratet. Sie zieht sich an, als wolle sie in die Oper, geht dann aber in die Kirche. Sie glaubt an die Bibel, und gleichzeitig vertraut sie jedem dahergelaufenen Scharlatan, der ihr den Weltuntergang verspricht. War deine Mutter genauso? Ich meine, weil sie doch ihre Schwester war.«

Suzanne senkte den Blick. Sie redete nicht gern über ihre Mutter. Wie sollte sie über jemanden sprechen, über den sie praktisch gar nichts wusste? Und doch war ihre Freundin die Einzige, mit der sie darüber reden konnte, denn niemand verstand sie besser als Camille, die ohne Vater aufwuchs.

Manchmal überlegten sie, was schlimmer war, ein Leben ohne Vater oder ohne Mutter. Sie waren übereingekommen, dass Suzanne ärmer dran war, denn sie hatte ihre Mutter nicht einmal kennenlernen dürfen. »Bei der Geburt gestorben«, so hieß es. Suzanne hatte das mitleidige Blicke eingebracht, geflüsterte Bemerkungen hinter vorgehaltener Hand, und die Ermahnung des Lehrers an ihre Mitschüler, »Rücksicht auf unsere arme Suzanne zu nehmen«.

»Bei der Geburt gestorben«, das hieß, niemanden zu haben, dem sie ihren geheimsten Kummer, die brennendsten Geheimnisse erzählen konnte. Niemanden, der ihr abends im Bett Geschichten erzählte und ihr Kinderlieder und Reime beibrachte. Niemand, der ihr liebevoll eine kühle Hand auf die Stirn legte, wenn sie krank war. Es hieß, dass immer etwas fehlte, dass sie nicht so war wie die anderen.

Bei Camille lagen die Dinge anders. Ihre Mutter hatte sich vor einigen Jahren von ihrem Vater scheiden lassen, weil er eine Mätresse hatte. Camille hatte Suzanne erst erklären müssen, was das Wort bedeutete. »Er hat meiner Mutter geschworen, dass er ihr von nun an treu sein würde, aber sie war zu verletzt«, hatte Camille gesagt. Doch ihr Vater lebte wenigstens, und einmal im Jahr fuhren sie und ihre Schwestern nach Draguignan, um ihn zu besuchen.

»Meiner Mutter wäre bestimmt niemals dieser Unsinn mit dem Weltuntergang eingefallen«, platzte es aus Suzanne im Brustton der Überzeugung hervor.

Die Bemerkung provozierte bei Camille einen neuerlichen Lachanfall. Vor sieben Jahren, als das neue Jahrhundert bevorstand, hatte Madeleine fest an den Weltuntergang geglaubt. »So steht es in der Bibel«, hatte sie gesagt. Tag für Tag hatte sie gebetet, stundenlang auf der Orgel gespielt und sich auf das Ereignis vorbereitet. Sie hatte alle Lebensmittel verbraucht und keine neuen gekauft, sie hatte sogar alle Hühner geschlachtet.

Suzanne war damals fast zehn Jahre alt gewesen. Sie hatte

nicht genau verstanden, was passieren sollte, aber sie machte sich auf etwas ganz Schreckliches gefasst. Am letzten Abend des alten Jahrhunderts lag sie in ihrem Bett und betete. Trotz ihrer Angst schlief sie irgendwann ein, und als sie am Neujahrstag 1900 erwachte, wusste sie im ersten Moment nicht, ob sie tot war oder noch lebte. Als sie es in der Küche rumoren hörte, stand sie vorsichtig auf. Es hätte sie nicht gewundert, wenn die Engel der Finsternis dort ihr Unwesen getrieben hätten. Doch am Herd stand ihr Vater und schimpfte, weil es weder Kaffee noch Milch gab. Suzanne war vor Erleichterung in Tränen ausgebrochen.

Die Erinnerung an diesen Morgen ließ Suzanne tief aufseufzen. «Also gut«, meinte Camille schließlich, nachdem sie sich wieder beruhigt hatte. »Du wirst Fotografin, übernimmst den Laden von Monsieur Felix oder kommst zu mir nach Paris.«

Wieder seufzte Suzanne traurig. »Das erlaubt meine Tante nie.«

Wie Suzanne es erwartet hatte, kam es in den folgenden Wochen immer wieder zu erbitterten Streitigkeiten zwischen ihr und ihrer Tante, sobald die Sprache auf Monsieur Felix und ihren Wunsch kam, bei ihm zu arbeiten.

»Kommt nicht infrage«, sagte Madeleine. »Wozu soll das gut sein? Du bist ein Mädchen und wirst irgendwann heiraten. Und bis dahin bleibst du schön bei deinem Vater und mir. Es gibt genug zu tun im Haus und im Garten, und ich werde schließlich auch nicht jünger... Und außerdem, was sollen die Leute sagen, wenn du den ganzen Tag mit einem Mann allein bist!«

»Tante Madeleine, er ist uralt!«, rief Suzanne und verfolgte hartnäckig ihr Ziel, zum ersten Mal in ihrem Leben. Je länger sie darüber nachdachte, um so wichtiger wurde für sie die Aussicht, Fotografin zu werden.

»Du hast nicht über mich zu bestimmen. Du bist nicht

meine Mutter«, sagte sie leise, aber Madeleine hatte es dennoch gehört.

Sie schnappte nach Luft. »Nach allem, was ich für dich getan habe!«

Suzanne senkte den Blick und erwartete die übliche Litanei, die sie schon so oft gehört hatte.

Was sollte sie nur tun? Sie war noch minderjährig, und ohne die Einwilligung ihrer Tante oder ihres Vaters waren ihr die Hände gebunden. Sie hatte versucht, mit ihrem Vater zu reden, doch er hatte ihr nicht einmal richtig zugehört. Auch das hatte sie vorausgesehen. Patrick Godard war kein Mann für Gespräche. Früher sei ihr Vater anders gewesen, immer lustig und gern unter Menschen, das hatte ihr Caspar Michaud einmal gesagt. Aber nach dem Tod seiner Frau hatte er sich völlig zurückgezogen und verließ kaum noch das Haus. »Anfangs haben wir sogar befürchtet, er würde vor Kummer verrückt werden. Deshalb ist auch deine Tante Madeleine ins Haus gekommen, denn dein Vater hat sich geweigert, sich um dich zu kümmern, und du warst damals ja noch ein Baby.«.

»Es geht um meine Zukunft. Ich will hier nicht mein Leben vergeuden«, rief Suzanne und stellte den Teller mit einem lauten Knall auf den Tisch.

Madeleine fuhr wütend zu ihr herum. »Dein Leben vergeuden? Du meinst, so wie ich? Was wäre denn aus dir geworden, wenn ich einfach gegangen wäre?«

»Ich habe dich nicht dazu gezwungen«, wagte sie leise zu erwidern.

»Nein, du nicht. Aber deine Mutter, die hat sich aus dem Staub gemacht!« Ihre Stimme überschlug sich plötzlich, und Suzanne erschrak. Noch nie hatte sie ihre Tante so außer sich gesehen.

»Aber sie ist bei meiner Geburt gestorben. Das kannst du ihr doch nicht zum Vorwurf machen!«, rief Suzanne, die das seltsame Gefühl beschlich, dass hier etwas nicht stimmte.

Bevor ihre Tante etwas erwidern konnte, war die scharfe Stimme ihres Vaters zu hören: »Madeleine! Kein Wort mehr!« Mit einem warnenden Blick brachte er seine Schwägerin zum Schweigen.

Wann hat er das Zimmer betreten?, fragte sich Suzanne.

Stumm stand Madeleine auf und verließ mit steifen Schritten den Raum.

Suzanne glaubte nicht, was sie da sah und hörte. »Wie meint Tante Madeleine das, dass Mama sich aus dem Staub gemacht hätte?«, fragte sie ihren Vater. Angst kroch plötzlich in ihr hoch. Aus dem Staub machen, das hieß doch, sich seiner Verantwortung entziehen, abhauen. Ihre Mutter hatte kein Grab auf dem Friedhof von Fayence, aber auf ihre Fragen hin hatte ihr Vater ihr gesagt, sie sei neben ihren Eltern in Draguignan beerdigt. Suzanne hatte das nie infrage gestellt, bis heute.

»Bitte, Vater, sag mir, wie Tante Madeleine das gemeint hat«, bat sie.

»Gar nichts hat sie gemeint«, brummte er. »Und du gehst meinetwegen zu diesem Fotografen. Aber du kümmerst dich nach wie vor um die Hühner.«

Suzanne holte Luft, um etwas zu erwidern, doch er hob abwehrend seine riesigen Hände und brachte sie zum Schweigen.

»Schluss jetzt! Ich will es so«, sagte er und wandte sich ab. Er verließ das Haus und schloss die Tür hinter sich.

Suzanne blieb allein am Küchentisch zurück. Sie ahnte, dass an diesem Tag eine Gewissheit Risse bekommen hatte. Und sie wusste nicht, ob sie gerade einen Sieg errungen hatte oder ob etwas in ihrem Leben zerbrochen war.

Die nächsten Monate wurden Suzanne lang, und ungeduldig wartete sie auf den Jahreswechsel. Dann, am 1. Februar 1908, machte sie sich zum ersten Mal auf den Weg zu ihrer Arbeit nach Seillans. Sie war ganz aufgeregt und fühlte sich plötzlich sehr erwachsen. Am Vorabend hatte ihre Tante ihr ein neues Kleid hingelegt, das Kleid einer Erwachsenen, ein dunkler langer Rock zu einem gestreiften Oberteil. Und zum ersten Mal baumelte ihr Haar nicht in einem dicken Zopf auf dem Rücken. »Das geht in deinem Alter nicht mehr«, hatte Madame de Coligny-Senas zu ihr gesagt und ihr gezeigt, wie sie die Strähnen abteilen und zu einem dicken Knoten am Hinterkopf feststecken sollte. »Nicht zu fest, das wirkt alt, aber auch nicht allzu verspielt«, hatte sie gesagt und die Frisur mit einigen Haarnadeln befestigt.

Als sie an diesem für sie so wichtigen Morgen in den Spiegel sah, kam sie sich gereift vor. Die neue Frisur, die sie ungefähr so hinbekommen hatte, wie Camilles Mutter es ihr gezeigt hatte, und das neue Kleid ließen sie älter wirken. Sie warf sich selbst einen herausfordernden Blick zu und nahm das Schultertuch vom Stuhl. Vor dem Spiegel wollte sie sich den Schal in einer anmutigen Bewegung umwerfen, wie sie es bei ihrer Tante gesehen hatte, doch es misslang ihr. Sie verhedderte sich in dem Tuch und hätte beinahe ihre Frisur zerstört. Erst der zweite Versuch glückte. Noch ein letzter Blick in den Spiegel, und sie ging in die Küche hinunter, um noch schnell einen Kaffee zu trinken.

Als sie den Raum betrat, blickte ihr Vater auf und erstarrte. Er biss die Zähne so fest aufeinander, dass seine Kieferknochen deutlich hervortraten. Suzanne las Erschrecken und Fassungslosigkeit in seinen Augen und sah ihn fragend an. Doch schnell hatte sich Patrick Godard wieder in der Gewalt. Er stand auf, um mit schweren Schritten ins Wohnzimmer zu gehen, und sie hörte, wie er eine Schublade öffnete und wieder schloss. Dann kehrte er in die Küche zurück.

»Für dich«, sagte er heiser und reichte ihr eine lederne Tasche, die auf der Vorderseite eine Stickerei in Rot und Gold hatte. »Für deinen Kittel und das Mittagessen.«

Suzanne war noch immer verwirrt von seiner heftigen Reaktion bei ihrem Anblick. Noch nie hatte ihr Vater sie auf diese Weise angesehen, es kam ihr sogar vor, als würde er sie zum ersten Mal richtig wahrnehmen. Gleichzeitig rührte sein Geschenk sie beinahe zu Tränen. Sie machte einen Schritt auf ihn zu und wollte ihn umarmen, doch er wusste das zu verhindern. Mit einer schnellen Bewegung war er zurück am Tisch und ließ sich auf seinem Platz am Kopfende nieder, sodass sie nur noch seinen breiten Rücken sah und hörte, wie er geräuschvoll seinen Kaffee trank.

Als ihre Tante sie sah, schien auch sie zu erschrecken. »Du siehst aus wie sie«, entfuhr es ihr. In diesem Augenblick verstand Suzanne die Reaktion ihres Vaters: Er hatte für eine Sekunde geglaubt, seine Frau stehe vor ihm. Sie wusste nicht, ob sie sich darüber freuen sollte oder nicht. Eigentlich war es doch etwas Schönes, wenn eine Tochter ihrer Mutter ähnlich sah, oder nicht? Was verheimlichten Tante Madeleine und ihr Vater ihr?

Nachdenklich machte sie sich auf den Weg. Um sich abzulenken, versuchte sie sich vorzustellen, wie die Zusammenarbeit mit Monsieur Felix sein würde. Er war jedenfalls nett und herzlich, das hatte sie bei der ersten Begegnung gefühlt und auch bei dem Gespräch, das sie zur Einstellung mit ihm geführt hatte.

»Frag ihn, wie er richtig heißt«, hatte Camille ihr mit auf den Weg gegeben. »Ich will wissen, wie er ausgerechnet in so ein armseliges Dorf wie Seillans gekommen ist. Ich mache eine Romanfigur aus ihm.« Das war Camilles neueste Idee: Sie wollte Schriftstellerin werden und sortierte die Menschen in ihrer Umgebung danach ein, ob sie als Figuren taugten oder nicht.

»Und? Habe ich eine Chance, als Figur in einer deiner Geschichten aufzutauchen?«, hatte Suzanne gefragt.

Camille hatte den Mund verzogen und gemeint: »Du kannst eine Rolle als Landpomeranze bekommen.«

Als Suzanne sie daraufhin in die Seite geknufft hatte, hatte sie sich korrigiert. »Landpomeranze mit Entwicklungschancen.«

»Ich werde ihn nach seinem Namen fragen«, sagte sie zu sich selbst, während sie nun den anstrengenden Anstieg durch die Olivenhaine nahm. »Aber eines steht schon mal fest: Der Name Felix kommt von Glück.«

Die Monate vergingen, und Suzanne genoss jeden Tag ihrer Arbeit im Fotoatelier. Am schönsten waren die einsamen Stunden in der Dunkelkammer. Inmitten der fremden Gerüche und in der Dunkelheit fühlte sie sich glücklich und unbeschwert. Es grenzte für sie jedes Mal an ein Wunder, wenn sie das Fotopapier mit einer großen Pinzette im Entwicklungsbad hin und her schob und sich dann langsam erst die Umrisse und dann die Feinheiten eines Motivs zeigten. Viele der Porträtierten kannte sie, denn es waren Menschen aus den umliegenden Dörfern, ihre Nachbarn, ehemalige Klassenkameradinnen, die Familie des Bäckers, der den öffentlichen Ofen in der Rue du Grand Four betrieb und und und. Aber auf den Fotos sahen sie anders aus, würdevoller, ernster, manchmal leider auch, als hätten sie gerade den Schreck ihres Lebens bekommen. Sie waren nicht länger die kleinen Leute aus dem Dorf, nein, auf den Bildern strahlten sie Autorität aus.

Suzanne hängte die Abzüge zum Trocknen mit einer Klammer an eine Leine und betrachtete sie erneut intensiv. Eine Besonderheit in einem Gesicht nahm sie gefangen, die etwas zu weit auseinander stehenden Augen von Ludovine Germier, die den Tabakladen in Seillans betrieb. Ihr Blick ruhte abweisend und distanziert auf ihrem Mann und ihren fünf Kindern. »Ob sie sie jemals geliebt hat?«, flüsterte Suzanne vor sich hin und legte das Bild zu den anderen, die bereits getrocknet waren. Trotz der Dunkelheit bewegte sie sich in dem winzigen Raum völlig sicher zwischen den gespannten Leinen und den Chemikalienbehältern. Sie griff nie an einer Sache vorbei, wenn sie sie brauchte. Sie wusste genau, wo alles seinen Platz hatte.

Später würde sie die fertigen Aufnahmen in die Rahmen einlegen, die die Kunden bei der Porträtsitzung ausgesucht hatten. Die Nummern der Rahmen – es gab eine einfache Ausführung in Mahagoniholz und eine etwas teurere mit Silberauflage – standen mit Bleistift auf den Fotoplatten. Das Rahmen machte ihr Spaß, weil sie handwerklich präzise arbeiten musste, um die Rückwand, das Foto und die Glasabdeckung passgenau einzusetzen und dann mit zwei Metallspangen auf der Rückseite festzuspannen. Anschließend musste noch der Zettel mit der aufgedruckten Adresse von Monsieur Felix' Atelier aufgeleimt werden und in schönster Schrift das Aufnahmedatum dazugesetzt werden. Dann war alles fertig.

Die meisten Kunden waren stolz und zufrieden, wenn sie ihr fertiges Porträt abholten. Es kam nicht allzu oft vor, dass die Leute sich fotografieren ließen. Taufen, Hochzeiten, Jubiläen, ein runder Geburtstag, das waren die Gelegenheiten, zu denen man die Kosten für eine Porträtaufnahme auf sich nahm. In letzter Zeit kamen allerdings neue Kunden: junge Männer und Frauen, manchmal auch ganze Familien, die ein Foto von sich machen ließen, bevor sie die Gegend verließen. Einige gingen in die nächstgrößere Stadt, viele wanderten aber auch nach Amerika aus. Die Zeiten änderten sich eben, und niemand konnte mehr von der Seidenraupenzucht, dem Anbau von Oliven oder der Korkenmacherei leben. Die Dörfer rund um Fayence würden veröden, wenn nicht bald etwas geschah, denn die Leute wollten eine gesicherte Zukunft und die Annehmlichkeiten und Attraktionen, die es in den Städten gab. Einen Hauch dieser Welt brachten die ersten Ausländer mit, die den Weg von der Küste in die Dörfer im Landesinneren fanden. Das Geld saß ihnen locker, sie lachten und waren unbeschwert. Die Einheimischen wurden neugierig und neidisch, denn solch ein Leben konnten ihnen ihre abgelegenen Dörfer nicht bieten.

Erst in der letzen Woche hatte Suzanne einen Engländer fotografiert, der mit einer ganzen Entourage schöner junger Frauen und Männer in zwei Autos – allein das war eine Sensation! – in Seillans aufgetaucht war. Das ganze Dorf hatte fasziniert die Röcke der Frauen, die nur wadenlang waren und nur kleine Trippelschritte zuließen, und die lässigen Bewegungen der Männer, die weiße Hosen trugen, angestarrt. Der Engländer hatte im Café Essen, Wein und Champagner verlangt und ein gigantisches Trinkgeld gezahlt. Dann war er plötzlich auf die Idee gekommen, dass die ganze Gruppe sich im Studio von Monsieur Felix fotografieren lassen sollte. Das kleine Atelier hatte die vielen Menschen kaum fassen können, und vor den Schaufenstern hatten die Kinder sich neugierig die Nasen platt gedrückt. Suzanne hatte beobachtet, wie die Frauen sich die Lippen nachzogen und Puder auflegten, wie sie ihre Blusen und Kleider zurechtzupften und ein strahlendes Lächeln auflegten, bevor sie sich fotografieren ließen. Sie hatte fast ein Dutzend Aufnahmen machen müssen, bis endlich alle stillgehalten hatten. Dann hatte die ganze Bagage sich wieder auf den Weg nach Nizza gemacht – nicht ohne zu versprechen, im folgenden Monat wiederzukommen und diesmal über Nacht bleiben zu wollen. Dann wollte der Engländer auch die Fotos abholen, die er im Voraus bezahlt hatte. Seitdem kursierten im Ort Pläne, ein Restaurant und ein Hotel zu eröffnen, um an den reichen Ausländern zu verdienen. Denn nach und nach kamen immer mehr von ihnen an die Küste zwischen Nizza und Cannes, besonders im Winter, und besuchten auch das Hinterland. Und Maler folgten ihnen. »Sie sitzen mit ihren Paletten am Wasser und pinseln, was das Zeug hält«, erzählte der Bürgermeister, der schon einmal mit seiner Frau ans Meer gefahren war.

Suzanne schüttelte den Kopf und konzentrierte sich wieder auf ihre Arbeit. Wenn sie die Fotos zu lange im Entwickler ließ, waren sie verdorben, und dann konnte Monsieur

Felix, der ansonsten die Liebenswürdigkeit in Person war, sehr ungehalten werden.

»Die Leute vertrauen uns ihre Persönlichkeit an. Wir haben die Pflicht, pfleglich damit umzugehen.« Er zwinkerte ihr zu. »Damit sie wiederkommen.«

Kapitel 2

Antoine Cailloux stand vor dem Spiegel und rasierte sich.

»Verflucht«, schimpfte er, als das Messer die Haut ritzte, einen Zentimeter über seinem akkurat gestutzten Schnauzbart, der sein ganzer Stolz war. Ein dicker Blutstropfen trat aus der Wunde aus und lief das Kinn hinunter. Er beugte sich vor, um näher an den Spiegel heranzukommen, dabei prallte er mit dem Gesäß aber an die Wand hinter sich. Wieder stieß er einen Fluch aus. Er hasste dieses kleine, düstere Bad, das im Grunde nicht mehr war als eine bräunlich angelaufene Waschschüssel auf einem zerschlissenen Wachstuch, das früher einmal ein Rosenmuster gehabt hatte. Darüber hing ein halbblinder Spiegel, viel zu niedrig für seine Größe. Resigniert setzte er das Rasiermesser wieder an.

Sein Spiegelbild tröstete ihn jedoch über die Misslichkeiten hinweg, als deren Opfer er sich fühlte. Das dichte, sorgfältig pomadisierte Haar lag wie ein Helm um seinen Kopf und gab die hohe Stirn frei. Darunter lagen tiefblaue Augen, die die Frauen reihenweise verrückt machten. Wie auch sein Lächeln, das er jetzt im Spiegel trainierte. Ja, die Frauen liebten seine Augen und seinen Schnauzer, den niemand sonst in Fréjus so keck trug wie er.

Er überprüfte sorgfältig, ob er auch kein Haar übersehen hatte, spülte sich anschließend das Gesicht mit Wasser ab und trocknete es mit dem abgewetzten Handtuch, das neben dem Waschtisch hing und mehr grau als weiß war und kratzte. Dann drehte er sich um, um sein Rasierwasser von dem schmalen Bord zu nehmen, das er neben der Tür angebracht hatte. Dort bewahrte er seine Sachen auf, seinen Kamm, die Pomade und das Rasierwasser. Mit klatschenden Bewegungen verteilte er das Duftwasser auf den nunmehr glatten Wangen.

Im selben Moment flog die Tür hinter ihm auf und traf ihn hart im Kreuz. Er wurde nach vorn geschleudert und stieß sich den Oberschenkel am Waschtisch an.

»Du Schwein!«

Antoine fuhr herum. »Was fällt dir ein? Bist du verrückt geworden?«

»Du mieses Schwein! Warum konntest du deine Finger nicht von Odette lassen?«

Robert Cailloux, sein älterer Bruder, stand vor ihm und stützte die Hände rechts und links an die Wand, sodass Antoine nicht an ihm vorbei und das kleine Badezimmer verlassen konnte.

Antoine hob das Kinn und kniff wachsam die Augen zusammen. »Odette? Und was habe ich mit der zu tun? Ich weiß gar nicht, was du willst. Lass mich in Ruhe!«

»Sie ist schwanger! Ihr Vater hat es mir gerade erzählt.« Unbändige Wut schwang in Roberts Stimme mit.

Antoines hatte sich wieder im Griff. Sein Gesicht nahm einen betont gelangweilten Ausdruck an. »Sieh mal an, die kleine Odette ist schwanger. Hat ihr am Ende doch jemand einen Braten untergeschoben. Aber sie hat ja auch jeden rangelassen. Und was geht mich das an?«

Anstelle einer Antwort holte Robert aus, um seinem Bruder die Faust in den Magen zu rammen. Doch Antoine hatte den Schlag erahnt und sich leicht weggedreht. Roberts Hieb ging ins Leere. Antoine holte seinerseits aus und versetzte Robert einen Kinnhaken, der ihn taumeln ließ.

»Du wirst sie heiraten«, stieß Robert hervor und wischte sich das Blut von der Lippe.

Antoine sah ihn hochmütig an. »Soll sie doch beweisen,

dass ich der Vater bin! Da kann ja jede kommen. Ich werde mir doch nicht mein Leben versauen, weil ich so ein Provinzflittchen heirate, das es mit jedem treibt.«

»Du bist ein verdammtes Schwein!«, wiederholte Robert.

Antoine sah ihn hasserfüllt an. »Ich bin vielleicht ein Schwein, aber dir hat man es auch leicht gemacht, keines zu sein. Der Herr Bruder hat ja schließlich studiert und ist etwas Besseres. Vom hohen Ross aus ist es einfach, den Moralapostel zu spielen. Wer hat denn auf dem Boot geschuftet, damit du in Marseille studieren durftest?«

Robert wollte etwas entgegnen, doch der Blick seines Bruders ließ ihn verstummen. Er ließ die Arme sinken und machte einen Schritt zur Seite. Antoine warf einen letzten prüfenden Blick in den Spiegel und strich sich mit der Hand über das Haar. Dann verließ er das Badezimmer.

Odette Martigny war schon das zweite Mädchen, dem Antoine Cailloux ein Kind gemacht hatte. Ein Jahr zuvor war es Julie Barbès gewesen. Auch da hatte Antoine alles abgestritten und die Frau kaltblütig als Flittchen hingestellt. Er hatte sogar einen Freund aufgetrieben, der schwor, ebenfalls etwas mit ihr gehabt zu haben. Julie hatte Fréjus in Schimpf und Schande verlassen. Aber mit Odette war das etwas anderes. Sie und Antoine waren seit dem Frühjahr ein Paar, und das ganze Dorf wusste Bescheid, auch wenn sie nicht offiziell verlobt waren.

Am Abend kam Odettes Vater zum alten Cailloux, um die Sache zu besprechen. Die beiden Männer beschlossen, dass Antoine Odette heiraten sollte, und zwar so schnell wie möglich. Antoine erklärte sich bereit, doch in derselben Nacht packte er seine Sachen und verschwand, ohne eine Nachricht zu hinterlassen.

»Ihm hat immer die Mutter gefehlt.« Sein Vater seufzte. »Vielleicht hätte sie ihm Anstand beigebracht.«

Robert sagte nichts. In diesem Augenblick hasste er seinen

Bruder aus tiefstem Herzen. Und der Hass und die Verachtung wurden noch größer, als in den folgenden Tagen, nachdem sich herumgesprochen hatte, dass Antoine nicht mehr da war, Leute kamen und Geld forderten, das sie Antoine geliehen hatten, mal kleinere, mal größere Summen, aber in der Gesamtheit so viel, dass der alte Cailloux das Boot verkaufen musste, mit dem sein Sohn zum Fischen hinausgefahren war. Nur so konnte er den Forderungen nachkommen.

»Wenn ich ihn finde, bringe ich ihn um!«, rief Robert, als er mit seinem Vater vom Notar kam, der den Verkauf bestätigt hatte.

»Er wird nicht wiederkommen«, entgegnete sein Vater. »Und das ist vielleicht auch besser so.«

Der Sommer verging und Robert und sein Vater hörten und sahen tatsächlich nichts mehr von Antoine. Robert war im Grunde ganz froh darüber, aber der alte Cailloux litt. Robert wusste, dass er die Fischer an der Küste ausfragte, ob sie nicht Nachricht von seinem Sohn hatten.

Der 1. August 1909 war ein Sonntag. Es war ein strahlend schöner Tag, und das Café du Port war bis auf den letzten Platz besetzt. Auf der Terrasse und im vorderen Teil des großen Saals saßen die Familien und Paare, um in Ruhe den Abend zu genießen und zu essen. Im kleinen, verrauchten Hinterzimmer hingegen wurde hitzig diskutiert.

»Natürlich hat Faber gewonnen. Er war einfach zu stark«, rief Henri Duceuil, um dann traurig hinzuzufügen: »Ein Luxemburger gewinnt die Tour de France, das ist ein starkes Stück.«

»Dafür belegen wir Platz zwei bis vier«, warf Robert ein. »Und Faber hat wirklich eine Meisterleistung hingelegt. Fünf Etappensiege hintereinander!«

Er saß zwischen seinen besten Freunden und Kollegen Henri Duceuil und Jean Favert. Ihnen gegenüber auf der blank gescheuerten Bank an der Wand saßen die Ehefrauen der beiden, Marcelline Duceuil und Monique Favert. Oft kamen sie hier zusammen und diskutierten leidenschaftlich, meistens über politische Ereignisse. Vor ihnen auf dem Tisch, zwischen leeren Rotweingläsern und vollen Aschenbechern, lagen die Zeitungen des Tages. Heute ging es um das Ende der Tour de France. In diesem Jahr hatten die Sportler es besonders schwer gehabt. Der Juli war verregnet gewesen, die Straßen waren voller Schlamm, und in den Bergen hatten die Fahrer sogar mit Schneegestöber zu kämpfen gehabt. Den Luxemburger François Faber, ein Kraftpaket von neunzig Kilogramm, schien dies alles nicht zu stören, es schien ihm im Gegenteil auch noch großen Spaß zu machen. Er war gefahren wie ein junger Gott. Und aufgrund seiner intensiv leuchtenden Augen unter den dunklen Brauen hatten auch die Frauen Gefallen am Fahrradsport gefunden.

»Hat dir schon einmal jemand gesagt, dass du ihm ähnlich siehst?«, fragte Monique Robert.

»Wem soll ich ähnlich sehen?«, fragte Robert verwirrt.

»Na, diesem Faber. Ihr habt dieselben Augen. Nur bist du nicht ganz so kräftig«, warf Marcelline ein.

Robert schüttelte ungläubig den Kopf.

»Kann es sein, dass du ihn nur deshalb bewunderst?« Monique lächelte ihn unschuldig an.

Robert lachte. »Ist doch ganz egal. Ich lege jedenfalls keine Alleinfahrt über zweihundertfünfzig Kilometer hin. Zweihundertfünfzig Kilometer ganz allein, ohne Begleitmannschaft. Die ganze Zeit niemand, in dessen Windschatten er fahren konnte. Und das mit dreiunddreißig Minuten Vorsprung!« Er hieb vor Begeisterung mit beiden Fäusten auf den Tisch.

»Du meine Güte, du gerätst ja richtig ins Schwärmen!«, wunderte sich Monique.

Ihr Mann mischte sich ein: »Dabei ist er viel zu schwer.«

»Ein Schrank von einem Mann!«, warf Marcelline übertrieben bewundernd ein. »Diese Beine…! Monique, ist es nicht wunderbar, dass die Tour uns die Gelegenheit bietet, nackte Männerbeine zu sehen?«

Monique setzte noch eins drauf. »Diese Männer! So kräftig, so entschlossen. Ach ja: Hat nicht die Hälfte von ihnen aufgegeben?«

Ihr Mann lachte gutmütig. »Ist ja schon gut. Ich weiß, dass euch das Thema langweilt.«

»Wie kann das langweilig sein«, rief Robert dazwischen. »Denkt doch nur an Alavoine. Er hat sein Rad die letzten zehn Kilometer auf den Schultern ins Ziel getragen.«

»Und er hat die Etappe gewonnen, ich weiß!« Marcelline stöhnte. »Das habt ihr jetzt schon hundertmal erzählt.«

»Und die anderen haben nur aufgegeben, weil die Verhältnisse so schlecht waren. Schneesturm, verschlammte Ketten!«

»Und gewonnen hat trotzdem ein Luxemburger«, mischte sich Monique mit spitzer Zunge ein.

»Nächstes Jahr muss ich unbedingt dabei sein. Ich muss über die Tour schreiben!«, rief Robert.

»Du bist doch gar kein Sportreporter«, gab Jean zu bedenken. Dabei grinste er in sich hinein, denn er wusste genau, wie Robert reagieren würde.

»Die Tour de France ist nicht nur ein Sportereignis. Da geht es doch um viel mehr!«

»Höre ich da etwa Nationalismus heraus?«, fragte Jean grinsend.

»Ach was«, gab Robert zurück.

Seine Augen leuchteten. Er liebte seine Arbeit über alles, und er war stolz darauf, als Journalist für die *Dépêche du Midi* zu schreiben. Bereits während des Jurastudiums in Marseille war es sein Wunsch gewesen, Journalist zu werden. Jetzt, wo er seit einem guten Jahr fester Redakteur bei der *Dépêche* war, glaubte er sich am Ziel seiner Wünsche. Zumindest für die nächsten Jahre. Hier wollte er sein Handwerk so gut wie möglich lernen und später dann für eine der großen Pariser

Zeitungen schreiben. Sein Traum war es, politischer Kommentator bei *Le Matin* zu sein.

»Ach, lass ihn doch schreiben, worüber er will. Liest ja doch keiner«, rief Henri lachend dazwischen. Er hatte zu viel Wein getrunken, seine Aussprache war schon ein wenig verschwommen, aber sein scharfer Geist funktionierte immer noch perfekt. Marcelline griff über den Tisch und legte ihrem Mann die Hand auf den Arm, und er stand auf, beugte sich zu ihr hinüber und gab ihr einen leidenschaftlichen Kuss auf den Mund.

»Jetzt mal zu den wirklich wichtigen Dingen, mein Freund«, mischte sich nun Jean ein. »Du siehst ja an uns, wie glücklich so eine Ehe macht.« Er legte die Hand auf den Bauch seiner Frau. Monique war schwanger, das war nicht zu übersehen. Mit ihrem Bauch waren auch ihre Brüste geschwollen. Sie war rund und weich und mit ihren blonden Locken ein Urbild der Weiblichkeit. Robert blieb manchmal die Luft weg, wenn er sah, wie Jean seine Frau küsste und umarmte. »Was ist denn eigentlich mit dir?«

Robert grinste. »Ich halte die Liebe für eine Erfindung von Romanschreibern und die Ehe für eine überkommene Institution, das wisst ihr.«

»Ja, aber nur, weil du noch nie verliebt warst!«, rief Jean.

»Ihr beide habt eben Glück gehabt und seid die große Ausnahme.« Er sah von Jean zu Henri.

»Nun komm schon, du siehst passabel aus …«

»Entschuldige, mein Lieber, aber er sieht phantastisch aus«, unterbrach Marcelline ihren Mann.

»Na gut, du siehst phantastisch aus, bist ein passabel verdienender Journalist und kein Trinker. Außerdem bist du siebenundzwanzig, da solltest du dir endlich eine Frau suchen.«

»Ich bin sechsundzwanzig«, korrigierte Robert.

»Sag ich doch, und mit siebenundzwanzig sollte ein Mann spätestens verheiratet sein.«

Robert bemerkte, dass Marcelline durch etwas hinter seinem Rücken abgelenkt wurde. Er drehte sich um und sah Odette in dem Durchgang stehen, der zum großen Saal führte.

»Kennst du sie?«, fragte Henri, der sich ebenfalls umgedreht hatte.

»Sie sieht schon die ganze Zeit her.«

»Sie ist schwanger«, sagte Monique und sah Robert fragend an.

Robert stand auf und schob seinen Stuhl zurück. »Entschuldigt mich.« Mit diesen Worten ging er zu Odette hinüber.

»Odette, was tust du denn hier?«, fragte er sie.

Ihr Blick flackerte kurz. »Ich habe dich gesucht.«

»Ich habe keine Neuigkeiten von Antoine, wenn du deswegen gekommen bist, leider. Ich hätte es dir sonst gesagt.«

Odette sah zu Boden. Robert bemerkte, dass ihr Bauch sich bereits rundete. Ihre Schwangerschaft ließ sich nicht mehr verbergen.

Sie legte die Hand vor den Mund, offensichtlich war ihr übel.

»Entschuldige, es ist so stickig hier drin«, presste sie hervor.

Er fasste sie am Ellenbogen und schob sie vor sich her durch das Lokal bis ins Freie. Auf der anderen Straßenseite stand unter einer großen Pinie eine Bank. Sie setzte sich und atmete tief durch.

»Besser?«, fragte Robert.

Sie nickte.

»Was kann ich für dich tun? Wie geht es dir?«

Sie blickte ihn böse an. »Wie soll es mir schon gehen? Mir ist ständig übel, die Leute tuscheln hinter meinem Rücken, und meine Eltern würden es am liebsten sehen, wenn ich mich in Luft auflösen würde, weil ich Schande über ihr Haus bringe. Mein Leben ist verpfuscht, obwohl ich noch nicht mal zwanzig bin!« Die Worte kamen schnell und hart.

Er erschrak über ihre Bitterkeit. »Hast du einmal darüber nachgedacht, Fréjus zu verlassen? Du könntest anderswo hingehen, bis das Kind da ist.«

»Wohin denn?«

»Hast du keine Verwandten? Eine Tante vielleicht, die dich aufnehmen würde?«

Odettes Gesichtszüge verhärteten sich wieder. »Ich habe keine Tante, die eine Nichte mit einem unehelichen Kind aufnehmen würde. Wir sind eine anständige Familie.«

»Odette, bitte!«

»Ich brauche einen Mann«, stieß sie plötzlich hervor.

»Einen Mann …?«

»Ja, einen Mann. Und das möglichst schnell.« Sie sah ihn auf eine Art an, die er nicht deuten konnte. »Ich habe eurem Gespräch eben gerade zugehört … ihr habt ja recht laut gesprochen … Was du da über die Liebe gesagt hast …«

Robert verstand immer noch nicht.

»In deinem Leben gibt es niemanden …«

Endlich begriff er. »Du meinst, wir beide …?«

Sie sah ihn nicht an, als sie sagte: »Weißt du, wie sehr ich mich gerade erniedrige? Aber auf der anderen Seite, du bist ein anständiger Mensch, und ich wäre dir eine loyale Ehefrau. Mehr scheinst du von der Liebe nicht zu erwarten.«

»Bitte sprich nicht weiter und sag Dinge, die du später vielleicht bereust«, sagte er. Er spürte, dass Odette sich plötzlich versteifte. Dann stand sie auf.

»Bereuen tue ich etwas ganz anderes«, sagte sie mit brechender Stimme und ging mit schnellen Schritten davon.

Robert sah ihr lange nach und fühlte sich, als habe er ein Verbrechen begangen.

Im September verkündete Camille, dass sie Fayence verlassen werde, um auf ein Lehrerinnenseminar in Paris zu gehen. Suzanne machte diese Nachricht unendlich traurig. Sie hatte Angst davor, in Zukunft auf die Stunden mit ihrer besten Freundin verzichten zu müssen. Zwar blieben Camilles Schwestern ja hier, und Madame de Coligny-Senas lud Suzanne auch ein, sie zu besuchen, wann immer sie wollte, aber das war etwas völlig anderes. Mit Camille verlor Suzanne ihre einzige Freundin.

Wäre da nicht die Arbeit bei Monsieur Felix gewesen, sie wäre vielleicht verzweifelt.

Suzanne arbeitete nun schon über eineinhalb Jahre im Fotostudio. Die Herbstsonne stand tief am Himmel und fiel schräg durch das Schaufenster in den Laden hinein. Sie ließ die Staubkörnchen besonders intensiv aufleuchten. Suzanne hatte den Kampf gegen den Staub schon lange aufgegeben, denn in dem alten Laden standen und lagen einfach zu viele Dinge herum, dazu produzierten die Kameras sehr viel trockene Wärme. Und wenn sie ehrlich war, liebte sie das goldene Geflimmer, das wie Sternenstaub durch den Laden schwebte. Manchmal saß sie einfach nur da und träumte vor sich hin, während sie es betrachtete.

Monsieur Felix hatte ihr alles beigebracht, was er konnte. Der alte Mann und die junge Frau hatten sich aneinander gewöhnt und waren sogar Freunde geworden. Seit einem halben Jahr machte Suzanne die Porträtaufnahmen allein. Sie konnte gut mit den Kunden umgehen und sorgte dafür, dass sie das sterile Atelier um sich herum vergaßen. Sie schnitt Grimassen für die Kinder, machte den Frauen Komplimente und schenkte den Männern aufmunternde Blicke, wenn es sein musste. Monsieur Felix saß währenddessen meist auf einem klapprigen Stuhl hinter dem Verkaufstresen und kam ab und an in den hinteren Raum, um zu beobachten, was sie tat. Er war alt geworden in diesem letzten Jahr. Es war, als hätte er nur auf jemanden gewartet, der ihm die Arbeit abnahm, um sich endlich zurückziehen zu können. Seine Knochen wollten nicht mehr so recht, und er war froh, wenn er nicht mehr vor den Kunden herumturnen musste.

Wenn keine Kunden im Laden waren und es auch sonst

nichts zu tun gab, erzählte er Suzanne von seiner Kindheit in Russland.

Er hieß mit vollem Namen Felix Andreewitsch Schechler. Sein Vater war Elsässer gewesen und als Ingenieur nach Petersburg gegangen. Dort hatte er sich in eine Russin verliebt, Vera. Sie hatten geheiratet, und als Felix vierzehn Jahre alt war, war Vera mit ihm zurück nach Frankreich gegangen.

»Und wie sind Sie Fotograf geworden?«

Der alte Mann seufzte. »Eigentlich habe ich davon geträumt, Maler zu sein. Aber mein Talent hat nicht ausgereicht.«

Suzanne staunte. »Dann sind die Bilder hinten im kleinen Raum von Ihnen?« Sie dachte an die Stillleben und die gemalten Porträts, die in einfachen Rahmen an den Wänden lehnten.

Er nickte. »Es ist alles, was davon übrig geblieben ist.«

»Die Bilder gefallen mir!«, rief sie.

Er lächelte. »Ja, schlecht sind sie nicht. Gutes Handwerk. Aber es fehlt das Besondere, das Künstlerische. Und heute könnte ich den Pinsel nicht mehr ruhig führen.« Er hob seine Hände, die von der Gicht gekrümmt waren.

Suzanne sah ihn betrübt an.

»Nein, das ist kein Grund, traurig zu sein. Die Fotografie hat viel mit der Malerei zu tun, glaub mir. Ich habe meinen Beruf immer gern gemacht.«

Einen Traum hatte der alte Mann aber noch: eine Reise nach Petersburg.

»Einmal möchte ich noch dorthin zurück«, sagte er. »Petersburg im Winter...« Er seufzte.

Suzanne hatte in den letzten Monaten beobachtet, dass seine Sehnsucht immer besonders stark wurde, wenn der Mistral blies, der Wind, der aus Russland kam. Dann schnupperte Monsieur Felix gierig die Luft ein und wurde melancholisch.

»Sind Sie nie wieder dort gewesen?«, fragte sie.

Er schüttelte den Kopf.

»Und was wird mit Ihrem Geschäft, wenn Sie in Russland sind?«, fragte sie.

»Darum wirst du dich kümmern, solange ich weg bin.«

Sie nickte zustimmend. Monsieur Felix hatte seinen Wunsch schon so oft geäußert, aber nie in die Tat umgesetzt, sodass es ihr wenig riskant schien, ihm dieses Versprechen zu geben.

»Du wirst nicht glauben, was ich hier habe.«

Es war Montagmorgen, und Monsieur Felix hatte an der Tür auf sie gewartet. Ganz gegen seine Gewohnheit nahm er sie bei der Hand und zog sie hinter sich her.

»Moment mal, lassen Sie mich doch erst mal den Mantel ausziehen. Scheußliches Wetter heute. Der Mistral macht einen ganz verrückt. Ich bin völlig zerzaust. Und dazu dieser Regen…«

Monsieur Felix sah sie ungeduldig an. Das Wetter war nun wirklich das Allerletzte, worüber er reden wollte. »Unsinn, du siehst ganz hervorragend aus. Das Licht bringt dein Gesicht zum Leuchten. Wenn ich nicht so an dich gewöhnt wäre, würde ich dich jetzt siezen und zum Essen einladen!«

Suzanne lachte. »Sie sind doch viel zu alt für mich!«

Monsieur Felix drückte Suzanne einen kleinen Apparat von etwa der Größe einer kleinen Zigarrenkiste in die Hand. Der Kasten bestand aus Holz und war mit schwarzem Leder überzogen. Sie wunderte sich, wie leicht er war. Ein knappes Kilo, schätzte sie, während sie das Gerät in der Hand wog. Auf der rechten Seite war eine Drehschraube aufgesetzt, und an der Vorderseite war eine Öffnung für das Objektiv, die von einer Filzkappe geschützt wurde.

»Eine Kodak«, rief sie begeistert aus. »Wo haben Sie die denn her?«

Monsieur Felix lächelte. »Genau, eine Kodak. Eine Brownie Junior, das neueste Modell, schon mit Zelluloid-Film.

Kam heute Morgen mit der Post aus Paris.« Er öffnete die seitliche Abdeckung und zeigte ihr die beiden Walzen, zwischen die der Film eingelegt wurde. Die Drehschraube diente zum Filmtransport.

»Ist das alles?«, fragte Suzanne. »Wo ist das Stativ? Wo sind die Filmplatten? Die tragbare Dunkelkammer?«

»Ist alles nicht mehr nötig«, entgegnete er triumphierend. »In diesem kleinen Apparat ist alles, was wir für die Fotografie brauchen.«

»Wir?«, fragte sie atemlos.

»Du«, gab er zurück. »Ich bin zu alt dafür. Aber du ...«, er zeigte mit seinem verkrümmten Zeigefinger auf sie, »du wirst mit dieser Kamera Bilder machen. Bilder vom Leben, vom Alltag, Bilder von allem, was dir vor die Linse kommt. Es geht ganz einfach, sieh her ...« Er nahm ihr den Apparat aus den Händen und hielt ihn sich vor die Brust. »Du ziehst an dieser Schnur, um den Verschluss zu spannen, dann drehst du den Schlüssel und spulst den Film vor, und dann drückst du hier rechts auf den Auslöser.«

»Sie haben gar nicht durch den Sucher gesehen.«

»Doch. Er ist hier oben angebracht. Du siehst von oben hinein. Und wenn du eine Aufnahme im Querformat machen willst, drehst du den Apparat einfach um eine Vierteldrehung gegen den Uhrzeigersinn.« Er tat es, und ein zweiter Sucher war zu sehen. »Den Bildausschnitt musst du vorher auswählen. Du wirst mit der Zeit schon eine Routine entwickeln. Sie sagen, die Kamera nimmt alles ab zwei Meter vierzig scharf auf.«

»Aber ...«

»Kein Aber. Versuch es. Wichtig sind die Motive, die Begebenheiten. Ich will auf den Bildern das Leben sehen! Keine steifen Posen mehr.«

»Aber ...«, versuchte sie es noch einmal.

Der alte Fotograf hatte schon ihren Mantel geholt, den sie doch gerade erst an den Haken gehängt hatte, drückte ihr die

Kamera in die Hand und schob sie zur Tür hinaus. »Du fängst mit den Sehenswürdigkeiten der Umgebung an. Du weißt schon, Kirchen, Rathäuser, die Seidenspinnerei, die schmiedeeisernen Glockenkäfige, den Campanile von Fayence. Die laufen dir nicht weg und du kannst üben. Fotografiere die Votivtafeln in den Kirchen, so was wollen die Leute sehen, die Namen müssen aber gut lesbar sein. Am Ende der Woche lieferst du ab, und wir schauen, was du zustande gebracht hast. Und dann nehmen wir uns die Gesichter vor … Du bist ja immer noch da. Nun geh schon! Es regnet nun ja auch nicht mehr.«

An den restlichen Tagen der Woche war Suzanne mit dem Fahrrad in den umliegenden Dörfern unterwegs. Zum Glück hatte auch der Mistral nachgelassen, das Wetter war wieder schön und die Luft so rein, dass sie am Horizont das Mittelmeer erahnen konnte. Über die Mittagsstunden war es noch angenehm warm. Die klare Luft ließ die Konturen hervortreten und bot ideale Bedingungen zum Fotografieren. Sie hielt sich an den Rat von Monsieur Felix und fing mit den Gebäuden an. Anfangs ließ sie sich sehr viel Zeit, um den richtigen Bildausschnitt auszuwählen. Als sie ihm die ersten Bilder zeigte, wies er sie jedoch auf störende Schatten hin, die Suzanne fortan zu vermeiden versuchte.

Manchmal allerdings setzte sie die Schatten aber auch ein, um künstlerische Effekte zu erzielen. Besonders gut eigneten sich dafür die Glockentürme. Wie Kronen saßen sie auf den Kirchtürmen der Umgebung, und wenn die Sonne günstig stand und Suzanne den richtigen Winkel fand, malten sie verschnörkelte Schatten in den Sand oder auf angrenzende Gebäude. Monsieur Felix, dem kein Detail ihrer Aufnahmen entging und der alles kommentierte, nahm das zufrieden zur Kenntnis.

Wo sie mit ihrer Kodak auftauchte, liefen die Menschen neugierig zusammen.

Als sie mitten auf der Straße in Fayence stand, um das Rathaus zu fotografieren, kam der alte Caspar Michaud vorbei.

»So weit ist die Technik heute also schon«, rief er ihr zu.

Suzanne nickte und beugte sich wieder über ihre kleine Kodak.

»Kannst du auch meine Mühle fotografieren?«

»Natürlich. Ich komme gleich nachher vorbei, wenn es Ihnen recht ist.«

»Gut. Und grüße deine Tante von mir!«, sagte er mit einem breiten Lächeln.

Suzanne nickte.

»You press the button, we do the rest!«, rief ein Junge, als sie die alte Schule in Fayence fotografierte. »Das ist Englisch, du Dummkopf«, belehrte er seinen Freund, der ihn verständnislos ansah, »und es heißt: Du drückst auf den Knopf, den Rest erledigen wir. Das habe ich in der Zeitung gelesen.«

»Und was passiert, wenn man auf den Knopf drückt?«

»Dann wirst du in die Kamera gezogen, und die macht dann ein Foto von dir.«

Der andere Junge sah seinen Freund entsetzt an und starrte dann auf Suzanne, die den Apparat in seine Richtung hielt. Bevor sie den Auslöser betätigen konnte, hatte er sich umgedreht und war weggelaufen.

»Na gut, dann du«, sagte sie zu seinem Freund.

Der Junge stellte sich in Positur. Ein Bein abgewinkelt, den rechten Arm erhoben und den Ellenbogen in Siegerpose gebeugt. Er sah aus wie ein Boxer nach einem gewonnenen Kampf.

»Was machen Sie mit meinem Bild?«, rief er ihr nach, als sie über den Marktplatz davonschlenderte.

»Komm nach Seillans, ins Atelier von Monsieur Felix. Wenn du fotogen bist, kommst du sogar ins Schaufenster.«

»Fotogen?«, schrie er ihr nach.

Kurz vor Weihnachten kam Camille zu Besuch. Sie hatte sich in den Monaten in Paris sehr verändert, und Suzanne musste zweimal hinsehen, um sie zu erkennen. Sie war dünn geworden und trug eine neue Frisur. Und ihre Kleidung passte nicht nach Fayence. Aber nicht in der Art, wie Tante Madeleines Kleider fehl am Platz wirkten. Camille sah modern aus, frech beinahe. Sie ähnelte den exaltierten Engländerinnen, die von Zeit zu Zeit in Fayence einfielen. Sie hatte eine schnippische Art zu sprechen, lachte zu laut und tat, als sei sie der glücklichste Mensch auf der Welt, aber etwas stimmte nicht.

»Wir haben kein Geld mehr«, gestand sie Suzanne, als sie nebeneinander in Camilles altem Zimmer auf dem Bett saßen.

Suzanne verstand nicht gleich.

»Mein Vater hat wieder geheiratet und ist nach Bordeaux gezogen. Seine zweite Frau hat ebenfalls Kinder, und er hat die monatlichen Zuwendungen gekürzt, weil er meint, wir seien jetzt erwachsen. Womit er ja auch recht hat. Und gleichzeitig hat meine Mutter eine große Summe Geld verloren, weil sie irgendwelche Papiere gekauft hat, die nun plötzlich nichts mehr wert sind.«

»Papiere?«

»Aktien, glaube ich. Ist ja auch egal, ob Geld oder Papiere. Das Ergebnis ist dasselbe. Wir sind pleite. Deshalb bin ich auch hier.«

Suzanne sah sie verständnislos an.

»Wir müssen besprechen, wie es weitergehen soll. Ob wir das Haus halten können«, sagte Camille ungeduldig.

Suzanne wurde ganz heiß vor Schreck. Nicht das Haus, das sie so liebte und das ihr zu einem zweiten Zuhause geworden war! Das große Sofa im Wohnzimmer unten war bereits vom Fenster weggerückt worden wie jedes Jahr, um Platz für den riesigen Weihnachtsbaum zu schaffen. Und es roch schon herrlich nach Zimt und Anis.

»Was habt ihr denn für Möglichkeiten?«

Camille zupfte an der Bettdecke herum und machte dabei mit den Fingernägeln auf dem Stoff ein Geräusch, das Suzanne eine Gänsehaut über den Rücken jagte. »Es gibt jemanden, der sich für Ernestine interessiert.«

»Das ist nicht euer Ernst! Nicht Ernestine. Sie ist doch erst siebzehn!«

Camilles Blick wurde hart. »Sie ist in einem Alter, in dem sie heiraten kann. Und ihr Verlobter ist ein hochangesehener Rechtsanwalt aus Draguignan. Ein Freund meines Vaters.«

»Ein Freund deines Vaters?« Suzanne merkte, wie ihr Tränen in die Augen stiegen. »Ihr wollt deine Schwester an einen Mann verkaufen, der so alt ist wie ihr Vater?«

»Sophie hatte sich angeboten, aber er hat sich in Ernestine verliebt, sagt er.«

»Das ist monströs und widerlich!«, rief Suzanne.

»Das ist das Leben«, entgegnete Camille bitter. »Was glaubst du denn, wie ich in Paris über die Runden komme?«

Suzanne schnappte nach Luft. Vor Entsetzen konnte sie nur noch flüstern. »Wie meinst du das?«

Camille bedachte sie mit einem kühlen Blick. »Du lebst hier wirklich in einer ziemlich heilen Welt mit deinem Monsieur Felix. Aber leider ist es nicht überall so. Die Miete will bezahlt sein, und das Lehrerinnenseminar kostet Geld. Maman darf nicht wissen, dass ich schon lange nicht mehr hingehe, sag ihr bloß kein Wort.«

»Aber was tust du dann in Paris? Du wolltest doch unbedingt Lehrerin werden!«

»Da irrst du dich. Ich habe immer behauptet, Lehrerin werden zu wollen, damit Maman mich gehen ließ. Aber eigentlich bin ich Schriftstellerin. Und vor allem genieße ich das Leben. In vollen Zügen.«

Suzanne hätte ihrer besten Freundin am liebsten gesagt, dass sie nicht gerade glücklich aussah, aber sie schwieg, weil sie Camilles Zorn und Sarkasmus fürchtete.

»Du lebst also vom Geld fremder Männer?«

Camille warf den Kopf in den Nacken und lachte und sah dadurch plötzlich wunderschön und fröhlich aus. »So fremd sind sie mir nicht, das kannst du gern glauben.« Sie knuffte Suzanne in die Seite, als sie ihren fassungslosen Blick sah. »Es ist immer nur einer zur selben Zeit. Und die meisten sind richtig süß. Sie tragen mich auf Händen und bewundern mich. Und manchmal fällt sogar ein kleines Schmuckstück für mich ab.« Weil Suzanne nach wie vor ein entsetztes Gesicht machte, fügte sie hinzu: »Jetzt hab dich doch nicht so. Ernestine verkauft sich an einen Mann für den Rest ihres Lebens. Ich kann wenigstens wählen. Und unter uns: Es ist wunderschön, wenn ein Mann es versteht, zärtlich zu sein…«

»Aber was ist aus unseren Träumen geworden? Wir haben doch immer an die große Liebe geglaubt«, stieß Suzanne hervor.

Camille lachte sie aus. »Du hast immer mehr daran geglaubt als ich. Wenn die Liebe kommt, dann kommt sie. Aber bis es so weit ist, amüsiere ich mich nach Kräften.«

Ernestine kam ohne anzuklopfen ins Zimmer. Sie war blass, Schatten lagen unter ihren Augen. Camilles Lachen verstummte.

»Er hat mir einen Ring geschenkt«, sagte Ernestine und streckte ihnen die linke Hand hin.

Ein dicker Ring mit einem Rubin steckte an ihrem Finger. Er war schön, aber zu groß für ihre kleine Hand. Andererseits war er viel zu klein für das Opfer, das sie bringen würde.

»Fotografierst du meine Hochzeit?«, fragte sie, bevor sie das Zimmer wieder verließ.

Suzanne nickte.

Madame de Coligny-Senas bekam Suzanne an diesem Tag nicht zu sehen. Ebenso wenig Sophie.

»Sie haben Schuldgefühle wegen Ernestine«, erklärte Camille.

Suzanne nickte nachdenklich. »Aber was machst du denn eigentlich hier? Wie kannst du helfen?«, fragte sie dann.

»Ich habe gerade einen besonders großzügigen Liebhaber, der mir ein paar Schmuckstücke geschenkt hat. Ich habe sie verkauft und wollte Maman das Geld geben. Ich habe gesagt, ich hätte es durch Nachhilfestunden verdient. Aber sie hat abgelehnt. Sie hat eben ihre moralischen Prinzipien.« Bei diesen Worten hatte ihre Stimme einen höhnischen Unterton angenommen, der in Suzanne ein Gefühl des Abscheus hervorrief.

Sie war zutiefst verstört, als sie an diesem Tag nach Hause ging. Sie hatte Dinge erfahren, die sie nicht wissen wollte und die ihr unangenehm waren. Sie warf Camille insgeheim ihren Lebenswandel vor, und ihrer Mutter war sie böse, weil sie ihre jüngste Tochter für Geld verschacherte. Sie konnte die Notlage von Madame de Coligny-Senas zwar verstehen, aber im Grunde glaubte sie wie Camille, dass sie eine doppelte Moral an den Tag legte.

Suzanne versuchte die Gedanken an Camille und ihre Familie weitgehend zu verdrängen. Zum Glück hatte sie viel Arbeit.

Das Foto von dem Jungen vor ihrer alten Schule war ihr erstes Bild einer Person gewesen. Viele andere folgten.

»Warum fotografieren Sie eigentlich nicht selbst?«, fragte sie eines Tages Monsieur Felix, während sie darauf warteten, dass die Bilder im Fixierbad fertig wurden. Sie standen nebeneinander in dem diffusen Licht der kleinen Dunkelkammer. »Warum schicken Sie mich los?«

Monsieur Felix sah sie an, aber im Dunkeln war es ihr unmöglich, den Ausdruck seiner Augen zu deuten.

»Ich bin zu alt dafür. Die Fotografie mit den kleinen Apparaten ist eine neue Kunst, das sollen die Jungen machen. Außerdem bin ich immer ganz gespannt, was du mitbringst.«

»Aber ich lerne doch alles von Ihnen! Sie sagen mir doch, wie und was ich fotografieren soll.«

»Noch«, gab er zur Antwort. »Ich liefere nur das Rüstzeug. Bald brauchst du mich nicht mehr.«

»Wir haben bisher kaum eines meiner Bilder verkauft. Bis auf die Aufnahmen von Caspar Michauds Ölmühle und vom Rathaus und ab und zu von einer Kirche will niemand sie haben!«

»Dann musst du eben die Motive finden, die die Leute haben wollen. Mit dem Sarazenentor hat es doch auch geklappt.«

»Ach, das alte Stadttor! Ich konnte das Bild nur verkaufen, weil ich das benachbarte Wohnhaus des Bürgermeisters mit aufgenommen habe.«

»Na siehst du«, sagte Monsieur Felix.

Suzanne biss sich auf die Lippen und dachte nach. Dann nahm sie die Aufnahmen aus dem Fixierbad und hängte sie mit Wäscheklammern zum Trocknen auf.

Kapitel 3

An einem regnerischen Tag im Januar machte sich Suzanne daran, im Laden aufzuräumen, da es zu kalt und zu trübe war, um draußen zu fotografieren, und es in der Dunkelkammer auch nichts für sie zu tun gab. Monsieur Felix döste zusammengesunken auf seinem Stuhl vor sich hin. Er hatte über den Winter sehr abgebaut. Sie erklärte sich seine trübe Stimmung damit, dass ihn zu dieser Jahreszeit das Heimweh nach Russland stärker plagte als sonst. Aus seiner geplanten Reise würde vorerst aber nichts werden, das wusste sie.

Sie kam zum letzten Regal. Alle anderen hatte sie bereits abgestaubt und alles wieder ordentlich einsortiert. Vorsichtig stieg sie die Leiter hinauf und nahm eine der großen Pappschachteln herunter. Auf dem Deckel klebte ein Schild mit der gestochen feinen Schrift von Monsieur Felix: *Nicht abgeholte Fotos 1890 bis 1895*. Suzanne hob den Deckel an, blickte hinein, und musste lächeln, als sie sah, dass nur wenige Abzüge darin waren. Jeder andere hätte sie weggeworfen, aber Monsieur Felix mit seinem Ordnungssinn hatte für das knappe Dutzend Bilder extra eine Kiste angelegt. Suzanne nahm sie heraus, um sie durchzusehen. Alle Aufnahmen zeigten Paare. Sie erkannte den alten Sessel, nur den Paravent, der eine Schlossansicht zeigte, gab es nicht mehr. Plötzlich erstarrte ihre Hand mitten in der Bewegung.

Auf dem Foto, das sie vor sich hatte, war ein Mann mit dunklem Haar und riesigen Händen zu sehen. Er stand neben dem alten blauen Sessel, auf dem eine Frau saß, viel zu klein und zart im Vergleich zu dem vierschrötigen Mann. Während sein Blick in sich gekehrt war, sah sie neugierig und ein bisschen keck in die Kamera. Die Frau würde bald ein Kind bekommen, ihr Bauch wölbte sich sichtbar. Es war schwer zu erkennen, ob ihr Haar schwarz oder dunkelbraun war, die Farbe schien zu changieren. Sie strahlte etwas aus, das Suzanne schwer beschreiben konnte. Eine Zuversicht, Selbstvertrauen. Und etwas, das sie von anderen unterschied, etwas Herausforderndes.

Suzanne presste das Foto keuchend an ihre Brust und klammerte sich mit der anderen Hand an der Leiter fest, so sehr traf sie die Erkenntnis. Der Mann auf dem Foto war ihr Vater, und die Frau neben ihm musste ihre Mutter sein. Und das Kind in ihrem Bauch …

»Warum hast du das Foto, das du von dir und meiner Mutter bei Monsieur Felix hast machen lassen, nie abgeholt?«, rief sie aufgebracht, kaum dass sie das Haus betreten hatte.

Ihr Vater saß mit dem Rücken zu ihr am Tisch. Er drehte sich nicht einmal um, was sie vor Zorn erbeben ließ. Sie trat hinter ihn und warf die Fotografie auf den Tisch. Sie sah, wie seine breiten Schultern zusammenzuckten. Er streckte vorsichtig die Hand nach der Aufnahme aus, doch dann zog er sie wieder zurück, als könne er sich die Hand daran verbrennen. Er sagte immer noch nichts.

»Warum gibt es in unserem Haus kein einziges Foto von meiner Mutter?«, fragte Suzanne wieder. »Warum gibt es keine Erinnerung an sie? Sie war schließlich meine Mutter!«

»Sie ist nicht mehr hier.«

»Aber sie war hier. Sie hat in diesem Haus gelebt. Sie hat mich hier geboren! Warum redest du nie über sie?«

»Ich kann nicht«, gab ihr Vater zurück. »Woher hast du das?« Seine Stimme hatte plötzlich einen scharfen Ton angenommen.

»Ich habe es im Fotoatelier gefunden. Ihr habt ein Porträt machen lassen und es dann nie abgeholt. Warum nicht?«

»Ich will das nicht im Haus haben!«

Suzanne glaubte, sich verhört zu haben. »Was willst du nicht im Haus haben? Das Foto deiner Frau? Das Einzige, das es von ihr gibt?« Rasch nahm sie das Bild wieder an sich, denn sie hatte plötzlich Angst, er könnte es zerreißen.

»Vater…«, sagte sie in flehentlichem Ton.

Doch er zeigte keine Reaktion.

»Vater!«

Er stützte die Ellenbogen auf den Tisch und verbarg sein Gesicht in den Händen. Suzanne wusste: Er würde nicht mit ihr reden.

Wütend ging sie in ihr Zimmer hinauf und knallte die Tür hinter sich zu. Wieder hatte sie das Gefühl, dass etwas nicht in Ordnung war. Irgendetwas mit ihrer Mutter. Niemand sprach über sie. Wenn sie Fragen stellte, bekam sie keine Antworten. Warum hatte ihre Mutter kein Grab auf dem Friedhof? Was war geschehen, nachdem ihre Eltern gemeinsam zu Monsieur Felix ins Fotostudio gegangen waren, um sich fotografieren zu lassen? Warum hatten sie das Bild nicht abgeholt?

Der nächste Tag war ein Sonntag, und als ihr Vater wie immer bei seinen Bienen war und Tante Madeleine Mittagsruhe hielt, ging sie in das Schlafzimmer ihrer Eltern. Sie setzte sich an den kleinen Frisiertisch, der ihrer Mutter gehört hatte, und klemmte das Foto ihrer Eltern an den oberen Rahmen des Spiegels. Im Spiegelbild sah sie sich an und verglich ihr Aussehen mit dem der Frau auf dem Foto. Obwohl die Aufnahme über die Jahre verblasst war, waren ihre Züge gut zu erkennen: Suzanne schob ihr Haar aus dem Gesicht und stellte fest, dass sie dieselbe hohe Stirn mit dunklen Brauen hatte, ebenso die feine Nase und den kleinen Mund. Louise Godard war keine Schönheit gewesen, aber sie hatte etwas sehr Waches, Aufmerksames an sich, was sie anziehend machte. Suzannes eigenes Gesicht war etwas weniger rund und voll als das ihrer Mutter. Aber Louise war ja auch schwanger gewesen. Die dunklen Augen unter den kräftigen Brauen glichen jedoch ihren.

Suzanne löste sich von ihrem Bild im Spiegel und zog entschlossen die erste der drei flachen Schubladen auf.

In der untersten Lade fand sie, was sie suchte. Einen Brief, adressiert an ihren Vater. *Patrick* stand in kleiner, unsicherer Handschrift auf dem Umschlag. Sie öffnete ihn und begann zu lesen.

Ich gehe. Ich würde alles tun, um die Dinge ungeschehen zu machen. Ich wünschte, du könntest mir verzeihen. Ich flehe dich an, pass gut auf Suzanne auf. Louise, 16. Mai 1890

Nur diese wenigen Worte. Suzanne drehte das Blatt vergeblich hin und her, um mehr zu entdecken. Dann registrierte sie das Datum. 16. Mai 1890, und schlagartig hatte sie das Gefühl, ihr Körper stehe in Flammen, so heiß wurde ihr mit einem Mal. Im Mai war sie selbst fast drei Monate alt gewesen. Also konnte ihre Mutter unmöglich bei ihrer Geburt im Februar gestorben sein. Ihr Vater hatte sie angelogen. Suzanne legte den Brief mit zitternden Fingern zurück in die Schublade. Dann überlegte sie es sich anders und nahm das Blatt Papier aus dem Umschlag, das Kuvert legte sie wieder zurück, nachdem sie sich vergewissert hatte, dass wirklich kein Absender vermerkt war. Wie in Trance stand sie auf und verließ das Schlafzimmer ihrer Eltern. Den Brief und das Foto ihrer Mutter versteckte sie zwischen den Seiten eines der Bücher in ihrem Regal. Niemand würde dort danach suchen.

In den folgenden Tagen war sie in sich gekehrt. Die Aussicht, dass ihre Mutter vielleicht noch lebte, verstörte sie zutiefst. *Ich gehe,* hatte sie geschrieben. Aber warum hatte sie sie verlassen? Hatte sie sie so wenig geliebt, dass sie es übers Herz gebracht hatte, ohne sie zu gehen? Hatte sie, Suzanne, etwas falsch gemacht, das ihre Mutter vertrieben hatte? Und warum hatte ihr Vater sie nicht zurückgehalten? Warum war er nicht mit ihr gegangen? *Pass gut auf Suzanne auf.* Damit konnte nur sie selbst gemeint sein. Also hatte ihre Mutter doch Gefühle für sie gehegt? Die Gedanken drehten sich unermüdlich in ihrem Kopf und ließen sie nicht schlafen. Suzanne wurde beinahe krank davon. Vergeblich versuchte sie sich an ihre früheste Kindheit zu erinnern, an irgendetwas, das mit ihrer Mutter zu tun hatte, eine Stimme, einen Geruch. Doch da war nichts. Sie hatte keine Erinnerung an Louise Godard.

Schließlich zeigte sie das Foto Monsieur Felix.

»Können Sie sich an diese Aufnahme erinnern?«

Er schüttelte den Kopf. »Das war deine Mutter? Tatsächlich, du siehst ihr ähnlich. Besonders die Augen. Und von ihrem roten Haar hast du einen ganz leichten Schimmer geerbt.«

»Tatsächlich? Ihr Haar war rot?«

Er sah sie überrascht an. »Ja, diese Färbung auf dem Papier zeigt mir, dass sie rotes Haar hatte. Und bei dir scheint die Farbe durch.«

»Erinnern Sie sich wirklich nicht an sie?« Suzannes Stimme bebte vor ängstlicher Erwartung.

»Nein, so leid es mir tut. Wie alt ist denn das Foto?«

»Es muss vor gut zwanzig Jahren aufgenommen worden sein. Ich war damals noch nicht geboren.«

Der alte Mann sah sie nachdenklich an. »Warum fragst du nicht einfach deinen Vater?«

Suzanne schüttelte den Kopf. Sie spürte, wie ihr die Tränen kamen, und schluckte. »Weder er noch meine Tante reden über meine Mutter. Sie sagen, sie sei bei meiner Geburt gestorben.« Sie blickte wieder auf das Foto. »Wenn das stimmt, hätte sie, nachdem diese Aufnahme gemacht wurde, nicht mehr lange zu leben gehabt. Aber ich habe einen Brief von ihr gefunden. Sie hat ihn geschrieben, als ich schon drei Monate alt war.« Sie weinte jetzt heftig. »Ich glaube, dass meine Mutter noch lebt. Aber warum ist sie nicht mehr da? Ich bin doch ihre Tochter! Mein Vater und meine Tante lügen mich an, und ich weiß nicht, warum. Sie tun gerade so, als sei meine Mutter eine Verbrecherin gewesen.«

Monsieur Felix nahm ihre Hand. »Jetzt hör mir gut zu: In beinahe jeder Familie gibt es ein dunkles Geheimnis. Manchmal wird es über Generationen gehütet«, sagte er bedächtig und zögerte, bevor er fortfuhr. »Manchmal ist es nur ein kleines Geheimnis, manchmal ist es größer. Und einige Familienmitglieder betrifft es mehr als andere. Es ist schwer, wenn man damit leben muss. Aber es ist möglich«, fügte er dann hinzu.

»Glauben Sie auch, dass sie lebt? Irgendwo?«

»Wer weiß das schon? Möglich ist es. Dann wirst du sie vielleicht auch irgendwann finden, wenn es an der Zeit ist. Manche Familiengeheimnisse werden nie gelüftet und sterben mit den Beteiligten, weil sie ein großes Interesse daran haben, dass es gewahrt bleibt. Das muss gar nicht unbedingt böser Wille oder Angst vor Entdeckung sein. Manchmal ist es einfach weniger schmerzhaft, die Vergangenheit ruhen zu lassen. Aber meistens gibt es jemanden, der dazu berufen ist, die Knoten der Vergangenheit zu lösen. Vielleicht bist du diese Person. Aber bis es so weit ist, solltest du versuchen, deinen eigenen Weg zu gehen.«

Ihre Entdeckung veränderte Suzanne. Sie wurde ernster und strahlte etwas Melancholisches, fast Dramatisches aus, was die Männer zu reizen schien, denn sie warfen ihr jetzt vermehrt begehrliche Blicke zu. Suzanne war das jedoch egal. Sie musste ihre ganze Kraft dafür aufwenden, den Gedanken an ihre Mutter zur Seite zu schieben. Sie versuchte Monsieur Felix' Rat zu beherzigen und konzentrierte sich auf ihr Leben und ihre Arbeit.

Das ungelöste Geheimnis in ihrem Leben hatte auch Auswirkungen auf ihre Fotos. Sie war jetzt auf der Suche nach dem, was sich hinter den Gesichtern verbarg, und die kleine Kamera bot ihr die Möglichkeit dazu, es abzulichten. Mit ihrer Kodak musste sie nicht mehr darauf warten, bis die Person vor der Kamera kontrolliert und umständlich eine Pose einnahm, sondern konnte sie schnell hervorholen und unbemerkt eine Aufnahme machen. So konnte sie eine Vielzahl verschiedenster Gesichtsausdrücke einfangen: Traurigkeit und Verschlagenheit, Glück, Schadenfreude und Verlangen. Suzanne entdeckte, dass hinter einer glatten Fassade oft eine ganze Reihe von Gefühlen vorhanden waren, die meistens sorgfältig verborgen wurden und erst dann hervorkamen, wenn sich die Menschen unbeobachtet glaubten.

Suzanne bemühte sich, nicht ständig über ihre Mutter nachzugrübeln. Als jedoch die Hochzeit von Ernestine im April näher rückte, die ihr die Gelegenheit bot, nach Draguignan zu fahren, dem Ort, aus dem ihre Mutter stammte, da wurde sie von einer flattrigen Nervosität erfasst.

Kurz vor dem Hochzeitstermin sah es so als, als müsste die Feier verschoben werden, denn ganz Frankreich wurde im Frühjahr 1910 aufgrund von Schneeschmelze und Dauerregen von einem ungewöhnlich starken Hochwasser heimgesucht. Fassungslos und zitternd vor Anspannung betrachtete Suzanne die Bilder in den Zeitungen. In Paris fuhren die Menschen mit Booten durch die Straßen. Auch in Fayence rauschte das Wasser durch die steil abfallenden, engen Straßen, und die Wege rund um den Ort waren durch die starken Regenfälle unterspült und unpassierbar geworden, weshalb Suzanne einige Tage nicht zur Arbeit kommen konnte. Der alte Feigenbaum im Garten, der durch den Blitzschlag ohnehin schon geschwächt war, wurde von den Wassermassen fortgerissen. Eines Morgens, als Suzanne aus dem Fenster sah, war er einfach nicht mehr da.

Gerade rechtzeitig zur Hochzeit hörten die Regenfälle dann aber auf und die Straßen waren halbwegs befahrbar. Alle nahmen das als glückliches Zeichen.

Ernestine bestand nach wie vor darauf, dass Suzanne die Hochzeitsfotos machte, obwohl Honoré de Martigny, der Bräutigam, darauf hinwies, dass es auch in Draguignan Fotografen gebe. Da er seiner jungen Verlobten jedoch jeden Wunsch von den Lippen ablas und erfüllte, fotografierte Suzanne die Hochzeit.

In Suzannes Augen war Honoré de Martigny ein alter Mann. Seine erste Frau hatte offensichtlich gut für ihn gesorgt, denn er hatte einen stattlichen Bauch und ein vom guten Essen gerötetes Gesicht. Auf den Wangen schuppte sich die Haut, was er durch einen hellblonden Backenbart zu verstecken suchte. Die Vorstellung, diesen Mann zu küssen, verursachte Suzanne Übelkeit.

Doch Ernestine schritt strahlend schön und jung neben ihrem Zukünftigen zum Traualtar. Suzanne konnte jedoch auch sehen, dass ihr Blick ab und an leicht flackerte. Madame de Coligny-Senas trug einen großen Hut mit einem dunklen Schleier an der Krempe, der ihr Gesicht verhüllte, als sei sie auf einer Beerdigung.

Wie gewünscht machte Suzanne Fotos vom Brautpaar und von der Hochzeitsgesellschaft, eine schwierige Angelegenheit, weil es einige Mühe bereitete, die gut siebzig Personen so zu platzieren, dass alle aufs Bild passten und in die Kamera sahen. Dann noch eine Aufnahme von Honoré de Martigny, wie er den Arm fürsorglich um Ernestine legte, die sich leicht an ihn lehnte, und sie hatte ihre Aufgabe erfüllt.

»So traurig sieht sie gar nicht aus«, sagte sie leise zu Camille und wies auf das Brautpaar, während sie ihre Kodak einpackte.

»Er ist wirklich nett, ich habe mich ein paar Mal mit ihm unterhalten. Er liebt Ernestine aufrichtig. Und er hat Humor,« entgegnete die Freundin.

»Aber er ist alt. Und dann dieser fürchterliche Bart!«, sagte Suzanne. Sie sah noch einmal zu ihm hinüber. Er küsste Ernestine die Hand, was diese mit einem zarten Lächeln quittierte. »Wie dem auch sei … Ich gehe dann.«

Camille nickte, denn sie wusste, dass Suzanne die Gelegenheit nutzen wollte, um in Draguignan auf den Friedhof zu gehen und nach dem Grab ihrer Mutter zu suchen. »Viel Glück!«, meinte sie deswegen noch, als sie Suzanne zum Abschied kurz umarmte.

Der Friedhofswärter zeigte ihr das Grab ihrer Großeltern und bestätigte ihre Ahnungen.

»Nein, hier ist keine Louise Godard beerdigt. Das sehen Sie doch selbst. Sonst wäre hier noch ein Stein oder zumindest eine Inschrift. Aber hier ist nichts.«

Suzanne schenkte ihm ihr schönstes Lächeln. »Sie haben doch bestimmt ein Register. Würden Sie es bitte zur Sicherheit noch einmal überprüfen? Sie würden mir einen großen Dienst erweisen. Ich komme gleich nach.«

Der Mann ging brummelnd zurück in sein Wärterhäuschen, um in den Büchern nachzusehen. Suzanne machte währenddessen eine Aufnahme der Grabstelle. Der Stein zeigte zwei Namen, zwei Geburts- und Todesdaten. Die der Eltern ihrer Mutter.

Ich habe keine Angehörigen außer meinem Vater und Tante Madeleine, dachte sie und legte den mitgebrachten Strauß gelber Mimosen auf das Grab. Meine Großeltern mütterlicherseits sind bereits vor meiner Geburt gestorben, die Eltern meines Vaters sind gestorben, als ich noch ein Kleinkind war. Mein Vater hat keine Geschwister, meine Mutter hatte nur ihre Schwester Madeleine. In diesem Moment beneidete sie Camille umso mehr um ihre Schwestern.

Wie viel leichter wäre doch alles, wenn ich mich mit einer Schwester beraten könnte, dachte sie, während sie die schmalen Wege zwischen den Gräberreihen in Richtung Ausgang nahm. In seinem Häuschen wartete der Friedhofswärter auf sie und winkte sie in sein Büro.

»Glauben Sie mir jetzt?«, fragte er und fuhr mit dem Finger eine Spalte in dem großen Buch entlang, über der die Jahreszahl 1890 stand. Keine Louise Godard.

Suzanne nickte. Sie hatte nichts anderes erwartet.

Sie ging nicht zurück zur Hochzeitsgesellschaft, denn ihr war nicht nach Fröhlichkeit und Feiern zumute. Sie sah, dass ein Bus in Richtung Fayence fuhr, und stieg ein.

Im Frühsommer wurde das Brotfest gefeiert. Die öffentlichen Backhäuser, von denen es in jedem Ort mindestens eines gab, hatten dann Hochbetrieb. Jede Hausfrau, die etwas auf sich hielt, gab sich besonders Mühe mit dem Teig und der Verzierung. Die Brot- und Kuchenteige wurden in den großen Backöfen gebacken und dann quer durch den Ort getragen und auf großen Tischen ausgestellt. Im letzten Jahr hatte Tante Madeleine den ersten Preis für ein Opferbrot erhalten, das sie mit einer Dornenkrone verziert hatte.

In diesem Jahr wollte Suzanne die Feierlichkeiten zum ersten Mal auf Bildern festhalten, was mit der neuen Kamera ein Kinderspiel war. Sie holte sie einfach schnell aus ihrer Tasche und machte eine Aufnahme, bevor irgendjemand etwas bemerkte. So konnte sie die Menschen mitten im Leben festhalten, in einem unbeobachteten Moment. Ihre Möglichkeiten hatten sich durch die kleine Kodak Brownie immens erweitert. Und mittlerweile kannte sie die Kamera so gut, dass sie genau wusste, ob ein Motiv lohnend war oder nicht.

Sie fotografierte den Bürgermeister, wie er mit großem Schwung das Ferkel anschnitt, das knusprig aus dem Ofen kam. Die großen hölzernen Schuber, auf denen die rohen Laibe in den heißen Ofen geschoben und kurze Zeit später wieder herausgezogen wurden. Die süßen Rosinenlaibe, die knusprigen Fougasses und die Thymianbrote, die zu Ähren geformten Bauernbrote. Und die festlich gekleideten Frauen und Männer, wie sie aßen und tranken. Den Pfarrer, wie er die gebackenen Brote mit ausgebreiteten Armen segnete, und die Jury, die vor dem Backwerk auf und ab marschierte, um die gelungensten Exemplare zu prämieren.

In der Menschenmenge, die sich auf dem Marktplatz vor der Kirche und in der engen Gasse drängte, die zum großen Ofen führte, hielt sie Ausschau nach ihrem Vater, obwohl sie wusste, dass es vergeblich war. Sie konnte sich nicht erinnern, dass er jemals ein Fest besucht hatte. Und ihre Tante Madeleine wartete lediglich die Preisverleihung ab und ging dann nach Hause. Tanzen war nichts für sie.

Suzanne machte Aufnahmen von den Tänzern, die sich eng umschlungen im Takt der Musette-Musik drehten. Bunte Lampions waren an Schnüren über dem Kirchplatz aufgehängt worden und verbreiteten ein mattes grünes oder rotes Licht. Die Leute lachten und freuten sich über den schönen Sommerabend. Eigentlich war es zu dunkel, um zu fotografieren, aber Suzanne versuchte dennoch, im Halbdunkel die Menschen und Szenen einzufangen. Sie war gespannt, was die Entwicklung bringen würde. Vielleicht, wenn sie das Papier länger im Entwicklungsbad ließe …

Da ergriff plötzlich jemand ihre Hand und zog sie hinter sich her auf die Tanzfläche. Es war Jean Michaud, der Sohn des alten Caspar, mit dem sie zur Schule gegangen war.

»Du hast dich verändert«, sagte er, während er sie geschickt durch die Menge bugsierte. »Du bist jetzt Fotografin?« Er zeigte auf ihre Kamera, die sie an einem Lederriemen um die Schulter trug.

Suzanne nickte. »Und du?«

Er lachte. »Ich arbeite in der Mühle meines Vaters. Was denn sonst? Machst du eine Fotografie von mir?«

Sie schüttelte den Kopf. »Ist zu dunkel. Aber komm doch in unser Atelier.« Suzanne überkam unvermittelt ein Gefühl des Glücks. Jean Michaud bewunderte sie für das, was sie tat, und das erfüllte sie mit Stolz. Sie trank ein Glas Wein und tanzte noch ein paar Mal mit Sophie, die sie unter den Leuten entdeckt hatte, und ging dann beschwingt nach Hause.

Der Rest des Jahres verlief friedlich, im immer gleichen Trott und ohne dass sich etwas Besonderes ereignete. Suzanne verrichtete geflissentlich ihre Arbeit, die ihr nicht langweilig zu werden begann.

Im Februar 1911, einige Tage vor ihrem Geburtstag, überreichte ihr Monsieur Felix schließlich ein Dokument, das das Ende ihrer dreijährigen Ausbildung bestätigte.

»Ich habe dir beigebracht, was ich kann«, sagte er. »Für alles Weitere musst du dir einen anderen Lehrer suchen.« Mit diesen Worten gab er ihr ein Buch über den berühmten Fotografen Nadar. »Er hat sogar die Schädel in den Katakomben in Paris fotografiert …«

»Aber die befinden sich doch unter der Erde. Woher hat er das Licht für die Aufnahmen genommen?«, fragte Suzanne, die bereits in dem Buch blätterte.

»Er hat mit Langzeitbelichtung gearbeitet, das steht alles hier drin.«

Natürlich arbeitete Suzanne auch danach weiter bei ihm, denn der alte Mann und sie ergänzten sich wunderbar in ihrer Arbeit und Suzanne liebte ihr Leben, so wie es war – meistens jedenfalls.

Manchmal überkam sie jedoch ein mulmiges Gefühl, wenn sie an ihre Zukunft dachte. Würde sie in zehn oder zwanzig Jahren immer noch bei ihrem Vater und Tante Madeleine wohnen und Fotos in Monsieur Felix' Studio entwickeln? Die Vorstellung erschreckte sie. Sollte das ihr Leben sein? Ganz abgesehen davon, dass der alte Mann in zwanzig Jahren bestimmt nicht mehr da sein würde. Was war, wenn er starb?

Suzanne seufzte tief auf, während sie auf dem Heimweg darüber nachgrübelte, was aus ihr werden sollte. Doch dann wurde sie sich des tiefblauen Himmels bewusst. Sie bemerkte, dass die Konturen wegen der klaren Luft, die der Mistral blank geputzt hatte, heute schärfer als sonst hervortraten, und hinter den Bergen, die zur Küste hin abfielen, konnte sie das Azurblau des Mittelmeers entdecken. Wenn sie den Kopf hob, flirrte direkt vor ihr das Silber der Olivenbaumblätter, und darüber schwebten einige schneeweiße Wolken am Himmel. Plötzlich musste sie tief aufseufzen. Sie liebte diese Landschaft, die sich so schnell verändern konnte, die manchmal menschenfeindlich und hart war und dann wieder derart lieblich und von Duft geschwängert, dass ihr richtig schwindlig davon wurde. Getröstet nahm sie ihren Weg wieder auf.

Sie dachte darüber nach, wie sehr sie mittlerweile die Fotografie liebte und dass sie sich durch sie veränderte. Sie ließ sich die Geschichten hinter den Gesichtern erzählen, die traurigen und lustigen, die glücklichen und banalen Episoden. Und weil sie so oft das Leben anderer festhielt, maß sie ihrem eigenen nicht mehr ganz so viel Bedeutung bei, was sie irgendwie freier und unbeschwerter machte.

Da war der fast neunzigjährige Gustave, der so alt war, dass man ihm alles verzieh. Auch dass er ständig vernehmlich furzte. Er hatte seine Darmwinde nicht mehr unter Kontrolle oder wollte es auch nicht. Er seufzte und furzte, während Suzanne ihn auf den Sessel bugsierte und bat, stillzuhalten, während sie das Foto machte. »Ich möchte meinem Sohn ein Foto von mir schicken, damit er mich nicht ganz vergisst. Er lebt schon seit dreißig Jahren in Amerika. Ich werde ihn nie wiedersehen …«, meinte er beim Verlassen des Geschäfts noch. Mit einem letzten lauten Geräusch schloss er die Tür hinter sich.

Ein nicht mehr ganz junges Paar kam ins Fotostudio, um sich mit seinem ersten Kind ablichten zu lassen, auf das sie sieben Jahre gewartet hatten. Sie waren völlig verzückt von dem kleinen Jungen, und ihre Liebe schien auf Suzanne abzufärben.

Suzanne fotografierte den alten Scherenschleifer, der schon seit Jahren im Frühling und im Herbst durch Fayence kam. Er baute seinen Stand wie immer am Waschhaus auf, weil er dort Wasser hatte und alle Hausfrauen vorbeikamen. In diesem Jahr war sein Rücken gebeugt, sein Blick beängstigend leer. Sie fotografierte ihn von der Seite, mit seiner großen Kiepe auf dem Rücken, unter deren Gewicht er fast zusammenzubrechen drohte.

Am meisten beeindruckte sie aber eine junge Frau, die etwa so alt war wie sie selbst. Sie kam allein ins Atelier, und bereits das flößte Suzanne Respekt ein. Sie orientierte sich kurz in dem Raum und stellte sich dann ganz selbstverständlich an die antike Säule. Aus großen Augen blickte sie direkt in die Kamera. Auf dem entwickelten Foto strahlte sie eine Zuversicht und einen festen Glauben an eine bessere Zukunft aus, die Suzanne wehmütig machte.

Und noch etwas war besonders an dieser Frau: Sie hatte leuchtend rotes Haar. Suzanne konnte es kaum erwarten, bis ihr Abbild in der Dunkelkammer sichtbar wurde. Wie würde rotes Haar auf einer Schwarz-Weiß-Aufnahme aussehen? Als sie das entwickelte Bild in der Hand hielt, holte sie schnell das Foto ihrer Mutter hervor, das sie extra dafür mitgenommen hatte, und legte es daneben. Plötzlich hatte sie eine Ahnung, wie die Haarfarbe ihrer Mutter gewesen war.

Sie hängte das Foto zum Trocknen auf und ging hinüber ins Atelier, um sich im Spiegel zu betrachten. Sie löste ihren Haarknoten und kämmte sich das Haar mit den Fingern nach vorn über die Brust, um es besser sehen zu können. Im letzten Jahr waren immer mehr rote Strähnen hinzugekommen. Sie wusste nicht genau, wie das möglich war, aber ihre Haarfarbe hatte sich verändert, das dunkle Braun hatte einen warmen Ton mit rötlichen Schattierungen angenommen. Wieder nahm sie das Foto ihrer Mutter zur Hand und verglich deren Gesicht mit ihrem eigenen. Sie hatte nicht nur ihre Augen und die dichten Brauen geerbt, sondern auch das

Haar. Nachdenklich nahm sie es wieder im Nacken zusammen und steckte es am Hinterkopf fest. Dabei fiel ihr Blick auf ihr Dekolleté und die Rundung ihrer Brüste, die sich unter der hellen Spitzenbluse abzeichnete. Ihre Haut war sehr zart und beinahe weiß wie bei vielen Rothaarigen. Sie beugte sich zum Spiegel vor und versuchte die Sommersprossen zu zählen, die sich unterhalb des Schlüsselbeins zeigten. Es waren über den Sommer mehr geworden. Suzanne seufzte. Sie wusste nicht, ob sie die kleinen Male schön finden sollte oder nicht. Die Klingel an der Ladentür bimmelte. Rasch schloss sie den oberen Knopf ihrer Bluse und ging nach vorn in den Laden.

Frauen und Kinder wurden zu ihrem Lieblingsmotiv. Sie porträtierte die Jungen, wie sie mit ihren Steinschleudern auf Vogeljagd waren, und die Mütter, wie sie auf den Bänken vor ihren Häusern saßen und auf ihre Kinder aufpassten, die zu ihren Füßen spielten.

Als sie eines Tages ins Geschäft kam, wurde sie bereits ungeduldig von Monsieur Felix erwartet.

»Sieh mal hier«, sagte er zur Begrüßung und wedelte mit der neuesten Ausgabe der *Dépêche* vor ihrer Nase herum.

Suzanne sah ihn verständnislos an.

»Na sieh doch. Auf Seite zwei.« Er blätterte die Zeitung auf.

Suzanne erkannte sofort, was er meinte. Das Foto von den Jungen, die sich die Nase an einer Schaufensterscheibe platt drückten, hatte sie gemacht.

»Woher haben die das?«

Er sah sie mit einem breiten Grinsen an. »Ich habe es an die Redaktion geschickt.«

»Ohne mich zu fragen?«

Wieder lächelte er. »Du arbeitest schließlich für mich.«

Suzanne sah sich das Foto genauer an. »Sie haben den

Rand des Bildes abgeschnitten, eigentlich waren es drei Jungen!«, rief sie.

»Wichtig ist doch, dass sie dein Foto abgedruckt haben. Du bist eine gute Fotografin geworden«, entgegnete er.

»Das ist Ihr Verdienst«, sagte sie mit einem Lächeln.

Er lächelte ebenfalls. »Ich weiß. Hier ist dein Geld.« Er reichte ihr eine Banknote.

»Geld? Heute ist doch gar nicht der Erste des Monats.«

»Das Geld ist von der Zeitung für das Foto.«

»Ich bekomme Geld dafür?«, rief sie aus.

»Natürlich. Was dachtest du denn?«

Es war nicht viel, aber es würde reichen, um sich Unterwäsche zu kaufen. Ihre alte war nicht mehr schön, und sie schämte sich, ihre Tante um Geld zu bitten. Tante Madeleine beobachtete sie ohnehin mit großem Misstrauen. Es gefiel ihr nicht, wie Suzanne ihr Leben gestaltete, dass sie jeden Tag nach Seillans ging, dass sie einen Beruf hatte und Geld verdiente, wenn es auch nicht viel war. Sie hatte sich in der Umgebung einen Namen gemacht. Man nannte sie allgemein »die Fotografin« und sprach mit Hochachtung von ihr. Viele ließen sich von ihr fotografieren, die früher nie auf den Gedanken gekommen wären, das zu tun. Monsieur Felix hatte gut daran getan, ausgerechnet sie als Lehrling zu nehmen. Das Geschäft florierte. Aber Tante Madeleine war der Meinung, dass eine junge Frau nicht so im Vordergrund stehen sollte. Sie missbilligte die Art, wie Suzanne sich kleidete und dass sie ganz allein die Umgebung durchstreifte, um ihre Fotos zu machen. Als Suzanne ihr stolz das Bild in der Zeitung zeigte, schnalzte sie nur abschätzig mit der Zunge.

Ihr Vater zog die Zeitung zu sich heran und betrachtete das Bild lange.

»Was ist an dem Foto Besonderes?«, fragte er dann.

»Nichts. Das ist das Leben, einfach nur das Leben«, gab Suzanne zurück.

Kapitel 4

Der Sommer ging schon beinahe wieder zur Neige, als sie sich endlich entschloss, ans Meer zu fahren. Monsieur Felix drängte schon länger darauf, dass sie Fotos von der Küste machte.

»Motive vom Meer verkaufen sich gut. Seitdem die Touristen hier aufkreuzen, reden alle nur noch davon, auch mal hinzufahren. Für alle, die hierbleiben, haben wir wenigstens die Bilder.«

Sie wusste selbst nicht genau, warum sie so lange gezögert hatte. Sie versuchte es vor sich selbst damit zu rechtfertigen, dass ihre Tante Madeleine das sicher nicht gutheißen würde.

»Du musst es ihr ja nicht auf die Nase binden«, hatte Monsieur Felix nur gesagt.

Wenn sie ehrlich war, dann war ihr bei dem Gedanken, ganz allein nach Fréjus zu fahren, ein wenig unwohl.

»Irgendwie habe ich ein ungutes Gefühl, so, als würde dort etwas passieren«, gestand sie Camille, die für ein paar Tage zu Besuch war. Sie hatte es kaum ausgesprochen, da merkte sie selbst, wie kindisch dieser Gedanke war. Kein Wunder, dass Camille sie auslachte.

»Glaub mir, Fréjus ist nicht Paris. Was soll denn schon passieren? Freu dich doch lieber, dass du hier endlich mal rauskommst!«

Und so stand sie am Sonnabend ganz kribbelig vor Aufregung am Ortsausgang von Fayence und wartete auf den Bus.

Seit einiger Zeit gab es am Sonnabend eine Verbindung nach Fréjus und weiter nach Cannes. Es saßen nicht viele Leute im Bus, denn für die meisten Einwohner aus Fayence gab es keinen Grund, an die Küste zu fahren. In jedem Dorf, in dem sie anhielten, stiegen ein oder zwei Fahrgäste zu. Sie fuhren durch schattige Korkeichenwälder, dann wieder durch lichte Olivenhaine. Hinter Bagnols-en-Forêt wurde die Straße sehr kurvig und fiel in Serpentinen zur Küste hin ab. Nach einer scharfen Linkskurve leuchtete in der Ferne eine schnurgerade blaue Linie hinter dem Grün der Wälder. Dazwischen konnte sie vereinzelt Häuser erkennen.

Als sie das Meer in seiner ganzen Unendlichkeit zum ersten Mal zwischen zwei Bergflanken sah, stockte ihr der Atem. Es war nur kurz sichtbar, dann machte die Straße eine weitere Kurve und es war nicht mehr zu sehen. Suzanne erhob sich von ihrem Sitz, um noch einen letzten Blick zu erhaschen.

»Wohl noch nie an der Küste gewesen?«, fragte ein älterer Mann in der Sitzreihe hinter ihr freundlich.

Suzanne drehte sich um und hatte ein sonnenverbranntes Gesicht vor sich, das von tiefen Falten durchzogen war.

»Nein«, sagte sie.

»Warten Sie, noch ein paar Kilometer, dann kommen wir über eine Hügelkuppe, von dort hat man den schönsten Blick.«

Etwa fünf Minuten später war es so weit, der Mann hatte nicht zu viel versprochen. Der Bus nahm eine scharfe Kurve, und hinter der Stadt, die sich unter ihnen am Fuß der wild zerklüfteten Landschaft aus roten Felsen ausdehnte, erstreckte sich das tiefste Blau, das Suzanne je gesehen hatte. Das Mittelmeer war spiegelglatt, und in einiger Entfernung konnte sie sogar ein weißes Segel erkennen. Ihr erster Impuls war, die Kamera herauszuholen. Sie griff nach ihrer Tasche, aber dann machte die Straße eine weitere Biegung, und das Meer war ihrem Blick wieder entzogen.

»Oh«, sagte sie enttäuscht.

»Immer mit der Ruhe«, hörte sie die Stimme hinter sich sagen. »In einer halben Stunde sind wir unten.«

Suzanne drehte sich zu ihm herum. »Sind Sie aus Fréjus?«

Er nickte. »Ich habe meine Tochter besucht, die in Mons verheiratet ist. Sie hat einen Sohn bekommen, und ich wollte meinen ersten Enkel sehen.«

»Herzlichen Glückwunsch«, sagte Suzanne.

Der Mann lachte dröhnend. »Ist ja nicht mein Verdienst.«

Eine knappe halbe Stunde später waren sie am Ziel. Der Bus hielt auf dem Platz vor der Kathedrale. Suzanne stieg aus und sah sich um.

»Zum Meer geht's da lang, ungefähr zwei Kilometer«, meinte ihr Reisegefährte zu ihr.

»Danke«, gab sie zurück. Mit schnellen Schritten machte sie sich auf den Weg. Eine schnurgerade, mit Bäumen gesäumte Straße führte ans Wasser, und je näher sie kam, desto lauter wurde das Rauschen.

Kaum hatte sie den Strand erreicht, ließ sie sich in den Sand fallen. Sie zog ihre Schuhe aus und bohrte die Zehen hinein. Vor ihr erstreckte sich das Meer. Suzanne saß einfach da und versuchte, die Unendlichkeit in sich aufzunehmen. Sie kniff die Augen zusammen, um die Linie des Horizonts auszumachen, wo sich Himmel und Wasser trafen.

Dann stand sie auf und ging auf das Wasser zu. Vorsichtig hielt sie die Zehen hinein und wunderte sich, wie kalt es war.

Ein Wind war aufgekommen, und das Meer, das vorhin noch glatt wie ein Spiegel gewesen war, kräuselte sich an der Oberfläche. Weiter draußen bildeten sich kleine weiße Schaumkronen. Eine Welle schwappte über ihre Füße. Sie trat einen Schritt zurück und sah sich um. Linkerhand lag der Hafen mit der gemauerten Mole, rechts erstreckte sich die Stadt bis zu einer Felsengruppe. Dort gab es nur noch vereinzelte Häuser und der Pinienwald reichte bis dicht an das Wasser heran. Suzanne wandte sich nach links. Dort erregten kleine Boote, die auf den Sand gezogen worden waren, ihre Aufmerksamkeit. Sie waren schneeweiß gestrichen und mit blauen Linien versehen und hießen »Elise« oder »Louise« oder »Au Bonheur du Poisson«. Louise – der Name ihrer Mutter.

Suzanne kniete sich hin und legte Daumen und Zeigefinger ihrer Hände so aneinander, dass ein Rechteck entstand. Sie sah hindurch, um den Bildausschnitt zu prüfen: der leuchtend blaue Bug der »Louise« vor weißem Sand. Sie nahm die Kodak aus ihrer Tasche und spulte den Film vor. Dann drückte sie ab. Sie ging dichter an die Boote heran und sah, dass in einem von ihnen ein alter Mann lag und schlief. Sein Gesicht war ebenso von der Sonne gegerbt und zerfurcht wie das ihres Mitreisenden aus dem Bus. Er hatte seine Mütze über die Augen gezogen, der Rest des Gesichts war dem gleißenden Sonnenlicht ausgesetzt. Sie sah sich um, ob sie unbeobachtet war, dann hielt sie die Kamera vor die Brust und macht schnell ein Bild von ihm. Der Mann hatte nichts bemerkt, und sie ging eilig weiter.

Sie hatte bereits andere Motive erspäht, Farben und Formen ausgemacht, die sie bisher noch nie gesehen hatte. Sie wusste nicht, wohin sie zuerst sehen sollte, welches Motiv sie zuerst aufnehmen sollte. Die Hafenmauer, auf der sich Möwen und eine Katze um die Fischkadaver stritten, die Fischernetze, die zum Trocknen ausgelegt waren, die Jungen, die am Kai Fußball spielten, die beiden alten Frauen, die vor einem der Verkaufsstände saßen und palaverten, die Fischschuppen, die in der Mittagssonne glänzten, die bunten Schriftzüge auf den Booten, die karierten Decken des Restaurants am Hafen …

»So geht das nicht«, sagte sie leise zu sich selbst. »Ich habe bereits zwei Filme verknipst, und wenn ich so weitermache, habe ich in zehn Minuten kein Material mehr.« Sie verordnete sich selbst eine kleine Auszeit, um zu überlegen, wie sie weiter vorgehen sollte. Zudem wollte sie beobachten, wie sich das Wetter änderte. Der Wind war noch stärker geworden und wühlte das Meer auf, das jetzt nicht mehr blau und glatt war, sondern undurchsichtig und dunkel. Am Horizont türmten sich Wolken auf, die noch weiß und unschuldig aussahen, aber Suzanne wusste, wie schnell sich das Wetter ändern konnte, und wollte diesen Wechsel gern beobachten und dokumentieren.

Weil sie ohnehin Hunger hatte, steuerte sie einen Tisch auf der Terrasse des kleineren der beiden Restaurants am Hafen an. Ohne dass sie bestellt hätte, stellte die Wirtin einen Teller mit gebratenen Sardinen vor sie hin. Suzanne nahm die Zitrone, die am Tellerrand lag, und presste sie über den heißen Fischen aus. Zögernd griff sie zu Messer und Gabel.

»So müssen Sie das machen«, hörte sie plötzlich eine Stimme am Nebentisch sagen.

Sie sah auf und erblickte einen Mann mit tiefblauen Augen, der eine Sardine am Schwanzende nahm, den Kopf abdrehte und dann den kompletten Fisch in den Mund schob.

Suzanne tat es ihm nach und wusste nach dem ersten Bissen, dass sie noch nie in ihrem Leben etwas Besseres gegessen hatte. Sie griff nach der nächsten Sardine und hörte erst auf zu essen, als sie auch den letzten Tropfen Öl mit Weißbrot vom Teller gewischt hatte. Erst dann sah sie wieder auf und blickte mitten in das lächelnde Gesicht des Mannes vom Nebentisch. Er hatte einen Stapel Zeitungen vor sich ausgebreitet und las, während er sich mit seinen schönen Händen eine Sardine nach der anderen in den Mund schob.

Er saß mit dem Profil zum Wasser, und Suzanne bemerkte, dass seine Augen von demselben dunklen Blau waren wie das Meer, das mittlerweile noch dunkler geworden war. Reflexhaft wollte sie zur Kamera greifen, um dieses Farbspiel zu dokumentieren, ließ es dann aber sein, weil sie nicht gewusst hätte, wie sie einem wildfremden Mann erklären sollte, dass sie seine Augen interessant fand.

»Das Wetter schlägt um«, sagte der Mann und wies auf das Meer hinaus.

»Hoffentlich gibt es nicht wieder einen dieser schlimmen Wolkenbrüche«, sagte Suzanne.

»Keine Sorge, der Regen kommt frühestens heute Abend. Aber in den Stunden vorher ist das Meer immer besonders schön. Es brodelt, als wäre es kurz vorm Kochen, und man kann seine Kraft besonders gut spüren.« Er erhob die Stimme, um gegen den Lärm des Windes anzukommen.

Suzanne sah ihn neugierig an. Ein Mann mit einer poetischen Ader, dachte sie. Noch einmal wagte sie einen Blick in seine blauen Augen. Dann nahm sie ihre Tasche und nickte ihm zum Abschied zu.

»Sie gehen schon? Das ist aber schade! So schlimm wird es schon nicht werden mit dem Unwetter.«

Das fand sie jetzt ganz schön gewagt von ihm. So sprach man doch nicht mit einer Frau, die man nicht kannte! Sie sah auf die Uhr und seufzte. Ihr blieben nur noch zwei Stunden, bevor der Bus fuhr. Sie legte Geld auf den Tisch und machte sich auf den Rückweg. Sie ging noch einmal bis zum Ende des Hafenbeckens, wo der Strand anfing. Die Wellen schlugen jetzt höher auf den Strand, und sie musste aufpassen, dass ihr langer Rock nicht nass wurde. Eine Welle klatschte gegen einen einzelnen Felsen, und Gischt spritzte ihr ins Gesicht, ein herrliches Gefühl, das einen salzigen Geschmack auf ihren Lippen hinterließ.

Langsam, beinahe widerwillig machte sie sich auf den leicht ansteigenden Weg zur Ortsmitte von Fréjus. Sie bewältigte die Strecke schneller, als sie geplant hatte, und beschloss, die Zeit bis zur Abfahrt ihres Busses zu nutzen, um zur Kathedrale zu gehen. Neben dem Eingang zur Kirche ging es in den Garten des mittelalterlichen Klosters. Das Plätschern des Brunnens in dem wunderschönen zweigeschossigen Kreuzgang zog sie magisch an, und sie lenkte ihre Schritte dorthin.

Die Stille in dem abgeschlossenen Garten war beinahe mit Händen zu greifen. Hierhin drang der Wind nicht vor, aber Suzanne spürte die Erinnerung an ihn immer noch heiß auf ihren Wangen. Langsam wanderte sie den Kreuzgang entlang. Sie sah nach oben und entdeckte etwas Merkwürdiges: eine Holzdecke, die in kleine, vielleicht postkartengroße Kassetten unterteilt war, die allesamt bunt bemalt waren. Es mussten Tausende sein. Sie sah genauer hin und entdeckte Männer und Frauen in prächtigen Gewändern, Drachen, Fabelwesen, Hunde, die Fasanen jagten, einen Elefanten. Die Motive wiederholten sich, einige waren verblasst und nicht mehr zu erkennen, dennoch gab es immer wieder neue zu entdecken.

Ich habe noch nie so etwas Schönes gesehen, dachte sie und bewunderte gerade ein zweibeiniges Wesen mit dem Hinterteil eines Pferdes, dem Körper einer Schlange und dem Kopf eines Menschen, als sie plötzlich eine Stimme hörte.

»Die Decke ist aus Lärchenholz. Man hat sie eingezogen, um das größere Gewicht aufzufangen, als man das obere Stockwerk aufgesetzt hat. Und die Malereien sind im vierzehnten Jahrhundert entstanden, nachdem die Pest Fréjus heimgesucht hatte. Die Menschen haben wohl ihre Ängste in ihnen verarbeitet.«

»Sie sind das!«, rief Suzanne, als sie den Mann aus dem Fischrestaurant erkannte.

»Ich bin Ihnen gefolgt«, sagte der Mann und lächelte sie an.

»Was fällt Ihnen ein!«

»Entschuldigen Sie, aber Sie haben mein Interesse geweckt. Sie wissen nicht, wie man Fisch isst, und Sie sind ganz allein am Meer. Und außerdem will ich wissen, was Sie da in Ihrer Tasche haben.« Er wies mit dem Finger auf ihren Fotoapparat. »Mein Name ist übrigens Robert Cailloux.« Er lüpfte elegant und schwungvoll seinen Hut.

Suzanne wusste nicht, wie sie sich verhalten sollte. Abrupt wandte sie sich ab und stieg die steinerne Treppe in das erste Stockwerk des Kreuzgangs hinauf. Von hier aus konnte sie über das Dach hinweg die Balkone und Dächer der umstehenden Bürgerhäuser sehen. An einer Ecke ragte der Turm der Kathedrale auf. Sie sah nach unten und suchte in ihrer Tasche automatisch nach der Kamera, ohne die Augen von dem zu lassen, was sie so faszinierte: Unter ihr im Inneren des Kreuzgangs, in dessen Zentrum der rosenumrankte Brunnen stand, breitete sich wie ein Mosaik das Bodenpflaster aus. Die Fliesen, die wie die Deckenverzierungen rot, schwarz und blau waren, bildeten geometrische Muster von einer Schönheit und Kompliziertheit, die sie verzauberten. Sie beugte sich noch weiter nach vorn über die Balustrade, um die Mosaike aus der Senkrechten aufzunehmen. An einigen Stellen waren sie zerstört, es fehlten Steine, und sie ging einmal um den Innenhof herum, um die schönsten Teilstücke zu fotografieren.

»Das muss eine interessante Beschäftigung sein, wenn Sie dafür sogar einen Sturz riskieren«, meldete sich erneut ihr Verfolger, der von unten zu ihr heraufsah.

Suzanne richtete die Kamera auf ihn und drückte den Auslöser, um ihn zu ärgern. Er war aber nicht verärgert, sondern lächelte sie sogar an.

»Sie sind also Fotografin. Das trifft sich gut, denn ich bin Journalist. Wir könnten zusammen eine illustrierte Zeitung gründen.«

Jetzt musste Suzanne lachen.

»Aber ich weiß nicht, ob die Leute Fotos von Steinen sehen wollen. Haben Sie nicht ein bisschen was Spektakuläres auf Ihrem Film? Verbrechen? Sünde?«

»Heute nicht.«

»Aber sonst?«

»Kommt drauf an.«

»Worauf?«

Das Geplänkel fing an, ihr Spaß zu machen. »Und Sie? Über welchen Skandal haben Sie zuletzt geschrieben?«

»Wo denken Sie hin! Ich bin ein ernsthafter Vertreter meiner Zunft.« Er verschwand unter dem Dach des Kreuzgangs und sie glaubte schon, sie habe ihn vertrieben. Sie lehnte sich vor, um zu sehen, wohin er gegangen war, da stand er plötzlich neben ihr. »Mein Name ist übrigens Robert Cailloux, habe ich das schon erwähnt?« Er streckte ihr die Hand hin. Er trug ein weißes Hemd, dessen Ärmel etwas hochgekrempelt waren. Sehr lässig, dachte Suzanne. Unter dem Arm trug er den Stapel Zeitungen. »Haben Sie mir schon gesagt, wie Sie heißen?«

Suzanne räusperte sich und nannte ihren Namen.

»Sehr erfreut. Jetzt, wo wir uns offiziell kennen, darf ich Sie doch auf einen Kaffee einladen?« Er stutzte. »Sie wissen doch, wie man Kaffee trinkt?« Wieder dieses Lächeln, von dem sie nicht wusste, ob es einfach nur fröhlich oder frech war.

Sie entschloss sich, es als frech zu interpretieren, und sah auf ihre Uhr. »Meine Güte, in drei Minuten geht mein Bus!« Suzanne stopfte die Kamera zurück in die Tasche, während sie sich schnell auf den Weg zur Treppe begab.

»Ihr Bus?«, rief Robert.

»Sie wissen doch, was ein Bus ist?«

Er grinste. »Wohin müssen Sie denn?«

»Nach Fayence«, gab sie über die Schulter zurück.

»Das liegt in den Bergen«, konstatierte er.

»Ich weiß«, sagte sie mit Nachdruck, während sie schon die Treppe hinunterlief.

»Kommen Sie, wenn wir diesen Ausgang nehmen, sind wir schneller.« Er nahm sie am Unterarm und schob sie am Fuß der Treppe nach links in das ehemalige Refektorium. Auf der anderen Seite des Raums war eine Tür, und dahinter war tatsächlich der Platz, wo der Bus hielt.

»Sehen Sie?«, sagte er. Seine Augen blitzten. »Suzanne

Godard aus Fayence, Fotografin … Ich muss unbedingt mehr über Sie erfahren.«

»Wie soll das gehen?«, fragte sie verblüfft.

»Kommen Sie denn nicht wieder? Wir haben in Fréjus auch römische Arenen. Ich weiß aber nicht, ob dort auch Mosaike …«

Sie schüttelte energisch den Kopf und stieg in den Bus, dessen Motor schon lief.

»Jetzt aber los, mein Fräulein«, brummt der Busfahrer. »Fahrplan ist Fahrplan.«

»Dann komme ich zu Ihnen!«, rief Robert Cailloux von draußen.

Suzanne drehte sich zu ihm um. Die Tür schloss sich bereits.

»Kommen Sie nach Seillans, ins Fotostudio von Monsieur Felix. Dort arbeite ich!«, rief sie ihm zu, ohne viel zu überlegen.

Später fragte sich Suzanne immer wieder, was um Himmels willen ihr den Mut dazu gegeben hatte. Und sie kam zu dem Schluss, dass dieser Augenblick ein weiterer Schicksalsmoment in ihrem Leben gewesen war. Obwohl die Begegnung mit Robert ihr später so unendlichen Schmerz bereiten sollte, war es richtig gewesen, ihm zu sagen, wo er sie finden konnte. Wie leer ihr Leben gewesen wäre, wenn sie ihn nicht wiedergesehen hätte!

Der Bus setzte sich in Bewegung, kaum dass sie eingestiegen war. Sie musste sich festhalten und ließ sich auf den ersten freien Sitz fallen. Sie drehte sich noch einmal nach Robert Cailloux um, der auf dem Platz stand und zum Abschied seinen Hut schwenkte.

Suzanne lächelte in sich hinein. Während der Rückfahrt hatte sie kaum noch einen Blick für die Landschaft. Stattdessen träumte sie vor sich hin. Er hatte sie auf einen Kaffee eingeladen. Wenn sie das Camille erzählte! Sie seufzte. Camille ließ sich wahrscheinlich jeden Tag von einem Mann einladen. Außerdem war sie weit weg, und sonst hatte sie niemanden, dem sie es erzählen konnte. Aber davon einmal abgesehen: Hätte sie die Einladung angenommen, wenn ihr Bus nicht gefahren wäre? Leicht beschämt gestand sie sich ein, dass sie es getan hätte, auch wenn sich das für eine Frau nicht gehörte. Vor ihrem inneren Auge sah sie noch einmal Robert Cailloux vor sich. Die gebräunte Haut seiner Unterarme, die außergewöhnlichen Augen. Am meisten gefiel ihr, dass er kein Dummkopf war, sondern witzig und schlagfertig. Er war genau das, was sie sich unter weltmännisch vorstellte.

Hinter Saint-Paul-en-Forêt kamen sie in ein heftiges Gewitter. Das Unwetter, das sich am Meer angekündigt hatte, hatte auch die Berge erreicht. Wahre Wassermassen kamen ihnen in Sturzbächen auf der Straße entgegen, vom Sturm abgerissene Äste trieben vorüber. Hinter einer Kurve war die Straße durch einen umgestürzten Baum versperrt. Der Busfahrer und einige Männer mussten aussteigen und ihn mit vereinten Kräften zur Seite wuchten. Als Suzanne sie sah, konnte sie nicht anders. Auch sie verließ den schützenden Bus und machte ein Foto von den Männern im Regen, die sie erst verdutzt ansahen und sich dann lachend in Siegerpose aufstellten.

Mit einiger Verspätung erreichten sie Fayence. Es regnete immer noch leicht, und Suzanne wollte sich gerade resigniert auf den Weg nach Hause machen, als sie Caspar Michaud bemerkte. Er hatte im Café gesessen und kam mit einem Schirm über dem Kopf auf sie zugelaufen.

»Ich bringe Sie nach Hause. Das ist doch selbstverständlich«, sagte er und hakte sie unter, damit sie besser unter den Schirm passten.

Tante Madeleine schimpfte mit ihr. Weil sie durchnässt war, weil sie zu spät war und weil sie sich von einem »Fremden« hatte begleiten lassen.

Suzanne hatte jedoch so gute Laune, dass die Worte an ihr abglitten wie Wassertropfen an der frisch geputzten Fensterscheibe.

»Ich habe das Meer gesehen«, rief sie am Montagmorgen Monsieur Felix zu, der wie üblich auf seinem Stuhl hinter dem Verkaufstresen saß und bereits auf sie gewartet hatte. Suzanne sah sich im Geschäft um und wunderte sich, dass dort alles beim Alten geblieben war, während sich in ihrem Leben so viel verändert hatte.

»Hast du es fotografiert?«, fragte er.

»Was denken Sie denn! Ich habe drei Filme verknipst!«

»Dann mach dich an die Arbeit. Übermorgen ist Markttag, da kommen die Leute. Und wir wollen ihnen doch etwas bieten für ihr Geld!«

Suzanne ging gleich in die Dunkelkammer, um die Fotos zu entwickeln. Auch das war eine sehr angenehmen Neuerung in der Fotografiertechnik: Die neuen Filmspulen machten es möglich, dass zwischen der Aufnahme und der Entwicklung Zeit verging, anders als mit der Aufnahme auf Glasplatten. Die meisten Amateure schickten sogar ihre kompletten Apparate ein, um die Filme entwickeln zu lassen. Aber das hatte Suzanne ja nicht nötig. Außerdem bereitete der Vorgang ihr viel Vergnügen, und sie war sich sicher, sorgfältiger zu sein als ein anonymes Entwicklungslabor.

Ihre Fotos vom Meer gaben genau die Veränderung des Wetters wieder. Von einer spiegelglatten Fläche wurde es zu einer bewegten graubraunen Masse, von der etwas Bedrohliches ausging. Die Fischerboote am Strand sahen vor dieser Kulisse aus, als seien sie gestrandet, und der schlafende Mann in seinem Boot wirkte wie ein bewusstloser Schiffbrüchiger.

Sie wollte es vor sich selbst nicht zugeben, aber sie wurde ungeduldig, als sich undeutlich Robert Cailloux' Gesicht auf dem Papier im Entwicklungsbad abzeichnete. Sie konnte es kaum erwarten, bis die hohe Stirn und der energische Mund erschienen. Ihr Blick blieb an den Augen hängen, und sie erinnerte sich daran, wie er sie angelächelt hatte.

Monsieur Felix legte einen Zeigefinger auf die Lippen und studierte die Bilder. Er wählte zwei Aufnahmen von den Booten auf dem Strand mit dem Meer im Hintergrund aus.

»Die rahmen wir und hängen sie auf. Vielleicht kauft sie jemand.«

Die Fotos der Mosaike sah er sich besonders lange an. Die verschiedenen Farbnuancen der Steine kamen gut heraus, und in den Rosetten und Rauten, die sich ständig wiederholten, konnte man sich beim Betrachten verlieren.

»Sehr interessant«, sagte Monsieur Felix. »Besonders dieses hier.« Er zog ein Bild hervor, das heller war als die anderen.

»Ich habe das Papier einige Sekunden länger im Fixierbad gelassen als üblich. Ich bin selbst überrascht von dem Ergebnis.«

Er nickte. »Hast du mal daran gedacht, das Negativ zu beschneiden, um mit dem Bildausschnitt zu spielen? Hier, bei diesem hier stört in der rechten Ecke der Schatten. Das kannst du noch verbessern.«

»Am Negativ herumschneiden? Auf die Idee bin ich noch nicht gekommen.«

»Denk doch nur an dein Foto von den drei Jungen. Nur zwei waren in der Zeitung zu sehen.«

»Sehen Sie, ich lerne immer noch von Ihnen.« Sie seufzte. »Aber verkaufen können wir diese Bilder bestimmt nicht.«

Monsieur Felix sah sie nachdenklich an. »Nicht hier in Seillans. Diese Fotos haben einen künstlerischen Anspruch. Die müsstest du woanders anbieten.«

»Wie meinen Sie das?«

»Kindchen, das musst du schon allein herausfinden. Außerdem habe ich kein Interesse daran, dass du dich irgendwie veränderst. Ich will dich ja hierbehalten«, fügte er verschmitzt hinzu. »Und was haben wir hier?« Er nahm das Foto der Männer vor dem Bus in die Hand, das letzte im Stapel. »Das verkaufen wir bestimmt«, sagte er. »Männer sehen sich gern als Helden.«

Suzanne hatte noch ein weiteres Foto, das allerdings in der Tasche ihres Kittels steckte. Es war die Aufnahme von Robert Cailloux. Sie hätte sie Monsieur Felix gern gezeigt, um seine Reaktion auf Robert zu sehen. Aber sie wollte nicht, dass er Fragen stellte, auf die sie keine rechte Antwort gewusst hätte.

Abends in ihrem Zimmer holte sie das Bild hervor. Dieser Robert Cailloux war anders als alle Männer, die sie bisher kennengelernt hatte. Er schien genau zu wissen, was er wollte, und strahlte das auch aus. Daneben verfügte er aber auch über eine beinahe jungenhafte Lässigkeit. Wieder blieb ihr Blick an seinen Augen hängen. Leuchtend dunkelblau waren sie gewesen, mit ein paar hellen Einsprengseln, daran konnte sie sich noch gut erinnern. Sie fragte sich, ob er seine Absicht wahr machen und nach Seillans kommen würde. Sie musste zugeben, dass sie darauf hoffte.

Tante Madeleine ging auf dem Korridor an ihrem Zimmer vorbei, und Suzanne legte das Foto mit dem Bild nach unten auf den kleinen Tisch, der gleichzeitig Schreibtisch und Frisierkommode war. Meine Güte, wenn ihre Tante sie hier vor dem Foto eines Mannes erwischen würde. Nicht auszudenken! Sie beglückwünschte sich dazu, Robert Cailloux nach Seillans bestellt zu haben. Er würde es wahrscheinlich fertigbringen und plötzlich bei ihr zu Hause vor der Tür stehen. Wenn er denn wirklich kommen sollte.

Am folgenden Freitag klingelte im Atelier die Türglocke.

»Guten Tag. Mein Name ist Robert Cailloux. Ich komme von der *Dépêche du Midi*«, sagte er zu Monsieur Felix, der auf seinem Stuhl hinter dem Verkaufstresen saß.

»Sie sind tatsächlich gekommen!«, entfuhr es Suzanne. Sie war dabei, das Bild der beiden Töchter des Bürgermeisters zu rahmen, die sie am Vortag im Studio aufgenommen hatte. Plötzlich war sie nervös. Ihre Hände verloren die übliche

Sicherheit, und sie machte einen hässlichen Knick in das Foto.

»So was Dummes!«, entfuhr es ihr.

»Aber entschuldigen Sie, was ist denn daran dumm? Unsere Leser sind sehr an lohnenden Ausflugszielen im Hinterland interessiert, und man hat mich geschickt, um sie zu finden und zu beschreiben.« Er lächelte Suzanne strahlend, aber auch ein wenig frech an.

Suzanne spürte, dass ihr die Röte in die Wangen stieg. Im nächsten Moment konnte sie nicht anders und lachte laut heraus. Dann wurde sie wieder ernst. »Ich werde das Foto noch einmal machen müssen. Ausgerechnet die Familie des Bürgermeisters! Madame Bonnefoi wird mir den Kopf abreißen!«

»Sie könnten das Negativ doch ein zweites Mal entwickeln.«

Auf die Idee war Suzanne noch nicht gekommen. »Unterhalten Sie sich weiter mit Monsieur Felix. Der kennt die Gegend schon viel länger als ich. Ich muss das Negativ suchen.« Damit verschwand sie hinter dem Paravent und lief in die Dunkelkammer.

»Sie haben aber eine temperamentvolle Angestellte!«, hörte sie Roberts Stimme hinter sich. »Oder ist sie Ihre Tochter?«

Am selben Nachmittag saß sie neben Robert Cailloux in einem Ford und fuhr mit ihm durch die Gegend – was sie Monsieur Felix zu verdanken hatte.

»Natürlich nehmen Sie sein Angebot an. Sie führen ihn herum. Und machen Fotos für die Zeitung. Eine bessere Werbung für unser Geschäft kann es gar nicht geben! Und jetzt machen Sie schon, bevor Monsieur Cailloux es sich wieder anders überlegt«, hatte er gemeint.

Und nun saß sie zum ersten Mal in einem Auto. Und neben ihr saß ein gut aussehender Mann. Robert – »Nennen wir uns doch beim Vornamen, das machen wir bei der Zeitung so!« –, Robert gab sich sehr professionell. Er machte keine Scherze mehr, sondern fragte sie aus, nach Gebäuden, nach Sehenswürdigkeiten, nach landschaftlichen Besonderheiten.

»Wohin zuerst?«, fragte er, nachdem er den Motor gestartet hatte.

»Vielleicht fangen wir mit Seillans an? Das ist immerhin einer der ältesten Orte in der Gegend. Oben auf dem Berg gibt es eine Burg. Und eine Seidenspinnerei, in der übrigens mein Vater arbeitet. Wir wären allerdings schneller zu Fuß«, fügte sie hinzu, obwohl sie sich auf die Autofahrt freute.

»Kommt nicht infrage. Wir fahren.«

Sie mussten den Weg um den Ort herum nehmen, denn die schmalen Gassen von Seillans waren für Automobile viel zu schmal. Sie parkten den Wagen am Rande der Burgmauer, von wo aus eine steile, in den Felsen geschlagene Treppe wieder hinunter in den Ort führte. Von hier oben konnten sie auf die von alten Platanen beschattete Place du Thouron sehen, den Hauptplatz des Ortes mit dem in den Berg geschlagenen Waschhaus.

Suzanne hatte eine Idee. »Da unten verläuft eine unterirdische Wasserleitung aus römischer Zeit. Sie speist immer noch das Waschhaus. Ich habe gehört, dass sie in einem der Keller weitergeht.«

»Das muss ich mir ansehen. Das ist viel interessanter als eine Burg.«

Sie stiegen die Treppe hinab und klopften an die Tür des Hauses, in dessen Keller die Reste des unterirdischen Aquäduktes verliefen. Die Hausherrin war anfangs misstrauisch, doch Robert wickelte sie im Nu um den Finger. Am Ende war sie mehr als entzückt von der Aussicht, dass ihr Haus in der Zeitung erwähnt würde.

Sie stiegen eine dunkle, feuchte Treppe hinab und standen vor den Resten des antiken Bauwerks. Das Wasser kam aus dem Felsen, lief für einige Meter in dem gemauerten Bett und verschwand dann auf der anderen Seite des Kellers wieder in der Wand. Es war sehr dunkel, und sie konnten kaum richtig sehen. Suzanne erinnerte sich daran, was der berühmte Nadar in seinem Buch über die Langzeitbelichtung bei den Aufnahmen in den Katakomben geschrieben hatte, und machte probehalber einige Aufnahmen, war sich aber fast sicher, dass darauf kaum etwas zu sehen sein würde.

»Sie mit Ihrem Charme!«, sagte sie, als sie wieder auf dem Platz standen, der ihnen nach dem modrigen Kellergewölbe noch einladender vorkam.

Er grinste. »Manchmal muss man den spielen lassen, um etwas zu erreichen.«

»Ach, so einer sind Sie! Die gute Frau hat sich schon durch die Aussicht, in die Zeitung zu kommen, überzeugen lassen. Sie hätten sie nicht so umgarnen müssen.«

»Stört es Sie etwa?«

»Ach, machen Sie doch, was Sie wollen!«

Sie stiegen die Treppe wieder hinauf zur oberen Straße und gingen die wenigen Meter bis zur Mauer, die die Burg aus dem elften Jahrhundert umschloss. Doch das Tor war versperrt, und so fuhren sie weiter den Berg hinauf in Richtung Mons. Suzanne wusste von einigen sehr alten Olivenbäumen, die in der Nähe der Straße standen.

»Sehr gut, lassen Sie uns hinfahren«, sagte Robert und beschleunigte den Motor.

Suzanne lehnte sich zurück und genoss den Wind in ihrem Haar. Hätte sie gewusst, was eine rasante Autofahrt mit einer Frisur anstellt, hätte sie ein Tuch mitgenommen. Ihr Haarknoten löste sich, und sie versuchte mehrmals vergeblich, sich die Strähnen mit dem Kamm wieder am Hinterkopf festzustecken.

Eine halbe Stunde später parkte Robert das Auto am Straßenrand unterhalb der Stelle, an der die Bäume standen.

»Den Rest müssen wir zu Fuß gehen. Wenn ich mich recht

erinnere, ist der Platz ein paar Hundert Meter den Berg hinauf.«

Sie nahmen einen steinigen Ziegenpfad. Immer wieder mussten sie Dornen ausweichen, und in der Hitze fingen sie an zu schwitzen. Als Suzanne schon dachte, sich ob der richtigen Stelle geirrt zu haben, sah sie die kleine Lichtung mit den vier Bäumen vor sich.

Sie war schon einmal als Kind hier gewesen, es war einer der ganz wenigen Ausflüge gewesen, die ihr Vater mit ihr gemacht hatte. Damals hatte sie mehr die Aufmerksamkeit ihres Vaters beeindruckt, doch als sie jetzt vor den vier Bäumen stand, musste sie vor Überwältigung tief Luft holen. Sie waren seit Jahren nicht beschnitten worden, dadurch hingen die Äste, an denen winzige Früchte wuchsen, bis fast auf den Boden herab. Unter den Bäumen, deren Kronen sich berührten, breitete sich wohltuender Schatten aus.

»Die Leute sagen, sie sind fünfhundert Jahre alt«, sagte Suzanne.

»Sie sind majestätisch«, gab Robert zurück.

Suzanne trat auf den dicksten Stamm zu und legte ihre Hände auf die Rinde, die rau war, sich aber fest und stabil anfühlte. Sie breitete die Arme aus und stellte fest, dass der Stamm so dick war, dass sie ihn nicht einmal zur Hälfte umarmen konnte.

»Geben Sie mir Ihren Fotoapparat«, hörte sie Roberts Stimme hinter sich.

Nur unwillig ließ sie sich in ihren Gedanken stören. Sie drehte sich zu ihm um.

»Warum?«

»Wir tauschen die Rollen. Jetzt mache ich ein Foto von Ihnen.«

Suzanne sah sich suchend nach einer passenden Stelle um.

»Nein, bleiben Sie genau dort stehen«, sagte er knapp. Er nahm ihr die Tasche aus der Hand, sagte: »Darf ich?« und holte die Kamera heraus.

Automatisch fuhr Suzanne mit der Hand zum Haar, um es zu ordnen, und zupfte anschließend an ihrem Ausschnitt. »Ich bin ganz zerzaust«, meinte sie.

»Lassen Sie doch«, sagte er und trat auf sie zu. »Aber, Moment, warten Sie ...« Er streckte den Arm aus und zog einen kleinen Ast aus ihrem Haar.

Die Berührung ließ Suzanne leicht erschauern. Oh Gott, hoffentlich bemerkt er das nicht, dachte sie und atmete den weichen Duft seiner Haut ein.

Abrupt zog er seine Hand zurück. »Wenn man sich das vorstellt, fünfhundert Jahre stehen die hier schon.«

»Sie sind fünfundzwanzigmal so alt wie ich«, entfuhr es Suzanne.

»Das macht das Motiv ja so interessant.« Robert trat einen Schritt zurück und drückte auf den Auslöser.

Weil sie sich unter seinen Blicken unbehaglich fühlte und nur, um etwas zu sagen, meinte Suzanne: »Wer sie wohl gepflanzt hat? Und ob hier einst noch mehr Bäume gestanden haben?«

Robert gab ihr den Apparat zurück. »Bekomme ich davon einen Abzug?«, fragte er mit einem Lächeln. Dann ließ er sich in den Schatten fallen und zog sein Notizbuch hervor. Während er zu schreiben begann, machte Suzanne Fotos von den Bäumen.

Kapitel 5

Es war nur eine Frage der Zeit, bis Tante Madeleine dahinterkam. Schließlich war sie mit Robert in den letzten Wochen immer freitags oder samstags unterwegs gewesen.

»Du fährst mit einem wildfremden Mann durch die Gegend!«, rief sie anklagend, kaum dass Suzanne das Haus betreten hatte. Sie war noch ganz beschwingt von dem Tag, den sie mit Robert Cailloux in den Weinbergen bei Mons verbracht hatte. Er hatte sie überzeugt, dass Aufnahmen von den Weinbauern bei der Ernte ein lohnendes Motiv seien.

»In einem Auto! Die Leute reden über dich.« Das war wieder die empörte Stimme ihrer Tante.

Suzanne überlegte, wer von den Nachbarn sie verpetzt haben könnte. Sie ließ sich immer extra am Ortseingang absetzen, aber irgendjemand musste sie doch gesehen haben. Leugnen half jetzt nicht mehr. Sie trat die Flucht nach vorne an: »Ich fahre nicht durch die Gegend, ich arbeite!«, entgegnete sie wütend. »Wir machen Fotos. Schau dir das Schaufenster von Monsieur Felix an. Das sind alles Aufnahmen, die ich gemacht habe. Und die Leute kaufen sie. Meine Fotos werden sogar in der Zeitung abgedruckt.«

»Fotos!«, sagte Madeleine verächtlich. »Wozu sollen die gut sein? Dein guter Ruf ist viel wichtiger!«

»Was denkst du denn eigentlich von mir? Wie kommt es eigentlich, dass du immer gleich derart schmutzige Phantasien hast?« Damit war sie entschieden zu weit gegangen. Madeleine schnappte nach Luft.

»Ich? Schmutzige Phantasien? Also das ist doch …!«

Ihr Vater, der am Tisch saß und auf das Abendessen wartete, mischte sich ein. »Du bist in einem Auto unterwegs?«

»Ja, Robert hat eines, seine Redaktion hat es ihm für den Auftrag zur Verfügung gestellt.«

»Robert, ach ja? So weit seid ihr also schon?« Tante Madeleine schnaubte entrüstet.

»Er ist Journalist. Wir haben einen Auftrag. Mehr ist da nicht.«

Mit diesen Worten verließ sie die Küche und ging in ihr Zimmer. Ihr war der Appetit vergangen.

Aber in Wirklichkeit war es mehr als nur die gemeinsame Arbeit. Suzanne lebte nur noch für die Stunden mit Robert. Sie konnte es kaum erwarten, bis sie die quäkende Hupe seines Autos vor dem Laden hörte. Davor war sie immer nervös und zunehmend ungeduldig.

Sie fragte sich, was mit ihr passierte. War es Zufall gewesen, der sie vor sechs Wochen an den Tisch eines kleinen Restaurants am Hafen von Fréjus verschlagen hatte? Wohin steuerte ihre Beziehung zu Robert Cailloux, von der sie nicht einmal sagen konnte, ob es nur berufliche Bekanntschaft oder schon Freundschaft war? Warum wusste man nie, wie eine Sache ausging, wenn man mittendrin steckte, fragte sie sich. War es entscheidend, dass sie seine Blicke, die sie als sehnsuchtsvoll deutete, bisher kühl abgewehrt hatte? Hatte ihre Beziehung eine Wendung genommen, als er einmal, als sie auf dem steilen Abstieg zur Quelle der Siagne auszurutschen drohte, ihre Hand genommen und sie auch noch gehalten hatte, nachdem sie unten angekommen waren? Und was war in Grasse gewesen, der Hauptstadt des Parfums, als er zu ihr gesagt hatte, sie würde verführerischer duften als alle Parfums der Welt? Verzweifelt vermisste sie Camille. Wie gern hätte sie ihr jede noch so kleine Einzelheit ihrer Begegnungen mit Robert erzählt!

Wäre Camille da gewesen, sie hätte Suzanne auf den Kopf zugesagt, dass sie bereits bis über beide Ohren in Robert verliebt war.

»Wohin fahren wir heute?«, fragte Suzanne am Samstag darauf.

»Ans Meer. Warst du schon mal in Cannes?«

»Ans Meer? Das gehört doch gar nicht zu unserem Auftrag!«, rief sie. »Ich denke, du sollst die Sehenswürdigkeiten des Hinterlands beschreiben? Wir wollten doch noch nach Mons hinauffahren. Heute ist klare Sicht, da könnten wir bis Korsika sehen.«

Robert wandte seinen Blick von der Straße ab und sah kurz zu ihr hinüber. »Heute sind wir privat unterwegs. Ich weiß doch, wie sehr du die Küste liebst.« Seine Stimme hatte wieder diesen Tonfall, den sie nun schon gut kannte und der keine Widerrede zuließ. Robert hatte eine Art, die Welt um sich herum immer positiv zu sehen, und diese Sichtweise beeinflusste auch die Menschen in seiner Umgebung. Er begegnete allen mit Freundlichkeit und konnte sich nicht vorstellen, dass man ihn nicht mochte. Und genau so war es auch: Die meisten konnten sich seinem Charme nicht entziehen.

Suzanne wollte auch gar nicht protestieren. Dazu freute sie sich viel zu sehr, wieder ans Meer zu kommen.

Vor der Ölmühle am Ortsrand stand Jean Michaud. Er winkte begeistert, als er Suzanne erkannte. Sie hob lässig die Hand zum Gruß, dann lehnte sie sich in ihrem Sitz zurück und ließ die Landschaft an sich vorüberziehen. Ab und zu riskierte sie einen Blick hinüber zu Robert. Ihm machte das Autofahren Spaß, das sah sie. Er fuhr zügig und nahm einige Kurven ziemlich rasant. Dann kniff er seine schönen blauen Augen konzentriert zusammen. In einer scharfen Rechtskurve wurde sie an ihn gedrückt. Sie versuchte wieder abzurücken, doch die Kurve war lang, und er legte den Arm um sie und zog sie kurz an sich. Dann gab er sie wieder frei. Suzanne aber verwirrte diese plötzliche Nähe derart, dass sie die nächsten Kilometer schwieg.

Wenn Fréjus schön war, dann war Cannes überwältigend. Der exklusivste Badeort an der Küste protzte mit pompösen Hotels und eleganten Restaurants. Auf der Promenade, der berühmten Croisette, flanierten gekrönte Häupter, Künstler und mondäne Damen. Suzanne wusste nicht, wo sie zuerst hinschauen sollte, und Robert lachte sie aus, als sie mit offenem Mund einer Dame hinterhersah, die aufgedonnert war wie eine Zirkusartistin und sechs Hunde mit sich führte, die bestickte Leibchen trugen.

»Mach den Mund wieder zu, oder soll ich ein Foto von dir machen?«, neckte er sie.

Sie schlug nach ihm, verfehlte ihn aber, weil ihre Aufmerksamkeit im selben Augenblick von einem Dandy in gelben Schuhen gefesselt wurde, der mit einem Spazierstock in der Hand an ihr vorübertänzelte. Direkt hinter ihm schob sich eine dicke Frau mit männlich hartem Gesichtsausdruck und mit einem Hut so groß wie ein Wagenrad über die Promenade.

»Komm.« Er nahm ihre Hand und zog sie in das erstbeste Café, wo er Weißwein und Muscheln bestellte.

»So«, sagte er. »Jetzt kannst du in Ruhe alles betrachten und stehst dabei niemandem im Weg.«

»Wo kommen diese komischen Leute alle her?«, fragte sie, während sie mit einer leeren Muschelschale das Fleisch aus einer anderen pickte, wie er es ihr gezeigt hatte. »Schau doch nur, da drüben, die haben ja Pelzmäntel an!«

»Sind bestimmt Russen. Die tragen immer Pelzmäntel.«

»Glaubst du?« Suzanne dachte an Monsieur Felix, während sie einen Schluck vom eisgekühlten Wein nahm. Sie spürte, wie er ihr allmählich zu Kopf stieg.

Sie vergaß das Glas abzustellen, als zwei wunderschöne

Frauen in ihr Blickfeld traten. Ihre roséfarbenen Kleider hatten nur halblange Ärmel und ließen wohlgeformte Unterarme und Ellenbogen sehen. Vorn waren die Kleider tief ausgeschnitten und erlaubten einen Blick auf ihre Dekolletés. Die Frauen trugen auch keine Hüte, und ihr Haar war bis auf Kinnlänge abgeschnitten. Sie bemerkte Roberts bewundernden Blick und sah an ihrem eigenen Kleid herunter, das dunkelblau und vor allem hochgeschlossen war. Sie fühlte sich plötzlich unbehaglich. Doch Robert hatte sich ihr schon wieder zugewandt.

»Beeil dich«, sagte er. »Wir haben noch viel vor.«

Kaum hatten sie aufgegessen, zahlte er und zog sie mit sich. Sie durchstreiften die schmalen Gassen, die hinter der Promenade den Berg hinaufführten. Suzanne staunte über die Auslagen der Geschäfte. Ob es sich um teure Weine oder Geflügel, um extravagante Mode und Hüte oder feinstes Schuhwerk handelte: Hier gab es alles für die betuchte Kundschaft.

»Jetzt kommt das Beste«, sagte Robert, als sie anschließend wieder im Auto saßen und auf der Straße waren, die an der Küste entlangführte.

»Endlich das Meer!« Suzanne seufzte. »In der Stadt habe ich es vor lauter seltsamen Leuten nicht gesehen.«

Er parkte das Auto oberhalb einer kleinen Bucht und nahm einen Korb vom Rücksitz, und sie gingen zum Strand hinunter, wo sich Suzanne im Sand niederließ.

»Was hast du vor?«, fragte sie in Panik, als sie sah, wie er sich auszuziehen begann.

»Na, schwimmen, was denn sonst?«, gab er verwundert zurück.

»Hier?«

Er lachte. »Wo denn sonst? In einer Pfütze?«

»Aber …« Sie traute sich kaum hinzusehen, als er plötzlich in seiner Unterhose vor ihr stand. Doch sie konnte nicht umhin, fasziniert das Spiel seiner Muskeln zu betrachten, als er zum Wasser lief und sich in die Fluten stürzte.

»Komm schon! Das Wasser ist wunderbar.«

Suzanne zog Schuhe und Strümpfe aus, stand auf und ging langsam auf das Wasser zu. »Ich kann doch nicht…«, sagte sie.

»Was kannst du nicht?«

»Ich kann nicht schwimmen.«

Eine halbe Stunde später lag sie neben ihm im warmen Sand. Sie hatte eine Gänsehaut, und ihr Unterkleid, das sie zum Baden getragen hatte, klebte an ihrem Körper und ließ die Rundung ihrer Brüste und die Hüftknochen deutlich hervortreten, was ihr unangenehm war. Sie spürte, dass Robert sie taxierte. Sein Blick brannte auf ihrer Haut, mehr noch als die heiße Sonne es tat. Sie hielt die Augen geschlossen und gab sich ganz diesem für sie neuen Gefühl hin. Und auch die Erfahrung des kalten Wassers auf ihrem Körper war überwältigend gewesen, erfrischend wie Pfefferminze. Suzanne fühlte sich auf eine ganz neue Art frei. Sie wusste, dass sie etwas ganz und gar Außergewöhnliches getan hatte, von dem ihre Tante niemals erfahren durfte. Als sie in einiger Entfernung Spaziergänger sah, die neugierig zu ihnen herübersahen, musste sie lachen und kam sich erwachsen und ein bisschen verrucht vor. Sie stand auf und zog mit zwei Fingern an dem nassen Stoff, der ihr am Körper klebte.

Sie breitete die Arme aus und setzte sich dem leichten, warmen Wind aus, um ihr Unterkleid zu trocknen. Einige Strähnen ihres Haars waren nass geworden und klebten in ihrem Nacken. »Ich habe keinen Kamm«, sagte sie unglücklich.

»Das macht gar nichts«, rief Robert. »Du siehst ganz entzückend aus. Hast du Hunger?«

»Und wie. Das muss vom Schwimmen kommen.«

Er sah sie lachend an. »Na ja, schwimmen war das nicht gerade. Eher planschen.«

»Trotzdem!«, sagte sie.

Robert packte den Picknickkorb aus, und sie aßen belegte Brote und tranken einen Roséwein dazu. »Leider ist er ein bisschen warm geworden«, entschuldigte sich Robert.

»Das macht gar nichts«, gab sie glücklich zurück.

»Danke«, flüsterte sie, als er sie spätabends in Fayence absetzte.

Er stieg aus dem Wagen, kam auf ihre Seite herüber und öffnete die Tür.

Als sie ausgestiegen war, blieb sie unschlüssig stehen. »Danke«, sagte sie noch einmal. »Ich glaube, das war der schönste Tag in meinem Leben.«

Robert zog sie an sich und küsste sie leicht auf die Wange.

Suzanne legte den Kopf in den Nacken und schloss die Augen. Sie wartete darauf, dass seine Lippen die ihren streifen würden.

Aber er machte sich mit einer heftigen Bewegung los und setzte sich wieder hinter das Steuer. Ohne ein Wort fuhr er davon.

Der Winter war dunkel, nasskalt, endlos und öde.

Suzanne hatte das Gefühl, verrückt zu werden. Im Fotostudio war kaum etwas zu tun, sie hatte alle Regale bereits mehrfach abgestaubt und aufgeräumt. Sie hatte alte Fotos sortiert, neue Preisschilder geschrieben und dekorierte beinahe täglich das Schaufenster um. Mit ihrem Verhalten machte sie Monsieur Felix nervös.

Jeden Tag stürzte sie sich auf den Postboten, in der Hoffnung, er würde eine Nachricht von Robert Cailloux bringen. Denn er war der Grund für ihre Unruhe und auch die schlechte Laune. In Gedanken war sie ständig bei ihm. Seit ihrem gemeinsamen Ausflug nach Cannes hatte sie bis auf eine floskelhafte Postkarte – *Wie geht es dir? Ich habe viel Arbeit. Gruß, Robert* – nichts mehr von ihm gehört. Das war jetzt zwei Monate her.

Verzweifelt fragte sie sich, ob sie etwas falsch gemacht hatte. Die Erinnerung daran, wie sie nach langem Zögern unter verschämten Verrenkungen ihr Kleid ausgezogen hatte und mit vor dem Körper verschränkten Armen zu ihm ins Wasser gestakst war, ihre spitzen Schreie, als das kalte Nass ihre Haut berührte, ihre Angst, als ihre Füße plötzlich keinen Grund mehr spürten, trieb ihr heute noch Tränen der Wut in die Augen. Er musste sie ja unattraktiv finden, in ihrem altmodischen Unterkleid, das ihr am Körper klebte, völlig verkrampft und kreischend wie ein dummes Mädchen. Sie wusste ja nicht einmal, wie man Sardinen aß!

Ja, das war es wohl. Sie war und blieb eine Landpomeranze, und Robert war eben den Umgang mit modernen, schönen Frauen gewöhnt, die nun auch öfter und in immer größerer Zahl in die Bergdörfer kamen. Die Serie mit Reiseempfehlungen, die Robert geschrieben und für die sie Fotos beigesteuert hatte, lockte viele Touristen an. Im Winter war Hochsaison an der Côte d'Azur, die Hotels und Strände waren voll mit Müßiggängern und Erholungssuchenden aus England und Paris. Und wenn es ihnen an der Küste zu langweilig wurde, dann machten sie Ausflüge ins Hinterland. Suzanne studierte die Kleider der Frauen, ihren Umgangston, beobachtete die Art, wie sie Zigaretten mit Spitze rauchten, wie sie gelangweilt im Auto sitzen blieben, bis die Männer kamen, um ihnen die Tür zu öffnen, wie sie sich von ihnen bedienen ließen. Von diesen Frauen trennten Suzanne Lichtjahre.

»Ich bin ein Mädchen vom Dorf, und das ist eben zu wenig für einen Mann wie Robert«, sagte sie ärgerlich zu sich selbst.

Auf der anderen Seite konnte sie sich an seine Blicke erinnern, die voll tiefer Zuneigung gewesen waren. Er hatte über ihren Sprachwitz gelacht, und er hielt sie für eine begabte Fotografin. Am Abend, als sie aus Cannes zurückgekehrt waren, hatte er sie küssen wollen, das hatte sie gespürt.

Aber irgendetwas hatte ihn im letzten Moment davon abgehalten.

Um sich ihm nahe zu fühlen, las sie die Artikel in der *Dépêche,* unter denen seine Initialen standen. So konnte sie verfolgen, über welche Themen er schrieb und wo er war. Eine Artikelserie befasste sich mit dem Strafvollzug Jugendlicher. Dazu fuhr Robert in verschiedene Straf- und Besserungsanstalten in Marseille, Toulon und Aix-en-Provence. Er berichtete von der Rekrutenausbildung am Marinestützpunkt Toulon und verhehlte kaum sein Mitleid für die jungen Soldaten, die er mit den Galeerensträflingen verglich, für die Toulon in früheren Zeiten berüchtigt gewesen war.

Robert Cailloux schrieb Artikel um Artikel. In den Wochen nach dem Ausflug nach Cannes hatte er zu viel zu tun, um nach Fayence zu fahren. Morgen, dachte er. Oder übermorgen, nächste Woche besuche ich sie. Er fuhr kreuz und quer durch die Region, um Material für seine Reportagen zu sammeln. Die Arbeit lohnte sich: In anderen Redaktionen wurde man auf ihn aufmerksam. Aus Marseille kam eine Anfrage, ob er für die dortige Zeitung arbeite wolle. Robert sah seinen Traum, Redakteur beim *Matin* zu werden, näher kommen, und er arbeitete wie ein Besessener daran.

Die Stunden, die er nicht in der Redaktion oder unterwegs verbrachte, kümmerte er sich um seinen Vater, der zunehmend verwirrt wurde. Er glaubte oft, seinen Sohn Antoine vor sich zu haben. Robert musste sich dringend darum kümmern, jemanden zu finden, der nach seinem Vater sah, für ihn kochte und ihn pflegte. Von Antoine hörte er nichts.

Als er zum ersten Mal zur Ruhe kam, waren Wochen seit dem letzten Treffen mit Suzanne vergangen. Er hatte ein schlechtes Gewissen deswegen und wusste nicht, wie er ihr sein langes Schweigen erklären sollte. Manchmal glaubte er, dass sie ihn bestimmt längst vergessen hatte.

»Guter Text«, sagte Jean Favert, sein Redaktionsleiter, und warf ihm das Manuskript über einen Jungen, der von der Marine desertiert war und jetzt im Gefängnis saß, auf den Tisch. »Aber deine Bewertung des Gerichtsurteils musst du abmildern. Du kannst doch nicht von Klassenjustiz sprechen. Du bist nicht Zola, und hier handelt es sich nicht um die Dreyfus-Affäre.«

Robert brauste auf. »Wieso? Findest du es etwa gerecht, dass ein siebzehnjähriger Bauernjunge, der noch nie das Meer gesehen hat, für zehn Jahre in den Bau muss, weil er unerlaubt seine Truppe verlassen hat, um zur Beerdigung seiner Mutter zu fahren? Und außerdem: Dreyfus wurde rehabilitiert. Nicht zuletzt, weil sich ein paar mutige Journalisten für ihn eingesetzt haben!«

Jean holte tief Luft. »Natürlich ist das nicht gerecht, aber laut Gesetz durchaus möglich, ein solches Urteil zu verhängen.«

»Das Leben des Jungen ist vorbei, wenn er endlich rauskommt.«

»Sei froh, dass sie ihn nicht in die Verbannung geschickt haben.«

»Soll das ein Witz sein?«

Jean setzte sich auf die Kante des mit Papieren, Zeitungen und Dokumenten überladenen Schreibtisches. Sein Ton war besänftigend, als er sagte: »Du bist so wütend. Es scheint, als müsstest du jeden Moment vor Zorn platzen. Das spiegelt sich in deinen Artikeln wider. Was ist los mit dir?«

Robert blies unwillig die Backen auf.

»Gut, wenn du nicht darüber reden willst… Du weißt, ich bin dein Freund. Aber als dein Vorgesetzter sage ich dir, dass du den Schluss deines Artikels noch mal neu schreiben musst.«

Robert starrte ihm wütend nach, als er das stickige Büro verließ.

Er war wütend, da hatte Jean recht. Er war wütend und

unzufrieden, denn er hatte schlechte Nachrichten über seinen Bruder Antoine erhalten. Der lebte jetzt in Paris, anscheinend in schlechter Gesellschaft. Ein Kollege, der Polizeireporter beim *Figaro* war, hatte ihm erzählt, dass Antoine verhaftet worden sei. Es ging um Betrug, um Heiratsschwindel. »Du solltest dich um deinen Bruder kümmern«, hatte er gemeint.

Robert stützte den Kopf in die Hände. Er hatte keine Lust, schon wieder das Kindermädchen für seinen Bruder zu spielen. Das hatte er sein Leben lang getan. Immer wieder hatte er ihm geholfen, wenn er etwas angestellt hatte, hatte Wogen geglättet, Schulden bezahlt... Aber jetzt war endgültig Schluss damit! Odette hatte mittlerweile ihr Kind bekommen. Man sah sie und ihren Sohn kaum auf der Straße, sie versteckte sich aus Angst vor Schmähungen. Noch ein Leben, das mein Bruder zerstört hat!, dachte Robert und ballte die Fäuste.

Aber im Grunde war er unzufrieden mit sich selbst. Weil es ihm nicht gelingen wollte, Suzanne aus seinen Gedanken zu verbannen. Sie spukte in seinem Kopf herum und ließ ihn nicht zur Ruhe kommen. An ihrem letzten Abend hätte er sie beinahe geküsst. Er hatte sich gerade noch rechtzeitig zusammenreißen können, sonst wäre es kompliziert geworden. Denn Suzanne war keine Frau, die man küsste und verführte und sich dann verabschiedete. Aber jetzt fragte er sich, ob er richtig gehandelt hatte. Wenn er an ihren Anblick dachte, damals am Strand, in ihrem weißen Unterkleid, mit den langen rötlichen Haaren, die sie wie ein Schleier umweht hatten, regte sich nicht nur Begehren in ihm. Sie war einfach hinreißend gewesen! Wie unverfälscht sie das Bad im Meer genossen hatte. Sie hatte nicht die tugendhafte Naive gespielt, sondern ihre Scham überwunden und sich vor ihm ausgezogen. Und sie hatte Mut bewiesen, denn obwohl sie nicht schwimmen konnte, war sie so weit hineingewatet, bis sie nicht mehr stehen konnte. Er hatte sie packen und herausziehen müssen und war ihr dabei so nahe gewesen. Aber am schönsten war es gewesen, als sie in dem nassen Kleid neben ihm im Sand gelegen hatte. Wie eine Nymphe oder eine Meerjungfrau hatte sie ausgesehen …

Mein Gott, bist du ein Idiot, dachte er. Nymphe, Meerjungfrau … jetzt werd bloß nicht auch noch romantisch!

Mit einer wütenden Handbewegung nahm er seinen Artikel in die Hand und zerriss die letzte Seite, um sie neu zu schreiben.

Ende März kam verheißungsvoll der Frühling, und Suzannes Trauer über Robert verblasste im hellen Sonnenlicht. Außerdem freute sie sich auf einen Ausflug nach Cannes, wo sie sich mit Camille treffen wollte, die mit ihrem derzeitigen Geliebten für ein Wochenende dorthin kam. Die Ausflüge ans Meer, die sie ab und zu unternahm, waren die Rettungsanker in ihrem ansonsten ereignislosen Leben. Und durch ihren Beruf konnte sie sie vor sich und anderen rechtfertigen. Auch vor Tante Madeleine, die selbst noch nie an der Küste gewesen war und auch nicht vorhatte, jemals dorthin zu fahren.

Ihr Bus kam pünktlich in Cannes an, und sie hatte vor dem vereinbarten Termin noch etwas Zeit, weshalb sie auf der Croisette spazieren ging und dabei die Menschen beobachtete. Wieder war sie verblüfft über ihr Aussehen und ihr Gehabe. Aber eigentlich suchte sie unter all den fremden Gesichtern das von Robert. Sie wusste, dass ihre Hoffnung verrückt war, dennoch konnte sie sie nicht aufgeben.

Als es an der Zeit war, ging sie in das Café, in dem sie mit Camille verabredet war.

Sie entdeckte die Freundin sofort. Camille war die Frau mit dem größten Hut im ganzen Lokal. Sie trug eines dieser »Humpelkleider« genannten Modelle, deren Saum so eng war, dass er nur winzige Schritte zuließ. Sie saß an einem Tisch in der Ecke, die schmalen Finger spielten mit einer langen, zweireihigen Perlenkette, die sie um den Hals trug.

Camille war noch dünner geworden, der Kajal um ihre Augen noch dunkler, ihr Lachen noch nervöser. Sie war atemberaubend schön.

Sie stand auf und gab Suzanne ein Küsschen rechts und links auf die Wange. »Wie geht es dir?«

»Gut«, sagte Suzanne. »Und dir? Erzähl mir von Paris!«

»Es war die beste Entscheidung meines Lebens, dorthin zu gehen. Die Stadt ist einzigartig! Das kann man nicht beschreiben, das muss man sehen. Ich habe tiefes Mitleid mit allen Menschen, die anderswo leben müssen.«

»Danke für das Kompliment«, sagte Suzanne.

Camilles derzeitiger Liebhaber arbeitete in der Immobilienbranche und wollte sich in Cannes einige Häuser für Kunden in Paris ansehen. »Alle wollen jetzt an die Riviera. Marcel kommt mit den Angeboten kaum noch hinterher.«

»Ist er nett?«

»Er ist witzig und großzügig. Und er sieht gut aus«, erwiderte Camille lachend.

»Wie schaffst du es nur, immer solche Männer kennenzulernen?«

»Man muss einfach ein paar Tricks draufhaben und nicht allzu wählerisch sein.«

»Du musst mir beibringen, verrucht zu sein!«

Camille lachte sich halbtot über Suzannes Wunsch, aber Suzanne bestand darauf: »Doch, ganz im Ernst. Ich muss lernen, wie man einen Mann bezirzt.«

»Wen denn?«, fragte Camille.

»Ist doch egal, irgendeinen.«

»Immer noch dieser Journalist?«

Suzanne nickte.

Camille atmete geräuschvoll aus. »Dich hat es erwischt, meine Liebe. Hast du etwas von ihm gehört?«

»Nur eine Postkarte. Er hat viel zu tun.« Sie hörte selbst, wie lahm das klang.

»Schlag ihn dir aus dem Kopf.«

Kurz schwiegen die Freundinnen, dann fragte Suzanne: »Besuchst du deine Mutter?«

»Nein, bestimmt nicht«, antwortete Camille. »Wie sollte ich ihr meinen Aufenthalt hier erklären?«

»Ich finde es merkwürdig, dass wir uns in Cannes treffen müssen, und dann auch noch sozusagen heimlich. Es gefällt mir nicht.«

Camille sah sie mit einem einfach unwiderstehlichen Augenaufschlag an und brachte Suzanne damit zum Lachen.

»So werde ich nie gucken können.«

»Dazu bist du auch eine viel zu ehrliche Haut.«

»Lerne ich deinen, wie heißt er …?«

»Marcel.«

»… deinen Marcel kennen?«

»Wenn du noch länger bleiben kannst. Wir sind heute Abend um acht im Carlton verabredet.«

»Um Gottes willen, der letzte Bus geht um fünf!«, rief Suzanne.

Camille legte ihr die Hand auf den Unterarm und raunte ihr unter hochgezogenen Augenbrauen zu, als würde sie ein großes Geheimnis verraten: »So wirst du nie einen Mann finden.«

»Und so wie ich aussehe, sowieso nicht.« Traurig blickte Suzanne auf ihr schlichtes Kleid hinab, dessen Saum staubig war. »Du hingegen siehst umwerfend aus. Allein für deinen Hut würde ich töten! Sind die Perlen echt?«

»Quatsch«, unterbrach Camille sie. »Du weißt doch, dass nur die inneren Werte zählen.«

»Das kann man leicht behaupten, wenn das Äußere glänzt.«

»Komm mit!«, sagte Camille mit einem Mal und zog sie von ihrem Stuhl hoch.

»Aber wir haben doch gerade erst bestellt!«

»Egal«, sagte Camille und warf einen Geldschein auf den Tisch.

Während der nächsten zehn Minuten sagte Suzanne kein Wort, sondern staunte nur. Camille steuerte zielstrebig einen Schönheitssalon an, etwas, von dem Suzanne noch nie gehört hatte. Elegante Frauen lagen halb oder saßen vor großen Spiegeln, und schöne, junge Frauen waren damit beschäftigt, ihnen Haare, Hände oder die Haut zu pflegen. Es herrschte gedämpftes Gemurmel und wohliges Seufzen, der Geruch von Parfum und Puder hing schwer in der Luft.

Camille wandte sich an eine der Angestellten und sprach kurz mit ihr. Diese verschwand und kam kurz darauf mit einer tiefroten in Seidenpapier eingewickelten Lippenfarbe und einem kleinen Pinsel zum Auftragen wieder. Camille nahm ihr beides aus der Hand.

»Ich mache das selbst«, sagte sie und wandte sich Suzanne zu. »Du wolltest doch wissen, wie man verrucht aussieht. Das hier ist der einfachste Weg dahin, wenn man trotzdem einigermaßen anständig bleiben will. Halt still!«

Sie trug die Farbe auf, und als Suzanne in den Spiegel sah, kam sie sich tatsächlich wie eine ganz andere Frau vor. Das Rot ließ ihre Lippen leuchten und stand in aufregendem Kontrast zu ihrer hellen Haut. Die Proportionen ihres Gesichts traten dadurch anders hervor, und der exakt ausgemalte Mund bildete mit den dunklen Augen ein ebenmäßiges Dreieck. Außerdem betonte die Farbe das Rötliche ihres Haars. Camille drehte Suzanne zu sich herum und betrachtete ihr Werk. Sie zupfte eine Strähne aus Suzannes Haarknoten und drehte sie mit ihrem Finger auf, schob sie hierhin und dorthin, klemmte sie dann aber resigniert hinter Suzannes Ohr. Dann überlegte sie kurz, bat die Verkäuferin um eine Schere, und ehe Suzanne protestieren konnte, schnitt sie die Strähne auf Schulterlänge ab. Die Haarsträhne kringelte sich nun und fiel Suzanne in einer weichen Welle über die Wange bis unterhalb des Kinns.

»Besser hätte ich es auch nicht machen können«, sagte die Verkäuferin anerkennend.

»Wie findest du dich?«, fragte Camille.

Suzanne konnte den Blick kaum von ihrem Spiegelbild wenden. »Auf dem richtigen Weg«, sagte sie und warf sich selbst ein strahlendes Lächeln zu.

Sie fühlte sich wunderbar, als sie sich zwei Stunden später auf den Weg zur Bushaltestelle machte. Obwohl sie sich beeilen musste, warf sie ab und zu einen Blick in ein Schaufenster, um den Lippenstift, den Camille ihr geschenkt hatte, zu bewundern und die abgeschnittene Strähne zu berühren, die sich so fremd anfühlte.

Fast schon hatte sie den Bus erreicht, der mit laufendem Motor auf die letzten Fahrgäste wartete, als sie eine Stimme hörte, die ihren Namen rief.

»Suzanne!«

Ruckartig blieb sie stehen. Dann drehte sie sich so lässig wie möglich herum, obwohl ihr plötzlich ganz heiß wurde. »Robert«, sagte sie, »was für eine Überraschung.«

Er überging die Bemerkung und meinte nur: »Dein Bus?«

»Mein Bus.«

»Ich fahre dich nach Hause.«

Sie zögerte.

»Bitte«, sagte er. Dann musterte er sie intensiv. »Was hast du mit dir angestellt? Du siehst phantastisch aus.«

Sie schwiegen beide, bis Suzanne etwas zu laut sagte: »Ich habe lange nichts von dir gehört.«

Er räusperte sich. »Diese Woche wäre ich nach Seillans gekommen.« Er wandte den Blick ab, und sie konnte sehen, wie ein Ruck durch seinen Körper ging. »Suzanne, ich muss dir etwas erklären. Ich habe sehr viel gearbeitet und kaum Zeit für mich gefunden in den letzten Wochen. Aber das ist nicht alles. Ich wollte dich nicht sehen, weil ich …, weil du mir nicht aus dem Kopf gegangen bist.«

»Ich verstehe nicht …«, sagte Suzanne.

Er griff nach ihrer Hand. »Suzanne, du bringst mich dazu,

die Dinge zu vernachlässigen, die mir am wichtigsten im Leben sind. Du lenkst mich ab.«

»Wovon lenke ich dich denn ab?«

»Ich werde nicht hierbleiben. Ich werde nach Paris gehen, weil ich Karriere machen will. Ich muss mich um meinen alten Vater kümmern, und ich habe einen Bruder, der nur Dummheiten macht. Ich… Ich klinge wie ein kompletter Idiot.« Er sah sie an. »Kannst du mir verzeihen?«

Statt ihm darauf zu antworten, meinte sie nur: »Mein Bus ist weg.«

Er hielt immer noch ihre Hand. »Wie schön!«, sagte er mit einem strahlenden Lächeln.

Sie fuhren wieder an den einsamen Strand, an dem sie bei ihrem letzten Zusammensein gewesen waren. Auf dem Weg kamen sie an einem Mimosenhain vorüber. Das Gelb der Tausenden von kleinen Blüten war überwältigend und machte sogar der Sonne Konkurrenz.

»Kein Foto?«, fragte er mit Blick auf die Mimosen.

»Heute nicht.«

»Was hast du in Cannes gemacht?«, fragte er vorsichtig.

»Ich habe mich mit meiner Freundin getroffen.«

»In Cannes?«

Sie nickte.

»Hat sie dir zu diesen … Veränderungen geraten?«

»Sie lebt in Paris.«

»Sie hat Geschmack.«

Sie gingen zum Wasser hinunter. »Schade, zum Baden ist es um diese Jahreszeit noch viel zu kalt«, sagte Robert und ließ sich in den Sand fallen. Suzanne setzte sich neben ihn. Der Sand war angenehm warm. Sie lehnte sich zurück und schloss die Augen, um die Wärme der Sonne auf ihren Wangen zu genießen. Sie blinzelte.

Robert drehte sich auf die Seite, stützte sich auf den Ellenbogen und sah sie an.

Plötzlich spürte sie seine warme Hand, die mit ihrer Haarsträhne spielte. Sein Atem streifte ihr Gesicht. Und dann küsste er sie. Erst streiften seinen Lippen nur ganz vorsichtig über ihre, so sanft wie sie gerade eben noch seinen Atem auf ihrer Wange gespürt hatte, aber dann fühlte sie seinen Mund fest auf ihrem. Sie hätte nicht gedacht, dass ein Kuss derart überwältigend sein konnte. Als seine Zungenspitze über ihre Lippen fuhr und er zärtlich an ihrer Unterlippe sog, stöhnte sie auf. Sie öffnete ihre Lippen, und sein Kuss wurde leidenschaftlicher. Seine Hand legte sich auf ihre Brust, und ein Schauer der Erregung durchfuhr sie. Sie drehte sich ihm zu und presste ihren Oberkörper an seinen. Sie wollte ihn dicht bei sich spüren. Um nichts in der Welt hätte sie diese Erfahrung missen wollen.

Sie spürte seinen Atem an ihrem Ohr und hörte ihn ihren Namen flüstern. Seine Hände berührten ihren Rücken, ihren Hals, ihr Haar … Und auch sie fand den Mut, ihn anzufassen. Sie spürte die Muskeln des Oberarms unter seinem Hemd, die weiche Haut an seinem Schlüsselbein, das leichte Kratzen seiner Barthaare. Sie küsste ihn auf die geschlossenen Augen und legte den Kopf in seine Halsbeuge. Suzanne spürte ein Pochen zwischen ihren Schenkeln, das sie schon manchmal aus einem Traum geweckt hatte, aber diesmal war es heftig und drängend. Sie kam sich schamlos vor, weil sie den Wunsch verspürte, ihm noch näher zu sein, ihn an sich zu ziehen. Sollte er sie weiter so berühren, sie wüsste nicht, wie weit sie gehen würde.

Nach einer Ewigkeit wachten sie aus dem Taumel der Zärtlichkeit wieder auf, beide schwer atmend und erhitzt.

Mit einem Lächeln voller Liebe sah Robert sie an.

»Du hast da Lippenstift«, sagte sie.

»Und? Steht er mir so gut wie dir?«

Auf der Fahrt nach Fayence war Robert in sich gekehrt und schweigsam. Suzanne befürchtete schon, er würde seine Zärtlichkeiten bereuen und wurde zornig.

»Lenke ich dich gerade wieder von irgendetwas ab? Du hast dich zu nichts verpflichtet, nur weil du mich geküsst hast«, sagte sie schärfer als beabsichtigt.

Er lenkte den Wagen an den Straßenrand und bremste ziemlich unsanft. Dann wandte er ihr seinen Blick zu und wartete darauf, dass auch sie ihn ansah. »Das ist es nicht.«

»Was ist es dann?« In ihrem Kopf überschlugen sich die Gedanken. In ihrer Stimme schwang jetzt Angst mit. Was würde er ihr mitteilen? Am liebsten wäre sie davongelaufen.

»Ich muss weg. Ich gehe mit einem neuen Ozeandampfer auf Jungfernfahrt von Southampton nach New York und berichte darüber. Ich werde fast einen Monat fort sein.«

Sie schluckte. »Wirst du zu mir zurückkommen?«

»Ich verspreche es, bei allem, was mir heilig ist.«

»Wie heißt das Schiff?«

»*Titanic.*«

Kapitel 6

Ihnen blieben noch zwei Wochen, bevor Robert in Southampton an Bord der *Titanic* gehen würde. Von England würde er mit dem Schiff bis New York fahren, einige Tage dort bleiben, seine Texte kabeln und Ende April nach Frankreich zurückkehren.

So zufällig – später würde Suzanne sagen: schicksalhaft – ihr Wiedersehen in Cannes gewesen war, so sicher wussten sie nach diesem Tag, dass sie sich liebten und zusammengehörten.

Suzanne war durchdrungen von der Überzeugung, in Robert den Mann ihres Lebens gefunden zu haben. Noch nie hatte sie etwas in ihrem Leben so genau gewusst. Neben dem Glück, das sie schwindlig werden ließ, stand die Trauer darüber, Robert endlose vier Wochen lang nicht sehen zu können. Wie soll ich das aushalten?, fragte sie sich voller Angst.

Und auch Roberts Leben hatte eine Wendung genommen. Plötzlich erschien ihm alles ganz einfach. Er liebte Suzanne, er würde sie heiraten und mit ihr eine Familie gründen. Die Zeit ohne sie auf der Reise würde ihm vielleicht lang werden, aber sie würde vorübergehen. Alle quälenden Zweifel, ob sie die Richtige war, ob sie zu jung war oder ihn in seinem Leben einschränken würde, waren null und nichtig geworden.

Suzanne und Robert gehörten zusammen, das war alles, was zählte.

»Ich brauche Urlaub für den Rest der Woche«, rief Suzanne am Montagmorgen, kaum dass sie den Laden betreten hatte.

Es war keine Bitte, sondern eine Feststellung. Monsieur Felix sah ihre glänzenden Augen, den leichten Schritt, die fiebrige Fröhlichkeit, die so anders waren als die Niedergeschlagenheit der letzten Monate, und dachte sich seinen Teil.

»Ist in Cannes irgendetwas geschehen?«, fragte er. »Du bist wie ausgewechselt. Du warst so traurig in letzter Zeit.«

Sie lachte ihn an. »Ja, es ist etwas geschehen.«

Er lächelte verschmitzt zurück. »Hat es etwas mit Monsieur Cailloux zu tun?«

Suzanne machte einen Schritt auf ihn zu und küsste ihn auf die leicht stachelige Wange.

»Ich bin nächste Woche wieder da.« Sie tanzte zur Tür und wirbelte dabei eine Wolke goldenen Staubs auf.

»Ich wünsche dir alles Glück der Welt«, flüsterte Monsieur Felix, aber da war sie schon weg.

Suzanne packte ein paar Kleidungsstücke und ihre Kamera ein und fuhr nach Fréjus. Ihrem Vater erzählte sie, sie würde Camille, die sie vorsorglich eingeweiht hatte, in Paris besuchen.

Tante Madeleine tobte. »Paris, was willst du in Paris? Hochmut kommt vor dem Fall, das sage ich dir!«

Suzanne ließ sie reden. Es war ihr egal.

Liebe macht blind – und egoistisch, dachte sie, während sie im Bus saß. Sie malte sich aus, wie Robert reagieren würde, wenn sie plötzlich vor ihm stand. Sie hatten eigentlich ausgemacht, sich am Wochenende zu sehen. Aber da hatte Suzanne noch nicht gewusst, dass sie es auf keinen Fall so lange ohne ihn aushalten würde.

Sie postierte sich vor der Redaktion, die in der Nähe der Arenen lag, und wartete voller Ungeduld auf Robert. Als er endlich kam, in Begleitung eines anderen Mannes, machte ihr Herz einen wilden Satz.

Robert entdeckte sie und blieb stehen. Dann sah sie, wie seine Augen aufleuchteten. Er ließ den Kollegen einfach stehen und rannte auf sie zu, um sie in die Arme zu schließen.

»Was machst du hier? Wie hast du das hinbekommen? Du bist einfach wunderbar!«

Da wusste sie, dass ihre Entscheidung richtig gewesen war.

Sie gingen ans Meer hinunter, Hand in Hand. Robert grüßte einige Leute am Hafen, ließ Suzanne aber nicht los, was sie zugleich nervös und stolz machte.

»Ich will alles von dir wissen«, sagte Robert zu ihr.

Als der Nachmittag fast vergangen war, machte er sie darauf aufmerksam, dass sie zum Bus musste.

»Ich bleibe«, sagte sie. »Bis Ende der Woche.«

Robert sah sie voll freudiger Überraschung an. »Wirklich?«

Sie nickte.

»Wo wirst du wohnen?«

»In der Pension gegenüber vom Rathaus.«

»Aber das heißt ja, wir haben noch den ganzen Abend!«

»Und die ganze Nacht«, sagte sie.

Er blickte ihr tief in die Augen, und dann küsste er sie. »Du machst mich zum glücklichsten Mann der Welt.«

Am Abend stellte er sie seinen Freunden im Café du Port vor. Suzanne erkannte unter ihnen den Kollegen, mit dem Robert aus der Redaktion gekommen war.

»Ach, Sie waren der Grund für seine Übellaunigkeit!«, sagte Jean Favert gespielt streng zu ihr. »Was haben Sie mit ihm angestellt?«

Suzanne sah Robert mit gerunzelter Stirn an. »Übellaunig?«, fragte sie gedehnt. »So kenne ich ihn gar nicht. Zu mir ist er immer sehr nett.«

»Bravo!«, rief seine Frau Monique, die ihren kleinen Sohn auf dem Schoß hatte. »Zeigen Sie es ihm.«

Sie saßen lange zusammen, und Suzanne trank mehr, als ihr guttat. Aber sie fühlte sich wohl und unendlich glücklich neben Robert. Sie spürte seine Blicke auf sich, und manchmal berührte er sie wie zufällig an der Schulter oder streifte ihre Hand, was ihr jedes Mal einen Schauer über den Rücken jagte. Sie konnte es kaum erwarten, endlich allein mit ihm zu sein.

Sie ging auf die Toilette. Als sie vor dem Spiegel stand und sich die Lippen nachzog – was sie inzwischen richtig professionell konnte –, kam Monique hinter ihr her.

»Was haben Sie mit ihm gemacht? Er ist wie ausgewechselt. Ich habe ihn noch nie so ausgeglichen erlebt.«

»Ich liebe ihn, das ist wohl das Geheimnis.«

»Und er liebt Sie, das sieht ein Blinder. Die Luft zwischen Ihnen beiden scheint zu vibrieren. Ich könnte beinahe neidisch werden! Übrigens: Der Lippenstift steht Ihnen ausgezeichnet.«

»Danke. Möchten Sie ihn ausprobieren?«

Sie nickte und nahm ihn. Nachdem sie die Farbe aufgetragen hatte, presste sie leicht die Lippen aufeinander, um das Rot besser zu verteilen. »Es muss schrecklich für Sie sein, dass er nach New York geht. Wo Sie sich doch gerade erst gefunden haben«, sagte sie, ohne die Augen vom Spiegel zu wenden, in dem sie sich immer noch betrachtete. »Am Anfang hat Jean – Sie wissen, dass Jean der Chefredakteur ist, nicht wahr?« Sie sah Suzanne an und erkannte an ihrem Blick, dass sie Bescheid wusste. »Jean hat das Thema für nicht wichtig genug gehalten, aber Robert hat ihn überzeugen können.«

Suzanne senkte den Blick. »Er kommt ja wieder«, gab sie zur Antwort.

Lange nach Mitternacht kam der Kellner an den Tisch, weil das Café schließen wollte. Sie schlenderten durch die Nacht bis zu Suzannes Pension.

»Ich gehe vor«, sagte sie.

Er sah sie erstaunt an. »Bist du sicher?«

»Ja«, flüsterte sie. »Ich kann mir keinen anderen Mann als dich vorstellen, an den ich meine Unschuld verlieren möchte.« Sie hatte diesen Entschluss auf der Herfahrt gefasst. Sie hatte lange darüber nachgedacht und entschieden, dass zwischen ihr und Robert alles geklärt war und alles andere lediglich Heuchelei gewesen wäre. Außerdem, und das mochte sie vor sich selbst kaum zugeben, außerdem wollte sie wissen, wie es war, mit einem Mann zusammen zu sein. Sie wollte Robert spüren.

»Und ich kann mir keine andere Frau vorstellen, die das zu mir sagen würde. Du bringst mich immer wieder zum Staunen. Gib mir ein paar Minuten, dann schleiche ich mich am Portier vorbei und komme nach.«

Suzanne drückte seine Hand, dann betrat sie das kleine Hotel und wünschte dem Concierge betont harmlos eine gute Nacht.

In ihrem Zimmer stellte sie sich vor den Spiegel und kämmte ihr Haar, vor Ungeduld bebend. Hoffentlich findet er mich schön, dachte sie.

Ein paar Minuten später klopfte es sachte an der Tür.

»Du bist ganz schön durchtrieben«, flüsterte Robert frech lächelnd, als sie voreinander in dem kleinen Zimmer standen.

»Willst du wieder gehen?«, fragte sie mit einem Blick, der jedes Herz erweicht hätte.

Anstelle einer Antwort legte er die Arme um sie und lenkte sie zärtlich in Richtung Bett. Suzanne war neugierig auf das, was geschehen würde, und konnte es kaum erwarten. Sie hatte eine vage Vorstellung davon, was Männer und Frauen, die verliebt waren, miteinander tun konnten. Die Claudine-Romane waren in dieser Beziehung hilfreich gewesen. Weil sie Robert vertraute, ließ sie gern alles mit sich geschehen. Als er die Knöpfe ihrer Bluse öffnete und sie mit einer geschickten Bewegung von ihren Armen streifte, war ihr ein wenig mulmig. Noch nie hatte ein Mann sie nackt gesehen. Aber weil er sie die ganze Zeit, während er sie entkleidete, küsste, beruhigte sie sich wieder. Sie genoss den Anblick seines entblößten Oberkörpers, und ein Schauer durchlief sie, als sie zum ersten Mal die nackte Haut eines anderen Menschen auf ihrer eigenen spürte.

»Keine Angst, ich werde sehr vorsichtig und sehr, sehr zärtlich sein«, murmelte er an ihrem Ohr und küsste dann ganz sanft ihre Lippen.

Als sie sich voneinander lösten, brach schon der Morgen an. Und für Suzanne hatte sich eine neue Welt aufgetan.

Sie hatte nicht gewusst, dass sie Gefühle solcher Intensität in sich trug, dass der Wunsch nach Hingabe ihr Tränen in die Augen treiben würde und dass ihre Lust so groß sein konnte. Robert hatte ihr die Hand auf den Mund gelegt, damit sie die Nachbarn nicht aufweckte. Sie stellte verwundert fest, dass sie keinen Schmerz empfunden hatte. Davon hatte sie in den Büchern gelesen. Aber bei ihrem ersten Mal waren nur Neugierde und Wonne gewesen.

Robert schien ähnlich intensiv zu fühlen. »Weißt du, dass viele Völker sich nicht fotografieren lassen, weil sie glauben, ihnen würde die Seele geraubt? Ich weiß jetzt, was sie meinen. Du hast mir meine Seele gestohlen. Und ich hoffe, du gibst sie nie wieder her«, sagte er, bevor er sich aus dem Haus schlich.

Während Robert arbeitete, streifte Suzanne durch Fréjus und machte lange Spaziergänge am Meer, die sie bis ins benachbarte Saint-Raphaël führten. Wenn er Feierabend hatte, wartete sie schon auf ihn vor der Redaktion. Sie stellte sich dabei vor, sie seien verheiratet und würden den ganz normalen Alltag eines jungen Ehepaares leben.

Robert stellte sie auch seinem Vater vor. »Damit du weißt,

dass es mir ernst ist«, sagte er. »Ich muss dich aber warnen. Mein Vater ist manchmal ein wenig verwirrt.«

Sie gingen zu dem kleinen Haus auf der anderen Hafenseite, vor dem Roberts Vater auf einer Bank in der Abendsonne saß und ein Netz flickte.

Er freute sich sehr über den Besuch und schüttelte Suzanne überschwänglich die Hand.

»Wo ist dein Bruder?«, fragte er dann.

»Er kommt später«, antwortete Robert, und sein Vater gab sich mit der Antwort zufrieden.

Am Ende der Woche fuhr sie zurück nach Fayence. Traurig saß sie im Bus und dachte daran, dass sie Robert in den nächsten vier Wochen nicht sehen würde. Vier endlose Wochen würde sie auf seine Umarmungen verzichten müssen, auf sein Lachen, auf seine liebevollen Blicke, die ihr schon so selbstverständlich geworden waren.

Und wenn er aus New York zurückkam, würde er nicht lange bleiben. Die Reportage von der Jungfernfahrt der *Titanic* war die letzte große Geschichte, die Robert für die *Dépêche* schreiben würde. Im Juni würde er nach Paris gehen und dort für ein Magazin schreiben.

»Komm mit mir!«, hatte er am letzten Abend zu Suzanne gesagt. »Lass uns heiraten und gemeinsam nach Paris gehen.«

Sie hatte Ja gesagt. Und ihm das Foto geschenkt, das er von ihr vor dem alten Olivenbaum gemacht hatte.

Madeleine war höchstmisstrauisch, als sie wieder da war. Ihr wiegender Gang, den sie vorher nicht gehabt hatte, das wissende, manchmal selige Lächeln auf ihrem Gesicht, ihre Verträumtheit, all das ließen bei ihr die Alarmglocken schrillen. Sie stellte Suzanne tausend Fragen, doch diese blieb ihr die Antworten schuldig.

In der Nacht des 8. April wachte Suzanne von einem Geräusch auf. Jemand warf Steinchen an ihr Fenster. Als sie hinaussah, entdeckte sie Robert und konnte ihr Glück kaum fassen. Leise schlüpfte sie aus dem Haus.

»Ich habe es nicht ausgehalten. Ich musste dich einfach noch einmal sehen, bevor ich fahre.«

Sie verbrachten die Nacht in dem Schuppen, der an das Haus grenzte. Da es eisig kalt war, schlich Suzanne noch einmal zurück ins Haus, um Decken zu holen. Gegen vier Uhr morgens musste Robert dann los, um seinen Zug nach Paris und von dort weiter nach Cherbourg zu erreichen. Er küsste sie ein letztes Mal lang und leidenschaftlich.

Das Letzte, was sie von ihm sah, waren die Umrisse seiner hohen Gestalt, als er ging.

Als sie in die Tasche ihres Morgenmantels griff, fand sie dort eine kleine Schachtel. Darin war ein goldener Ring mit einer kleinen Koralle, die zu einer winzigen Rose gearbeitet war, und einer Gravur: *Für immer Dein. Robert.* Die Koralle hatte die Farbe ihres Haars.

Die Aussicht, Fayence zu verlassen und in Zukunft mit Robert in Paris zu leben, elektrisierte sie und half ihr, Madeleines Missbilligung zu ertragen. Bisher wusste nur Camille von ihrem Plan.

Sie wartete auf eine Gelegenheit, um mit ihrem Vater zu sprechen. Doch zwei Tage nach Roberts Fortgang kam Caspar Michaud ins Haus gestürzt und rief, dass Patrick Godard einen Unfall gehabt habe. Er sei nach der Arbeit wie üblich mit dem Rad auf dem Heimweg gewesen, als ihn auf der abschüssigen Straße ein Lastwagen erfasst habe. Er sei sofort tot gewesen.

Die Beerdigung sollte am frühen Nachmittag des 15. April 1912, einem Montag, stattfinden.

Suzanne war wie erstarrt. Als sie vor dem aufgebahrten Leichnam ihres Vaters stand, versuchte sie zu begreifen. Sie sah ihm ins Gesicht, auf dem eine schlecht überschminkte

Wunde, die auf der Stirn ihren Anfang nahm und sich im dichten Haar verlor, von seinem gewaltsamen Tod zeugte.

Sie fragte sich, ob ihr Vater jemals in seinem Leben glücklich gewesen war. Vielleicht vor dem Verschwinden – Tod mochte sie nicht mehr sagen, weil sie wusste, dass das nicht stimmte –, vor dem Verschwinden ihrer Mutter.

»Jetzt bist du nicht mehr da und kannst mir nicht mehr sagen, was zwischen dir und Maman passiert ist«, flüsterte sie.

Sie legte ihm die Hand an die Wange, aber die Haut fühlte sich kalt und fremd an. Sie wusste selbst nicht, warum sie das tat. Hatte sie ihren Vater geliebt? Hatte er sie geliebt? Sie bedauerte seinen frühen gewaltsamen Tod von Herzen. Nicht nur, weil er das Geheimnis ihrer Herkunft mit ins Grab nehmen würde, sondern weil sie sich vielleicht doch noch irgendwann nähergekommen wären.

Sie fand kaum Zeit, darüber oder über irgendetwas anderes nachzudenken. Die Vorbereitungen für die Beerdigung nahmen sie voll und ganz in Anspruch, und Tante Madeleine war ihr keine Hilfe, da sie fast den ganzen Tag in der Kirche saß und betete.

»Sie hat Angst um ihre Zukunft. Dir gehört jetzt das Haus. Du könntest sie vor die Tür setzen«, sagte der alte Caspar Michaud zu ihr, der jeden Tag herüberkam und ihr eine verlässliche Stütze war.

»Aber das würde ich nie tun, warum auch?«, rief Suzanne.

»Sprich mit ihr«, riet der alte Mann.

»Das mache ich. Und ich werde ihr auch sagen, was für einen großartigen Mann sie in Ihnen gefunden hätte.«

Caspar Michaud lächelte traurig.

Während der Beerdigung war der kleine Friedhof übervoll. Staunend sah Suzanne, dass das halbe Dorf, aber auch Menschen, die sie nicht kannte, gekommen waren, um ihrem Vater die letzte Ehre zu erweisen.

Wer sind diese Leute?, fragte sie sich. Ich habe sie nicht eingeladen, ich kenne sie ja nicht einmal!

Auch Monsieur Felix war erschienen. Er drückte Suzanne die Hand. »Für deinen Vater kam der Tod zu früh. Erst wäre die Reihe an mir gewesen«, sagte er.

Nach ihm traten noch viele Männer und Frauen zu ihr, um zu kondolieren. Aus den gemurmelten Namen verstand Suzanne, dass es sich um Arbeitskollegen, den Chef des Bienenzüchtervereins und seinen Stellvertreter und so weiter handelte. Eine Seidenmanufaktur in Lyon hatte einen Abgesandten geschickt.

»Wir werden die guten Ideen Ihres Herrn Vaters sehr vermissen. Wissen Sie, er hat uns mit seinen Verbesserungsvorschlägen den ein oder anderen Vorteil gegenüber der Konkurrenz verschafft. Die Seidenproduktion ist dermaßen heikel ...«

Suzanne sah den Mann mit großen Augen an. Sie hatte nicht gewusst, dass ihr Vater ein Tüftler war. Vielleicht waren ihm diese Dinge in den einsamen Stunden am Sonntag eingefallen, wenn er bei seinen Bienen war. Die Vorstellung tröstete sie.

Sie nickte allen zu und dankte ihnen. Nachdem der Letzte ihr die Hand geschüttelt hatte, war sie so erschöpft, dass sie taumelte. Verzweifelt wünschte sie sich Robert an ihre Seite, um sich anlehnen und Kraft sammeln zu können.

Doch auch nach der Beisetzung fand sie erst mal keine Ruhe. Die Nachbarn, einige Männer, die sich für Freunde ihres Vaters hielten, und mehrere Unbekannte versammelten sich im Hause Godard. Zwar hatten Nachbarinnen für Kuchen und eine Suppe gesorgt, wofür Suzanne ihnen unendlich dankbar war, aber dennoch blieb für sie genug zu tun. Wieder musste sie mit allen reden und sich ihre Beileidsbezeugungen und gut gemeinten Ratschläge anhören.

Gegen Abend wurde es endlich ruhiger. Einige Nachbarn waren noch da und der Pfarrer, der sich leise mit Madeleine unterhielt.

Suzanne war gerade dabei, dem Pfarrer Kaffee nachzuschenken, als es im Raum plötzlich still wurde. Léon Ducatel, der Chef der Seidenmanufaktur von Seillans, Patrick Godards Arbeitgeber, war eingetroffen und zog alle Aufmerksamkeit auf sich. Er entschuldigte sich für seine Verspätung, aber er sei gerade erst aus Paris zurückgekehrt und bringe Neuigkeiten. Ducatel hielt viel darauf, immer zu wissen, was in der Welt passierte.

»Haben Sie schon gehört«, sagte er jetzt, »dieses Schiff ist untergegangen, diese *Titanic,* mit Mann und Maus. Ich habe es gerade erfahren. Von wegen unsinkbar und größtes Schiff der Welt! Ich habe es ja immer gesagt.«

Die Kaffeekanne glitt Suzanne aus den Händen. Mit einem Krachen zersplitterte sie auf dem Steinfußboden.

In den folgenden Tagen wurden immer mehr Einzelheiten über die Tragödie bekannt. In der Nacht vom 14. April war das Schiff mit einem Eisberg kollidiert und in weniger als zwei Stunden gesunken. Im eisigen Meer mussten sich schreckliche Tragödien abgespielt haben. Über zweitausendzweihundert Menschen waren an Bord gewesen, von denen nur siebenhundert gerettet werden konnten. Das Schiff war viel zu schnell gefahren, obwohl es mehrere Warnungen vor großen Eisbergen gegeben hatte. Und es hatte zu wenige Rettungsboote für die Passagiere gegeben. Die Überlebenden waren von einem anderen Schiff, der *Carpathia,* aufgenommen worden und wurden nach New York gebracht.

Tante Madeleine glaubte, Suzanne sei aus Trauer um ihren Vater so wortkarg. Ihre Nichte machte einen so angespannten Eindruck, dass sie mehr als einmal das Gefühl hatte, Suzanne würde zerspringen, wenn sie sie nur leicht berührte. In ihrer Sorge versuchte sie, sie abzulenken, indem sie von dem Traum erzählte, den sie gehabt hatte:

»Ich habe von einem großen Schiff geträumt, genau zwei Tage, bevor diese *Titanic* untergegangen ist. Ein Fluch lag auf diesem Schiff. In meinem Traum ist das Schiff mit etwas Großem zusammengestoßen, ich schwöre dir, genau so war es. Und fast alle Passagiere sind ums Leben gekommen. Gott sei Dank war niemand an Bord, den wir kennen. Wir sind ja weiß Gott genug mit Unglück geschlagen. Aber ich hätte auch jedem dringend davon abgeraten. Du weißt, dass ich meine Ahnungen habe, und sie treffen immer zu.«

So ging es weiter und weiter, bis Suzanne irgendwann in lautes Schluchzen ausbrach und aus dem Zimmer stürzte.

Vier Tage nach dem Unglück bekam sie einen Brief. Auf dem Umschlag war eine Abbildung der *Titanic* zu sehen. Suzanne glaubte, ohnmächtig werden zu müssen, und riss mit zitternden Fingern das Kuvert auf.

Cherbourg, 10. April 1912

Geliebte Suzanne,

ich bin glücklich an Bord der Titanic *angekommen, obwohl der Zug nach Paris Verspätung hatte und ich schon befürchtete, das Schiff zu verpassen. Kannst Du Dir vorstellen, dass ich für einen Moment hoffte, zu spät zu kommen, weil ich mich dann nicht hätte von Dir trennen müssen? Aber dann hat das Schicksal doch anders entschieden. Der Train Transatlantique kam pünktlich in Cherbourg an. Dort mussten wir auf das Einschiffen warten und setzten dann gegen 18 Uhr mit einer Barkasse auf die* Titanic *über, weil das Schiff viel zu groß für den Hafen ist.*

Ich schreibe Dir diesen Brief, weil wir morgen in Queenstown in Irland zwei Stunden Aufenthalt haben werden. Dort wird noch einmal Post von Bord gehen. Danach werden wir auf dem Atlantik sein und keine Briefe versenden können, bis wir in New York ankommen. Ich werde Dir aber dennoch schreiben, weil ich mich Dir dann nahe fühle. Könntest Du doch bei mir sein! Nicht nur für einen Journalisten, auch für eine Fotografin ist dieses Schiff ein Paradies der Möglichkeiten! Ich meine nicht nur die Pracht und den Luxus der Gesellschaftsräume und Kabinen. Ich bewohne übrigens eine Zwei-Mann-Kabine der zweiten Klasse mit Seeblick auf Deck D. Mein Mitreisender ist ein ruhiger älterer Mann, ein Ingenieur, der in New York eine Brücke bauen soll. Wir schlafen zwar in Etagenbetten, aber sonst ist die Kabine mit Mahagoni-Möbeln und zwei Schränken und Stühlen ausgestattet. Es gibt einen Aufzug, mit dem ich bis ganz auf das Oberdeck fahren kann.

Die Titanic *ist ein Wunderwerk der Technik. Allein die vier Schornsteine sind ein Motiv wert!*

Und Gesichter könntest Du hier fotografieren! Es sind viele berühmte Persönlichkeiten an Bord: ein Guggenheim, ein Astor, das Ehepaar Strauss, denen das Kaufhaus Macy's in New York gehört, Schauspieler, Sportler, Dichter…

Und stell Dir vor, heute saß bei mir am Tisch ein junges amerikanisches Paar, das auf Hochzeitsreise in Europa war. Du kannst Dir vorstellen, wie sehr ich sie beneidet habe. Aber ich verspreche Dir, wir beide werden auch eine solche Reise unternehmen, sobald wir verheiratet sind.

Ich habe erwähnt, dass ich beinahe das Schiff verpasst hätte. Genau das ist ein paar Heizern passiert. Sie rannten am Kai neben dem Schiff her, als die Leinen schon fast alle gelöst waren. Ihre Seesäcke und Habseligkeiten schleppten sie auf dem Rücken mit sich und schrien und gestikulierten. Aber der wachhabende Offizier ließ sich nicht erweichen. Die Gangway wurde hochgezogen, die Männer durften nicht an Bord. Was für Pechvögel!

Die Kabine neben mir bewohnen zwei Amerikanerinnen, Louise Miller und Cathy Durban. Louise ist Lehrerin in Indien und auf dem Rückweg dorthin, Cathy lebt in Paris und will ihre Eltern besuchen. Beide sind so anmutig, neugierig auf das Leben, redegewandt, charmant und klug. Sie erinnern mich an Dich, Geliebte, und deshalb bin ich gern mit ihnen zusammen und könnte sie immerzu beobachten.

Soeben erklingt die Glocke zum Abendessen. Danach werde ich einen Cocktail an der Bar trinken und der Bordkapelle lauschen. Ich kann es kaum erwarten, bis wir morgen am frühen Nachmittag Queenstown verlassen und endlich auf den Atlantik hinausfahren. Wenn ich nur nicht immer weiter weg von Dir führe, meine geliebte Suzanne!

In Liebe, Robert

Suzanne schluchzte gequält auf, als sie zu Ende gelesen hatte. Sie glaubte, in der Hölle zu brennen. Nach der Sekunde unerwarteten Glücks, als sie ein Lebenszeichen von Robert in Händen zu halten glaubte, kam die brutale Ernüchterung: Er hatte den Brief geschrieben, bevor das Schiff untergegangen war. Fieberhaft rechnete sie nach: Der Brief war auf den 10. April datiert. Vier Tage später, gegen Mitternacht, hatte das Schiff den Eisberg gerammt. Der 10. April war der Todestag ihres Vaters.

Das Wechselbad der Gefühle war zu viel für Suzanne. Sie warf sich auf den Boden und schrie verzweifelt, bis sie vor Erschöpfung keine Stimme mehr hatte. Erst Stunden später konnte sie wieder einen klaren Gedanken fassen.

Doch auch die nächsten Tage brachten keine Linderung, denn sie wusste immer noch nicht, ob Robert zu den Überlebenden gehörte. Immer neue Namenslisten wurden veröffentlicht. Die ersten waren bereits per Funk nach New York übermittelt und von dort an die Zeitungen weitergegeben worden, nachdem die *Carpathia* die Überlebenden der Katastrophe aufgenommen hatte. Doch wegen der schlechten Verbindung und der Überlastung der Stationen kamen viele Namen nur bruchstückhaft in den Nachrichtenbüros an. Die Zahl der Vermissten und Geretteten schwankte. Vor den

Büros der Reederei in Southampton und New York versammelten sich wahre Menschenmassen, um Neues über den Verbleib ihrer Verwandten und Freunde zu erfahren. Die Polizei musste die Gebäude vor dem Ansturm schützen.

Einunddreißig Passagiere der *Titanic* waren Franzosen, und die französischen Zeitungen veröffentlichten ihre Namen und zum Teil auch Fotos. Robert war nicht dabei.

Suzanne konnte nicht mehr schlafen und nicht mehr essen. Sie schleppte sich dennoch täglich ins Atelier von Monsieur Felix, um sich abzulenken. Der alte Mann war neben Camille der Einzige, der wusste, wer Robert Cailloux war und dass er an Bord des Schiffs gewesen war.

»Kindchen«, sagte er zu ihr, »was kann ich tun, um dir zu helfen?«

Er besorgte sämtliche Zeitungen, die er bekommen konnte, sie lasen und verglichen die Berichte, suchten nach Namen, nach Zahlen, nach Fakten.

»Alle Überlebenden sind nach New York gebracht worden.«

»Warum meldet er sich nicht?«

»Vielleicht ist er verletzt? Vielleicht hat er keine Möglichkeit?«

Tage vergingen, und es kam keine Nachricht von Robert. Suzanne sah Monsieur Felix an, dass er nicht mehr an Roberts Rettung und Rückkehr glaubte.

Insgeheim dachte Monsieur Felix bei sich, dass ein Mann eine solche Katastrophe durchaus dazu nutzen konnte, um irgendwo unter neuem Namen ein neues Leben anzufangen. Aber dieses Gedankenspiel äußerte er mit keinem Wort gegenüber Suzanne.

Suzanne fühlte sich wie unter einem Eispanzer. Das Leben lief um sie herum ab, sie nahm kaum Anteil daran. Alles, was sie interessierte, waren Neuigkeiten von der Katastrophe, und sie gab die Hoffnung nicht auf. Wenn sie an Robert dachte, an seine Lebenslust, an seine Kraft, an seine Menschlichkeit, dann erschien es ihr unvorstellbar, dass er nicht mehr leben sollte. Wie sehr wünschte sie sich die Zeit von vor einigen Monaten zurück, als sie auch auf eine Nachricht von ihm gewartet hatte. Aber damals hatte sie die Gewissheit gehabt, dass er lebte. Jetzt war sie sich dessen manchmal nicht mehr sicher, und das erschien ihr wie ein Verrat an ihm. Sie musste daran glauben, dass er überlebt hatte. Um seinetwillen, aber auch um ihretwillen.

In ihren schwersten Stunden dachte sie daran aufzugeben: Sie konnte sich eine Welt ohne ihn nicht mehr vorstellen. Doch dann riss sie sich wieder zusammen. Wer sollte auf ihn warten, wenn nicht sie? Angenommen, Robert kam zurück und sie war nicht mehr da? Diese Schuld durfte sie nicht auf sich laden.

Kapitel 7

Als Robert erwachte, wusste er nicht, wo er war. Er öffnete die Augen und sah über sich ein Stück grauen Himmels. Wolken türmten sich über ihm auf, der Wind peitschte vereinzelte Regentropfen hin und her. Es roch nach Schiffsdiesel und Rost.

Wo war er? Ihm war entsetzlich kalt. Als er sich aufsetzen wollte, bekam er hämmernde Kopfschmerzen. Er stöhnte auf.

»Sir? Sind Sie wach? Keine Sorge, Sie sind in Sicherheit. Wie geht es Ihnen?«

Bevor er antworten konnte, verlor er erneut das Bewusstsein.

Als die *Carpathia* mit den Geretteten der *Titanic*-Katastrophe am 18. April 1912 gegen neun Uhr abends in New York einlief, phantasierte Robert im Fieberwahn.

Zusammen mit den anderen Verletzten wurde er in ein Krankenhaus gebracht. Drei Wochen fieberte er vor sich hin, sein Leben stand auf Messers Schneide, und die Ärzte gaben ihm kaum eine Überlebenschance. Er war völlig unterkühlt gewesen, als man ihn aus dem Wasser gezogen hatte. Zudem hatte er drei gebrochene Rippen, von denen sich eine in die Lunge gebohrt hatte, und eine Lungenentzündung. Weil niemand glaubte, er würde überleben, und er selbst keine Antworten geben konnte, unternahm man keine großen Anstrengungen, seine Identität zu klären. Er war schließlich nicht der einzige Gerettete, von dem man nichts wusste. Die meisten Passagiere waren bereits im Bett gewesen, als sich das Unglück ereignet hatte. Sie hatten nur ihre Nachtwäsche getragen, aber keine Papiere am Leib. Robert hatte man in Hemd und Hose, aber ohne Jacke, Schuhe oder Rettungsweste aus der See gefischt.

Ende April kehrte die *Mackay-Bennett,* die im Auftrag der Reederei am Unglücksort nach Leichen gesucht hatte, mit einhundertneunzig Toten an Bord nach Halifax zurück. Die anderen einhundertsechzehn Personen, die von der Mannschaft tot geborgen worden waren, hatte man bereits auf See bestattet.

Alle übrigen Passagiere galten als vermisst. Niemand ging davon aus, dass einer von ihnen überlebt hatte.

Während Robert im Krankenhaus vor sich hin dämmerte, wurden die endgültigen Namenslisten mit den Überlebenden in alle Welt verschickt. Und auch die Namen der Getöteten und der vielen Vermissten veröffentlichte man.

Als Robert für längere Zeit wieder zu sich kam, fühlte er sich immer noch entsetzlich schwach. Er wollte etwas sagen, doch nach den Wochen des Schweigens kam nur ein Krächzen aus seinem Mund.

Die junge Krankenschwester war nervös und unsicher. Sie glaubte, er wolle etwas trinken, doch er schob den Becher ungeduldig beiseite.

»Welcher … Tag?«, fragte er auf Französisch.

Die Schwester sah ihn verständnislos an.

»Welches … Datum?«, versuchte er es noch einmal.

Er sah, wie die Krankenschwester die Lippen bewegte, konnte aber nicht verstehen, was sie sagte. Mit letzter Anstrengung versuchte er ihre Hand zu greifen, doch sie zog sie weg. Er sah die Angst in ihren Augen, dann hatte ihn die Dunkelheit wieder.

Als er kurze Zeit später erneut erwachte, saß ein junger Mann im Arztkittel an seinem Bett.

»Bonjour«, sagte er zu ihm.

Robert lächelte schwach. »Ich glaube nicht, dass ich in Frankreich bin. Erzählen Sie mir, wie ich hierhergekommen bin?«, fragte er.

»Sie sind in New York. Man hat sie von der *Carpathia* hierhergebracht. Sie sind einer der Überlebenden der *Titanic*. Herzlichen Glückwunsch.«

Robert nickte.

»Der, der Sie aus dem Wasser gefischt und auf ein Floß gezogen hat, hat gesagt, Sie hätten versucht, zwei jungen Frauen zu helfen, zwei Amerikanerinnen. Sie wollten ihnen einen Platz in einem der Rettungsboote verschaffen. Sie sollen einen Mann verprügelt haben, der den Frauen den Platz streitig gemacht hat …«

Die Erinnerung kehrte ganz langsam wieder zurück.

»Was ist aus den Frauen geworden?«

»Ich weiß es nicht. Haben Sie ihre Namen? Vielleicht stehen sie auf den Listen.«

»Welche Listen?«

»Die Listen der Geretteten.«

»Stehe ich auf dieser Liste?«

Der Arzt schüttelte lächelnd den Kopf. »Wie denn? Niemand weiß, wie Sie heißen.«

Robert richtete sich stöhnend auf, so gut es ging, und reichte dem Arzt die Hand. »Robert Cailloux, Franzose, Journalist.«

»Freut mich sehr«, erwiderte der Arzt. Er stand auf und ging zur Tür. »Wollen Sie mit Reportern sprechen? Die sind immer noch ganz wild auf die Geschichten der Überlebenden.«

»Nein.«

»Umso besser, dann haben wir hier nicht schon wieder die ganze Meute.« Er wandte sich zum Gehen, drehte sich dann aber noch einmal um. »Ach, übrigens, wer ist Suzanne? Sie haben im Fieber immer wieder nach ihr gerufen. Sie sollten ihr sagen, dass Sie noch leben.«

»Wie lange bin ich schon hier?«

»Die *Titanic* ist vor fast vier Wochen untergegangen.«

Fünf Tage später war er kräftig genug, um aus dem Krankenhaus entlassen zu werden. Von der White-Star-Reederei, der die *Titanic* gehörte, bekam er ein Rückreisebillett für Mitte Mai. Er hatte noch zwei Tage Zeit, bevor sein Schiff ging. Er wanderte durch New York, langsam und unter Schmerzen, weil seine Lunge immer noch nicht heil war, und hatte Mühe zu glauben, dass er noch lebte. Seine Gedanken waren bei Suzanne. Was musste sie für Ängste ausstehen, seit die *Titanic* gesunken war. Er hatte während des Untergangs alle seine Sachen verloren. Am meisten vermisste er das Foto von Suzanne. Immer wieder kam ihm der Gedanke, was geschehen wäre, wäre sie auch an Bord gewesen. Hätte er sie retten können? Er hatte die Namen von Louise Miller und Cathy Durban auf der Liste der Geretteten gesehen. Den Namen seines Kabinenkollegen suchte er dort vergeblich. Er stand auf den anderen Listen, die viel länger waren. Die See hatte die meisten ihrer Opfer nicht wieder herausgegeben.

Die Rückreise verbrachte er einsam in seiner Kabine oder auf langen Spaziergängen an Deck. Es war bitterkalt und nass. Als er in Cherbourg von Bord ging, fieberte er wieder. Weil er über Schmerzen in der Lunge klagte, wurde er gegen seinen Willen in das Krankenhaus eingeliefert, weil man eine ansteckende Schwindsucht befürchtete.

Der Frühsommer war gekommen, und ab Mitte Mai wurde es richtig warm in Fayence. Die Luft war mild und süß und roch vielversprechend nach den Wonnen des Sommers. Suzanne war dennoch ständig kalt. Ihre Bewegungen waren steif und eckig geworden. Was auch daran lag, dass sie sehr stark abgenommen hatte. Ihre Kleider schlotterten um ihren Körper, das Haar war stumpf, ebenso glanzlos ihr Blick. Jede Freude war aus ihrem Leben gewichen. Gleichzeitig den Vater und den geliebten Mann zu verlieren war mehr, als sie aushalten konnte.

Der Name Robert Cailloux hatte in den langen, nach dem Alphabet geordneten Todeslisten der *Titanic*, die in der Zeitung abgedruckt gewesen waren, ziemlich weit oben gestanden. Monsieur Felix hatte nicht lange suchen müssen, bis er ihn gefunden hatte. Mit zitternden Händen hatte er Suzanne die Zeitung hingehalten.

Und seitdem war alles Licht aus Suzannes Leben gewichen.

Wenn sie abends von der Arbeit nach Hause kam, wartete ihre Tante bereits mit dem Abendessen auf sie. Die beiden saßen nicht draußen, wo es hell und warm war, sondern in der dunklen Küche. Suzanne stocherte in ihrem Essen herum. Die Mahlzeiten liefen noch schweigsamer ab als früher, als ihr Vater mit am Tisch gesessen hatte. Wie gern hätte Suzanne sich ihren Kummer von der Seele geredet, aber mit Madeleine war das noch nie möglich gewesen. Beide Frauen waren in ihre Sorgen verstrickt, waren sich aber nie nahe genug gekommen, um sich gegenseitig helfen zu können.

Nach dem Essen wanderte Suzanne durch den Garten, der ihr jedoch keinen Frieden mehr schenken konnte. Der Feigenbaum war nicht mehr da, und auch die Bienenstöcke waren abgeholt worden, da niemand sich mehr um sie kümmerte. Die Hühner versorgte Tante Madeleine, aber den Gemüsegarten hatte sie in diesem Jahr noch nicht angelegt. Der Garten war ungepflegt und begann bereits zu verwildern.

Suzanne machte sich daran, ins Haus zurückzugehen. Als sie sich umdrehte, stand plötzlich Camille vor ihr.

»Maman hat mir geschrieben, dass es dir schlecht geht. Da bin ich sofort gekommen.«

Mit einem Schluchzen warf sich Suzanne in die Arme

ihrer Freundin. Sie blieben lange Zeit so stehen, während Camille ihr beruhigend über den Rücken strich.

»Komm mit mir nach Paris«, sagte Camille, als Suzanne sich alles von der Seele geredet hatte.

Suzanne sah sie an, ihr Gesicht tränenverschmiert. »Genau das hat Robert auch zu mir gesagt«, sagte sie verwundert. »Wir wollten gemeinsam nach Paris gehen.«

»Deshalb schlage ich es ja vor. Dann erfüllst du wenigstens deinen Teil der Abmachung. Und außerdem: Es besteht doch immer noch die Möglichkeit, dass er lebt.« Sie bemerkte, wie Suzanne zusammenzuckte. »Hör zu, ich will dir keine falschen Hoffnungen machen. Aber du hast doch auch die Geschichte von dem Matrosen gehört, den man für tot erklärt hatte. Man hat seine Mutter ganz offiziell benachrichtigt. Und Wochen später taucht der Mann plötzlich auf. Er hatte sich in der Nacht vor der Abfahrt betrunken und sein Heuerbuch verloren. Ein anderer Matrose hat es an sich genommen und ist an seiner Stelle an Bord gegangen und ertrunken. Man fand das Heuerbuch in seiner Manteltasche und …«

»Ich träume manchmal von ihm. Dass er noch lebt.« Noch nie hatte sie gewagt, diesen Gedanken laut auszusprechen. »Und manchmal habe ich das Gefühl, dass er neben mir ist, ganz dicht bei mir. Ich weiß, das klingt verrückt, aber es ist so. Robert ist nicht tot!«, schrie sie plötzlich. Sie wandte sich ab und sagte dann mehr zu sich selbst: »Und ich kann es mir nicht verzeihen, dass ich auf der Trauerfeier gewesen bin, die seine Freunde für ihn abgehalten haben. Das ist, als hätte ich ihn aufgegeben. Wie soll ich ihm das denn erklären, wenn er wieder da ist?«

Camille schob sie auf Armeslänge von sich und sah ihr ins Gesicht. Natürlich war Robert tot, er stand schließlich auf den offiziellen Listen. Suzannes Starrsinn machte ihr Angst, sie fürchtete um ihren Verstand. Aber sie hielt es im Augenblick für das Beste, ihr ein wenig Hoffnung zu lassen, bis sie etwas stabiler war. »Vielleicht hast du recht. Ich habe davon gelesen, dass Mütter den Moment spüren, wenn ihre Kinder in Gefahr sind oder sterben. Warum sollte es nicht anders herum ebenso möglich sein? Eine geistige Verbindung zwischen zwei Menschen, die sich sehr nahe sind. Wenn du so sicher weißt, dass Robert noch lebt und zu dir zurückkommt…«

»Sicher bin ich mir nicht. Wie kann ich mir da sicher sein?« Ihre Stimme klang gequält.

Unvermittelt kicherte Camille und entschuldigte sich gleich darauf dafür. »Tut mir leid, ich habe gerade an deine Tante gedacht. Sie hat doch immer solche Vorahnungen. Vielleicht solltest du sie …«

»Sie weiß nichts von Robert«, unterbrach Suzanne sie.

»Das war auch ein blöder Gedanke. Wie dem auch sei: Komm mit mir nach Paris. Dort kannst du dir ein neues Leben aufbauen, eine Zukunft. Das bist du Robert schuldig. Stell dir vor, er kommt zurück und findet dich in diesem Zustand vor. Du siehst furchtbar aus, wenn ich das mal sagen darf.«

Suzanne versuchte es mit einer neuen Ausflucht. »Was soll ich denn allein in Paris?«

»Du kannst am Anfang bei mir wohnen, und dann finden wir ein Zimmer und eine Arbeit für dich.« Camille blickte sich um. »Hier kannst du nicht bleiben. Hier wirst du verrückt. Ich mache mir Sorgen um dich.«

Suzanne hob den Kopf und sah sie an. Ein Hauch von Zuversicht regte sich in ihrem Herzen.

Camille musste schon am nächsten Tag zurück nach Paris, aber bevor ihr Bus ging, kam sie noch einmal bei Suzanne vorbei und nahm ihr das Versprechen ab, sobald wie möglich nachzukommen.

»Sobald ich hier alles geregelt habe«, versicherte Suzanne ihr. »Spätestens in zehn Tagen.« Sie zögerte. »Camille?«

»Ja?«

»Danke. Ich glaube, du rettest mir gerade zum zweiten Mal das Leben.«

Es fiel ihr an diesem Tag zwar immer noch schwer, auch nur die alltäglichsten Verrichtungen zu erledigen, weil sie sich in ihrer Trauer um Robert wie tot fühlte. Aber Camille hatte es geschafft, einen kleinen Funken der Hoffnung in ihr zu entzünden. Sie griff nach diesem Strohhalm. Sie wusste, dass es noch sehr lange dauern würde, bis sie wieder glücklich oder auch nur unbeschwert sein könnte, doch sie wusste auch, dass sie auf diesen Tag hinarbeiten musste, wenn sie nicht untergehen wollte. Sie war fest entschlossen, ihr Leben anzupacken.

Deshalb sprach sie noch am selben Abend mit ihrer Tante.

»Ich werde Fayence verlassen und nach Paris gehen. Ich kann hier nicht länger bleiben.«

Madeleine sah sie entsetzt an.

»Ich werde mir eine Arbeit suchen. Camille wird mir helfen. Keine Angst, du kannst hier wohnen bleiben. Ich werde das Haus nicht verkaufen.«

»Aber dann werde ich hier ganz allein sein. Ich werde vor Einsamkeit verrückt werden«, flüsterte Madeleine.

Suzanne glaubte nicht richtig zu hören. »Aber du hast doch immer jeden Kontakt mit den Leuten hier abgelehnt. Nicht einmal unseren Honig hast du in Fayence verkauft. Du gehst nicht auf Feste, du weist alle Annäherungsversuche ab, und ich spreche jetzt nicht von Caspar Michaud. Du stößt die Leute vor den Kopf. Du bist nicht nett zu ihnen. Wie kannst du dich da beklagen?«

Plötzlich sah sie ihre Tante vor sich, wie sie die nächsten Jahre, womöglich Jahrzehnte allein in dem großen Haus saß, ohne Freunde und Familie. Die Vorstellung ließ sie erschauern.

»Ich kann nicht auf diese Leute zugehen. Sie lachen über mich. Sie wissen von mir.« Madeleines Stimme war kaum zu verstehen.

Suzanne beugte sich vor. »Was wissen sie über dich?«

»Dass mein Mann mich verlassen hat.« Madeleine sah nicht auf, sie konzentrierte sich auf ihre Hände, mit denen sie unablässig Brotkrümel auf der Tischplatte hin und her schob.

»Du hattest einen Mann?« Suzanne legte ihre Hand auf die ihrer Tante, weil sie wollte, dass sie ihre fahrigen Bewegungen sein ließ. »Wann? Was ist passiert?«

Madeleine richtete sich auf und sah sie auf eine merkwürdige Weise an. Ihr Mund war nur ein schmaler Strich, aber das Zittern ihrer Lippen war dennoch nicht zu übersehen. »Vielleicht ist es an der Zeit, dass du alles erfährst, bevor du gehst.«

Suzannes Stimme bebte, als sie eine plötzliche Ahnung aussprach: »Hat es etwas mit meiner Mutter zu tun?«

Noch bevor Madeleine nickte, wusste Suzanne, dass es so war. »Sie ist gar nicht tot, nicht wahr?«, fragte sie.

Madeleine schüttelte langsam den Kopf. Sie sah Suzanne nicht an, sondern hielt den Blick auf die Feuerstelle gerichtet, während sie sprach. »Er hieß Maurice. Maurice Dupont. Er stammte aus Draguignan, wo ich damals noch wohnte. Er sah so gut aus! Er hatte immer Geld in der Tasche und war großzügig. So ganz anders als die anderen jungen Männer der Gegend. Die waren linkisch, uncharmant, knauserig. Ich habe ihn beim Tanzen kennengelernt. Es gab nämlich mal Zeiten, in denen ich getanzt habe, und zwar gern.« Für eine Sekunde bekamen ihre Augen einen trotzigen Ausdruck, dann wandte sie den Blick wieder ab. »Ich war noch sehr jung damals, gerade achtzehn. Deine Mutter war zwei Jahre älter. Sie war schon verheiratet und hat hier in Fayence gelebt, zusammen mit Patrick. Und sie war schwanger mit dir. Louise war immer die Schönere von uns beiden. Das lag vor allem an ihrem Haar. Es war rot, weißt du?«

Suzanne nickte und dachte an das Foto, das sie bei Monsieur Felix gefunden hatte. »Aber du bist auch schön, Tante Madeleine.«

Madeleine überging ihre Bemerkung. »Rotes Haar. Darauf flogen die Männer. Maurice und ich haben uns verlobt. Ich war so verliebt in ihn…« Sie seufzte. »Zur Verlobungsfeier sind natürlich auch deine Eltern gekommen. Als Maurice deine Mutter gesehen hat, hat er zum ersten Mal in seinem Leben gespürt, was Liebe ist. Zumindest hat er das hinterher behauptet. Aber ich glaube, er hat auch da gelogen.« Ihre Stimme nahm einen bitteren Ton an. »Sie haben ein Verhältnis begonnen. Sie haben uns beide betrogen. Maurice mich und Louise deinen Vater. Und dabei hat sie ein Kind erwartet! Und ich war so naiv, dass ich nichts gemerkt habe. Maurice hat ständig nach einem Grund gesucht, um nach Fayence zu fahren. Wie er Louise dann immer angesehen hat! Wenn sie in die Küche gegangen ist, um etwas zu holen, ist er ihr nachgegangen, angeblich, um ihr zu helfen, weil sie ja schwanger war. Er ist mit ihr zum Arzt nach Seillans gefahren, alles nur, um mit Louise allein sein zu können. Und mir hat er während der ganzen Zeit die große Liebe vorgespielt. Wir haben den Termin für die Hochzeit festgelegt. Ich hatte schon das Brautkleid ändern lassen und Schuhe gekauft.«

Suzanne sah deutlich, wie schwer es ihrer Tante fiel, die Erinnerung zuzulassen. Sie wartete ab, bis Madeleine sich ein paar Tränen aus den Augenwinkeln gewischt hatte und weitersprach. Immer noch redete sie wie zu sich selbst: »Es musste ja irgendwann auffliegen. Die Nachbarn haben schon manchmal eine Bemerkung gemacht, aber ich wollte sie nicht hören. Aber dann kam dieser Abend… Wir waren mal wieder hier zu Besuch. Angeblich wollte Maurice mit Louise über unser Elternhaus sprechen. Ich habe damals ja noch dort gewohnt, und er wollte es nach der Hochzeit verkaufen. Wir würden es ja auch nicht mehr brauchen, wenn wir erst verheiratet wären. Louise wollte rasch zu Michaud hinüberlaufen, der damals auch Wein verkauft hat, um eine neue Flasche zu holen. Maurice ist ihr nachgegangen wie üblich. Ich werde den Abend nie vergessen. Sie sind nicht wiedergekommen, und schließlich bin ich sie suchen gegangen. Es hätte ja sein können, dass etwas mit deiner Mutter war. Immerhin war sie im siebten Monat schwanger. Ich bin die Straße zu Caspar entlanggegangen, aber dort waren sie nicht. Also bin ich hinaus in den Garten, und dort habe ich sie gesehen. Sie haben in der offenen Schuppentür gestanden. Louise hat sich gerade ihren Rock heruntergezogen, und er hat hinter ihr gestanden und hatte die Hände auf ihre Brüste gelegt. Es war ein widerlicher Anblick, deine Mutter mit ihrem dicken Bauch und Maurice hinter ihr, keuchend vor Erregung!« Wieder kamen ihr die Tränen.

»Was ist dann passiert?«, fragte Suzanne atemlos.

»Ich habe wohl laut geschrien, und Patrick kam aus dem Haus geeilt. Auch er musste diesen schrecklichen Anblick ertragen. Er war wie vor den Kopf gestoßen. Es hat ihm das Herz gebrochen. Von dem Tag an habe ich ihn nie wieder lachen hören. Er war vorher schon ein schweigsamer Mann, aber als er alles erfahren hat, hat er mit niemandem mehr geredet.«

»Und meine Mutter?«

Madeleine lachte kalt. »Louise? Sie wollte plötzlich zu ihm zurück, hat davon geredet, dass sie einen Fehler gemacht habe und alles bereue. Sie hat behauptet, Maurice habe sie bedrängt und verführt. Sie hat Patrick ihre Liebe geschworen, aber er konnte ihren Anblick nicht mehr ertragen. Er ist in den Stall gezogen, bis du geboren wurdest. In der Nacht hat es ein Erdbeben gegeben, es war wie eine göttliche Strafe. Louise ist noch ein paar Wochen geblieben, bis du aus dem Gröbsten heraus warst, dann hat Patrick sie aus dem Haus geworfen.«

»Er hat sie davongejagt?«

»Natürlich. Was hätte er sonst tun sollen? Sie hatte die Ehe gebrochen. Und mich um meinen Mann betrogen, nebenbei.«

Suzanne wollte etwas sagen, aber es kam plötzlich nur ein

Krächzen aus ihrem Mund. Sie hatte Mühe, ihre Stimme verständlich klingen zu lassen, so sehr brachen die Emotionen über sie herein. »Was war mit mir? Warum hat sie mich hiergelassen? Warum hat sie mich nicht mitgenommen?«

Tante Madeleine sah sie erstaunt an. »Sie hatte ihre Familie betrogen, also hatte sie kein Recht mehr auf dich. Und außerdem: Wie hätte sie für dich sorgen sollen? Eine alleinstehende Frau, eine Ehebrecherin? Wie hätte das gehen sollen?«

»Sie wollte mich mitnehmen?«

»Allerdings. Sie hat dich geliebt, das muss man ihr zugutehalten. Aber Patrick hat sie aus dem Haus gejagt, und du bist hiergeblieben.«

»Aber mein Vater hat mich nie richtig geliebt! Er hat mich in all den Jahren doch kaum beachtet!« Suzanne schrie jetzt vor Verzweiflung.

Madeleines Stimme klang ungerührt: »Er hat für dich gesorgt. Er ist seiner Verantwortung nachgekommen, so gut er es vermochte.«

Die Gedanken jagten in Suzannes Kopf hin und her. Ihr war schwindlig. Sie bemühte sich zu verstehen, was sie gerade erfahren hatte, aber ihr Herz weigerte sich, es zu begreifen.

»Und du?« Suzanne wagte kaum zu fragen.

»Ich?« Madeleines Stimme war voller Bitterkeit. »Maurice war verschwunden, vielleicht mit Louise, was weiß ich. Meine Hochzeit war geplatzt. In Draguignan wurde von nichts anderem mehr geredet. Und hier warst du, ein Baby ohne Mutter. Also bin ich gekommen und geblieben.«

»Du hast nie wieder einen anderen Mann geliebt?«

»Pah! Liebe. Die gibt es für mich nicht. Und für deinen Vater gab es sie nicht, und auch nicht für Louise. Und wer weiß, ob sie dir begegnen wird.«

Suzanne hätte beinahe den Fehler gemacht, Madeleine von Robert zu erzählen. Zum Glück hielt sie sich zurück, denn sie sah am Gesichtsausdruck ihrer Tante, dass sie kein gutes Haar an ihm gelassen hätte.

»Was ist dann mit meiner Mutter passiert?«, fragte sie stattdessen.

Madeleine zuckte mit den Schultern. »Sie hat oft Briefe geschrieben.«

»Was stand darin?«

»Ich weiß es nicht, Patrick hat sie nie gelesen, ich glaube, er hat sie ungeöffnet ins Feuer geworfen.«

»Von wo kamen diese Briefe?«

»Auch das weiß ich nicht. Ich wollte es auch nicht wissen.«

»Hast du denn nicht wenigstens auf den Absender gesehen?«

»Nein. Warum hätte ich das tun sollen? Ich wollte nichts mehr mit meiner Schwester zu tun haben.«

»Und heute?«

»Heute? Ich weiß nicht. Heute ist es zu spät. Zu spät für alles. Ich bin eine alte Frau, und ich werde meine restlichen Jahre hier verbringen.«

»Das musst du nicht. Es ist nicht zu spät, um einen Neuanfang zu machen.«

Ihre Tante sah sie verächtlich an. »Du meinst mit dem alten Trunkenbold? Nein danke.« Sie stand auf und ging in ihr Zimmer.

Auch Suzanne erhob sich. Mechanisch räumte sie das Geschirr vom Tisch. In den letzten Wochen hatte sich ihr Leben komplett geändert. Erst war ihr Vater gestorben, dann war Robert verschwunden. Und jetzt erfuhr sie, dass ihre Mutter noch lebte und um sie gekämpft hatte. Sollte es eine bittere Ironie des Schicksals sein, dass sie zwei Menschen verlieren musste, um einen anderen wiederzugewinnen?

Sie begann, das Schlafzimmer ihrer Eltern auszuräumen. Madeleine sah es nicht gern, wenn sie in das Zimmer ging und die Tür hinter sich schloss, um in Schränken und Truhen zu wühlen. Aber Suzanne tat so, als würde sie es nicht bemerken. Sie hatte ein Recht auf die Erinnerung an ihre Mutter. Tante Madeleine hatte von Briefen geredet, die ihre Mutter geschrieben hatte. Sie hoffte, sie zu finden und mehr über Louise zu erfahren. Sie fuhr mit der flachen Hand zwischen die Stapel von vor Jahren gestärkter und gefalteter Tischwäsche, sie fasste in die Taschen alter Jacketts und Mäntel und sah in jede Schublade und oben auf den Schränken nach, aber sie fand nichts. Bis auf den Abschiedsbrief, in dem ihre Mutter ihren Vater bat, auf sie, Suzanne, aufzupassen, und den sie schon vor langer Zeit an sich genommen hatte, fand sie keinen Hinweis, dass Louise Godard jemals in diesem Haus gelebt hatte.

Je länger sie suchte, umso größer wurde ihre Wut auf ihren Vater. Warum hatte er Louise nicht verzeihen können? Sie war doch noch so jung gewesen. Stattdessen hatte er sie verstoßen und ihr sogar die Tochter genommen! Und seine Verbitterung hatte sich auf sie ausgeweitet. Er war nie der liebende Vater gewesen, auf den sie ein Recht gehabt hätte. Diese Schuld konnte sie ihrem Vater nicht vergeben. Vielleicht war er früher anders gewesen, vielleicht hatte er lieben können, als seine Frau noch bei ihm gewesen war. Hatte Caspar Michaud nicht gesagt, er sei früher ein fröhlicher Mann und guter Freund gewesen?

Einerseits machte Suzanne ihrem Vater bittere Vorwürfe, andererseits stellte sie aber auch fest, dass sie ihn gern vor seinem Unglück gekannt hätte.

Nachdem sie sämtliche Schubladen und Schränke durchgesehen hatte, wandte sie sich an ihre Tante.

»Gibt es irgendetwas in diesem Haus, das meiner Mutter gehörte? Irgendein Andenken an sie? Ich habe nicht einmal ein Hochzeitsbild gefunden! Es ist, als hätte sie nie existiert.«

Ihre Tante blickte sie kühl an. »Wir haben uns bemüht, jede Erinnerung an deine Mutter aus diesem Haus zu tilgen. Auch zu deinem Besten.«

»Es ist gut, dass du gehst«, sagte Monsieur Felix zum Abschied zu ihr. »Auch wenn ich dich sehr vermissen werde. Aber du musst zurück ins Leben finden. Nein, das ist nicht ganz der richtige Ausdruck. Dein Leben fängt ja erst an. Du musst ins Leben hineinfinden.«

»Ich danke Ihnen für Ihre guten Worte«, antwortete Suzanne. »Ohne Sie hätte ich wohl kaum den Mut gefunden. Ich danke Ihnen für alles.«

Er hielt ihr die kleine Kodak hin. »Für dich«, sagte er.

Suzanne wies sie zurück. »Ich kann nicht mehr fotografieren«, sagte sie. »Nicht mehr, seit Robert nicht mehr da ist.«

Zum ersten Mal, seit sie sich kannten, nahm der alte Mann sie in die Arme. »Nimm sie«, bat er. »Irgendwann wirst du sie brauchen. Das weiß ich. Sie kann dir helfen, mit allem fertig zu werden.«

Suzanne glaubte ihm nicht, nahm die Kamera aber trotzdem an sich. »Ich behalte sie als Andenken an Sie.«

Der Abschied von dem alten Fotografen hatte etwas Rührendes an sich. Und er tat weh. Suzanne wusste nicht, wie sie ihm ihre Dankbarkeit zeigen sollte. Sie hätte ihm gern gesagt, dass sie ihn und seinen väterlichen Rat vermissen würde, aber sie fand nicht die richtigen Worte.

Sie machte noch einen letzten Rundgang durch das Atelier, und die goldenen Staubflöckchen wirbelten durch den Raum, als wollten auch sie ihr Adieu sagen. Ihr letzter Blick galt Monsieur Felix, der zusammengesunken auf seinem Stuhl hockte und sie schnell aus der Tür winkte, um seine Traurigkeit zu verbergen.

Sie brauchte nicht lange, um ihre Angelegenheiten zu regeln. Sie nahm auch nicht viel mit. Der Gedanke kam ihr, noch einmal nach Fréjus zu fahren, um sich auf diese Weise endgültig von Robert zu verabschieden, aber sie brachte es nicht übers Herz. Die Erinnerung an die Trauerfeier mit dem leeren Sarg war einfach zu niederschmetternd.

Mitte Juni nahm sie den Zug nach Paris.

Als sie an der Gare de Lyon ausstieg, war sie von der Größe und Pracht des Gebäudes ergriffen. Sie blieb für einen Augenblick mitten auf dem Bahnsteig stehen, das Gepäck zu ihren Füßen, und staunte über das Gewühl um sie herum.

Hätte sie die Passagiere im Zug auf dem Bahnsteig gegenüber betrachtet, sie hätte vielleicht Robert entdeckt.

Er wartete auf das Abfahrtssignal, damit es nach Marseille und von dort endlich nach Hause ging. Die letzten beiden Wochen hatten an seinen Nerven gezerrt. Er hatte sich schon wieder mit Suzanne vereint gesehen, doch stattdessen hatte er im Krankenhaus liegen müssen. Er machte sich große Sorgen, weil er keine Nachrichten von Suzanne hatte. Er hatte einen Pfleger gebeten, ihr ein Kabel zu schicken, aber keine Antwort erhalten.

Müde lehnte Robert den Kopf ans Fenster und schloss die Augen, um zu schlafen.

Kapitel 8

Die Lebendigkeit der Stadt, das Gedränge auf den großen Boulevards, die Buntheit und Vielfalt der Menschen, der mörderische Verkehr, die Nächte in Cafés und Theatern, Camilles unendlich viele Freunde und Verehrer, die Auslagen in den Schaufenstern: Das alles beanspruchte Suzannes ganze Aufmerksamkeit. Sie lebte wie in einem Taumel, und wenn sie abends oder spät nachts in ihr Dienstbotenzimmer im Dachgeschoss eines mehrstöckigen Hauses zurückkam, atmete sie erst einmal tief durch und schüttelte die Aufregungen des Tages von sich ab.

Sie hatte das kleine Zimmer gleich nach ihrer Ankunft gefunden. Es lag in der Rue du Faubourg-Saint-Antoine, einer großen Ausfallstraße, die von der Bastille zur Place de la Nation führte.

»Warum ziehst du nicht in meine Nähe? Der Montmartre ist das Zentrum der Künstler und des Nachtlebens«, schlug Camille vor.

Suzanne lehnte ab und wählte dazu ihre Worte mit Bedacht. »Ich kann das im Moment nicht. Ich muss erst zu mir kommen«, hatte sie gesagt. Die Erinnerung an die vielen Gelegenheiten, in denen Camille darüber bestimmen wollte, was sie zu tun oder zu lassen hatte, ließen sie vorsichtig sein. »Versteh mich nicht falsch. Ich bin dir so dankbar, dass du mich aus Fayence herausgeholt hast,« sagte sie, »aber ich muss auch mal etwas allein machen. Das heißt ja nicht, dass wir uns nicht sehen«, fügte sie schnell hinzu, als sie die Enttäuschung in Camilles Augen sah. »Ich muss meinen eigenen Weg finden, wie Monsieur Felix es gesagt hat. Und außerdem … brauche ich Zeit, um zu trauern.«

Das Viertel Saint-Antoine kam ihrem Wunsch nach Einfachheit und Bodenständigkeit sehr nahe. Hier lebten hauptsächlich Handwerker, die ihre Werkstätten in den verwinkelten Hinterhöfen hatten. In mehreren großen Stallungen waren Pferde für die vielen Pariser Droschken untergebracht. In der Nummer 80, wo sie wohnte, gab es eine Schreinerei für Gebrauchtmöbel, daneben hatte ein Lederrestaurateur seine Werkstatt. Er reparierte Besteckkästen und bezog Schreibtische und Stühle neu. Am liebsten mochte Suzanne die ledergebundenen Bücher, deren Titel er mit Gold in das kostbare Leder prägte. Wenn Suzanne morgens aufwachte, hörte sie das Kreischen der Säge, und im Hausflur roch es nach frischem Sägemehl, ein Geruch, den sie liebte und auf den sie sich jeden Tag aufs Neue freute. Der Faubourg-Saint-Antoine war gesäumt von volkstümlichen Cafés und kleinen Restaurants, in denen sie billig und reichhaltig essen konnte. Hier fühlte Suzanne sich sicher, denn hier wohnten die Leute, die sie kannte, die sie früher fotografiert hatte. Die Bewohner hielten etwas auf sich, schließlich waren ihre Vorfahren maßgeblich am Sturm auf die Bastille beteiligt gewesen, der die Revolution eingeläutet hatte. Neben dem lauten Boulevard, auf dem immer Trubel war, gab es viele kleine Passagen und Hinterhöfe, in denen ein beinahe ländliches Leben vorherrschte. Dort konnte man sogar Hühner gackern hören, hinter vielen Toreinfahrten wurde auf winzigen Grundstücken Gemüse gezogen.

Unter dem Dach lagen die billigen Zimmer für das Hauspersonal und Fremdmieter wie Suzanne. Eine Treppe führte hinauf, die hinten im Hof begann. Vogelkäfige hingen vor den geöffneten Fenstern zum Hinterhof. Wenn sie aus ihrem Fenster hinaussah, konnte sie die Rückwand des gegenüberliegenden Hauses sehen. Unterhalb des Gewirrs aus Zinkdächern und Schornsteinen, Dachfenstern und Brandschutzmauern gab es eine kleine Terrasse, die ihren ganzen Neid erregte. Sie bot Platz für eine schmale Holzbank, auf der fast immer eine ältere Frau saß und in einem Buch las. Die Terrasse war mit Drähten überspannt, an denen Tomatenpflanzen und bunte Wicken hinaufrankten. Je länger der Sommer dauerte, umso mehr überwucherten die Pflanzen die Terrasse und beschatteten sie. Die Frau war kaum noch zu sehen. Suzanne stellte sich vor, wie sie im kühlen Schatten im Freien saß, umgeben vom Duft der Tomaten und der Blumen, in ihre Lektüre vertieft. In solchen Momenten flackerte kurz die Sehnsucht nach dem ländlichen Leben in Fayence auf, doch dieses Gefühl währte nie lange. Dafür bot die Hauptstadt zu viele Herausforderungen und Attraktionen.

Suzannes Zimmer hatte keinen Balkon, und sie musste sich auf die Zehenspitzen stellen, um aus dem Fenster in der Dachgaube sehen zu können. Es bot Platz für ein schmales Bett, das sie durch einen Vorhang vom Rest des Zimmers abtrennen konnte, und eine Kommode für ihre Habseligkeiten. Der Weidenkorb, in dem sie ihre Sachen transportiert hatte, war gerade flach genug, dass sie ihn unter das hohe Bett schieben konnte. Über der Kommode war ein einfaches Regalbrett angebracht, auf dem einige Bücher und mit buntem Papier beklebte Pappschachteln standen, in denen sie ihre persönlichen Dinge aufbewahrte. Dort stellte sie auch das Foto von Robert auf, das sie in Fréjus von ihm gemacht hatte. Und die Aufnahme, die ihre Mutter und ihren Vater zeigte. Auf einem einflammigen Herd konnte sie sich einen Kaffee oder ein Ei kochen, ihr spärliches Geschirr stand auf der Fensterbank. Es gab eine Waschschüssel auf einem hölzernen Gestell mit einem Spiegel darüber, der einen Sprung in der linken oberen Ecke hatte. Hinter der Tür hingen einige Haken für Handtuch, Morgenmantel, ihren Hut und ähnliche Dinge. Die Toilette teilte sie sich mit den Bewohnerinnen der anderen fünf Zimmer auf der Etage. Ihr Reich war viel kleiner als das Haus in Fayence, aber Suzanne nahm es hin, wie es war. Jetzt im Sommer war es hier oben unter dem Dach unerträglich heiß, im Winter würde es bitterkalt werden, das hatte ihr Lisette, ihre quirlige Zimmernachbarin aus dem Burgund, schon prophezeit.

Suzanne zog sich das Kleid über den Kopf und legte sich in ihrer Unterwäsche auf das Bett. Obwohl es schon nach elf Uhr abends war, war die schwüle Hitze mörderisch. Es half nur wenig, das kleine Dachfenster zu öffnen, und selbst wenn sie ihre Zimmertür offen ließ – alle machten das so, um nicht zu ersticken –, gab es in der windstillen Nacht kaum einen Luftzug, der Kühlung gebracht hätte.

Dennoch fühlte sich Suzanne hier wohl. Sie durfte kommen und gehen, wann sie wollte. Wenn die Concierge unten im Hausflur auch manchmal missbilligend mit der Zunge schnalzte, dann konnte ihr das völlig egal sein, wenn sie nur pünktlich ihre Miete zahlte. In diesem Zimmer konnte sie auch ungestört um Robert trauern. Oft lag sie abends auf ihrem Bett und verbrachte Stunden damit, sich auszumalen, wie ihre gemeinsame Zukunft ausgesehen hätte. Sie führte in ihrem Kopf Gespräche mit ihm, und manchmal stellte sie sich auch vor, wie er sie berührte und ihren Körper zum Beben brachte.

Die Zwiegespräche und Erinnerungen trösteten sie und machten sie stark für den Alltag in Paris.

Suzanne inhalierte tief den Rauch ihrer Zigarette. Sie hatte das Vergnügen des Rauchens für sich entdeckt und liebte es, auch weil es ihr half, sich zu konzentrieren. Außerdem genoss sie die entrüsteten Blicke der Passanten, wenn sie in einem Café saß und rauchte. Wenn sie an das böse Gesicht dachte, das Tante Madeleine zweifellos machen würde, wenn sie von ihrer neuen Leidenschaft erfuhr, entschlüpfte ihr ein Lächeln.

Sie war begeistert von den Möglichkeiten, die Paris ihr bot.

Es würde nicht immer leicht sein, das ahnte sie, aber sie hatte die feste Absicht, sich in der Hauptstadt durchzubeißen. Auch dieses Zimmer – sie sah sich um und schnippte den Rest ihrer Zigarette in das leere Konfitürenglas, das ihr als Aschenbecher diente –, auch dieses Zimmer würde nicht ihr letztes in Paris bleiben.

Aber so lange sie noch keine Arbeit hatte, konnte sie sich nichts Besseres leisten. Zurzeit lebte sie von Ersparnissen und einer kleinen Summe, die sie zwischen den Sachen ihres Vaters gefunden hatte. Aber das würde höchstens für die Miete und ein bescheidenes Auskommen für die nächsten sechs Monate reichen. Sie hatte ein paar Aushilfsarbeiten angenommen für Freunde von Camille, sie hatte Kinder beaufsichtigt und einen Umzug aufs Land organisiert. Das reichte aber nicht.

In den nächsten Tagen würde sie etwas Langfristiges finden müssen. Sie wusste nur nicht, was. Sie konnte nicht weiterhin als Fotografin arbeiten. Die Erinnerung an Robert verbot ihr das. In ihrer Straße hatte sie mehrere Fotoateliers entdeckt. Einmal war sie hineingegangen in der Absicht, nach Arbeit zu fragen. Sofort hatte der Geruch sie gefangen genommen. Und dann hatte sie verschiedene Aufnahmen von der Riviera an den Wänden gesehen, und ihr war schwarz vor Augen geworden.

»Was wünschen Sie?«, hatte der Besitzer gefragt.

Ohne ein Wort hatte sie das Geschäft wieder verlassen.

Die Kodak blieb ganz unten in ihrer Kommode. Seitdem Robert nicht mehr bei ihr war, erschien es ihr völlig unmöglich, wieder Fotos zu machen. Es war, als brauche sie seinen Blick, als müsse sie seine Kommentare hören, um gute Bilder zu machen.

Robert …, wie so oft schlief sie mit seinem Namen auf den Lippen ein.

Häufig, wenn sie morgens aufwachte, waren ihre Wangen nass von Tränen. Dann wusste sie, dass sie von ihm geträumt hatte. Sie konnte sich nur an Bruchstücke des Traums erinnern, aber meistens fing er damit an, dass sie beide wieder vereint waren. Dann verschwand Robert plötzlich, und sie blieb allein zurück. Aber aus der Ferne sah sie ihn manchmal winken, zuversichtlich, so als wüsste er, dass sie sich wiedersehen würden.

Die *Titanic* war immer noch einen Artikel wert. In New York und London hatte es Untersuchungen und Prozesse gegeben, um zu klären, wer Schuld an dem Unglück trug. Wieder wurden die zum Teil abenteuerlichen Geschichten von Überlebenden erzählt. Es war von Männern und Frauen die Rede, die man für tot gehalten hatte und die plötzlich quicklebendig vor ihren Angehörigen standen. Jemand hatte Stein und Bein geschworen, dass er einen anderen hatte untergehen und ertrinken sehen, und dann stellte sich heraus, dass er sich doch geirrt hatte. Es gab unzählige Möglichkeiten und Ereignisse, aus denen Suzanne Hoffnung schöpfen konnte, dass Robert eines Tages zu ihr zurückkehren würde. Und dann waren da diese Tage, an denen sie erwachte, mit Tränen in den Augen …

»Komm mit, es wird lustig«, drängte Camille eines Tages. »Gustave hat Karten für ein Variété an der Place de Clichy.«

Suzanne zögerte. Gustave war Camilles neuer Verehrer, die Beziehung befand sich noch im Stadium des Werbens. Er hatte eine große Schlachterei in den Hallen und warf mit Geld um sich, um Camille zu beeindrucken. Gustave war alles andere als ein schöner Mann, und Suzanne hatte ihn im Verdacht, sich mit Camille schmücken zu wollen, ohne wirkliche Gefühle für sie zu hegen.

»Jetzt leg doch mal diese Zeitung weg. Du musst mal raus. Außerdem gehen wir zusammen mit einigen Freunden. Vielleicht springt eine Arbeit für dich dabei heraus. Du ziehst dir jetzt was Nettes an. Und beeil dich, Gustave wartet unten, und er mag es nicht, wenn man ihn warten lässt. Aber mehr als zwei Personen passen beim besten Willen nicht hier rein.«

Suzanne war müde, die Füße taten ihr weh. Sie war den ganzen Tag durch die Stadt gelaufen auf der Suche nach Arbeit. Sie war jetzt fünf Wochen in Paris, allmählich wurde sie unruhig. Vielleicht hatte Camille recht, und sie musste es auf einem anderen Weg versuchen.

»Variété?«, fragte sie lahm.

»Ja, Tanz auf der Bühne, ein bisschen Theater, manchmal schlüpfrig.«

»Schlüpfrig?«

»Lass dich überraschen.«

Gustave wartete vor dem Haus in einer einspännigen Kutsche. Sie fuhren am Canal Saint-Martin entlang nach Norden. Das Ufer war an einigen Stellen mit Lampions beleuchtet, deren Lichter sich im Wasser spiegelten. Eiserne Fußgängerbrücken querten den Kanal. Es war eine romantische Fahrt.

Sie gingen in ein Kellerlokal, wo ein langer, schmaler Gang zur Garderobe führte. Der Lärm, den die vielen Menschen und die Musikkapelle veranstalteten, war bereits hier ohrenbetäubend. Sie gaben die Mäntel und Hüte ab und betraten den Gastraum.

Entlang der Wände standen Tische, einige davon in schwer einsehbaren Nischen. In der Mitte war eine Tanzfläche, auf der sich bereits einige Paare zu schneller, heftiger Musik bewegten. Der Raum war nur schummrig beleuchtet, und Suzanne stolperte über eine Stufe. Gustave hielt sie jedoch am Ellenbogen fest, bevor sie fallen konnte.

»Toller Auftritt«, rief einer der Männer an dem Tisch, auf den Gustave zusteuerte. Er hielt Suzanne immer noch am Arm, als sei sie ein Kind. Oh nein, wie ärgerlich, dachte Suzanne. Der Tisch war an drei Seiten von Bänken umgeben, von denen aus man eine gute Sicht auf eine kleine Bühne an der Stirnseite des Raums hatte.

Auf den Bänken saßen bereits zwei weitere Pärchen und

der Mann, der eben den Kommentar gemacht hatte. Sie rückten zusammen. Suzanne rutschte als Erste in die Bank, dann folgten Camille und Gustave.

»Die mit dem tollen Auftritt ist meine Freundin Suzanne Godard«, rief Camille, um den Lärm zu übertönen, und nannte die Namen der anderen. Suzanne hatte keine große Lust, sie sich einzuprägen, und war froh, als in diesem Augenblick ein Kellner auftauchte und auf riesigen Tabletts gebratene Sardinen und Brot brachte. Einer der Männer, sie glaubte, sein Name war Georges, schenkte ihr ein Glas Champagner ein und hielt ihr den Teller mit den Sardinen hin. Der Fisch war fettig und versalzen, das Brot ohne jeden Geschmack. Sie aß dennoch ein paar Bissen, denn sie war hungrig, und wenn sie auf nüchternen Magen Alkohol trank, wurde ihr regelmäßig schlecht.

Während sie kaute, dachte sie an die Sardinen, die sie in Fréjus gegessen hatte, und wurde traurig. In diesem Augenblick fühlte sie Roberts Abwesenheit geradezu körperlich. Sie fröstelte, und ihr Magen zog sich schmerzhaft zusammen. Sie mochte diese Abende nicht, an denen sie sich zwischen den anderen Paaren wie das fünfte Rad am Wagen fühlte. Und die Männer schienen die Frauen als ihr Eigentum zu betrachten. Wenn ihnen danach war, tätschelten sie ihnen die Oberschenkel oder zogen sie an sich. Noch schlimmer als das fünfte Rad am Wagen zu sein war aber, wenn ein alleinstehender Mann dabei war. Sie spürte förmlich, wie alle darauf lauerten, ob sie und er sich im Laufe des Abends näherkommen würden, und fühlte sich wie auf einer Fleischbeschau. Sie hasste diese plumpen Versuche, sie an den Mann zu bringen. Widerwillig sah sie, wie Gustave den Arm um Camille legte und sie küsste. Als er sich von ihr löste, war ihr Mund fettverschmiert. Camille wischte mit dem Handrücken darüber und warf Suzanne dabei einen vielsagenden Blick zu. Sie beugte sich zu ihr herüber und wollte etwas sagen, doch in diesem Augenblick hob sich der purpurne Vorhang.

Auf der grell erleuchteten Bühne konnte man einen Caféhaustisch sehen, an dem eine aufreizend gekleidete Frau saß und eine Zigarette mit Spitze rauchte. Ein Matrose näherte sich ihr, machte ihr mit übertriebener Mimik und Gestik Komplimente und hatte plötzlich eine Plastikrose in der Hand, die er ihr überreichte. Er zog sie auf die Tanzfläche, und sie begannen zu tanzen, wobei der Mann seine Hände über den Körper der Frau wandern ließ und an den Knöpfen ihrer Bluse spielte. Plötzlich erschien ein zweiter Mann auf der Bühne, der den Ehemann spielte. Es kam zum Streit und zu einer Prügelei... Die Runde am Tisch lachte schallend und amüsierte sich prächtig. Mehr Champagner wurde bestellt. Suzanne lachte, wenn die anderen lachten, sie trank ein Glas und noch eines, dann entschuldigte sie sich mit der Ausrede, sie wolle sich frisch machen, holte ihren Mantel und ging nach Hause.

Am folgenden Tag stellte sie sich in einem Kaufhaus als Ladenmädchen vor. Nicht in irgendeinem Kaufhaus: Das Bon Marché war das älteste und berühmteste Kaufhaus von Paris. Es lag am linken Seine-Ufer im Montparnasse, einem Viertel mit gediegenen Lokalen und prächtig ausgestatteten Privathäusern. Im Bon Marché kleideten sich die Damen ein, die etwas auf sich hielten und es sich leisten konnten.

Schon die Außenfassade des Gebäudes war von einer Eleganz, die Suzanne anzog und gleichzeitig einschüchterte. Riesige Schaufenster und von muschelförmigen Glasdächern geschützte Eingänge zogen den Blick auf sich. Die oberen Fensterreihen waren mit rot-weiß gestreiften Markisen versehen. Sie gönnte sich nur einen kurzen Blick und betrat das Gebäude.

Hier verschlug ihr die Pracht den Atem. Sie glaubte, eine Kirche zu betreten, so hoch waren die Decken, so imposant die Räume. Eine gläserne Kuppel, die auf einer Eisenkonstruktion ruhte, überspannte das Ganze. Allerdings war es hier nicht so still wie in der Kirche. Verzückte Ausrufe, erstaunte Ohs und Ahs, gemurmelte Beratungsgespräche und Komplimente, das sanfte Rascheln, wenn Frauenhände über Stoffe und Federn strichen, das Tocken von Schirmspitzen auf dem Marmorboden: Bereits der allererste Eindruck ließ Suzanne überwältigt erschauern. Und dann sah sie die beweglichen Treppen. Von der Seite aus gesehen wirkten sie, wie sie vom Erdgeschoss über die einzelnen Etagen nach ganz oben führten, wie eine Arabeske oder eine raffiniert gestickte Bordüre.

Suzanne sah auf die Uhr und verschob jede weitere Bewunderung auf später. Sie nahm die Rolltreppe und fuhr in den fünften Stock hinauf, wo sie sich bei einer Madame Vignot vorstellen sollte.

Suzanne wusste nicht, was ein Ladenmädchen genau tat, aber Camille hatte ihr erzählt, dass eine Stelle in einem der großen Kaufhäuser ein guter Start sein könnte. Wofür, hatte sie nicht gesagt, aber nachdem sie den außerordentlichen Luxus des Bon Marché gesehen hatte, glaubte Suzanne ihr blind, dass hier Geschichte geschrieben wurde und Leben sich verändern konnten.

Madame Vignot musterte sie von oben bis unten und ging einmal um sie herum.

»Sie sind hier in der Vorführabteilung. Sie wissen, was das ist?«

»Die Vorführabteilung?« Suzanne hatte keinen Schimmer, was damit gemeint sein konnte.

»Hier bekommen unsere Kundinnen die Kleider vorgeführt, von unseren Modellen. Und dann wählen sie aus.«

Suzanne nickte. »Soll ich Kleider vorführen?«

Madame Vignot lachte. »Nein, Kindchen, dafür sind Sie nicht der richtige Typ, viel zu mager. Sie sollen unseren Modellen behilflich sein, Kleider heraussuchen, beim Ankleiden helfen, alles, was anfällt. Wenn das nichts für Sie ist, sagen Sie es gleich.«

»Doch, doch. Ich würde es gern versuchen.«

»Bei uns ist die Kundin Königin. Jeder Wunsch wird sofort erfüllt. Bei der kleinsten Beschwerde werde ich Sie sofort entlassen. Und ich bitte um absolute Pünktlichkeit – und mit pünktlich meine ich zwei Minuten vor der Zeit, wenn ich bitten darf. Und seien Sie immer wie aus dem Ei gepellt. Wenn ich auch nur eine winzige Nachlässigkeit in Ihrer Garderobe bemerke, bekommen Sie einen Tadel.« Madame Vignot verschränkte auf eine sehr damenhafte Weise die langen Finger ineinander. »Haben wir uns verstanden?«

Vom nächsten Tag an gehörte sie zu der Masse der Männer und Frauen, die sich morgens auf den Weg an ihre Arbeitsplätze machten und am Abend erschöpft wieder nach Hause gingen.

Allein im Bon Marché arbeiteten viertausendfünfhundert Angestellte. Das Kaufhaus hatte sich über die Jahre die angrenzenden Häuser einverleibt, in die man über eiserne Brücken gelangte, die sich über die Straßen spannten. Die ehemaligen Höfe, die die Verkaufsflächen vergrößerten, waren jetzt überdacht, die verglasten Dächer ließen das Tageslicht herein.

Die Arbeit in diesem Tempel des Konsums war anstrengend. Suzanne musste die Kleider treppauf, treppab tragen, immer darauf bedacht, möglichst schnell zu sein und alles knitterfrei abzuliefern. Die Aufzüge und Rolltreppen waren für die Angestellten verboten. Wenn die Kundinnen die Kleider am Körper eines Modells gesehen hatten, kamen sie zurück in die Abteilungen. An manchen Tagen musste sie ein Teil mehrfach heranschleppen und wieder wegbringen. Während der Anprobe hatte sie manchmal die Gelegenheit, die Kleider am Körper einer Frau zu sehen. Es gab Gewänder, die auf dem Bügel ein Schattendasein führten und erst leuchteten, wenn sie getragen wurden. Dann fiel der Stoff in weichen Falten, Nähte und Abnäher betonten Rundungen, ein Spitzendetail am Ärmel bekam seinen tieferen Sinn. Suzanne lernte auch, dass der richtige Schuh, ein Schmuckstück oder ein Hut eine Garderobe von alltäglich zu spektakulär verändern konnte. Und dass ein Abnäher hier, eine zusätzlich Falte dort einer weiblichen Figur zu besseren Proportionen verhelfen konnte.

In der Vorführabteilung standen immer zahlreiche Schneiderinnen parat, um notwendige Änderungen vorzunehmen, abzustecken oder einen Saum zu kürzen. Suzanne liebte das Geräusch, mit dem die großen silbernen Scheren durch schweren Stoff schnitten, das leise Klingeln der Stecknadeln in ihren Blechdosen, das undeutliche Gemurmel der Schneiderinnen, die mit Nadeln im Mund Anweisungen gaben. Die Modistinnen bewunderte sie wegen ihrer Geschicklichkeit, mit der sie einen Stoff rafften und in Falten legten, einen Schal um einen Ausschnitt drapierten und eine Seidenblume an einem Hut befestigten.

Der Herbst war gekommen, und die Pariserinnen strömten ins Bon Marché, um sich mit Wollkleidern und Mänteln auszustatten. Außerdem gab es wie in jedem Jahr die sogenannten »Weißen Wochen«, in denen Haushaltswäsche, aber auch andere Artikel zu ermäßigten Preisen angeboten wurden. Das Haus summte wie ein Bienenstock, die Verkäuferinnen und Ladenmädchen ächzten unter der vielen Arbeit. Jeden Tag war in der Vorführabteilung ein Termin nach dem anderen angesetzt, und Suzanne fand kaum Gelegenheit für eine kurze Mittagspause. Schon nach kurzer Zeit hatte sie sich ihren Platz unter den anderen Mädchen erkämpft. Ein paar Mal hatte Madame Vignot sie getadelt, weil sie geträumt hatte. Suzanne hatte das wiedergutgemacht, indem sie einige praktische Verbesserungen für die Anproberäume vorgeschlagen hatte. Ihr fotografisches Auge hatte ihr gesagt, dass ein Spiegel hier und ein andersfarbiger Hintergrund dort die Kundinnen vorteilhafter aussehen ließen. Anfangs war ihre Chefin höchstmisstrauisch gewesen, doch als Suzanne angeboten hatte, die räumlichen Veränderungen probeweise nach Feierabend vorzunehmen, hatte sie eingewilligt und war überrascht von den guten Ergebnissen. Diese Überstunden brachten Suzanne zwar vorerst keinen zusätzlichen Lohn, befriedigten aber ihren Sinn für Schönheit und Perfektion.

»Gleich kommt die Großfürstin, alle auf ihre Plätze!«, rief Madame Vignot eines Tages.

»Wer ist das, die Großfürstin?«, fragte Suzanne leise. Sie wartete mit drei halbnackten Vorführmodellen hinter einer Wand darauf, dass die Kundin ihre Wünsche äußerte, um dann loszulaufen, das gewünschte Kleid zu holen und den Modellen beim Ankleiden zu helfen.

»Eine adelige Russin, unglaublich reich, sehr schön. Sie kommt jedes Jahr und kleidet sich bei uns ein«, antwortete Aline, eine kühle Blonde, die selbst aussah wie eine Aristokratin und meistens die Abendmode vorführte.

»Ich verstehe nicht, wieso sie nicht gleich zu Chanel geht oder zu Vionnet«, sagte Chantal, die mit ihren im Nacken gestutzten Haaren das moderne und sportliche Mädchen verkörperte.

»Da geht sie auch hin, glaubt mir, die lässt kein Pariser Geschäft aus«, meinte Aline.

»Woher weißt du das?«

»Ich führe auch bei Chanel vor und habe sie dort schon gesehen.«

»Das dürfen wir doch nicht!«, rief Francine, das dritte Modell. Sie war erst seit einigen Wochen hier und sprach mit einem starken bretonischen Akzent, der Madame Vignot den letzten Nerv raubte. Sie fror entsetzlich, aber es war verboten, sich eine Jacke überzuziehen.

Francine war die personifizierte Unschuld vom Lande, und Chantal, die sich von Männern aushalten ließ, war, was die Moral betraf, das genaue Gegenteil. Zwischen den beiden Mädchen gab es häufig Krach, und Suzanne wartete auf den

Tag, an dem Madame Vignot genug davon haben und eine von beiden an die Luft setzen würde.

Aline meldete sich noch einmal zu Wort: »Wenn sie mich hier nur einen Tag in der Woche brauchen? Wovon soll ich denn leben?«

»Aber Madame Vignot…«, versuchte Francine es noch einmal.

»Achtung, ich glaube, es geht los!«, flüsterte Suzanne.

Hinter der Wand waren Bewegung zu spüren und Stimmen zu hören. Die Großfürstin und zwei Begleiterinnen hatten sich in den Sesseln niedergelassen und tranken bereits Tee und knabberten Schokolade.

In der nächsten Stunde schleppte Suzanne ungefähr zwanzig Kleider nebst Schuhen und Hüten herbei. Die Großfürstin war offensichtlich nicht in Laune, denn sie mäkelte an jedem Kleid herum: zu lang, zu kurz, zu bunt, zu auffällig. Hier gefiel ihr das Material nicht, und dort hatte sie an der Größe der Knöpfe etwas auszusetzen. Madame Vignot kam zu ihnen nach hinten und zischte: »Jetzt gebt euch endlich Mühe und macht ihr die Kleider schmackhaft!«

Nach einer weiteren Stunde hatte sich die Kundin doch noch für ein Nachmittagskleid aus dunkler Seide mit einem passenden Schirm entschieden. Alle atmeten erleichtert auf.

Am nächsten Morgen rief Madame Vignot Suzanne zu sich.

»Marie ist krank. Du musst etwas ausliefern.«

Marie war ein anderes Ladenmädchen, das schon länger dabei war und das Vertrauen von Madame Vignot genoss. Sie besorgte die Auslieferung der bestellten Waren an die Kunden.

»Wohin?«, fragte Suzanne.

»Ins Lutetia. Die Bestellung der Großfürstin.«

Das Hotel Lutetia befand sich schräg gegenüber vom Bon Marché. Der Eigentümer des Kaufhauses, Monsieur Boucicaut, hatte es eigens bauen lassen, damit seine betuchten

Gäste aus dem Ausland und der Provinz keine weiten Wege zurücklegen mussten, um ans Ziel ihrer Wünsche zu gelangen.

An der Rezeption fragte Suzanne nach der Zimmernummer. Über lange Flure mit dicken Teppichen, die ihre Schritte schluckten, kam sie schließlich etwas atemlos dort an, das in Seidenpapier verpackte Kleid über dem Arm.

»Kommen Sie herein, meine Liebe«, kam eine Stimme von drinnen, als sie an die Doppeltür klopfte.

»Ich bringe Ihr Kleid, Madame.«

Die Großfürstin stand am Fenster und naschte eine Praline. Sie drehte sich zu ihr herum.

»Mein Gott, Sie sehen aus wie meine Tochter«, rief sie und klatschte in die Hände. »Wie meine Dunja, ich schwöre es. Na ja, Sie könnten ein wenig mehr essen!« Sie eilte auf Suzanne zu. »Dieses Haar, genau wie meine Dunjetschka. Wie schön, dass Sie es nicht abschneiden lassen wie all die anderen jungen Frauen! Eine Frau muss doch ihr Haar tragen wie eine Königin ihre Krone, finden Sie nicht?« Sie ließ Suzanne keine Zeit für eine Erwiderung. Stattdessen bot sie ihr eine Praline an und plapperte weiter. Suzanne hatte keine Hand frei, weil sie immer noch das schwere Kleid trug. Als die Großfürstin das bemerkte, wies sie mit der Hand in den Nebenraum.

»Legen Sie es dort ab.«

Als Suzanne zurück in den Salon kam, hielt sie ihr das Tablett mit der Schokolade hin. Suzanne hatte noch nie etwas derart Gutes gegessen. Etwas schmolz in ihrem Mund und gab etwas Cremiges frei, das leicht am Gaumen brannte.

»Hier, nehmen Sie noch eins«, forderte die Großfürstin sie auf. »Und nennen Sie mir Ihren Namen.«

»Suzanne Godard.«

»Nun, wenn ich das nächste Mal mit meiner Tochter komme, dann möchte ich, dass Sie vorführen. Nein, diese Ähnlichkeit!«

Sie nahm eine der Münzen vom Tisch, die dort in einer versilberten Schale lagen, und reichte sie Suzanne. Damit war sie entlassen.

Als sie in den Feierabend ging, hatte sie das Gefühl, einen kleinen Erfolg errungen zu haben.

Beschwingt nahm sie einen der hinteren Ausgänge des Bon Marché und ging die Rue du Bac hinunter bis zur Seine. Das hatte sie schon seit längerer Zeit geplant. Straße für Straße nahm sie sich Paris vor, in der Hoffnung, die Stadt irgendwann einmal so gut zu kennen wie Fayence. Als sie den anderen Mädchen im Kaufhaus von ihrer Idee erzählt hatte, hatten die sie ausgelacht.

»Paris ist viel zu groß. Niemand kann die ganze Stadt kennen!«, meinten sie.

»Dann werde ich es eben versuchen, so gut es geht«, hatte Suzanne geantwortet. Und heute nahm sie sich wieder einmal eine unbekannte Straße vor.

Die Rue du Bac war eine Straße mit gut situierten Bewohnern. Die Häuser machten einen gepflegten Eindruck, und an einigen Stellen verbreiterte sich die Straße zu einem kleinen Platz. Das Messing der Türknäufe war blank poliert, vor den Fenstern standen Blumen in Töpfen. Im Erdgeschoss reihten sich exquisite Geschäfte aneinander: Blumen, Fleisch und Patisserie. Suzanne merkte, dass sie Hunger hatte. Sie beschloss, sich ins nächste Café zu setzen und sich einen Tee zu gönnen und die Passanten zu beobachten.

Als sie sich nach einem Café umsah, bemerkte sie, dass sie schon fast die Seine erreicht hatte, und verwarf ihren Plan. Die vereinzelten Sonnenstrahlen auf dem Wasser zogen sie in ihren Bann. Sie überquerte den Pont Royal und folgte dann rechter Hand dem Flusslauf, um in östlicher Richtung nach Hause zu gehen.

Das Licht an diesem Herbstabend war außergewöhnlich. Die Sonne war hinter der Wolkendecke nur zu erahnen, reichte aber aus, um die hellen Sandsteinfassaden und Brücken zartrosa aufleuchten zu lassen. Der Fluss mit seinen Uferbefestigungen lag wie eine Märchenlandschaft vor ihr. Auf der Wasseroberfläche spiegelten sich die hohen Gebäude und einzelne Bäume. Sie verloren bereits ihr Laub, das unter Suzannes Schritten leise raschelte. Nach einer guten halben Stunde hatte sie die Île de la Cité passiert.

Suzanne nahm die Treppe hinunter zum Fluss, um auf die kleine Île Saint-Louis zu gelangen, die wegen der gediegenen, luxuriösen Stadtpaläste zu den stillsten Orten in Paris gehörte, die sie kannte. Als sie sich umdrehte, sah sie die filigrane Struktur der Strebepfeiler auf der Rückseite von Notre-Dame. Die Äste einer großen Platane stachen bizarr von der hellen Kaimauer ab, darüber konnte sie die gläserne Kuppel einer Straßenlaterne ausmachen, die in der Baumkrone zu schweben schien. Die Dämmerung war mittlerweile hereingebrochen, und die Konturen des Baums und das gelbliche Licht der Gaslaterne hatten etwas Magisches an sich. Suzanne blieb stehen. Sie griff nach ihrer Tasche, doch dann fiel ihr ein, dass sie ihre Kodak ja nicht mehr bei sich trug. Langsam ging sie weiter und wandte sich um, um noch einen letzten Blick auf die Szenerie zu werfen. Es wäre ein schönes Motiv für ein Bild gewesen, eines, das sie anrührte. Ob es wohl auch Monsieur Felix gefallen hätte? Ob es einen Käufer gefunden hätte? Sie lächelte traurig und setzte ihren Heimweg fort.

Die einsamen Spaziergänge durch Paris trösteten sie. An den Wochenenden, wenn sie nicht arbeiten musste, machte sie sich auf den Weg und spazierte los, ohne ein bestimmtes Ziel zu haben. Sie wanderte den Canal Saint-Martin entlang, der von der Seine nach Norden führte. An seinen Ufern fand sie das Paris der kleinen Leute, schattige Plätzchen und lärmende Familien. Wenn sie an eine der kleinen Fußgängerbrücken kam, die den Kanal überspannten, dann wechselte sie auf die andere Seite und ließ sich aufs Neue von dem überraschen, was ihr dort begegnete.

Ein anderes Lieblingsziel war der Jardin de Luxembourg. Sie kam hierher, um die Familien zu beobachten und die Kindermädchen mit ihren Schützlingen. Sie schaukelten, ritten auf Eseln oder mieteten eines der kleinen Modellboote, die eine ältere Frau anbot, um sie an einem Band im Bassin vor dem Médicis-Brunnen hinter sich herzuziehen. Und wenn am Sonnabendnachmittag eine Kasperletheateraufführung stattfand, dann setzte sie sich zu den Kindern auf eine der hinteren Bänke und lachte mit ihnen oder warnte mit lauten Schreien die Großmuter, wenn der böse Dieb einen Hinterhalt legte.

In diesem wie in den anderen Pariser Parks bestaunte sie die Eisenstühle, die zwar schwer waren, jedoch ein filigranes Muster hatten, das je nach Sonneneinfall immer neue Schatten warf. Am frühen Morgen waren sie noch in geraden Reihen ausgerichtet wie die Truppen einer Armee, aber im Laufe des Tages wurden sie verschoben, zu Gruppen zusammengestellt, einzeln oder Rücken an Rücken platziert, an die eingefassten Wasserbassins gelehnt. Diesen Stühlen, die ein Wahrzeichen der Stadt waren, galt Suzannes Aufmerksamkeit, sobald sie in ihre Nähe kam, und sie ertappte sich bei dem Wunsch, sie zu fotografieren.

Wenn sie die Stille suchte, ging sie auf einen der Friedhöfe. Am liebsten auf den Père-Lachaise, den sie von ihrem Zimmer aus in einer halben Stunde zu Fuß erreichen konnte. Sie wanderte unter den Bäumen der Alleen entlang und blieb immer wieder stehen, um eine Inschrift zu lesen oder eine Skulptur zu bewundern.

Eines Tages fand sie sich vor dem Grab von Abaelard und Heloise wieder. Sie war zufällig darauf gestoßen, weil es das höchste Monument in diesem Abschnitt war und aus der Ferne ihre Neugierde erregt hatte. Sie betrachtete den Sarg, auf dem die Körper der beiden Liebenden in Stein gemeißelt nebeneinanderlagen, als sie eine Stimme hinter sich hörte.

»Ja, ja, hierher kommen viele junge Frauen, um über ihre verlorene Liebe zu weinen.«

Suzanne drehte sich um und sah sich einer älteren Frau gegenüber, die nun lehrerhaft den Zeigefinger hob und sagte: »Dabei lohnt sich das meistens gar nicht. Es gibt doch so viele Männer, die eine Sünde wert sind.« Die Frau zwinkerte ihr zum Abschied zu und verschwand zwischen den Gräbern.

An einem anderen Tag entdeckte sie eine relativ frische Grabstelle. Die Inschrift lautete: *François Chaplain, 16. August 1887 bis 15. April 1912. Unvergessen.* Das war das Datum des Untergangs der *Titanic.* Aus einem plötzlichen Impuls heraus ging sie zurück zum Ausgang und kaufte in einem Blumengeschäft ein paar Rosen. Dann kehrte sie zu dem Grab zurück und legte die Blumen darauf nieder.

In der nächsten Zeit kam sie immer wieder vorbei, um sich hier Robert nahe zu fühlen.

Der Kontakt zu Camille beschränkte sich oft auf kleine Nachrichten, die sie sich per Rohrpost schrieben. Dieses System von unterirdischen Leitungen, durch die mittels Luftdruck Postkarten in flaschenähnlichen Behältern geschickt wurden, die in kürzester Zeit ihre Empfänger erreichten, machten das möglich. Camille wurde von ihrem Freund Gustave mit Beschlag belegt, und zu Suzannes Verdruss gefiel ihr das auch noch. Gustave mochte Suzanne nicht besonders. Er nahm ihr übel, dass sie sich nicht amüsieren wollte, und warf ihr vor, ihm die Stimmung zu vermiesen. Wenn die Freundinnen sich trafen, dann meistens in Suzannes Mittagspause. Bei diesen Gelegenheiten gingen sie in eines der kleinen Restaurants in der Nähe des Bon Marché.

»Heute lade ich dich ein«, sagte Suzanne bei ihrem nächsten Treffen zur Begrüßung.

»Oh!«, lachte Camille. »Bist du zu Reichtum gekommen?«

»Eine Kundin hat mir Trinkgeld gegeben. Ich habe es extra für uns beide aufgehoben.«

»Eine Kundin? Ich denke, deine Madame Vignot hält dich für zu mager, um dich den Kunden zu präsentieren?«

Suzanne zuckte mit den Schultern. »Ich habe ein Kleid ausgeliefert. Marie war krank, die Chefin hatte niemand anderen.«

Sie bestellten das Menü des Tages, eine dicke Suppe mit Rindfleisch.

»Und? Wie geht es dir?«, fragte Camille.

»Ich liebe Paris, und ich werde erst von hier weggehen, wenn ich jede Straße einmal abgelaufen bin!«

»Gib es zu, du bist auf der Suche nach Motiven!«

Suzanne schüttelte heftig den Kopf. »Ich kann nicht mehr fotografieren. Nicht mehr, seitdem Robert fort ist.«

»Aber das ist doch Unsinn! Du vergeudest dein Talent.«

»Ich kann einfach nicht. Es zerreißt mir das Herz. Bitte lass es gut sein!«

Camille ließ sich nicht beirren. »Du machst einen Fehler, glaub mir. Deine Art zu fotografieren kommt gerade sehr in Mode. Hast du mir nicht lang und breit von diesen Stühlen im Jardin de Luxembourg erzählt? Was sie für ein wunderbares Motiv abgeben würden? Und jetzt sieh mal hier ...« Sie wühlte in ihrer Tasche und zog eine Illustrierte hervor, die sie Suzanne vor die Nase hielt. Auf dem Titelbild waren die Stühle abgebildet, im dramatischen Spiel von Licht und Schatten. »Was sagst du jetzt? Du hast ein Gespür für Motive! Das Foto hättest du auch machen können und einen Haufen Geld damit verdient.«

Suzanne legte die Zeitschrift vor sich auf den Tisch. »Aber das Motiv allein genügt noch lange nicht. Es kommt darauf an, die Verleger zu kennen, damit die Bilder auch veröffentlicht werden.«

»Aber wie viele Leute kommen denn überhaupt auf die Idee, Stühle zu fotografieren? Höchstens ein paar, und zu denen gehörst du.«

»Ich habe sie ja gar nicht fotografiert«, wandte Suzanne ein.

Camille rollte mit den Augen. »Und genau da liegt der Fehler. Du musst wieder anfangen. Du hast Talent. Gustave kennt einen Haufen Leute. Er könnte dich ins Spiel bringen, wenn du es nur wolltest. Du willst doch nicht immer Ladenmädchen bleiben, oder?«

»Camille, bitte … Ich bin noch nicht so weit.«

Die Freundin lenkte ein. »Ist ja schon gut.«

Suzanne war froh, das Thema wechseln zu können. »Wie geht es dir denn? Trägt dein Gustave dich immer noch auf Händen?«

Sie lächelte. »Natürlich. Er ist süß. Im Moment ist er mit seiner Mutter an der Riviera. Und ich genieße meine ungewohnte Freiheit. Mein Gustave ist manchmal ganz schön vereinnahmend. Und es gibt schließlich noch so viele andere Männer …«

Einer von diesen anderen Männern begegnete Camille am letzten Tag des Jahres.

Sie und Suzanne besuchten einen Ball auf einem der Seine-Schiffe. Gustave war natürlich mit dabei, schließlich hatte er die beiden eingeladen. Aber Camille ließ von Anfang an keinen Zweifel daran aufkommen, dass ihr ganzer Charme auf einen hochgewachsenen Mann abzielte, der mit einem Freund zu der Gruppe gestoßen war. Sie tanzte mit ihm und ließ sich von ihm Champagner einschenken, während Gustave am anderen Ende des Tisches saß, vor sich hin stierte und sich betrank.

Als Camille auf die Toilette ging, folgte Suzanne ihr. Nebeneinander saßen sie vor dem großen Spiegel, während sich Camille die Nase puderte.

»Warum tust du das?«, fragte Suzanne und betrachtete das Spiegelbild ihrer Freundin. Camille sah aus wie das pralle Leben, ihre Wangen waren vor Erregung gerötet, die Augen glänzten. Suzanne dagegen wirkte müde und abgekämpft. Die dunklen Augen, die ihr Gesicht sonst strahlen ließen, traten riesig über den sich deutlich abzeichnenden Wangenknochen hervor. Zusammen mit dem roten Haar gab ihr das etwas Dramatisches. Man hätte sie für eine Tuberkulosekranke halten können.

Camille lachte unbeschwert. Ihre Augen suchten im Spiegel die von Suzanne. »Sieh ihn dir doch an! Er sieht wahnsinnig gut aus, ist charmant und großzügig. Er ist Maler. Er will mich malen. Heute Nacht noch. Ich gehe nachher mit in sein Atelier.« Sie warf Suzanne einen koketten Blick zu. »Kannst du dich ein bisschen um Gustave kümmern und ihn ablenken?«

»Ablenken?«

»Damit er nicht merkt, wenn wir gehen.«

»Aber du bist mit ihm gekommen! Du wohnst doch sogar bei ihm. Du lebst von seinem Geld!«

»Ich habe bisher von seinem Geld gelebt. Morgen ziehe ich aus. Zu Arthur.«

Suzanne wusste nicht, ob sie lachen oder wütend werden sollte. »Arthuuur!«, sagte sie und zog dabei die letzte Silbe in die Länge. »Und? Will Arthuuur dich denn auch in seinem Atelier haben?«

»Will er. Und er hat im Frühjahr seine erste Einzelausstellung. Bis dahin muss mein Bild fertig sein.«

»Liebst du ihn denn?«

»Aber ja. Genauso, wie ich Gustave geliebt habe.« Sie sah Suzannes zweifelnden Blick. »Ich mag ihn und finde ihn wahnsinnig interessant. An seiner Seite wird es mir bestimmt nicht langweilig. Das genügt mir. Wenn ich sehe, was die Liebe mit dir gemacht hat, dann bekomme ich Angst vor ihr, das kannst du mir glauben! Ich sehe doch, wie du leidest. Das sieht übrigens jeder. Dir ist jede Leidenschaft abhandengekommen, seitdem Robert nicht mehr da ist. Die paar Wochen mit ihm haben dich fast zerstört. Manchmal bedaure ich, dass ich ihn nicht kennengelernt habe. Er muss ja wirklich etwas ganz Besonderes gewesen sein.« Sie schüttelte so energisch den Kopf, dass ihr mit Granat besetzter Ohrschmuck heftig klimperte. »Nein, das passiert mir nicht. Eine kleine Schwärmerei gern, aber große Gefühle sind bei mir nicht drin.«

Suzanne war fassungslos. »Das hört sich so an, als würdest du mir vorwerfen, mich verliebt zu haben!« Sie packte die Freundin am Arm und drehte sie zu sich herum, sodass sie sich jetzt direkt ansahen. »Camille! Das ist falsch. Das kann man sich doch nicht aussuchen, wann und an wen man sein Herz verliert! Ich glaube beinahe, du wirfst mir vor, mir in meinem Leid zu gefallen. Und außerdem: Ich habe nicht von Robert angefangen. Ich rede so gut wie nie über ihn, weil es wehtut. Ja, es tut weh, immer noch, nach all den Monaten und obwohl in ein paar Stunden ein neues Jahr beginnt!« Sie bemühte sich nicht, die Tränen zurückzuhalten. »Es tut weh, wenn ich von ihm träume und so glücklich bin und dann beim Aufwachen erkennen muss, dass er doch nicht neben mir ist, dass er nie wiederkommen wird. Ich vermisse die Art, wie er mich manchmal angesehen hat. Wie er zum ersten Mal meine Hand genommen hat und ich still gebetet habe, dass er sie nie wieder loslassen möge. Ich mochte die Art, wie er meine Fotos angesehen und kommentiert hat, wie er mir von seinen Artikeln erzählt und mich gefragt hat, was ich für Fotos dazu machen würde. Ich habe alles an ihm geliebt! Ich wollte mit ihm mein Leben teilen!« Ihre Stimme wurde zu einem Flüstern. »Nie wieder wird ein Mann meinen Körper so zum Klingen bringen.«

Camille wusste nicht, was sie antworten sollte. »Suzanne, es tut mir leid. Ich wollte dich nicht verletzen.«

Suzanne sah wieder in den Spiegel und bemerkte, dass das Goldlamé des Rahmens brüchig war und an einigen Stellen abblätterte. Genauso war es mit der lärmenden Gesellschaft, die draußen auf sie wartete. Alle taten, als amüsierten sie sich prächtig. Aber das nahm sie ihnen nicht ab. Camille und dieser Arthur waren die Einzigen an diesem Abend, die glücklich waren. Alle anderen taten nur so, auch sie selbst.

»Ich glaube, ich gehe jetzt besser. Ich würde dir nur den Abend verderben«, sagte sie. »Ein frohes neues Jahr für dich, Camille.«

Das Jahr 1913 begann bitterkalt.

Suzanne fror ständig, wenn sie nicht im Bon Marché war. Ihr Zimmer ließ sich nicht richtig heizen, denn der kleine Kanonenofen produzierte mehr Qualm als Wärme. Für ihre Wanderungen durch die Stadt war es ebenfalls zu kalt, Suzanne suchte sie nach den Cafés am Weg aus, die besonders gut geheizt waren, um sich aufzuwärmen. Ihre Garderobe war auf die harten Pariser Winter nicht eingestellt. Wehmütig dachte sie an Fayence, wo es manchmal Ende Januar schon so milde Tage gab, dass man während der Mittagszeit draußen in der wärmenden Sonne sitzen konnte. In Paris war daran nicht zu denken. Der Wind pfiff durch die Häuserschluchten, und der Regen peitschte ihr ins Gesicht.

Suzanne verbrachte ihre Abende in die Bettdecke gehüllt in ihrem Zimmer und trank literweise heißen Tee, manchmal auch billigen Rotwein. Häufig besuchte Renée sie, ihre neue Nachbarin, die das Zimmer von Lisette bewohnte, nachdem diese geheiratet hatte.

Renée fror womöglich noch stärker als Suzanne. Sie brachte ihre Decke mit, und sie kuschelten sich gemeinsam aufs Bett und lasen sich gegenseitig Liebesromane vor. Renée war so alt wie Suzanne und eine waschechte Pariserin. Ihre Familie lebte in einem Stadtpalais am Boulevard Saint-Germain und hatte sie aus dem Haus geworfen, als sie sich geweigert hatte, einen Mann zu heiraten, den ihre Eltern für sie ausgesucht hatten, den sie aber nicht liebte.

»Wenn sie mich nicht enterben, werde ich einmal steinreich sein. Da kann ich doch heute ruhig ein bisschen frieren.« Sie lachte.

Ihre ansteckende Fröhlichkeit tat Suzanne gut, sie belebte sie. Sie war gern mit Renée zusammen.

Wenn Suzanne allein war, nahm sie manchmal das Foto von Robert zur Hand, das einzige, das sie von ihm gemacht hatte, damals in Fréjus. Eineinhalb Jahre war das jetzt her, eine Ewigkeit, wie ihr schien. Damals war sie eine andere gewesen.

Als sie sich in ihn verliebt hatte, hatte sie geglaubt, noch viel Zeit mit ihm zu haben, ihr ganzes Leben. Deshalb hatte sie keine weiteren Aufnahmen von ihm gemacht. Das bereute sie jetzt zutiefst. Sie sah ihn vor ihrem inneren Auge, am Strand, mit nacktem Oberkörper, ihr gegenüber im Restaurant, den Blick voller Liebe, lachend, wie er sich das dichte dunkle Haar aus der Stirn strich… Noch konnte sie die Bilder in sich wachrufen, aber sie hatte Angst, sie würden mit der Zeit verblassen.

Kapitel 9

Am Tag nach seiner Rückkehr fuhr Robert mit dem Fahrrad von Fréjus nach Fayence. Es war Sonntag, ein Bus fuhr nicht, aber er wollte keinen Tag länger warten, um Suzanne wiederzusehen.

Er merkte bald, dass er seinem Körper, der immer noch geschwächt war, zu viel zumutete. Nur der Gedanke an Suzanne hielt ihn davon ab umzukehren. Sie hatte ihm die Kraft gegeben, sich aus dem eiskalten Wasser zu befreien, und nur für sie war er zurückgekehrt.

Völlig erschöpft erreichte er gegen Mittag, als die Hitze am größten war, sein Ziel. Als er vor ihrem Haus stand, atmete er so heftig, dass sein Brustkorb wieder schmerzte. Der Schweiß lief ihm unter der Hutkrempe hindurch auf die Stirn, und sein Anzug war verstaubt und durchgeschwitzt.

Eine schwarz gekleidete Frau im mittleren Alter öffnete ihm die Tür. Ein bitterer Zug lag um ihren Mund. Das musste Suzannes Tante Madeleine sein. Suzanne hatte ihm von ihr erzählt.

»Ja?«, fragte sie.

Er war so erschöpft, dass er mehr keuchte als sprach. »Mein Name ist Robert Cailloux, ich komme aus Fréjus…« Ein Hustenanfall verhinderte das Weitersprechen. Er sah Misstrauen in ihren Augen aufblitzen und gestand sich ein, dass er in seinem Zustand wohl keinen besonders vertrauenerweckenden Eindruck machte.

Sie trat einen Schritt zurück ins Haus und hielt für alle Fälle die Türklinke in der Hand.

»Ich kenne Sie nicht.«

»Ich möchte mit Monsieur Godard sprechen.«

Ihre Augen fingen an, verräterisch zu glänzen. »Mein Schwager ist kürzlich verstorben.«

Erst jetzt sah er den Trauerflor an ihrem Arm.

»Das tut mir sehr leid. Wie ist das…? Ist denn Mademoiselle Godard zu Hause?«

»Sie wohnt nicht länger hier.«

Er glaubte, sich verhört zu haben.

»Aber… Wieso?«

»Weil sie hier nicht mehr wohnt, junger Mann. Darf ich fragen, um was es geht?« Die Frau hatte ein wenig ihrer Sicherheit wiedergewonnen. Ihre Stimme klang jetzt fester.

»Wo wohnt sie denn jetzt? Ich brauche ihre Adresse!« Die letzten Worte kamen etwas scharf über seine Lippen. An der Art, wie sie missbilligend die Augenbrauen hob, erkannte er, dass er zu weit gegangen war.

»Ich werde Ihnen auf keinen Fall die Adresse meiner Nichte geben. Sie wohnt hier nicht mehr, wie ich Ihnen schon sagte.« Sie zögerte einen Augenblick, dann fügte sie hinzu: »Sie hat geheiratet.«

Robert musste sich an den Türrahmen lehnen, so sehr schockierte ihn die Nachricht. »Sie hat … geheiratet?«

»Das habe ich Ihnen doch gerade gesagt. Und jetzt gehen Sie bitte, sonst rufe ich nach den Nachbarn. Ich bin in Trauer, und Sie belästigen mich.«

Mit diesen Worten schlug sie ihm die Tür vor der Nase zu.

Robert schloss wie betäubt die Augen. Hinter seinen Lidern zuckten rote Blitze, und er suchte Halt an der Hauswand. Immer noch versuchte er die Nachricht zu fassen: Suzanne war verheiratet. Der Gedanke entglitt ihm immer wieder. Salziger Schweiß lief ihm in die Augen, und er wischte ihn weg. Warum hatte sie das getan? Sie hatte ihn doch geliebt, sie hatten eine gemeinsame Zukunft geplant!

Er drehte sich noch einmal zum Haus um, in Erwartung,

sie an einem der Fenster stehen zu sehen. Doch er sah nur, wie sich eine Gardine leicht bewegte. Ihre Tante beobachtete ihn, er konnte hier nicht länger herumstehen.

Er konnte sich kaum auf den Beinen halten, als er zu seinem Fahrrad ging. Brennender Durst quälte ihn, und seine Muskeln brannten wie Feuer. Dann drang langsam in sein Bewusstsein, was die Frau eben auch gesagt hatte: Suzannes Vater war gestorben. Das musste schrecklich für sie gewesen sein, obwohl das Verhältnis nie besonders gut gewesen war. Aber sie hatte ihren Vater verloren und musste glauben, auch er sei tot. Sie musste völlig durcheinander sein.

Ohne zu überlegen, stieg er auf sein Rad und machte sich auf den Weg nach Seillans, um Monsieur Felix aufzusuchen. Er würde über Suzanne Bescheid wissen. Als der Anstieg nach Seillans begann, merkte er, dass er am Ende seiner Kräfte war. Er hielt an und versuchte wieder zu Atem zu kommen. Langsam wurde er ruhiger. Er dachte nach.

Was sollte der alte Fotograf ihm schon erzählen? Suzanne hatte einen anderen Mann geheiratet, in dem Glauben, er sei tot. Sie versuchte doch nur, ihr Leben ohne ihn zu leben. Was würde er anrichten, wenn er sie jetzt wiedersah? Er war ganz einfach zu spät gekommen. Er lachte bitter auf.

Dann wendete er das Rad und fuhr wieder hinunter ans Meer. Er raste wie ein Verrückter durch die Haarnadelkurven, mehr als einmal drohte das schlackernde Rad den Abhang hinunterzustürzen. Er forderte sein Schicksal heraus, doch als er heil unten ankam, konnte er sich nicht darüber freuen.

Robert machte kein Licht, um eine weitere Zigarette aus dem zerknitterten Päckchen zu fischen. Als er das Streichholz anriss, erhellte die Flamme sein Gesicht, das grau war vor Müdigkeit. Tief inhalierte er den bitteren Rauch und verspürte sofort ein angenehmes Schwindelgefühl. Er lehnte sich in seinem Bett zurück und rauchte mit geschlossenen Augen. Er konnte nicht schlafen. Nacht für Nacht lag er wach und wälzte sich in seinem Bett. Wenn er Glück hatte, dämmerte er gegen Morgen für ein paar Stunden weg.

Die Dämmerung war bereits hinter dem Fenster zu erahnen. In dieser Nacht würde er keinen Schlaf mehr finden, das spürte er. Die Bilder in seinem Kopf wollten sich einfach nicht vertreiben lassen und gönnten ihm keine Ruhe. Immer wenn er schon fast eingeschlafen war, wurden die Erinnerungen übermächtig: an das eisige Wasser, an die gellenden Schreie derjenigen, die von herabstürzenden Trümmern erschlagen wurden, an das Geräusch, als die Körper über das fast senkrecht stehende Deck der *Titanic* wie auf einer Rutsche auf das Wasser zurasten. An die wütenden, hysterischen Schreie derjenigen, die um Rettung flehten und einen Platz in einem der Boote einforderten. Er hörte die Musik der Bordkapelle, die immer weiter spielte, auch als die Katastrophe unabwendbar war.

Die Gesichter von Louise Miller und Cathy Durban tauchten vor seinem inneren Auge auf. Sie klammerten sich von außen an die Reling und sahen auf das Rettungsboot hinunter, das bereits zu Wasser gelassen wurde und gefährlich schief in den Seilen hing. Ein bulliger Mann versuchte von oben, ihre Finger zu lösen und die beiden jungen Frauen zur Seite zu drängen, um dann selbst über die Bordwand zu klettern und an ihrer Stelle in das Boot zu kommen. Er erinnerte sich an das wütende Gebrüll, mit dem er sich auf den Mann gestürzt hatte, an das Geräusch, mit dem seine Faust auf dessen Unterkiefer gekracht war. Der Mann war in die Knie gegangen, und Robert hatte den beiden Amerikanerinnen schnell geholfen, in das Rettungsboot zu kommen, indem er sie einfach die letzten Meter hinuntergeschubst hatte. Dann hatte er seine Rettungsweste und das Jackett ausgezogen und ihnen beides hinterhergeworfen. In seinem Kopf war nur noch dieser Gedanke gewesen: die beiden jungen Frauen zu retten und das Rettungsboot voll zu machen.

Seine letzte Erinnerung war der angstvolle Schrei Cathy

Durbans, die ihn vor etwas hinter ihm warnte. Er drehte sich verwirrt um und bemerkte zu spät, dass der Mann sich aufgerappelt hatte und gleich einem wütenden Stier auf ihn losstürmte. Er konnte die Wucht des Aufpralls nicht abfangen und stürzte über die Reling. Er fiel, bis eisiges Wasser über ihm zusammenschlug.

Erst im Krankenhaus war er wieder richtig zu sich gekommen.

Als er schließlich nach Frankreich zurückgekehrt und voll genesen war, hatte man seine Stelle als Redakteur in Paris längst an jemand anderen vergeben. Er hätte sagen können, er sei Überlebender des Schiffsunglücks, er hätte mit seiner Geschichte hausieren gehen können, aber das verbot ihm sein Stolz.

Als er dann auch noch von Suzannes Heirat erfuhr, fühlte er sich vollends entwurzelt.

Er ertrug die Gesellschaft seiner Freunde nicht länger. Wenn er Jean und Henri mit ihren Frauen sah, glücklich, zufrieden, hoffnungsfroh für die Zukunft, dann spürte er eine Wut in sich aufsteigen, die er nur schwer zügeln konnte. Der einzige Mensch, den er ertrug, war sein Vater. Er redete nicht viel und war zufrieden, wenn Robert in seiner Nähe war.

Und dann kam wieder eine Nacht, in der er keinen Schlaf fand. Lange nach Mitternacht stand er auf, verließ das Haus und ging ans Meer hinunter. Obwohl es viel zu kühl dafür war, suchte er sich einen Platz im Windschatten eines der Fischerboote. Das Rauschen der Wellen beruhigte ihn. Endlich fand er Schlaf.

Fortan verbrachte er seine Nächte am Strand. Die Fischer hatten dort kleine Holzhütten, in denen sie Netze und Gerätschaften unterbrachten. Er gab einem von ihnen etwas Geld, stellte ein Klappbett in seiner Hütte auf und schlief den ganzen Winter über dort. In der Silvesternacht beobachtete er, wie einige Raketen abgefeuert wurden, und fragte sich, wie Suzanne wohl den Anbruch des neuen Jahrs feierte.

Ende Januar lief ihm Odette über den Weg. Nichts erinnerte mehr daran, wie unglücklich und verzweifelt sie einst gewesen war. Sie trug einen kecken kleinen Hut und einen taillierten Mantel, der raffiniert ihre schmale Figur betonte. Man konnte ihr ansehen, dass sie mit ihrem Leben zufrieden war, was auf Robert ungemein anziehend wirkte. Sie hielt ihren Sohn an der Hand, der ihn aus dunkelblauen Kulleraugen fragend ansah.

»Wie geht es dir?«, fragte sie. »Ich habe das von der *Titanic* gehört. Du bist ein Glückspilz!«

»Mag sein«, erwiderte er. »Und was ist mit dir? Du siehst blendend aus!«

Odette ließ die Hand ihres Sohnes los, weil er nun ungeduldig an ihr zerrte, denn in der Nähe hatte er ein paar Vögel entdeckt, die Brotkrumen aufpickten. Er lief auf sie zu, doch nach wenigen Metern stolperte er und fiel hin. Robert half ihm auf. Als der Kleine seine Hand nahm, fühlte er sich auf eigenartige Weise berührt.

»Olivier ist ein Engel. Er ist die Freude meines Lebens.«

»Ich meine, sonst?«

»Ich komme zurecht. Ich wohne nach wie vor bei meinen Eltern. Olivier hat sie besänftigt. Manchmal helfe ich im Café du Port. Aber dich sehe ich dort nicht mehr.«

Er schüttelte den Kopf.

»So eine unvorhergesehene Katastrophe kann einen aus dem Lot bringen«, sagte Odette. »Man überlebt und weiß nicht, wofür.«

Robert sah sie überrascht an. Sie schien die Erste zu sein, die ihn verstand.

»Wollen wir ein Stück gehen? Zum Wasser hinunter?«, schlug er vor.

»Da wollten wir ohnehin hin. Olivier liebt das Meer.« Sie

nahm das Kind wieder an die Hand, und sie gingen zu dritt nebeneinanderher.

Es war zu kalt, um sich in den Sand zu setzen, und so gingen sie am Wassersaum entlang. Wenn die Wellen an den Strand klatschten, stieß Olivier immer wieder verzückte Schreie aus.

»Er ist ein süßer kleiner Kerl«, sagte Robert. »Darf ich ihn hochnehmen?«

»Gern. Das wird ihm Spaß machen.«

Robert setzte sich den Jungen auf die Schultern, was Olivier mit begeisterten Schreien quittierte.

Als es zu kühl wurde, gingen sie in ein Café und tranken eine heiße Schokolade. Robert sah amüsiert zu, wie Olivier mit gespitzten Lippen das süße Getränk genoss.

Die vielsagenden Blicke der anderen Gäste ignorierten sie beide. Natürlich kannte man sie hier, und jeder wusste, dass Roberts Bruder der Vater des Kleinen war.

»Kommt uns mal besuchen«, sagte Robert zum Abschied. »Mein Vater wird sich über den Besuch seines Enkels freuen!«

»Gern«, sagte sie und schenkte ihm ein strahlendes Lächeln. Sie nahm Olivier wieder an die Hand, der sich umdrehte und Robert zum Abschied winkte.

Der Jahrestag des Untergangs der *Titanic* rückte näher. Die Zeitungen wiederholten die Geschichte noch einmal, befragten Überlebende, wie es ihnen ein Jahr nach der Katastrophe ging. In Robert wurden die peinigenden Erinnerungen noch intensiver, obwohl er dagegen ankämpfte.

Odette und besonders der kleine Olivier halfen ihm, langsam zurück ins Leben zu finden. Sie sahen sich nun öfter und stellten bald fest, dass ihnen die Begegnungen guttaten. Also trafen sie sich regelmäßig. Sobald das Wetter wärmer wurde, verbrachten sie ganze Nachmittage am Strand. Olivier rannte herum und schleppte immer neue Muscheln und andere Fundstücke an. Stundenlang buddelte er im Sand und plapperte dabei vor sich hin. Robert tobte mit ihm herum, nahm ihn an einem Arm und einem Bein und wirbelte ihn im Kreis herum wie in einem Karussell. Olivier schrie vor Vergnügen, und als Robert ihn absetzten wollte, rief er völlig außer sich: »Noch mal, Tobi!«

Der Junge freute sich jedes Mal wie verrückt, wenn er »Tobi« sah. Auch Robert hatte einen Narren an dem Kind gefressen, und wenn er betrachtete, mit wie viel Liebe und Stolz Odette ihren Sohn ansah, hatte er das Gefühl, dass die Welt in Ordnung war. Ihm wurde schmerzhaft bewusst, dass er demnächst dreißig Jahre alt werden würde und keinen eigenen Sohn hatte. Und hier war Olivier, der einen Vater brauchte und auch das Blut der Cailloux' in sich trug.

Die Leute in Fréjus gewöhnten sich daran, die drei zusammen zu sehen. Zwischen Odette und Robert entstand eine unkomplizierte Freundschaft. Sie redeten viel und hatten kaum Geheimnise voreinander. Einmal erzählte Robert auch von Suzanne. Es fiel ihm immer noch schwer, aber nachdem er ihren Namen erwähnt hatte, fragte Odette, wie sie gewesen sei und wie sie ausgesehen habe. Er bemerkte nicht, dass sie immer stiller wurde, je mehr er erzählte.

»Du liebst sie immer noch«, sagte sie schließlich.

»Sie ist die Liebe meines Lebens.«

»Du wirst nie eine andere Frau so lieben können wie sie, nicht wahr?«

Er schüttelte den Kopf, dann sagte er: »Lass uns nicht mehr von ihr sprechen.«

Nach einem langen Nachmittag, den sie in der heißen Frühjahrssonne am Strand verdöst hatten, küsste Robert Odette. An der Art, wie sie sich an ihn drängte, erkannte er, dass sie schon lange darauf gewartet hatte. An diesem Abend ging er mit in ihr Zimmer. Die Liebe mit Odette war leicht und einfach, sie gab sich ihm hin, ohne große Ekstase, aber voller

Zärtlichkeit. Beide hatten das Gefühl, dass etwas zusammenkam, was zusammengehörte.

Weil ihre Nächte ohne große Leidenschaft verliefen, fiel es Odette nicht schwer, darauf zu achten, dass sie nicht schwanger wurde. Sie sprach nicht mit ihm darüber, aber Robert spürte ihre Panik vor einer weiteren ungewollten Schwangerschaft. Manchmal sah er in ihren Augen, dass sie hoffte, er würde sie heiraten, aber er konnte sich nicht dazu durchringen. Noch war er nicht bereit dazu.

Robert war gern mit Odette und Olivier zusammen. Aber etwas fehlte. Etwas außer Suzanne. Sie vermisste er in jeder Stunde, bei jedem Atemzug. Es war etwas anderes. Bei dem Untergang der *Titanic* war etwas in ihm zerbrochen, er hatte etwas verloren und es bisher nicht wiederfinden können. Es war das Vertrauen zu sich selbst, die Zuversicht in die Zukunft, sein Platz im Leben. Er spürte, dass er so nicht weitermachen konnte. Etwas musste geschehen.

Er hatte schon lange nichts mehr geschrieben. Er hätte wieder bei der *Dépêche* anfangen können, Jean hatte ihn mehrfach dazu aufgefordert. Aber er hätte es als Verrat empfunden, seinen Lesern die Welt zu erklären, solange er selbst sich nicht mehr in ihr zurechtfand. Er hatte sich an verschiedenen Themen versucht, aber rasch gemerkt, dass er seinem eigenen Urteil nicht mehr traute. Seine Texte waren lasch und unentschieden. So hörte er auf zu schreiben.

Auf langen, einsamen Wanderungen am Strand blickte er über das Wasser, in Richtung Afrika. Er verbrachte Stunden in den Häfen von Toulon oder Marseille und sah den auslaufenden Schiffen nach.

Eines Tages las er einen Anschlag an der Pier. Die *Tanger*, ein Frachter, der am nächsten Tag nach Algier auslaufen sollte, suchte einen Hilfskoch. Er ging ins Hafenbüro und meldete sich.

Als er am Abend nach Fréjus zurückkam, suchte er Odette auf und erzählte ihr von seinem Entschluss.

»Ich werde wiederkommen. Ich werde mich um Olivier kümmern, darauf kannst du dich jederzeit verlassen. Ich empfinde für ihn wie für einen Sohn.«

»Er wird dich vermissen«, sagte Odette, ohne ihn anzusehen.

»Ich ihn auch. Ich werde ihm schreiben.« Er nahm ihre Hände in seine. »Ich habe dir nie etwas versprochen, Odette«, sagte er dann.

»Ich weiß. Ich verlange auch nichts. Ich wusste von Anfang an, dass du mir nie ganz gehören würdest.«

»Es tut mir leid.«

»Komm gesund wieder. Olivier liebt dich so sehr...« Sie sprach nicht weiter und versuchte zu lächeln, was misslang.

»Ich bewundere dich, Odette«, sagte er. Dann zog er sie an sich, seine Lippen streiften ihr dunkles Haar.

Zwei Monate fuhr er mit der *Tanger* zwischen Marseille und verschiedenen Häfen in Marokko hin und her. In dieser Zeit schälte er Kartoffeln und Zwiebeln und wusch Tausende von Tellern und Tassen. Er sprach sehr wenig. Eigentlich gab er nur knappe Antworten auf die Anweisungen von Ibi, dem marokkanischen Koch. Ibi war ebenso wortkarg wie er. Die beiden Männer, die auf engstem Raum zusammenarbeiten mussten, verstanden sich ohne viele Worte.

In den Nächten überfiel ihn regelmäßig die Angst vor einem neuen Schiffsunglück. Robert hatte Albträume und wachte manchmal schreiend auf. Einmal kamen sie in einen schweren Sturm. Alle mussten unter Deck bleiben, während das Schiff hin und her schlingerte und alles, was nicht fest verstaut war, wie ein Geschoss durch die Kajüte flog. Nach dem zweiten Unwetter wurde die Angst weniger.

»Jetzt bist du geheilt«, sagte Ibi und grinste. »Jetzt kannst du gehen.«

In Essaouira ging er von Bord. Weil er genug vom Meer hatte, nahm er den Bus nach Marrakesch, der vollkommen überfüllt war. Dort mietete er sich in einem billigen Hotel ein, in dem außer ihm noch ein weiterer Franzose wohnte.

Als er zum ersten Mal die Medina, die von einer hohen Stadtmauer umschlossene Altstadt betrat, fand er sich in einem unbeschreiblichen Gewimmel von Menschen, schrankgroßen Werkstätten, offenen Verkaufsständen, Gerüchen und Lärm wieder. Er glaubte auf einem mittelalterlichen Markt zu sein. Überall war Hämmern und Klopfen, das Rattern von Nähmaschinen, das Gackern von Hühnern, das Lachen der Kinder, die eiserne Reifen vor sich her trieben und von den Erwachsenen ausgeschimpft wurden, zu hören. Das war die eine Seite der Medina. Die andere, das war verheißungsvolles Flüstern und leises Gelächter hinter Türen, die eher Einstiegsluken waren und immer nur einen Spaltbreit geöffnet wurden und nur gerade so lange, wie jemand hinein- oder hinausschlüpfte. Jeder seiner fragenden Blicke wurde misstrauisch abgewehrt. Er blieb draußen in den überfüllten Gassen, verirrte sich auf der vergeblichen Suche nach Orientierung. Er glitt an den grob verputzten Wänden entlang, sah hier ein Türmchen, dort ein vergittertes Fenster. Wenn er an eine Biegung kam, gewöhnte er sich an, sich immer nach links zu wenden, in der Hoffnung, den richtigen Weg zu finden. Einmal folgte er einer Katze, die durch ein angelehntes Tor verschwand. Er drückte die Tür einen Spaltbreit auf und glitt hinein in einen Innenhof.

Die plötzliche Stille, die in völligem Kontrast zum Lärm draußen stand, verschlug ihm den Atem. Er hörte das Plätschern eines Springbrunnens, ohne ihn sehen zu können. Üppige Blütenpflanzen wuchsen in großen Tontöpfen, in einem Baum sangen Vögel. Fasziniert machte er einige Schritte in den Hof hinein und sah mit blauen Mosaiksteinen versehene Säulen, die den Durchgang zu einem weiteren Hof bildeten. Seine Hand streifte eine knallrote Blüte, die Nase nahm den Geruch von reifen Pfirsichen auf. Im zweiten Hof blieb er stehen und drehte sich um sich selbst, um die vier prachtvoll gestalteten Wände zu bewundern. In der nördlichen Ecke befand sich der Brunnen, dessen Plätschern er schon vorher wahrgenommen hatte. Auf seiner Umrandung standen weitere Töpfe mit Pflanzen, die vom Wasser besprengt wurden. Die Wassertröpfchen glitzerten in der Sonne wie Diamanten.

Plötzlich hatte er das Gefühl, beobachtet zu werden. Ihm wurde bewusst, dass er in einen strikt privaten Raum eingedrungen war und dass er hier nichts zu suchen hatte. Schnell wandte er sich um und ging durch den ersten Hof und die Tür wieder hinaus auf die Straße. Er zog das Tor hinter sich zu, bis das Schloss mit einem leisen Klicken einschnappte.

Die Medina wurde seine heimliche Liebe. Ganze Tage streifte er hier umher, stöberte in den Auslagen der Buchhändler, obwohl er die arabischen Buchtitel nicht lesen konnte, ließ sich von Händlern zum Kauf von süßen Datteln und Nüssen verführen, trank den heißen, starken Tee, der so überaus schwungvoll in kleine Gläser geschenkt und mit Unmengen von Zucker gesüßt wurde. Er sah den Schlangenbeschwörern zu und lauschte dem Singsang der Märchenerzähler, wobei er aus ihrem Tonfall den Inhalt ihrer Geschichten zu erraten versuchte.

In den Nächten veränderte sich die Medina. In der samtenen Dunkelheit, die nur ab und zu durch eine Fackel oder durch den Schein einer Lampe erhellt wurde, hörte er geheimnisvolles Wispern. Katzen rannten vor ihm davon, ein in einen Umhang gehüllter Mann huschte in schnellen Schritten an ihm vorüber, um in einem Durchgang zu verschwinden. Papier wurde vom heißen Wind durch die Luft gewirbelt und flog vor ihm her. Er irrte umher auf der Suche nach dem Weg aus der Altstadt hinaus, beschritt mehrere überwölbte

Gänge, die er bei Tag noch nie gesehen hatte, und stand dann plötzlich vor einer Mauer. Er wandte sich um und wollte denselben Weg zurück nehmen, fand ihn aber nicht mehr.

Die Medina inspirierte ihn, sie weckte seine Neugierde auf die Menschen und die Geschichten hinter den Mauern, sie erfüllte ihn manchmal mit Furcht, sie verärgerte ihn, weil er ihrem Geheimnis und ihrem Grundriss nicht auf die Spur kommen konnte.

Er war schon einige Monate in Marrakesch, als er überfallen wurde. Die Art, wie die zwei Männer, die ihm entgegenkamen, ihre Kapuzen ins Gesicht zogen und ihn taxierten, kam ihm schon seltsam vor. Kaum dass sie an ihm vorbei waren, sprangen sie ihn dann von hinten an. Er leerte seine Taschen ohne Widerstand, er hatte ohnehin nie viel Geld bei sich. Was ihn erschreckte, war ihr Hass auf ihn, weil er Franzose war. Im vergangenen Jahr, am 30. März 1912, waren die Protektoratsverträge mit Frankreich unterzeichnet worden, die Marokko zu einer französischen Kolonie machten. Sultan Moulay Yussuf blieb zwar offiziell Staatsoberhaupt, doch die Macht hatte der französische Gouverneur Louis Hubert Lyautey. Die neue Hauptstadt hieß Rabat. Immer mehr Kolonisten kamen mit großen Schiffen aus dem Mutterland und erhielten für wenig Geld Land übertragen. Die Verwaltung, die Schulen, das Verkehrssystem, die Ausbeutung der Bodenschätze, alles lag von nun an in französischer Hand. Französische Polizisten und die französische Armee bestimmten ab sofort im Land. Ihre ersten Bemühungen gingen dahin, die Häfen zu schützen und für den dauernden Schiffsverkehr mit Frankreich vorzubereiten. Die Einheimischen betrachteten bis dahin amüsiert, wie die Europäer, weil es keine Landungsbrücken gab, weit draußen auf dem Meer in wackelige kleine Boote umsteigen mussten. Teilweise hievte man die Passagiere dazu in einer Art Korb über Bord. Und es war auch nicht ungewöhnlich, dass Träger sie dann einfach

Huckepack nahmen und durch das seichte Wasser an Land trugen.

Dass so viele Fremde kamen, gefiel längst nicht allen Marokkanern. Das Land war gespalten. Es gab Kollaborateure und diejenigen, die bereit waren, für die Unabhängigkeit Marokkos zu kämpfen und, wenn nötig, auch zu sterben. Es gab Überfälle und Attentate, die man mit Gewalt zu unterdrücken versuchte.

Robert spürte die misstrauischen, manchmal hasserfüllten Blicke der Menschen auf sich ruhen und fühlte sich dabei unwohl. Sein Mitbewohner im Hotel hatte da weniger Skrupel. »Die Araber kriegen das allein nicht hin. Wir helfen ihnen. Haben Sie das neue Krankenhaus gesehen? Wir bauen Schulen für ihre Kinder und Wohnungen. Ist doch logisch, dass wir dafür etwas haben wollen. Ich verstehe nur nicht, warum wir auch gleich den Juden mehr Rechte geben mussten…«

Im November 1912 war ein weiterer Protektoratsvertrag mit Spanien geschlossen worden, der Nordmarokko zum spanischen Einflussgebiet machte. Man hatte den Kuchen aufgeteilt, dabei aber Deutschland, das ebenfalls Ambitionen in Nordafrika und sogar ein Kriegsschiff geschickt hatte, vor der Tür gelassen. Viele hielten das für ein schlechtes Zeichen. Mit dem Kaiser legte man sich nicht ungestraft an.

Robert war politischer Journalist, doch der marokkanische Alltag faszinierte ihn mindestens ebenso sehr wie die politische Situation. Auf einer zweiwöchigen Reise durch die Wüste, die er zusammen mit Nomaden unternahm, ertappte er sich dabei, wie ihm nachts im Zelt Formulierungen für einen Reisebericht durch den Kopf gingen. Als er nach Marrakesch zurückkam, setzte er sich hin und fing nach sehr langer Zeit wieder an zu schreiben. Er wunderte sich, wie viel Freude ihm die Arbeit machte, und vor allem: Er war mit dem Ergebnis zufrieden. Marokko schien ihm neben vielen anderen Dingen auch die Fähigkeit zum Arbeiten wiederzugeben.

Den fertigen Artikel schickte er an Jean Favert, der ihn abdruckte.

»Schreib auch über die Franzosen in Marokko. Schick Fotos!« kabelte Jean.

Robert fuhr kreuz und quer durch das Land, besuchte französische Bauern, die gerade erst mit dem Schiff gekommen waren und sich erst einmal eine behelfsmäßige Unterkunft zimmern mussten. Viele Männer kamen anfangs allein, andere brachten gleich Frau und Kinder mit, die oft fassungslos in dieser ihnen völlig fremden Kultur strandeten. Alles war hier anders: das Klima, die Natur und die Landschaft, die Religion, die Sprache, das Essen... Die Kolonisten waren moderne Abenteurer, Schatzsucher, einige von ihnen waren skrupellose Ausbeuter, andere kamen, weil sie auf ein besseres Leben hofften. Aber die meisten mussten sich damit begnügen, in den ersten Jahren Schafe zu züchten, bis der Boden für den Ackerbau vorbereitet war.

Robert besuchte neu errichtete Krankenhäuser und sprach mit den französischen Ärzten und Schwestern, er wohnte einige Tage in einem Männerkloster und beobachtete die Bemühungen der Mönche, das Vertrauen der Bevölkerung zu erringen.

Er fuhr nach Agadir, um die Ankömmlinge gleich am Schiff abzufangen und nach ihren Plänen und Träumen zu befragen. Er lernte, sich einigermaßen auf Arabisch zu verständigen. Und immer wieder zog es ihn in die geheimnisvolle Welt der Bazare und Souks. Er studierte die komplizierten Muster und Farben der Berberteppiche und beschrieb sie, er berichtete von glühend heißen Tagen unter Arganbäumen, folgte einen ganzen Tag lang einer Ziegenherde, die auf die Bäume kletterte, um zu fressen; er sprach mit Teppichhändlern und Wasserverkäufern.

Seine Artikel verkauften sich gut, weil sie die wachsende Neugierde der Franzosen auf den Zauber des Orients bedienten. Nach einigen Monaten konnte er sein Zimmer in dem armseligen Hotel aufgeben und sich eine winzige Wohnung außerhalb der Mauern der Medina nehmen. Er kaufte eine Continental-Schreibmaschine und engagierte den dreizehnjährigen Saif, der für ihn übersetzte, die Stube fegte, ihm die Stadt zeigte und ihm ihre Geheimnisse erklärte.

Er korrespondierte mit Odette. Olivier gehe es gut, so schrieb sie, und er frage oft nach »Tobi«. Sie fragte nicht, wann er wiederkommen würde. Aber Jean wollte es wissen. Doch Robert konnte es ihm nicht sagen. Marokko hatte so unglaublich viele Facetten, und beinahe jeden Tag entdeckte er ein neues Faszinosum, das er seinen Lesern in Frankreich mitteilen wollte. Und in Fréjus würde er nur ständig an Suzanne erinnert werden. Er spürte, dass er dazu noch nicht bereit war.

Das Trauma der Schiffskatastrophe hatte er einigermaßen überwunden. Nachts suchten ihn nur noch selten Bilder vom Untergang der *Titanic* heim. Aber über Suzanne kam er nach wie vor nicht hinweg. Anfangs hatte er alles getan, um sie aus seinen Gedanken zu verbannen, und war froh gewesen, nichts von ihr zu besitzen. Ihr Foto war zusammen mit dem Schiff untergegangen. Doch er konnte nicht verhindern, dass er sich vorstellte, wie sie jetzt lebte. Wer ihr Mann war, ob sie schon ein Kind hatte… Manchmal musste er dann lächeln. In Gedanken wünschte er ihr, dass sie glücklich war.

Von Zeit zu Zeit zog es ihn in eines der großen Hotels. Dort an der Bar konnte er Landsleute treffen und Neuigkeiten erfahren, denn sein Arabisch war noch nicht gut genug, um auch die Feinheiten der Sprache zu verstehen.

Eines Abends kam er mit einer Gruppe Franzosen in der Bar des Sahara ins Gespräch. Um die Offiziere in Uniform, die an einem Tisch saßen, machte er einen großen Bogen und gesellte sich zu den Besuchern am Tresen, die aus großen Gläsern Pastis tranken. Er erfuhr, dass die meisten von ihnen aus Paris kamen. Zwei von ihnen waren Maler, die von den

Farben Marokkos schwärmten und vom Zauber des Lichts, das so schwer auf die Leinwand zu bannen sei. Dann war da noch ein Handelsreisender, der für einen Landmaschinenhersteller arbeitete und Gerät an die Kolonisten verkaufte. Ein ganz junger Mann stellte sich als Claude vor. »Reisender ohne Ziel«, gab er an. »Und was tun Sie hier?«

Robert wollte gerade antworten, als eine atemberaubend schöne Frau sich den Weg durch das Lokal in ihre Richtung bahnte. Sie trug ein leuchtend rotes Kleid, das in einer Art und Weise geschnitten war, die die schmale Figur nicht verhüllte, sondern sie betonte. Es wurde andächtig still im Saal, alle Männer starrten sie an. Sie war die einzige Frau im Raum, doch auch wenn noch hundert andere da gewesen wären, hätte sie die Aufmerksamkeit aller auf sich gezogen.

Sie trug einen dunkelroten Lippenstift und hatte die grauen Augen mit Kajal ummalt. Ihr Haar stand wie eine schwarze Mähne um ihren Kopf. Sie schien es gewöhnt zu sein, dass man sie anstarrte. Ohne mit der Wimper zu zucken, kam sie auf den Mann zu, der sich gerade eben als Claude vorgestellt hatte, und küsste ihn auf den Mund. Schon wieder verschlug es Robert den Atem.

»Sie dürfen Ihren Mund jetzt wieder zumachen«, sagte die Frau mit einem Lächeln zu ihm.

»Dazu bin ich zu verwirrt«, gab er zurück.

»Soll ich mich zuerst vorstellen, in der Hoffnung, dass Sie bis dahin Ihre Fassung wiedergefunden haben?«, fragte sie.

»Bitte. Ich fürchte, ich bekomme sonst keinen vernünftigen Satz zustande.«

Claude lachte laut auf. »Na, Sandrine, endlich mal einer, der offen zugibt, dass du ihn umhaust.« Er wandte sich an Robert: »Das ist Sandrine Jouvenel, meine Schwester. Nachdem sie in Paris allen Männern den Kopf verdreht hat, macht sie nun Marrakesch unsicher.«

Robert nahm die ausgestreckte Hand und drückte sie. »Unsicher ist genau das richtige Wort.«

Sie tranken, und Robert erfuhr, dass er und Sandrine so etwas wie Kollegen waren. Sie war Schriftstellerin und schrieb hier an einem Roman.

»Wo wohnen Sie?«, fragte sie, als sie gingen.

»In der Nähe der Place Djemaa el Fna.«

»Ganz in der Nähe veranstalten morgen einige Maler aus Frankreich eine kleine spontane Ausstellung der Bilder, die sie hier gemalt haben. Begleiten Sie mich dorthin?« Sie warf ihm aus ihren faszinierenden grauen Augen einen Blick zu, den er nicht deuten konnte.

»Wo und wann soll ich Sie abholen?«, fragte er.

Die Bilder mit ihren intensiven, leuchtenden Farben zogen ihn in ihren Bann. Sie zeigten großflächige Landschaften und riesige Blüten, aber auch marokkanische Männer in grünen und blauen Gewändern. An einer Wand hingen Gemälde von Frauen in bunten, goldverzierten Hosen, die in lasziven Posen auf Diwanen lagerten und den Betrachter provozierend anblickten.

»Das sind Odalisken von Matisse«, sagte Sandrine Jouvenel, die auf einmal wieder neben ihm stand, nachdem ein Pulk junger Männer sie nach ihrer Ankunft mit Beschlag belegt hatte. An diesem Abend trug sie ein schwarzes Kleid aus leichter Spitze, die an den Ärmeln und am Dekolleté die Haut durchscheinen ließ.

»Sie sind wunderschön.«

»Sie regen die Phantasie an, nicht wahr?«

»Was haben Sie gesagt, wie der Maler heißt?

»Henri Matisse. Er war im letzten Winter hier. In den ersten Wochen seines Aufenthalts hat es pausenlos geregnet, er ist fast verrückt geworden und wieder abgereist. Ein paar Monate später war er wieder da und hat gemalt wie ein Besessener.« Sie sah ihn an. »Sie sind nicht der Einzige, den Marokko gefangen hält.«

»Warum sind Sie hier?«

Sie ließ wieder ihr unbekümmertes Lachen hören. »Ich musste weg aus Paris. Ich habe bisweilen Schwierigkeiten, mich an die gesellschaftlichen Gepflogenheiten meiner Klasse zu halten. Es gab Häuser, in denen ich nicht mehr erwünscht war. Da haben Claude und ich beschlossen, uns für eine Weile auf Reisen zu begeben, bis Gras über einige Geschichten gewachsen ist.«

»Was für Geschichten?«

»Mein Lieber, Sie sind ganz schön neugierig. Alles werde ich Ihnen nicht erzählen. Fragen Sie die anderen, die können es kaum erwarten, alles auszuplaudern.«

Robert begleitete sie auf ihr Hotelzimmer. Sie war eine routinierte, leidenschaftliche Liebhaberin, die erst in den frühen Morgenstunden von ihm abließ.

»Ich habe nichts dagegen, wenn du bleibst«, meinte sie schläfrig zu ihm.

Doch Robert zog sich leise an und ging.

Kapitel 10

Die Ausstellung in der Galerie in der Rue Lafitte war ein Publikumsmagnet. Jeder, der aus dem Sommerurlaub zurückkehrte und sich wieder in das gesellschaftliche Leben der Hauptstadt stürzte, wollte zuerst dorthin. Die meisten Besucher kamen wegen der Bilder von Henri Matisse. Er hatte sie aus Marokko mitgebracht. Obwohl nur weniger als ein halbes Dutzend Bilder von ihm zu sehen waren, stachen sie wegen ihrer üppigen Farbigkeit und der großflächigen Motive unter den anderen hervor. So stand es zumindest in den Zeitungen.

Camille bestand darauf, dass Suzanne sie begleitete.

»Du musst kommen, sonst bin ich ernstlich beleidigt. Schließlich hängt mein Porträt dort neben Matisse!«

»Matisse?«

Camille schnaubte ungeduldig durch die Nase aus. »Henri Matisse, einer der jungen Fauvisten, … der Wilden, wenn du so willst. Er war lange in Marokko und hat dort ganz außergewöhnliche Bilder gemalt. Und außerdem sollst du natürlich mich bewundern. Arthur hat ja schon einige Bilder von mir gemalt, aber dieses ist etwas ganz Besonderes, du wirst schon sehen. Ich als Sirene, ziemlich gewagt.« Camille lächelte bei dem Gedanken an das Bild in sich hinein.

»Ist gut, ich komme«, sagte Suzanne, aber es klang etwas lahm.

Camille war verärgert.

»Ich bitte dich! Selbst wenn du dich nicht wegen mir aufraffen kannst, so musst du doch ab und zu um deiner selbst willen unter die Leute. Du gehst fast nirgends mehr hin. Du vergräbst dich daheim. Das kann doch so nicht weitergehen!«

Suzanne sah sie an. »Du hast ja recht. Und natürlich will ich dich als Sirene sehen!«

»So kannst du nicht dorthin«, entschied Renée, die auf Suzannes Bett lag und ihr beim Ankleiden zusah. Sie ging über den engen Flur in ihr Zimmer und kam mit einem zweiteiligen Kleid aus lindgrüner Seide zurück. »Der Schnitt ist aus der letzten Saison, aber es ist elegant. Es wird seinen Zweck erfüllen.« Mit diesen Worten hielt sie es Suzanne hin.

»Meinst du, es passt mir?«, fragte sie zweifelnd und sah an sich herunter. Sie hatte zwar ein wenig an Gewicht zugenommen, war aber immer noch ziemlich dünn.

»Probier es doch aus!«

Das Kleid passte, als sei es für sie gemacht. Suzanne stieg auf einen Stuhl, um auch ihre Beine im Spiegel sehen zu können.

»Du solltest immer Grün tragen. Passt sehr gut zu deinem roten Haar«, sagte Renée.

»Rötlich, nicht rot«, gab Suzanne zurück. Sie musste zugeben, dass Renée recht hatte. Die Farbe des Kleides ließ ihr Haar leuchten, vielleicht war es aber auch umgekehrt.

»Willst du nicht doch mitkommen?«, frage sie, doch Renée wehrte müde ab.

»Bei der letzten Vernissage bin ich meinen Eltern begegnet. Keine schöne Erfahrung. Darauf kann ich erst einmal verzichten. Du erzählst mir hinterher einfach, wie's war. Und ich meine nicht nur die Bilder!«

Suzanne war schon halb die Treppe hinunter, als sie noch einmal umkehrte. Sie nahm Roberts Ring aus der Schatulle. Sie hatte den Ring mit der Korallenrose seit dem Unglück nicht mehr getragen, also eigentlich noch nie in der Öffentlichkeit. Sie wunderte sich, wie leicht sie ihn über den Finger streifen konnte.

Die hell erleuchteten Räume der Galerie waren überfüllt. Die Bilder nahmen sämtliche Wände ein, hingen über- und nebeneinander, große Formate neben ganz kleinen.

Suzanne schob sich durch die Menge auf der Suche nach Camille und Arthur und atmete dabei den Geruch von teurem Parfum, Tabak, Schweiß und Ölfarbe ein. Die Frauen um sie herum waren exquisit gekleidet, einige trugen die neuartigen fließenden Kleider, die als Erstes von Paul Poiret geschneidert worden waren und seitdem von den anderen Modehäusern nachgemacht wurden. Unter diesen Kleidern musste man kein Korsett tragen, und sie leuchteten in ihren lebhaften Farben mit den Bildern um die Wette. Flüchtig kam Suzanne der Gedanke, sie könnte hier auf eine der Kundinnen aus dem Bon Marché stoßen, dann schob sie ihn beiseite. Und wenn schon. Wahrscheinlich würden sie sie nicht einmal erkennen, denn sie sah an diesem Abend ganz anders aus als üblich. Sie kam sich schön vor und fühlte sich in dem auffälligen Kleid ein wenig verrucht. Erstaunt stellte sie fest, dass einige Männer sie mit begehrlichen Blicken bedachten. Einer von ihnen kam auf sie zu, um sie anzusprechen, aber da hatte sie Camille am Arm von Arthur entdeckt und bahnte sich schnell einen Weg zu ihnen hinüber.

Camille hatte sie ebenfalls gesehen und winkte ihr zu. »Da bist du ja endlich.«

Sie ließ Suzanne kaum genügend Zeit, sich von Arthur die Hand küssen und ein Kompliment über ihr Aussehen machen zu lassen.

»Komm, ich will dir mein Bild zeigen.«

Sie gingen den Gang hinunter, der die beiden Ausstellungsräume miteinander verband, und stellten sich vor das großformatige Gemälde, das über dem Porträt einer anderen Frau hing. Suzanne musste den Kopf in den Nacken legen, um es genau betrachten zu können. Sie hatte das Bild in einem frühen Stadium schon einmal gesehen, als sie Camille aus Arthurs Atelier in der Rue Ravignan am Montmartre abgeholt hatte. Aber jetzt sah es natürlich ganz anders aus.

Auf dem querformatigen Bild saß eine Frau – unverkennbar nach Camilles Modell gemalt – nackt auf einem Felsen, der weit ins sturmbewegte Meer hineinragte. Vor der üppigen Brust hielt sie eine Leier, und der verführerische Mund war leicht geöffnet, so als würde sie singen. Ihr wunderschöner Oberkörper lief in einen silbern glänzenden Fischschwanz aus. Das Mondlicht, das durch die Wolken brach, leuchtete auf sie herab und ließ die Haut vor dem dunklen Hintergrund alabasterfarben aufscheinen, die Augen und das wallende Haar waren eine einzige Versuchung. Haushohe Wellen türmten sich um sie herum, am nachtdunklen Himmel peitschte der Wind die Wolken vor sich her. In der Ferne war ein Schiff zu erkennen, das mit zerfetztem Segel auf die Sirene zugefahren kam. Gleich würde es an dem Felsen zerschellen, auf dem sie saß. An Bord sah man die Matrosen in Todesangst, gleichzeitig aber mit gierig aufgerissenen Mündern auf die Sirene starren, die sie mit ihrem Gesang ins Verderben zog. Suzannes Blick wanderte zwischen der verführerischen Frau auf dem Felsen und den todgeweihten Männern auf dem Schiff hin und her.

»Du bist wunderschön. Verlockung pur!«, sagte sie.

»Bis auf die Brüste. Meine sind in Wirklichkeit nicht so üppig.« Camille legte den Kopf schief und tat, als würde sie schmollen.

»Dass du so ungehemmt darüber reden kannst!«, wunderte sich Suzanne.

Camille winkte ab. »Wenn du tage- und nächtelang nackt vor einem Mann auf einem Stuhl hockst und dir vorstellst, du seist eine Sirene und der Stuhl sei ein Felsen, dann geht das ganz leicht.« Sie lachte übermütig, und Suzanne stimmte in ihr Lachen mit ein.

»Sieht er dich so, als bösartige Verführerin? Immerhin singst du die Matrosen auf dem Schiff in den Tod. Wenn du nicht singen würdest, würde das Schiff nicht vom Kurs abkommen.«

Wieder lachte Camille. »Aber die Matrosen wissen doch, dass sie die Sirenen in ihrem Gesang nicht stören dürfen! Seit Odysseus ist das doch bekannt.«

»Du meinst, weil er sich an den Mast binden ließ und seinen Matrosen die Ohren mit Wachs verstopfte, um den Gesang der Sirenen ungestraft hören zu können?«

»Genau. Odysseus hatte Glück, weil ihm eine Frau diesen Trick verraten hatte. Aber für alle anderen gilt: Wer sich in Gefahr begibt, kommt in ihr um.«

Suzanne warf noch einen Blick auf das Gesicht der Sirene, dann sagte sie: »Ich glaube, du hast recht. Auf den zweiten Blick sieht man auch Trauer in ihren Augen. So als würde sie nicht gern tun, was sie tun muss.«

Camille wurde abgelenkt durch einen Mann, der seinen Freund mit ausgestrecktem Arm auf das Bild und dann auf Camille hinwies.

»Na, gibst du schon wieder die Sirene?« Arthur war zu ihnen getreten und nahm Camilles Hand. Er war ein paar Zentimeter kleiner als Camille und ein bisschen stämmig. Die Herkunft aus einer Familie von Bauern aus dem Limousin ließ sich nicht verleugnen, und das wollte er auch gar nicht. Er gab sich bewusst proletarisch und ging nie ohne seine Schiebermütze auf dem Kopf aus dem Haus. Aber er war ein wahrer Künstler, der für die Malerei brannte und nach langen Jahren, in denen er beinahe verhungert war, endlich erste Erfolge hatte. Für diese Ernsthaftigkeit mochte Suzanne ihn. Und auch dafür, dass er Camille aufrichtig liebte und sie ein wenig zur Ruhe kommen ließ.

»Du weißt doch, mein Lieber, nur wer die Sirene hören will, kommt in ihren Armen um«, sagte Camille.

»In deinen Armen komme ich gern um, jederzeit und mit Freuden.« Er zog Camilles Hand an seine Lippen und küsste sie.

»Sind noch andere Ihrer Bilder ausgestellt?«, fragte Suzanne.

Arthur nickte voller Stolz. »Ein kleines Gartenbild, es hängt gleich dort. Kommen Sie, ich zeige es Ihnen.«

Er wies auf ein Bild, das einen üppig blühenden Garten zeigte. Die Pflanzen schienen über den Rand des Bildes hinauszuwachsen, sie sah keinen Weg, keinen Baum, der dem Bild eine Struktur gegeben hätte, nur Grün und Farbe. Erst auf den zweiten Blick erkannte Suzanne die Frau, die mitten in diesem Farbenmeer stand. Sie trug ein Kleid mit silbernen und weißen Streifen, am Ärmel und am Ausschnitt war weiße Spitze zu sehen. Sie verschmolz beinahe mit den um sie herum wuchernden Blüten und Blättern, andererseits schien sie in ihrem senkrecht gestreiften Kleid aus dem Grün herauszuwachsen.

Suzanne trat dichter an das Bild heran und streckte sich, um vorsichtig mit dem Finger über die Leinwand zu fahren. Die Farbe war so dick aufgetragen, dass sie die unebene Oberfläche unter ihrer Fingerspitze fühlen konnte.

»Man könnte denken, Sie seien wütend gewesen, als Sie das gemalt haben«, sagte sie und trat wieder einen Schritt zurück. Sie drehte sich um, doch Arthur hatte sich bereits jemand anderem zugewandt, einem Mann, der anscheinend das Sirenenbild kaufen wollte. Camille antwortete an seiner statt.

»Er hat an diesem Bild gemalt wie ein Besessener, immer wieder hat er neue Farbschichten aufgetragen, dann ist er durch die Gärten von Montmartre gerannt, um sich inspirieren zu lassen. Gefällt es dir?«

Suzanne nickte nachdenklich. »Es ist anders als die Bilder, die ich kenne. Ich spüre die Kraft, die von ihm ausgeht. Kannst du es überhaupt aushalten, wenn die Bilder verkauft werden?«

»Davon leben wir schließlich. Komm, wir sehen uns noch die Bilder von Matisse an.«

Sie schlenderten in den vorderen Saal und betrachteten die marokkanischen Männer in ihren blauen und grünen Umhängen. Die Bilder waren riesig, und die Männer standen überlebensgroß vor ihnen.

Das Gemälde einer Frau mit Magnolien tat es Suzanne besonders an. Lasziv lagerte sie auf einer Ottomane, die Nacktheit mit einem Tuch nur notdürftig bedeckt, inmitten eines bunten orientalischen Dekors. Ihr Blick war unbekümmert, beinahe provozierend und hatte etwas Beunruhigendes. »Odaliske« stand unter dem Bild.

»Was ist eine Odaliske?«, fragte sie flüsternd.

»Eine Haremsdame«, gab Camille zurück.

Suzanne nickte.

Sie mussten Platz machen für weitere Besucher, die sich vor dem Bild drängten. Viele waren empört, bei einigen Männern hatte Suzanne jedoch das Gefühl, dass sie nur anstandshalber so taten. Einige kommentierten mit unterdrückter Stimme die körperlichen Vorzüge der jungen Frau auf dem Bild und stellten Vergleiche an.

»Puh, ist das heiß hier drin!«, sagte Camille. »Ich brauche unbedingt etwas zu trinken. Arthur…?«

An einem großen Tisch am Eingang schenkten Kellner Champagner aus. Camille und Suzanne warteten in einer ruhigen Ecke darauf, dass Arthur ihnen die Getränke brachte. Suzanne beobachtete die Menschen um sie herum. Die Frauen und Männer der Pariser Gesellschaft, die mehr damit beschäftigt waren, sich gegenseitig überschwänglich zu begrüßen und Neuigkeiten über die Sommermonate auszutauschen, als sich die Bilder anzusehen. Nur selten sah sie jemanden, der vor einem Gemälde stand und es andächtig betrachtete.

Arthur kam mit dem Champagner zurück. Er selbst trank keinen, denn Champagner war ihm zu bürgerlich, er bevorzugte Absinth. Die Freundinnen nahmen die langstieligen Gläser und prosteten sich zu.

Als Suzanne das Glas an die Lippen hob, nahm sie hinter Arthurs Rücken plötzlich eine Bewegung wahr. Ein Mann, der mit dem Rücken zu ihnen an einem der Fenster stand, nahm verstohlen die Hand seiner Begleiterin, die eines dieser fließenden Seidenkleider von Poiret trug. Die Bewegung hatte etwas Beschützendes, aber auch Liebevolles und Besitzergreifendes an sich. Er drückte ganz sanft die Fingerspitzen der Frau, dann ließ er sie wieder los und wandte sich ganz seinem Gesprächspartner zu. Die Geste bewies die unbedingte Zusammengehörigkeit des Paares. Aber nicht das war es, was Suzannes Herzschlag aussetzen ließ: Der Mann war Robert.

Mit einem Klirren fiel ihr Glas zu Boden, Champagner spritzte auf ihren Rock. Sie schloss die Augen, weil ihr plötzlich schwindlig war. Als sie sie wieder öffnete, sah sie, dass der Mann sich umgedreht hatte und sie fragend anblickte. Ihre Enttäuschung war grenzenlos, als sie bemerkte, dass sie sich getäuscht hatte: Der Mann war nicht Robert. Mit einem kühlen Blick wandte er sich wieder ab.

»Entschuldigung, wie ungeschickt von mir«, sagte sie hastig. Sie schluckte in dem verzweifelten Versuch, die Tränen zurückzuhalten. Sie warf noch einen letzten Blick auf den Fremden, dem es gelungen war, sie so aus der Fassung zu bringen. Er hatte dasselbe dunkle Haar wie Robert und er bewegte sich wie er, aber natürlich war er es nicht.

Ein Kellner kam mit einem Besen und kehrte die Scherben zusammen.

Arthur wollte ihr ein neues Glas holen, aber Suzanne lehnte ab. Sie musste jetzt allein sein. Das Gedränge, die lauten Stimmen und das Gelächter versetzten sie plötzlich in Panik.

Camille war enttäuscht. Sie hatte sich auf einen lustigen Abend gefreut.

»Heute nicht«, murmelte Suzanne. »Du musst mich nicht hinausbegleiten. Bleib nur hier und genieße den Abend.« Sie hauchte ihr einen Kuss auf die Wange und verließ hastig die Galerie.

An der nächsten Straßenecke blieb sie stehen und atmete tief die kühle Luft ein, um sich zu beruhigen. Als sie zur Galerie zurücksah, sah sie erneut den Fremden. Fürsorglich legte er den Mantel um seine Begleiterin, und sie stiegen gemeinsam in ein Taxi.

Suzanne merkte, wie ihr schon wieder die Tränen kamen. In diesem Augenblick fühlte sie sich völlig allein. Die kurze Sinnestäuschung hatte ihr innerhalb des Bruchteils einer Sekunde gezeigt, was sie verloren hatte, und dass sie noch lange nicht über Roberts Tod hinweg war. Sie beneidete das Paar aus tiefstem Herzen und war überzeugt, selbst niemals die Liebe wiederzufinden.

Sie hatte die einzige Liebe ihres Lebens verloren, bevor ihr Leben richtig angefangen hatte.

Während der ganzen nächsten Woche überfiel sie immer wieder die Erinnerung an den Fremden, den sie für Robert gehalten hatte. Trotz ihrer Arbeit und obwohl sie versuchte, sich zu beschäftigen, blieben ihr immer noch Stunden, in denen sich die Sehnsucht nach Robert nicht durch ruhelose Beschäftigung vertreiben ließ.

Als sie am Samstag erschöpft von der Arbeit nach Hause kam, gab ihr die Concierge einen Brief von einem Notar aus Seillans. Suzanne öffnete ihn eilig und mit einem mulmigen Gefühl. Sie hatte schon vor einiger Zeit Monsieur Felix geschrieben, aber er hatte nicht geantwortet. Sie las die ersten Zeilen, und ihre Befürchtungen wurden Wirklichkeit: Monsieur Felix war Ende September gestorben. Der Anwalt schrieb, dass der Fotograf ihr sein Fotoarchiv vermacht habe, und er wollte nun wissen, wann sie kommen würde, um es an sich zu nehmen. Er würde die Kartons bis dahin in seiner Kanzlei aufbewahren.

In ihrem Zimmer ließ sich Suzanne auf ihr Bett fallen und weinte haltlos. Monsieur Felix war tot. Er, der ihr für eine kurze Zeit mehr Vater gewesen war, als ihr eigener es je zu sein vermochte. Das Leben um sie herum zerbrach in Scherben, und nun war wieder ein vertrauter Mensch gegangen. Er war gegangen, ohne seinen Traum, noch einmal nach Russland zu fahren, wahr gemacht zu haben. Das machte sie besonders traurig.

Und dann wurde ihr bewusst, dass sie selbst von nichts träumte.

Was erwarte ich von meinem Leben?, fragte sie sich. Seitdem Robert nicht mehr da ist, lasse ich mich treiben, ohne Ziel. Monsieur Felix hat wenigstens noch einen Traum gehabt, auch wenn er ihn sich nicht erfüllen konnte. Ich habe nicht einmal das.

Sie zog sich die Decke über die Beine, weil ihr kalt war, und blieb einfach auf ihrem Bett liegen.

Als sie wieder aufwachte, war es schon fast Abend. Sie stand auf und trat an ihr Fenster. Gegenüber war die alte Dame dabei, die bereits verwelkten Ranken von dem Drahtgestänge zu zupfen. Die letzten Tomaten waren geerntet worden, der Sommer war vorüber. Hinter ihr trat ein Mann auf den kleinen Dachgarten hinaus. Suzanne hatte ihn noch nie gesehen, aber es musste sich wohl um ihren Ehemann handeln. Er trat zu ihr hin und legte ihr die Hand auf die Schulter. Dann wies er auf die wackelige Bank an der Wand, die Suzanne jetzt, wo die Pflanzen weg waren, wieder gut sehen konnte. Die beiden setzten sich nebeneinander hin, und sie sah, dass der Mann der Frau etwas gestenreich erzählte. Ein letzter Sonnenstrahl traf das Paar und brach sich in den Fensterscheiben. Ihre Gesichter wurden noch beschienen, die Füße waren bereits im Schatten. Über ihren Köpfen glitzerten die Zinkdächer von Paris im Abendlicht. An den Rändern verfärbten sie sich orange und lila, je nachdem, in welchem Winkel die Strahlen der tief stehenden Sonne sie traf. Der Anblick war geradezu überirdisch schön.

Die Szene schlug Suzanne in ihren Bann. Ohne lange zu

überlegen, kniete sie sich vor ihrer Kommode nieder, zog die unterste Schublade heraus und wühlte ungeduldig in ihren Sachen, um die Kodak hervorzuholen. Sie überprüfte den Apparat kurz und stellte erleichtert fest, dass sich ein Film darin befand. Sie schob einen Stuhl vor das Fenster und stellte sich darauf, um einen besseren Blickwinkel zu bekommen. Dann fotografierte sie das ältere Ehepaar, das von den letzten Strahlen des Abendrots wie von einer Aura umgeben war. Die Szene der häuslichen Harmonie schenkte auch ihr ein bisschen Frieden.

Am nächsten Tag war das schöne Herbstwetter vorbei. Es regnete leicht und war kühl geworden.

Suzanne machte sich nichts daraus. Seit sie am Vortag die Aufnahmen gemacht hatte, konnte sie es kaum erwarten, weitere Bilder zu schießen. Der spontane Entschluss, das Paar zu fotografieren, hatte etwas in ihr ausgelöst, eine Neugierde, eine nervöse Anspannung, die Lust, ihr Können in Paris auszuprobieren. Und dadurch ließen sich auch die trüben Gedanken etwas in den Hintergrund drängen.

Den ganzen Sonntag über war sie auf den Beinen, um einige ihrer Lieblingsplätze, allen voran den Friedhof Père-Lachaise, zu besuchen. Sie verknipste den Rest des ersten und einen zweiten Film und ärgerte sich, dass sie keinen weiteren bei sich hatte. Aber es wurde ohnehin dunkel, und sie machte sich auf den Heimweg. Die Gaslaternen wurden gerade entzündet, und ihr gelbliches Licht spiegelte sich auf dem nassen Asphalt, ebenso wie die bunten Leuchtreklamen der Cafés und Etablissements auf dem Boulevard de Ménilmontant.

Wind kam auf und wirbelte die winzigen Blätter der Eschen von den Bäumen. In Wellen und zu Kugeln geballt flogen sie vor Suzanne her. Sie hatte das Gefühl, in einen Schneesturm geraten zu sein. Sie blieb stehen, um das Spiel aus Licht und Farbe, das durch die Pfützen verzerrt und vervielfältigt wurde, zu betrachten. Sie gab sich das Versprechen, es bei nächster Gelegenheit festzuhalten.

Als sie an diesem Abend müde und hungrig nach Hause kam, fühlte sie sich zum ersten Mal seit langer Zeit getröstet.

Ein Problem war die Entwicklung der Bilder. Sie musste die Filme in eines der vielen Fotoateliers geben. Aber das war sehr teuer, zumal, wenn man so viel fotografierte wie sie. Zum anderen hatte sie den Ehrgeiz, ihre Aufnahmen selbst zu entwickeln.

Sie nahm ihren ganzen Mut zusammen und klapperte alle Fotoateliers in ihrem Viertel ab und bot dort ihre Dienste im Austausch für die Nutzung des Entwicklungslabors an. Aber die Inhaber sahen sie nur misstrauisch an. »Die Fotografie ist doch nichts für Frauen«, lautete noch eines der netteren Urteile.

Weil es jetzt abends immer schon dunkel war, wenn sie ihre Arbeit im Kaufhaus beendet hatte, konnte sie nur am Sonnabendnachmittag und am Sonntag auf Motivsuche gehen.

Mit der neuen Lust auf die Fotografie kam auch ihr Unternehmungsgeist zurück. Sie sagte nicht länger ab, wenn Camille sie einlud, mit ihr auszugehen. Beinahe jeden zweiten Abend waren sie in Paris unterwegs, sie gingen in die volkstümlichen Theater und in die Opéra Comique, sie sahen die *Kameliendame* und besuchten eine Generalprobe beim Ballett. Meistens aber zog es sie in die Café-concerts im populären Viertel von Montmartre, wo kein Eintritt gezahlt werden musste und wo Sänger und Komiker, Pantomimen und Zauberer, Ringer und Tierdompteure die Gäste unterhielten. Das Publikum war laut, es wurde nicht auf die passende Garderobe Wert gelegt, hier trafen sich Reich und Arm. Arthur begleitete sie häufig. Dies war seine Welt. Er kannte viele Malerkollegen und andere Künstler, und oft gingen sie zu

Atelierfesten, in denen der Wein in Strömen floss und die Sitten frei waren wie die Kunst.

Suzanne entdeckte diese für sie neue Welt voller Neugierde. Außerdem fand sie hier ihre Motive. Sie mochte das Überbordende, Ungezügelte und machte Porträts der Künstler. Ein Pantomime mit sparsamen Gesten entsprach ihrem Gefühl für Ästhetik, ein lachender dicker Mann war für sie der Inbegriff der sorglosen Fröhlichkeit. Bald kannte man sie in den Ateliers und Cafés auf dem Montmartre, und manchmal kam auch jemand zu ihr mit der Bitte, von ihr fotografiert zu werden. Suzanne nahm solche Aufträge gern an, weil sie mit dem Honorar neue Filme und Entwicklungen bezahlen konnte.

Ihr zweiter Motivstrang war nach wie vor Paris, die Stadt, die sie mit ihrem Nebeneinander von Moderne und Tradition faszinierte. Nie wusste sie, was sie hinter einer Hausecke erwartete. Die Lichtreklamen, Linien und Schatten, Grabmäler, die Eingänge der Metro, die Gaslaternen und nicht zuletzt die Menschen boten Motive in Überfülle.

An einem Sonntag im November streifte sie durch den in Terrassen angelegten Park von Saint-Cloud vor den südwestlichen Toren der Stadt. Das Schloss war im Krieg mit Preußen zerstört worden, und zwar nicht von den angreifenden Deutschen, sondern von den französischen Verteidigern. Doch der Park war noch da. An der großen Kaskade gingen einige Pariser spazieren. Aber die übrigen Anlagen waren menschenleer, in den großen Bassins spiegelten sich die hohen Bäume und die zum Teil zerschlagenen Statuen, die sie umstanden.

Suzanne durchstreifte die Alleen und bewunderte einzelne Anpflanzungen und Baumgruppen. Das Novemberwetter legte über alles einen feuchten Schleier, der die Konturen aufweichte. Eigentlich liebte Suzanne scharfe Linien und die exakte Trennung von Licht und Schatten. Aber die Uneindeutigkeit, die der Novembernebel erzeugte, forderte ihre Phantasie heraus.

Sie ging eine Buchenhecke entlang, deren bereits welke Blätter im Wind geheimnisvoll raschelten.

Die Hecke war Teil eines Labyrinths. In regelmäßigen Abständen hatten die früheren Gärtner eine Pflanze zur Größe eines Baums wachsen lassen. Weil die Hecke seit Jahren nicht geschnitten wurde, war sie so hoch, dass sie die Köpfe der Menschen überragte, die schmalen Wege waren fast zur Gänze zugewuchert. Ab und zu richtete Suzanne die Kamera nach oben in die Baumkronen, um die bizarren Muster zu fotografieren, die die Äste vor dem grauen Himmel bildeten.

Das ist der Inbegriff der Vergänglichkeit, dachte sie, und dennoch haben diese kahlen Bäume etwas Schönes, Tröstliches an sich. Immerhin haben sie den Krieg überlebt. Sie stehen nach wie vor da und werden im nächsten Frühjahr wieder grünen.

Sie ging tiefer in das Labyrinth hinein und musste Äste zur Seite schieben, um die Wege passieren zu können. Als sie um eine Ecke bog, bemerkte sie in einiger Entfernung einen Mann, der ihr bereits außerhalb des Irrgartens aufgefallen war. Plötzlich wurde ihr bewusst, dass der Park fast menschenleer war. Wenn sie richtig darüber nachdachte, war der Mann sogar der Einzige, der ihr in der letzten Stunde begegnet war. Jetzt kam er auf sie zu, und sie glaubte ihn lächeln zu sehen, auf eine irgendwie falsche Art. In einem Impuls bog sie nach rechts ab und begann, schneller zu gehen. In ihrem Kopf ging sie den Weg nach, den sie gekommen war. Wo war der Ausgang? Sie blieb für einen Moment stehen, um zu lauschen, und hörte ganz in der Nähe schnelle Schritte, ohne jemanden sehen zu können. Aber eine innere Stimme sagte ihr, dass es sich um den Fremden handeln musste. Wieder beschleunigte sie ihren Gang. Die Hecken, die sie umgaben und über die sie nicht hinwegsehen konnte, bekamen plötzlich etwas Bedrohliches. Wieder blieb sie stehen, die Schritte waren jetzt hinter ihr. Fieberhaft begann sie zu überlegen. Die Hecke war undurchdringlich. Jemand konnte nur einen Meter entfernt auf der anderen Seite stehen und könnte sie doch nicht erreichen. Aber auf der anderen Seite: Wenn ihr hier jemand entgegenkam, gab es kein Entrinnen. Der Gedanke jagte ihr Angst ein. Sie glaubte zu spürten, dass der Mann, dessen Schritte und Atem sie hörte, Gefahr bedeutete. Sie musste das Labyrinth unbedingt sofort verlassen. Gab es da nicht eine Regel: Wenn man immer links abbog, fand man aus einem Irrgarten heraus? Sie ging nach links und noch einmal nach links. Sie lief jetzt und nahm jede linke Abzweigung, die möglich war. Schließlich fand sie sich in einem langen Gang wieder, an dessen Ende sie freie Sicht hatte. Dort musste der Ausgang sein.

Als sie den Irrgarten verlassen hatte, sah sie zu ihrer grenzenlosen Erleichterung eine Familie mit drei Kindern, die auf dem Weg zu dem Platz war, an dem der Pferdeomnibus auf Kundschaft wartete. Sie hielt sich dicht hinter ihnen und stieg mit ihnen ein. Erst da wagte sie einen Blick zurück: Der Mann war nicht mehr zu sehen.

Am Abend erzählte sie Camille von der seltsamen Begegnung. Die schimpfte mit ihr.

»Als Frau ganz allein in einer menschenleeren Gegend! Dir hätte wer weiß was passieren können. Liest du denn keine Zeitung? Es laufen jede Menge Verrückte durch die Straßen, für die eine Frau ohne Begleitung eine Provokation ist. Versprich mir, dass du in Zukunft vorsichtiger bist.«

Kapitel 11

Wohin man nur schaute, war alles Rot und Gold. Man konnte den Eindruck gewinnen, dass beinahe jeder Zweite als Feuervogel gekommen war. Der Skandal, den das Russische Ballett regelmäßig hervorrief, war den Besuchern des Kostümfestes Grund genug, ihre Verkleidung nach den Stücken aus dem Repertoire des Theaters auszuwählen.

Im letzten Mai war der Eklat, den das Ballett provoziert hatte, noch größer gewesen als in den Jahren zuvor. Bereits beim ersten ungewöhnlich hohen Ton, den das Fagott anschlug, begannen die Zuschauer von *Le Sacre du Printemps* zu zischen und zu miauen, die Verteidiger des Stücks klatschten. Während der ganzen Aufführung war von der Musik kaum etwas zu hören, schließlich sah die Direktion sich gezwungen, das Licht anzuschalten, um ein Ausarten der Handgreiflichkeiten zu verhindern. Gegner und Befürworter des Stücks schlugen nämlich mit Schirmen, Hüten und Bechern aufeinander ein. In dem Stück wurde eine junge Frau in einem heidnischen Ritual als Menschenopfer dargebracht, um den Geist des Frühlings gnädig zu stimmen. Starker Tobak für das Pariser Publikum. Und eine grandiose Inspiration für die Kostümbälle.

Ungefähr hundert Leute drängten sich in dem Raum in der Rue Lepic unterhalb der Kirche Sacré-Cœur, in dem Arthur seit Kurzem sein Atelier hatte. Nach dem Verkauf einiger Bilder hatte er es sich leisten können, ein größeres Atelier zu beziehen, das sich sogar beheizen ließ. Zu den Räumen gehörte auch ein kleines Zimmer, das er und Camille als Schlafzimmer nutzten. Sonst spielte sich das Leben in dem großen Atelierraum ab. Er war an der Nordseite komplett verglast. Vor der Fensterfront lag eine kleine Grünfläche, die am Rand mit Bäumen und Büschen dicht bestanden war. Dort draußen brannten Fackeln und beleuchteten das Innere mit ihrem warmen Licht. Auch drinnen brannten Kerzen, nur die improvisierte Bar wurde durch zwei Gaslampen erhellt. Sonst lag der Raum in einem milden Halbdunkel. Es war heiß und stickig von den offenen Flammen und den vielen Menschen.

Als Suzanne und Renée eintrafen, war das Fest bereits in vollem Gange. Da alle Sitzmöglichkeiten vergeben waren, stellten sie sich in die Nähe der großen Fenster, um von dort das Treiben zu beobachten. Neben zahlreichen Variationen des Feuervogels sah man Kostüme, die landläufig als russisch bezeichnet werden konnten und ebenfalls vom Ballett inspiriert waren: weiße Kittel mit bunt bestickten Säumen, schwarze Bänder, die über weißen Strümpfen von den Füßen die Unterschenkel hinauf bis zu den Knien gebunden wurden, phantasiereiche Kopfbedeckungen, die oben spitz zuliefen und den Trägern das Aussehen von Waldpilzen gaben. Dazu lange angeklebte verwilderte Bärte für die Männer und dramatische schwarze Haartrachten für die Frauen. Einige Frauen hatten sich in wallende durchsichtige Gewänder gehüllt. Natürlich gab es auch Napoleons und Harlekine, orientalische Prinzen und eine Marie-Antoinette mit weißer Hochfrisur und Schönheitsflecken am Kinn und die anderen üblichen Kostümierungen. Die Musik lieferte ein Mann am Klavier, der von einem Saxofonisten begleitet wurde. Gerade spielten sie eine ziemlich schnelle Version von *Alexander's Ragtime Band*, dem beliebtesten Musikstück der letzten Jahre, und die Anwesenden tanzten in zuckenden Bewegungen, wobei der Kopfputz der Marie-Antoinette gefährlich ins Rutschen kam. Unter den Tanzwütigen war auch Camille. Sie warf Suzanne und Renée zur Begrüßung eine Kusshand zu und tanzte weiter.

Das Kostümfest, das Arthur und einige Freunde gaben, war nur eines von vielen im Karneval des Jahres 1914, aber es fand just am Tag von Suzannes Geburtstag statt. Sie wurde an diesem Tag vierundzwanzig Jahre alt.

Natürlich konnte niemand wissen, dass es der letzte Karneval vor dem großen Krieg sein würde. Aber eine nervöse Spannung lag in der Luft, die Leute kannten die Schlagzeilen der Zeitungen, die von internationalen Krisen und diplomatischen Bemühungen berichteten, von Flottenerweiterungen und Streitigkeiten um koloniale Ansprüche, von Zwistigkeiten innerhalb der Parteien und der europäischen Königshäuser. Mit Interesse und Sorge lasen die Franzosen, dass die britische Regierung Frankreich ihre bedingungslose Unterstützung im Falle eines Krieges mit dem Deutschen Reich zusagte. Und viele fragten sich, ob die fast dreihundert Millionen Francs, die die französische Besatzung von Marokko in den letzten zwei Jahren gekostet hatte, nicht besser in die Verteidigung des Landes gesteckt worden wären. Und nun hatte die Regierung auch noch den Bau einer Eisenbahnlinie von Tanger nach Fes beschlossen, noch mehr Geld, das in der Wüste versickerte! Die sozialistischen Parteien und die Pazifisten warnten vor einem möglichen Krieg und wurden von ihren Gegnern abwechselnd als Verräter und Feiglinge beschimpft.

Suzanne hatte den ganzen Nachmittag für Madame Vignot Kleider geschleppt, die Füße taten ihr weh. Dann hatte sie eine Pferdedroschke genommen, um schnell nach Hause zu kommen, denn sie musste noch ihr Kostüm fertig nähen. Wobei nähen ein wenig geprahlt war. Sie hatte im Kaufhaus billig einen Ballen dunkelroten Tüll erstanden. Man hatte ihn zum Dekorieren der Schaufenster benutzt, doch nun brauchte man ihn nicht mehr. Mit Renées Hilfe schlang sie den Stoff mehrfach um ihren Körper. Mit groben Nadelstichen brachte sie den Tüll dazu, sich an den Knien und an der Hüfte zu bauschen. Auf den Kopf setzte sie sich ein Nest aus grüner Seide.

Sie sah in den Spiegel.

»Das sieht toll aus. Aber was bist du eigentlich?«, fragte Renée lachend.

Suzanne legte den Kopf schief und überlegte kurz. »Eine umgedrehte Mohnblume.«

»Gut. Damit bekommst du bestimmt den Preis für das originellste Kostüm.«

Renée hatte sich einen Anzug ihres Bruders geliehen, der ihr viel zu groß war, und sich eine Krawatte umgebunden. Sie hatte ihren Schmuck abgelegt und ihr kurzes dunkles Haar streng mit Pomade zurückgekämmt. Sie steckte die Hände fast bis zu den Ellenbogen in die Hosentaschen und baute sich vor Suzanne auf.

»Von hinten siehst du aus wie ein Mann.«

»Lippenstift, ja oder nein?«, fragte Renée.

»Feuerrot oder gar keinen.«

Renée ärgerte sich, weil noch zwei Frauen auf die Idee gekommen waren, sich als Männer zu verkleiden. Das trieb sie dazu, ihre Kostümierung auf die Spitze zu treiben: Sie trank wie ein Matrose, haute den Anwesenden krachend auf die Schulter und lachte laut und mit tiefer Stimme.

»Fehlt nur noch, dass du anfängst, dich zu prügeln«, rief Suzanne ihr durch das Stimmengewirr zu, als sie sich an der Bar trafen.

»Hab ich nicht nötig, solange du neben mir stehst. Neben dir sieht jeder, der Hosen anhat, wie ein Kerl aus.«

Aus den Augenwinkeln heraus sah Suzanne, dass ein Mann, der allein an eine Wand gelehnt stand und rauchte, sie unverwandt anstarrte. Als Suzanne seinen Blick erwiderte, dachte er nicht daran, sich ertappt zu fühlen. Er hatte etwas Provozierendes an sich, er sah aus, als würde er sich über sie amüsieren. Vielleicht wirkte sein Blick auch so intensiv, weil er eine Brille mit runder Hornfassung trug.

»Sehe ich irgendwie komisch aus? Löst mein Kostüm sich auf?«, fragte sie Renée und sah an sich herunter.

Renée hob die Augenbrauen. »Du siehst perfekt aus. Wenn ich ein Mann wäre, würde ich versuchen, dich zu pflücken.«

Suzanne kicherte. »Aber du bist doch ein Mann!« Dann suchte sie wieder mit den Augen den Fremden. Langsam führte er eine Zigarette an die Lippen und kniff beim Ausatmen die Augen gegen den Rauch zusammen. Schließlich tat Suzanne so, als hätte sie seine Aufmerksamkeit nicht bemerkt. Sie legte den Arm in einer vertraulichen Geste auf Renées Arm und wandte sich ab. Aber sie fühlte die Blicke des Mannes weiterhin auf sich ruhen. Ein Kribbeln überzog die Stelle zwischen ihren Schulterblättern.

Ein Mann in Clownskostüm um die vierzig trat auf sie zu und fragte, ob er sie fotografieren dürfe. »Sie geben so ein schönes Paar ab.«

Suzanne und Renée stellten sich dicht nebeneinander. Suzanne sah an dem Fotografen vorbei in Richtung des Fremden, aber er war nicht mehr da. Sie musste sich eingestehen, dass sie leicht enttäuscht war.

Mit raschen, geübten Bewegungen stellte der Fotograf den Apparat – eine Leica, wie Suzanne neidvoll feststellte – scharf und drückte ab.

»Sie machen mir Konkurrenz«, sagte Suzanne zu ihm. Sie musste ihre Stimme erheben, damit er sie in dem Lärm hören konnte.

»Ich weiß.« Er lächelte. »Ich habe vorhin gesehen, dass Sie auch fotografieren. Für ein Magazin?«

Suzanne seufzte. »Schön wäre es. Aber mich hat die Freundin des Gastgebers gebeten, einige Schnappschüsse zu machen. Und Sie?«

Er zog eine Karte aus der Tasche seines Jacketts. *Charles Meursault. Fotograf* stand darauf.

Suzanne sah ihn interessiert an. »Was fotografieren Sie?«

»Alles, was mir vor die Linse kommt. Am liebsten Landschaften und Stadtszenen. Ich verkaufe sie an Maler, die sie dann als Vorlagen für ihre Bilder benutzen.« Er wies mit dem Arm in den Raum. »Viele der Anwesenden sind meine Kunden. Aber leider nicht alle.«

Suzanne dachte an Arthur, der immer wieder seine Arbeit an Camilles Porträt unterbrochen hatte, um sich in den umliegenden Gärten neue Inspiration zu holen.

»So etwas gibt es? Das ist bestimmt ein einträgliches Geschäft«, sagte sie. »In Paris gibt es doch mittlerweile mehr Maler als Bäcker.«

Er lächelte. »Es könnte besser sein.«

»Kommen auch andere Kunden?«

»Hauptsächlich Maler. Aber auch Bildhauer und Bühnenbildner.«

Renée, die neben ihnen stand, begann das Gespräch zu langweilen. »Sie haben Glück, dass ich heute Abend friedfertig bin«, sagte sie übertrieben würdevoll zu Charles Meursault. »Sonst würde ich Sie zum Duell fordern, weil Sie mir meine Begleitung abspenstig machen.« Sie steckte die Hände in die Hosentaschen und schlenderte mit aufreizendem Hüftschwung davon.

»Interessante Freundin haben Sie da«, sagte Meursault.

»Oh ja.«

Er sah sie über den Rand seines Weinglases hinweg an. »Aber Sie sind auch interessant. Und damit meine ich nicht nur Ihr Kostüm: Es gibt nicht viele Frauen, die fotografieren. Machen Sie das beruflich?«

Suzanne wehrte ab. »Ich habe in einem Fotoatelier gearbeitet.«

»Hier in Paris?«

»Nein, in der Provence. Aber seitdem …« Die Erinnerung an Robert überfiel sie. Sie geriet ins Stocken.

Er sah sie neugierig an.

Suzanne nahm die Schultern zurück. »… seit ich in Paris bin, fotografiere ich nur zum Vergnügen.«

»Ein teures Vergnügen. Ich habe gesehen, dass sie allein heute Abend bestimmt einen Film verschossen haben.«

Suzanne hatte sich wieder in der Gewalt. »Ich brauche sonst nicht viel.«

Die Musik spielte in diesem Augenblick einen lauten Tusch. Arthur stellte sich ans Klavier und hob beide Arme. Als niemand ihm zuhören wollte, pfiff er gellend auf zwei Fingern.

»Liebe Freunde, wir haben heute ein Geburtstagskind unter uns. Einen Applaus für Suzanne, unsere umgedrehte Mohnblume! Suzanne, jetzt komm schon her. Du musst eine Rede halten.«

Suzanne wollte sich wehren, aber von allen Seiten wurden ihr Hände entgegengestreckt. Sie wurde beglückwünscht und geküsst und in Arthurs Richtung geschoben.

»Was soll ich denn sagen?«, begann sie, als sie neben ihm stand. »Ich danke euch allen für eure Glückwünsche…« Sie konnte sich nicht konzentrieren, denn drei Schritte vor ihr entdeckte sie auf einmal den Fremden. Wieder ruhte sein Blick unverwandt auf ihr, aber diesmal lächelte er sie an. Er war groß und kräftig, hatte dunkle Augen und dunkle Brauen. Er sah aus wie jemand aus dem Süden. Wenn er lächelte, erschienen markante Falten rechts und links neben seinem Mund, die ihm etwas sehr Männliches gaben.

Camille hatte sich neben sie gestellt. Sie folgte Suzannes Blick und stieß sie leicht in die Rippen. »Ich glaube, unsere Blume braucht Wasser!«, rief sie aus.

Von allen Seiten reichte man ihr Gläser. Es wurde geklatscht und Bravorufe erschallten. Die Musik setzte wieder ein.

Suzanne nahm ein Glas Champagner und trank es in einem Zug leer. Dabei sah sie dem Fremden über den Rand des Kelchs hinweg tief in die Augen. Er hob sein Glas und prostete ihr mit einem Lächeln zu.

»Na, das ist doch mal eine Geburtstagsüberraschung«, sagte Camille dicht an ihrem Ohr.

»Kennst du ihn?«

»Nie gesehen. Gut aussehender Typ. Soll ich nach seinem Namen fragen?«

»Bist du verrückt?«, rief Suzanne entsetzt aus.

Für den Rest des Abends stürzte sie sich ins Vergnügen. Sie tanzte, bis ihr schwindlig wurde, und trank zu viel. Sie befand sich in einem Taumel der Erregung. Den Mann sah sie allerdings nicht wieder. Er musste das Fest verlassen haben.

Als sie und Renée endlich nach Hause gingen, waren die ersten Arbeiter schon auf dem Weg in die Fabriken.

Als sie aufwachte, hatte sie einen mörderischen Kater. Ihr Kopf dröhnte, und die Zunge klebte ihr am Gaumen. Renée kam mit einer Tasse Fleischbrühe. Suzanne schlürfte die stark gesalzene Flüssigkeit in kleinen Schlucken. Danach fühlte sie sich ein wenig besser.

»Du bist Alkohol nicht gewöhnt«, bemerkte Renée. Sie trug immer noch das weiße Hemd, das zum Anzug ihres Bruders gehörte. Ihre schön geformten Beine waren nackt.

»Ich habe noch nie in meinem Leben so viel getrunken!«, stöhnte Suzanne. »Und ich werde nie wieder Champagner anrühren.«

Renée lachte. »Er muss billig gewesen sein, sonst würde er dir nicht so schlecht bekommen.«

»Ich bin nur froh, dass heute Sonntag ist.«

Sie sah sich um und entdeckte das Kostüm, das zusammengeknäult in der Zimmerecke lag. Sie seufzte. »Hast du meine Kamera gesehen?«

»Keine Sorge, sie liegt auf der Kommode. Und auch die Karte von diesem Fotografen. Er ist übrigens zu alt für dich.«

Jetzt fiel Suzanne wieder ein, dass sie sich später noch einmal mit Charles Meursault unterhalten hatte. »Darum geht es doch nicht. Er hat mich eingeladen, ihn in seinem Atelier zu besuchen, weil er eine Assistentin braucht.«

»Willst du hingehen?«

»Mal sehen. Heute jedenfalls nicht.«

»Nein, heute bestimmt nicht. Ich mache dir jetzt einen starken Kaffee, und dann wollen wir mal sehen, was wir noch anstellen.«

Gleich am nächsten Tag schaute sie nach der Arbeit im Atelier von Charles Meursault vorbei. Es lag in der Rue du Cherche-Midi, einer kleinen Seitenstraße um die Ecke vom Bon Marché, in Richtung des Flusses. Sie brauchte nicht einmal fünf Minuten für den Weg und nahm das als gutes Zeichen. Als sie das Geschäft betrat und den altbekannten Geruch wahrnahm, der sie an das Studio von Monsieur Felix erinnerte, wusste sie, dass sie hier richtig war. Sie schluckte und schloss die Tür hinter sich. Als sie sich umsah, stellte sie fest, dass auch die Einrichtung sehr ähnlich war: die Paravents mit den aufgemalten Wäldern und Königsthronen sowie den griechischen Säulen, die gerahmten Fotos und Diplome an den Wänden, die Scheinwerfer. Statt eines Sessels gab es hier eine dunkelrote Ottomane mit goldenen Streifen, auf der ein Überwurf mit einem wilden Leopardenmuster lag. Es wirkte sehr orientalisch. Charles Meursault wusste offensichtlich um die aktuellen Vorlieben seiner Kunden.

»Oh, meine Liebe, da sind Sie ja schon. Schön, dass Sie da sind«, sagte er herzlich und kam ihr mit ausgestreckten Armen entgegen. »Und bitte nennen Sie mich Charles.«

Suzanne betrachtete ihn. Für den Kostümball hatte er sich eine viel zu kleine Melone aufgesetzt und sich ein Clownsgesicht geschminkt. Jetzt sah er etwas würdevoller aus. Er war ein dicklicher Mann, der die Angewohnheit hatte, sich mit Daumen und Zeigefingern die Ohrläppchen zu reiben. Dabei neigte er den Kopf, und sein Blick bekam etwas Abwesendes.

»Ich komme gleich zu Sache«, sagte er. »Ich biete Ihnen an, für mich in der Dunkelkammer Abzüge zu erstellen. Ich zahle zwölf Francs täglich.«

Suzanne nickte.

»Dann ist da noch etwas: Ich brauche Porträts von Damen, nein, von Frauen, in allen möglichen Situationen. Aber es ist schwer, an sie heranzukommen. Sie haben Angst um ihren guten Ruf.«

»Wofür brauchen Sie diese Aufnahmen?« Suzanne sah in Richtung der Ottomane.

Er bemerkte ihren Blick und lachte. »Einen Augenblick«, sagte er und verschwand durch eine seitliche Tür, die ins Treppenhaus führte. Wenige Minuten später kam er mit einer rundlichen Frau zurück.

»Das ist Madame Meursault. Hélène, das ist Suzanne Godard. Sie wird mir hoffentlich in Zukunft zur Hand gehen.«

Hélène eroberte Suzannes Herz im Nu. »Sie sind zu dünn«, entschied sie. »Wenn Sie alles besprochen haben, kommen Sie doch nach oben. Ich habe ein gutes Stück Rindfleisch auf dem Herd. Allerdings muss ich gleich wieder hinauf, sonst verbrennt mir mein Apfelkuchen. Bis nachher.« Sie zwinkerte Suzanne zu und verschwand durch die kleine Tür.

Charles sah ihr verliebt nach. Dann wandte er sich wieder Suzanne zu. »Wie Sie sehen, gibt es überhaupt keinen Grund, misstrauisch zu sein. Die Fotos dienen als Vorlagen für die Maler, das habe ich Ihnen ja schon gesagt. Und nicht nur für sie, auch für Bildhauer, Illustratoren, für die Kunstschulen, was weiß ich. Frauen sind doch das beliebteste Thema in der Kunst. Mütter, Herrscherinnen, Geliebte, Kurtisanen, Frauen am Arm von Männern, Frauen und ihre Kinder, Frauen vor Blumen oder vor Landschaft, träumende Frauen, lesende Frauen…«

Suzanne unterbrach ihn. »Ich glaube, ich weiß, was Sie

meinen. Aber warum arbeiten diese Leute nicht mit einem lebenden Modell?«

Er warf die Arme in die Luft. »Weil sie es sich nicht leisten können, was denken Sie denn? Besonders die jungen, die erst anfangen. Sie haben ja keine Ahnung, wie schwer es ist, ein gutes Modell zu einem akzeptablen Preis zu finden. Und immer dieselbe Geliebte, entschuldigen Sie: Die Ehefrau zu malen tötet auf die Dauer jede künstlerische Inspiration. Ich schaffe Abhilfe, indem ich Motive, Positionen, Interieurs liefere. Für wenig Geld, aber in allerbester Qualität. Was aber immer häufiger nachgefragt wird, sind weibliche Porträts. Selbstverständlich im Rahmen der Schicklichkeit.« Er kicherte. »Wobei die Kunst ja keine falsche Moral kennt, nicht wahr?«

»Und wozu brauchen Sie mich?«

»Die Frauen lassen sich nicht so gern von einem Mann fotografieren, den sie nicht kennen. Ich erhoffe mir, dass Sie sich bei einer Frau…, bei Ihnen«, verbesserte er sich mit einer leichten Verbeugung, »wohler fühlen. Sie verkehren doch in Kreisen, in denen sich Modelle zuhauf finden lassen sollten. Freundinnen, Bekannte, Kolleginnen…«

»Hm. Warum sollten die Frauen das tun? Wer bezahlt sie dafür?«

»Nun, im besten Falle sind die Damen mit einem Abzug zufrieden, weil sie Ihnen einen Gefallen tun wollen. Und wenn nicht, zahle ich ihnen einen kleinen Obolus als Aufwandsentschädigung. Aber es kann natürlich nicht viel sein.«

»Sie könnten die Frauen am Verkauf der Bilder beteiligen. Wenn ein Motiv genommen wird, bekommt sie einen Anteil. Das motiviert und ist seriös.«

Charles Meursault befingerte seine Ohrläppchen. Dann hob er den Zeigefinger. »Das ist eine ausgezeichnete Idee.«

»Und mich könnten Sie auch am Verkauf beteiligen. Mich würde das auch motivieren.«

Er sah sie verblüfft an. »Sie verhandeln!«

Sie schenkte ihm ein kokettes Lächeln. »Ich muss schließlich von irgendetwas leben.«

Er streckte ihr die Hand hin. »Einverstanden. Wann fangen Sie an?«

»Morgen nach der Arbeit. Um sechs Uhr abends.«

Sie streckte ihm die Hand hin, um einzuschlagen.

Er ergriff sie und schüttelte sie, dann meinte er: »Also gut, dann lassen Sie uns zum Essen gehen. Hélène mag es nicht, wenn ich unpünktlich bin.«

Kapitel 12

Der 1. Mai fiel auf einen Freitag und bildete den Auftakt zu einem langen frühsommerlichen Wochenende. Wie aus dem Nichts standen an jedem Metroeingang und auf den großen Boulevards die Maiglöckchenverkäufer. Mit ihren groben Körben waren sie wie jedes Jahr mitten in der Nacht aus dem Umland angereist, um ihre Ware an den Mann zu bringen. Die meisten Kunden waren Männer, die die duftenden Sträuße als kleine Liebeserklärung an ihre Frauen oder Verlobten verschenkten.

Suzanne war schon früh auf dem Weg in das Fotostudio Meursault. Vor der Metrostation stand eine junge Frau, fast noch ein Mädchen, und pries ihre Blumen an. Suzanne blieb stehen und kaufte ein Bund der stark duftenden weißen Blüten. Sie steckte die Nase in das Bouquet und schloss für eine Sekunde die Augen. Sie fragte sich, wie Robert zu dieser Art von Liebesgeste gestanden hätte. Ob er ihr auch Maiglöckchen mitgebracht hätte?

Während sie die Treppe zum Bahnsteig hinunterging, begegneten ihr viele Menschen mit kleinen Sträußchen in der Hand. Auch in den unterirdischen Gängen der Metro standen die Blumenverkäufer. In der weiß gekachelten Station duftete es intensiv nach Maiglöckchen, was den sonst vorherrschenden süßlichen Duft nach Staub und Öl übertünchte.

In der Gegenrichtung fuhr gerade ein Zug ab, der charakteristische Warnton erklang, dann schlossen sich die Türen mit einem scharrenden Geräusch und einem Klacken am Schluss, als die Türöffner einrasteten.

Wie die meisten Pariser liebte Suzanne die Metro. Nicht wegen der Bequemlichkeit und der Schnelligkeit, sondern wegen des Geruchs und der sanften Geräusche, die sie von nirgendwo sonst so kannte. Und wegen der vielen Reklametafeln. Wer in Paris die Metro benutzte, der wusste über die Stadt Bescheid, wusste, worüber die Leute sprachen, kannte die großen Schlagzeilen, erfuhr von Neueröffnungen und Erfindungen. Sie überflog die Theaterprogramme und die Plakate, die für Revuen und den Cirque d'Hiver warben. Sie las die kleinen Zettel, die die Anwohner verbotenerweise an die Wände klebten und auf denen sie Waren und Dienstleistungen anboten. Sie war fast ein wenig enttäuscht, als ihr Zug einfuhr und sie ihre Lektüre unterbrechen musste.

An der Gare Montparnasse, die sie bei sich immer den Bretonenbahnhof nannte, weil hier die Zuzügler aus der Bretagne ankamen, stieg sie aus und nahm den kurzen Weg in die Rue du Cherche-Midi. Seit sie zum ersten Mal hier gewesen war, liebte sie diese Straße wegen der vielen kleinen Geschäfte. Ob Händler für Käse, Wein, Fisch oder köstliche Tartes, für Knöpfe oder Regenschirme mit handgeschnitzten Knäufen, ob Cafés, Hutmacherinnen oder Friseure, in der Rue du Cherche-Midi gab es alles, was das Herz begehrte. Sie eilte an den Früchtepyramiden und den duftenden Hähnchen vorüber, blieb kurz vor einem riesigen Strauß dunkelroter Rosen stehen und hielt ihre Maiglöckchen daneben, um sich an dem Farbkontrast zu erfreuen. Sie stellte sich manchmal vor, wie es wäre, wenn sie diese Straße nie verlassen dürfte. Ihr fiel nichts ein, das sie vermissen würde.

Sie überquerte den kleinen Platz, auf dem sich ein Brunnen und eine Bank befanden. Hier kamen die Alten des Viertels auf ein Schwätzchen zusammen oder um die Tauben zu füttern. Dann noch ein paar Schritte, und sie stand vor der Nummer 52, wo Charles im Erdgeschoss sein Atelier betrieb.

Er stand bereits in der Tür und wartete auf sie. Er massierte sein Ohr und hielt ihr mit der anderen Hand ein Bund Maiglöckchen entgegen.

»Oh, Sie haben schon welche, das hätte ich mir gleich denken können.« Er klang ehrlich enttäuscht.

»Die habe ich mir selbst gekauft«, tröstete ihn Suzanne. »Aber Geschenkte sind viel schöner. Vielen Dank!«

Sie zog ihren hellen Mantel aus, der ihr an diesem schönen Morgen schon zu warm geworden war. Darunter trug sie ein cremefarbenes knöchellanges Kleid mit einem anliegenden Rock. Seit sie bei den Kleidervorführungen dabei war, hatte sie einen guten Überblick über die aktuelle Mode und wusste, wie ein Schnitt sein musste und welcher Stoff gut fiel. Sie nähte die Kleider und Röcke aus einfachen Mitteln nach oder ließ sie bei einer Schneiderin in der Rue du Faubourg-Saint-Antoine anfertigen. So hatte sie es zu einer ansehnlichen Garderobe gebracht. Den kecken Strohhut nahm sie ebenfalls ab.

»Ich mache mich gleich an die Arbeit«, rief sie Charles zu und ging nach hinten, wo ein großer Schreibtisch stand.

Heute würde niemand ins Studio kommen, um sich fotografieren zu lassen, denn heute war ein Feiertag. Dennoch gab es für Suzanne sehr viel zu tun. Als sie zum ersten Mal eine Aufnahme heraussuchen sollte, war sie an dem Durcheinander in Charles' Ablage fast verzweifelt. Sie war an die Ordnung bei Monsieur Felix gewöhnt, doch hier herrschte das reinste Chaos.

»Suchen Sie oben halblinks, da liegt ein roter Ordner!«, hatte er ihr nachgerufen.

Suzanne stellte sich vor das mannshohe Regal, das vor Pappordnern, einzelnen Fotos, Kartons mit Abzügen ohne Beschriftung, Notizzetteln, Negativen, Rechnungen, Theaterbilletts und tausend anderen Dinge überquoll. Sie suchte nach einem roten Ordner halblinks oben, aber da waren mindestens drei, und sie konnte den Auftrag nicht finden.

Als Charles schließlich selbst kam, musste auch er zugeben, dass er nicht an seinem Platz lag.

»Ich kümmere mich darum«, sagte Suzanne.

Sie fing an, aufzuräumen und ein System zu erstellen. Sie hielt sich in groben Zügen an das System von Monsieur Felix, aber weil hier ein Vielfaches an Bildern lagerte – ungefähr dreitausend, wie sie am Ende ihrer Arbeit feststellte –, musste sie Unterkategorien einführen, die sie immer weiter auffächerte. Sie verbrachte viele Stunden in Bibliotheken, bis sie eine Klassifizierung erarbeitet hatte, die sich nach Bedarf immer weiter verfeinern ließ. Sie sortierte anfangs grob nach Themen und begann mit Paris. Da gab es Pariser Bauwerke, Viertel und Straßen. Die Straßen wurden in private Häuser, Läden und Lokale aufgeteilt, die wiederum in bestehende und abgerissene unterschieden waren. Innerhalb der Häuser gab es die Rubriken Türknäufe, Treppengeländer, Fensterkreuze und so weiter. Das war der größte Anteil der Fotos, und während der Arbeit kamen ständig neue hinzu. Daneben gab es Park- und Gartenansichten, ein Personenarchiv, Berufe, Tiere, Kuriositäten und ein Dutzend weitere kleinere Rubriken. Nachdem es einsortiert war, bekam jedes Foto und jedes Negativ eine Art Laufzettel, auf dem notierte wurde, wann es gemacht worden war, ob und wenn ja, wer es gekauft hatte.

Charles Meursault war begeistert und beglückwünschte sich dazu, Suzanne getroffen zu haben. »Mein Archiv ist bald größer als das von Eugène Atget«, sagte er mit einem stolzen Blick auf die säuberlich beschrifteten Ordner und Kartons.

Eugène Atget war der Chronist des alten Paris. Beinahe jeder kannte den alten Mann, der sich mit einer viel zu schweren, hoffnungslos veralteten Holzkamera und einem Stativ am frühen Morgen auf den Weg machte und die Stadt fotografierte. Atget war so bekannt, dass er ganze Serien an das Historische Museum der Stadt verkaufen konnte. Auch er fotografierte Vorlagen für Maler. Dabei schien er meistens genau zu wissen, was sie suchten. Vielleicht lag es daran, dass Eugène Atget früher selbst Maler hatte werden wollen.

Charles war zwar unfähig, seine Fotos zu archivieren, aber er wusste von jedem Foto, wo und wann er es aufgenommen hatte. Sein Gedächtnis war phänomenal, und nur deshalb hatte er sich bisher überhaupt in seinem Durcheinander zurechtfinden können.

Wenn Suzanne ihm eine Aufnahme hinhielt, musste er nur einen kurzen Blick darauf werfen, um zum Beispiel zu sagen: »Kirche Saint-Eustache, Nordseite, Herbst 1911, 15. November, um genau zu sein.«

»Woher erinnern Sie sich an das Datum?«, fragte Suzanne verblüfft.

Er sah sie mit einem überlegenen Lächeln an. »Weil es mein Geburtstag war.«

Sie katalogisierte auch die Bilder von dem Künstlerfest, auf dem sie Charles kennengelernt hatte. Auf einem stand sie neben Renée, die versuchte, möglichst grimmig dreinzusehen, an der Bar. Sie selbst stand sehr aufrecht da, man konnte erahnen, dass das Haar, das unter dem Kopfputz hervorlugte, rötlich war. Ihre Haut wirkte sehr blass, fast weiß. Sie sah nicht in die Kamera, sondern suchte etwas hinter dem Fotografen. Sie legte das Foto rasch in den dafür vorgesehenen Ordner und bemerkte amüsiert, wie sie dabei rot wurde. Sie sah sich auch die anderen Bilder an, die an jenem Abend entstanden waren, aber den Fremden mit der Brille konnte sie auf keinem entdecken.

Als erstes Modell verpflichtete sie Renée. Suzanne bestellte sie in das Atelier, weil dort mehr Platz und besseres Licht war als daheim. Sie begann mit einer Serie von Körperstudien und fotografierte Renée von der Seite, von hinten, mit zurückgelegtem Kopf, mit verschränkten Armen, gehend…

»Du bist wunderschön, weißt du das?«, fragte sie.

»Alles alte Schule«, gab Renée lässig zurück. »Wir sind

über Generationen geformt worden. Deshalb sind meine Eltern ja so wütend: weil ich all das wegwerfe.«

»In Ordnung. Dann jetzt bitte recht wütend!«, rief Suzanne.

»Wie sieht man denn wütend aus?«

»Ganz einfach«, sagte Suzanne. »Denk doch an deine Eltern!«

Renée stemmte die Hände in die Hüften und beugte sich vor, als würde sie jemanden anschreien.

»Das ist gut! Bleib so«, rief Suzanne und stellte das Objektiv ein.

Sie bat auch ihre Kolleginnen bei Bon Marché, für sie Modell zu stehen. Sogar Madame Vignot ließ sich von ihr ablichten, als sie die fertigen Abzüge der anderen sah.

»Ich möchte auch so eine Aufnahme von mir«, sagte sie zu Suzanne, die in ihrer Achtung ein paar Stufen gestiegen war.

Manchmal fragte sie auch Frauen auf der Straße und in Cafés, die etwas an sich hatten, dass sie anziehend fand. Eine Haltung, einen Blick, die Art, wie sie ein Bein über das andere schlugen. Nach einigen Wochen hatte sie bereits eine stattliche Anzahl Vorlagen in die Ordner einsortiert. Charles war sehr mit ihr zufrieden, und sie war oft bei ihm und seiner Frau zu Gast. Dort, in der überheizten Wohnung, in der es immer verführerisch nach den Köstlichkeiten roch, die Hélène für ihren Charles zubereitete, fühlte sie sich wie zu Hause. So stellte sie sich eine glückliche Familie vor.

Am 29. Mai 1914 erschütterte ein neuerliches Schiffsunglück die Welt. Die *Empress of Ireland*, die regelmäßig zwischen Liverpool und Kanada verkehrte, kollidierte bei dichtem Nebel im Sankt-Lorenz-Strom mit einem norwegischen Kohlefrachter und sank innerhalb weniger Minuten. Über tausend Menschen fanden den Tod.

Als Suzanne an diesem Abend nicht zu ihrem vereinbarten Treffen erschien, war Camille, die von dem Unglück gehört hatte, sofort beunruhigt und eilte in die Rue du Faubourg-Saint-Antoine.

Sie fand Suzanne halb auf dem Bett liegend. Sie hielt eine Flasche billigen Rotwein in der Hand und starrte auf das Foto von Robert. Neben ihr lag die Zeitung. Auf der ersten Seite wurde in großen Lettern von dem Unglück berichtet.

»Das habe ich mir gedacht«, sagte Camille. Sie setzte sich zu Suzanne auf das Bett, schlang die Arme um ihre Freundin und streichelte ihr stumm den Rücken.

»Es kommt alles wieder hoch«, sagte Suzanne nach einer langen Weile schluchzend. »All die Ängste, die Hoffnung, die schrecklichen Erinnerungen der Überlebenden, die ich gelesen habe…«

»Du kannst ihn nicht vergessen, nicht wahr?«

Suzanne nahm einen tiefen Schluck aus der Flasche. »Nein, das kann ich nicht. Robert hat sich in mein Herz, in meinen Körper und in meine Seele eingebrannt und lässt sich nicht wieder daraus vertreiben. Es vergeht kein Tag, an dem ich nicht an ihn denke. Ich sehe einen Mann, der ihm ähnlich ist, und Robert tritt vor mein inneres Auge. Ich mache ein Foto und denke an ihn. Ich träume von ihm, ich trage seinen Ring.« Sie hielt ihn Camille vor die Nase.

»Fast beneide ich dich für die Kraft deiner Gefühle. Aber irgendwann muss das doch mal vorbei sein. Robert ist seit über zwei Jahren tot!«

»Man hat seine Leiche nie gefunden«, flüsterte Suzanne.

Camille schnappte nach Luft. »Du glaubst doch nicht, dass er noch lebt? Du bist auf seiner Beerdigung gewesen!«

»Das war eine Trauerfeier mit einem leeren Sarg.« Suzanne sah Camille an, das Gesicht vor Schmerz verzerrt. »Es wäre doch möglich, dass er überlebt hat. Du hast doch auch die Geschichten nach dem Untergang der *Titanic* gelesen, von Totgeglaubten, die plötzlich wieder auftauchten, von vertauschten Papieren… Und außerdem…«

»Was, außerdem?«

»Außerdem habe ich manchmal eine ganz starke Ahnung, dass ich ihn wiedersehen werde, dass er noch lebt. Es ist wie ein Ziehen in der Brust.«

Camille war zutiefst beunruhigt von dem, was Suzanne da sagte. Sie fasste sie an den Oberarmen und zwang sie, ihr ins Gesicht zu blicken.

»Du hast Ahnungen, na gut, ein Ziehen in der Brust, aber...«

»Ich träume von ihm.«

»Meinetwegen träum von ihm. Aber es ist jetzt zwei Jahre her, dass er verschwunden ist! Angenommen, Robert hat wie durch ein Wunder überlebt – was ich für sehr unwahrscheinlich halte, entschuldige. Aber nur mal angenommen, du hast recht und er lebt, warum meldet er sich dann nicht bei dir?« Camille war aufgestanden und ging erregt im Zimmer auf und ab. Ihre Absätze knallten dabei auf den Holzfußboden, und ihre Stimme war laut geworden.

Suzannes Blick flackerte, dann fasste sie sich wieder. »Er hat bestimmt seine Gründe. Vielleicht kann er nicht, vielleicht ist er krank oder hat das Gedächtnis verloren. Vielleicht findet er mich nicht.« Sie bemühte sich um einen ruhigen Tonfall, aber das Zittern in ihrer Stimme war nicht zu überhören.

»Wie sollte er dich nicht finden? Er müsste doch bloß deine Tante Madeleine fragen. Suzanne!« Camille schrie jetzt fast. Am liebsten hätte sie Suzanne gepackt und geschüttelt. Sie machte sich ernstlich Sorgen um ihre Freundin. »Du liegst hier und betrinkst dich mit Fusel! Das ist unerträglich. Du musst den Tatsachen ins Auge sehen. Robert ist tot, er liegt auf dem Grund des Meeresbodens. Und eines kannst du mir glauben: Wenn er dich geliebt hat, dann hätte er nicht gewollt, dass du hier vor Trauer vor die Hunde gehst. Du musst endlich anfangen zu leben. Du bist vierundzwanzig! Du solltest einen Mann finden und eine Familie gründen. Suzanne, jetzt komm doch zu dir!«

Suzanne sah sie mit ausdruckslosen Augen an. Sie brachte nicht die Kraft auf, Camille vorzuspielen, dass alles in Ordnung sei. Nicht heute Abend. Nicht nach den Schlagzeilen in der Zeitung. Sie hob die Flasche und trank in großen Zügen.

Sie brauchte Zeit, um sich nach diesem neuerlichen Rückschlag aus ihrer tiefen Niedergeschlagenheit zu befreien. Sie fühlte sich Robert in diesen Tagen so verzweifelt nahe, dass sie beinahe jede Nacht von ihm träumte. Sie wachte dann auf, mit Tränen in den Augen, und konnte nicht wieder in den Schlaf finden. Sie sah müde und erschöpft aus und nahm wieder ab.

Madame Vignot fragte sie, was denn los sei. Die Kundinnen wollten eine fröhliche, hübsche Verkäuferin, keinen Trauerkloß, sie verderbe das Geschäft.

»Es geht schon wieder«, murmelte Suzanne. »Ein Trauerfall in der Familie.« Sie wandte sich ab, bevor ihre Chefin nachfragen konnte.

Am 28. Juli las sie vom Freispruch von Henriette Caillaux, die den Herausgeber des *Figaro* in seinem Büro erschossen hatte, um die Ehre ihres Ehemanns zu schützen. Die Zeitung wollte Liebesbriefe veröffentlichen, die den Finanzminister Joseph Caillaux kompromittiert hätten, und seine Ehefrau wusste sich keinen anderen Rat, als den Herausgeber umzubringen. Der Freispruch führte zu einem Skandal in Frankreich. Suzanne verfolgte den Prozess mit atemloser Spannung. Jedes Mal, wenn sie den Namen las, musste sie an Robert denken. Weil es um Liebe ging und weil die Angeklagte so ähnlich hieß wie Robert.

Die Nachricht von der Ermordung von Jean Jaurès, der als Politiker und Journalist gegen den Krieg agitiert hatte, am 31. Juli berührte sie tief. Das Attentat auf den österreichischen Thronfolger nahm sie nur am Rande wahr.

Und dann, am 3. August, erklärte das Deutsche Reich

Frankreich den Krieg. Die Regierung machte mobil, die jungen Männer wurden nach Norden und Osten an die Front geschickt. Am 30. August drangen die Deutschen über die Marne vor und bedrohten Paris. Drei Tage später lag die Front nur noch zwanzig Kilometer von der Stadt entfernt.

Die Brasserie Lipp nannte sich erst seit Kurzem so. Früher hatte das Traditionslokal gegenüber der Kirche Saint-Germain-des-Près »Brasserie des Bords du Rhin«, also »der Rheinufer«, geheißen, aber deutsche Namen kamen in Paris nicht mehr gut an. Beliebt war das Lokal nach wie vor. Auf den Bänken aus durchgescheuertem Moleskine drängelte sich alles, was sich für wichtig und schön hielt. Die Spiegel überall an den Wänden verleiteten dazu, sich bei jeder Bewegung zu beobachten. Eine Drehtür beförderte die Gäste ins Innere, wo Mosaike in Schwarz und Weiß und Messingornamente vorherrschten. Im Lipp wurde vornehmlich eiskaltes Bier aus großen Glaskrügen getrunken.

Arthur und Camille hatten das Lipp zu ihrem Stammlokal gemacht und waren fast jeden Abend dort. Sie trafen andere Maler, Journalisten und Kunstkritiker. Einige Maler hatten aufgerollte Leinwände bei sich, die sie zu verkaufen versuchten. So mancher bezahlte auch die Zeche mit ihnen. Arthur hatte das nicht mehr nötig. Seine kommerzielle Glückssträhne hielt immer noch an. Er und Camille lebten in vollen Zügen und warfen mit Geld nur so um sich. Und sie hatten ihren Lebensmittelpunkt nach Montparnasse verlegt wie so viele andere Künstler. Der Montmartre war zu eng, zu touristisch geworden, zu viele Bürger vergnügten sich dort und wollten zumindest für eine Nacht das pralle Leben, den halbseidenen Glanz und die Verruchtheit spüren. Ganz abgesehen davon, dass die Zeiten nicht für Vergnügungen gemacht waren, ließen sich viele Künstler und Lebenskünstler vom Ansturm der Spießbürger vertreiben. Und so wurde die Gegend um den Montparnasse zum neuen abendlichen Treffpunkt.

Der Abend des 7. September war der letzte, bevor Arthur und einige andere aus der Runde an die Front mussten. Arthur gehörte zu den ungefähr viertausend Männern, die mit Renault-Autodroschken, von den Parisern »Marne-Taxis« getauft, als Verstärkung an die Front gefahren wurden, um den drohenden Einmarsch der Deutschen in Paris abzuwehren.

An diesem Abend trafen sie sich im Lipp, um Abschied zu nehmen. Sie tranken zu viel und redeten großspurig davon, wie sie es den Deutschen zeigen würden. Aber ihr Lachen wirkte aufgesetzt. Camille saß halb auf Arthurs Schoß und schien sich an ihn zu klammern. Sie wirkte ernst an diesem Abend, und sie nippte eher widerwillig an ihrem Glas.

»Noch eine Runde für alle!«, rief Arthur und wedelte einen der Kellner in ihren langen schwarzen Schürzen herbei.

Camille machte sich von ihm los und schlenderte zu Suzanne hinüber, die am Ende des Tisches saß.

»Ich glaube ja, die machen sich alle ein falsches Bild«, sagte sie.

»Wovon?«

»Na, vom Krieg. Die glauben, das wird ein Spaziergang. Manchmal könnte ich Arthur ins Gesicht schlagen. Er konnte es gar nicht erwarten, endlich einberufen zu werden!« Suzanne hörte nicht nur Zorn in ihrer Stimme, sondern auch Verzweiflung. »Wir hier in Paris kriegen doch von den Geschehnissen an der Front nichts mit. Hier lässt es sich doch nach wie vor ganz gut leben. Aber die Regierung sagt uns nicht die Wahrheit. Du musst nur aufmerksam die Zeitungen lesen. Die vielen Todesanzeigen, die Krankenschwestern, die gesucht werden…«

Suzanne sah ihre Freundin erstaunt an. »Seit wann bist du so pessimistisch? Das passt nicht zu dir. So kenne ich dich gar nicht.« Sie überlegte. Dann fragte sie: »Ist aus deiner Schwärmerei für Arthur etwa Liebe geworden? Hat es dich erwischt?«

Camille wandte den Blick ab. Sie war kaum zu verstehen, als sie flüsterte: »Ich bin schwanger.«

Es verstrichen einige Sekunden, bevor Suzanne verstand, was Camille da gesagt hatte. Entsetzt schlug sie die Hand vor den Mund. »Oh, mein Gott! Seit wann weißt du es?«

»Seit ein paar Tagen.«

»Und Arthur?« Suzanne sah zu ihm hinüber. Er saß inmitten seiner Freunde, seine Augen glänzten. Er schien bester Laune zu sein.

»Er weiß es nicht.«

»Dann sag es ihm! Er muss doch wissen, dass er Vater wird.«

Camille zuckte mit den Schultern. »Ich werde dieses Kind nicht bekommen.« Ihre Stimme klang kalt wie Eis und so schneidend, dass sie trotz des Lärms im Lokal überdeutlich an Suzannes Ohr drang.

Suzanne sah sie fragend an. »Wie meinst du das?«

»So, wie ich es sage. Ich werde dieses Kind niemals bekommen.«

»Aber, Camille, sprich mit Arthur. Er liebt dich doch. Er wird dich heiraten, und du wirst ein Kind haben! Camille!«

Camilles Gesichtsausdruck veränderte sich. Sie sah Suzanne auf diese überlegene, wissende Art an, die Suzanne schon so oft verletzt hatte. »Du scheinst tatsächlich zu glauben, dass heiraten und Kinder kriegen zusammengehören. Dass man lieben muss, um schwanger zu werden. Beneidenswert, wirklich! Aber falls du es vergessen hast: Wir haben Krieg, und Arthur muss in ein paar Stunden an die Front.«

Suzanne überhörte die Beleidigung. Sie sah, wie Camilles Augen vor Schmerz und Angst ganz dunkel wurden.

Plötzlich sprang Camille auf. »Mir ist schlecht«, stieß sie hervor und hastete in Richtung der Toiletten.

Suzanne blieb hilflos sitzen. Sie sah Camille nach, dann blickte sie zu Arthur hinüber. Mit großer Geste hob er sein Glas und prostete den Umsitzenden zu. »Mit den Deutschen machen wir kurzen Prozess! Spätestens Weihnachten sind wir zurück«, rief er, und seine weißen Zähne blitzten zwischen den roten Lippen auf, als er den Kopf zurückwarf und lauthals lachte. Die anderen am Tisch applaudierten und johlten lautstark.

Sie stand auf und ging in den Waschraum. Camille hing über dem Waschbecken und wusch sich das Gesicht.

»Weißt du, dass ich nicht einmal seinen Nachnamen kenne?«, fragte Suzanne.

»Du meinst Arthurs?« Camille wischte sich den Mund ab und sah Suzanne mit einem bösen kleinen Lächeln an. »Ein Nachname würde nicht zu seinem Selbstverständnis als Künstler passen. Und noch weniger als ein bürgerlicher Name passt nur die Verantwortung für ein Kind zu ihm!«

»Woher weißt du das?«

»Weil er es mir gesagt hat, ganz einfach.« Ihre Stimme hatte nach wie vor einen harten Ton. »Und selbst wenn er den Vater geben würde, ich will jetzt kein Kind. Wir haben schließlich Krieg!« Sie holte ihren Lippenstift aus der Handtasche und zog sich die Lippen nach. »So, jetzt gehe ich da wieder rein. Kommst du mit?«

Suzanne folgte ihr und beobachtete, wie Camille sich wieder neben Arthur setzte, als sei nichts gewesen. Sie bewunderte sie für ihre Selbstbeherrschung. Sie sprühte vor Witz und ließ sich ihr Glas immer wieder vollschenken. Aber Suzanne sah auch das Flackern in ihren Augen, hörte, dass ihr Lachen ins Hysterische umzukippen drohte. Sie suchte Camilles Blick, doch Camille wich ihr aus. Am liebsten wäre sie nach Hause gegangen, weil sie diese Vorstellung gespenstisch fand, doch sie hatte das Gefühl, auf ihre beste Freundin aufpassen zu müssen, und diese Verantwortung ließ sie ausharren.

Der Septembermorgen graute schon, als Arthur nach seinem Armeerucksack griff und sich mit einem langen Kuss auf der Straße von Camille verabschiedete. Dann zogen er und die vier anderen Arm in Arm davon, um sich an der Sammelstelle zu melden.

Suzanne brachte Camille nach Hause. Camille legte sich sofort ins Bett, das für sie allein viel zu groß schien. Sie drehte sich mit dem Gesicht zur Wand und schlief auf der Stelle ein. Suzanne blieb noch kurz am Bettrand sitzen, dann ging sie nach Hause.

Der deutsche Angriff auf Paris wurde gestoppt, was aber in erster Linie daran lag, dass die deutsche Armee überraschend die Marschrichtung änderte und nach Südosten abschwenkte. An der Marne wurde sie schließlich aufgehalten. Die feindlichen Armeen lagen sich nun in einem zermürbenden Stellungskrieg gegenüber, der die nächsten Jahre andauern sollte. Die Verwundeten wurden nach Paris evakuiert, viele von ihnen durch die Gasangriffe verletzt. In den Zeitungen sahen die Pariser Fotos der blinden Soldaten, die in langen Reihen hintereinander marschierten, jeweils eine Hand auf die Schulter des Vordermannes gelegt.

Suzanne machte sich Sorgen um Camille. In der Woche nach Arthurs Abschied ging sie in der Rue Lepic vorbei und klopfte, aber niemand öffnete. Suzanne nahm das als gutes Zeichen. Wenn sie unterwegs ist, dann geht es ihr gut, dachte sie.

Dann wurde Suzanne im Bon Marché entlassen, ebenso wie Chantal und Francine, mit der Madame Vignot nach wie vor wegen ihres Akzents gehadert hatte. Die russischen Kundinnen, die in früheren Jahren in Scharen um diese Zeit in Paris eingefallen waren, um sich für die Saison einzukleiden, blieben aus. Schließlich war Krieg, und Russland hatte gerade die Schlacht bei Tannenberg verloren.

»Die Zeiten sind schlecht, das muss ich Ihnen nicht sagen«, sagte Madame Vignot zum Abschied. »Ich hätte Sie ja behalten, aber wir alle müssen jetzt patriotisch denken, und Sie sind unverheiratet und haben weder einen Mann an der Front noch Kinder. Und außerdem haben Sie doch noch Ihre Fotografie. Ich wünsche Ihnen alles Gute.«

Suzanne wunderte sich nicht einmal über ihre Entlassung. Sie war ja nicht die Einzige, die mit Kriegsbeginn ihre Anstellung verlor. Ich werde schon etwas anderes finden, dachte sie, während sie langsam nach Hause ging. Außerdem hat Madame Vignot recht: Ich habe noch meinen Nebenverdienst bei Charles. Es wird schon irgendwie gehen. Weil sie sich von ihrer Lage nicht unterkriegen lassen wollte und um sich selbst Mut zu machen, gönnte sie sich den Luxus einer Tasse Tee auf der Terrasse eines Cafés am Boulevard Saint-Germain. Während sie an dem Getränk nippte, beobachtete sie die Passanten und versuchte in ihren Gesichtern zu lesen, was die Zeiten mit ihnen anstellten.

So kam es, dass sie an diesem Tag früher als üblich nach Hause kam, und vielleicht rettete dieser Umstand Camille das Leben.

»Sie haben Besuch«, knurrte die Concierge, als sie an der Loge vorüberkam. »Ich habe die junge Dame ausnahmsweise hinaufgelassen, weil ich sie kenne und sie so elend aussah.«

Suzanne eilte die fünf Treppen hinauf. Als sie die Tür zu ihrem Zimmer öffnete, sah sie, dass Camille auf dem Bett lag. Suzanne fiel die seltsam gekrümmte Haltung ihre Freundin auf, aber sie dachte sich noch nichts dabei. Auch den ungewöhnlichen Geruch ignorierte sie vorerst.

»Das ist ja eine Überraschung!«, rief sie. »Was machst du denn hier? Was hast du denn mit Madame Martin gemacht, dass sie dich hereingelassen hat?«

Camille gab keine Antwort, nur ein Stöhnen kam vom Bett. Als Suzanne näher trat, hielt sie vor Schreck die Luft an. Camilles Stirn war schweißnass, das Haar klebte ihr an den Wangen, sie hatte die Augen geschlossen, die Lider flatterten. Als Suzanne ihr die Schuhe ausziehen wollte, um es ihr bequemer zu machen, bemerkte sie das Blut, das ihren hellbraunen Rock dunkel verfärbte.

Sie wusste sofort, was geschehen war. »Ich bin in einer Sekunde zurück«, rief sie und lief hinüber zu Renée. In wenigen Worten erzählte sie ihr, was passiert war. Renée griff sich ein paar Handtücher und kam mit in Suzannes Zimmer.

»Wie hat sie es in ihrem Zustand nur bis hier oben geschafft?«, sagte sie erschrocken, als sie Camille sah.

»Glaubst du auch, dass sie bei einem Kurpfuscher war?«, fragte Suzanne, aber sie wusste die Antwort bereits.

Renée nickte und beugte sich über Camille. »Wie ist es passiert?«, fragte sie und strich Camille das nasse Haar aus dem Gesicht.

Camille war halb besinnungslos. Sie gab keine Antwort.

»Wenn wir dir helfen sollen, dann musst du uns zumindest sagen, welcher Art deine Verletzungen sind. War es ein heißes Bad mit Senfsaat?« Renées Stimme wurde fordernd und hart.

»Renée«, mahnte Suzanne.

»Wir können ihr nur helfen, wenn wir wissen, was los ist«, sagte Renée mit einem Seitenblick auf Suzanne. »Gib mir ein feuchtes Tuch«, befahl sie. »Nein, noch nasser. Wir müssen sie wach bekommen.« Sie presste das kalte Wasser aus dem Handtuch auf Camilles Gesicht. Dann fragte sie erneut: »Camille! War es ein Bad? Hast du in heißer Seifenlauge gebadet? Jetzt antworte! Hast du etwas zu dir genommen? Hast du Gift geschluckt?«

»Gift?« Suzanne spie das Wort voller Entsetzen aus. »Wieso Gift?«

»Es gibt Frauen, die das nehmen, um ihr Kind zu verlieren«, gab Renée ungerührt zurück und wandte sich dann wieder Camille zu.

Camille schüttelte kraftlos den Kopf.

»Was dann? Etwas Mechanisches? Ein Haken?«

Camille nickte kaum merklich. »Stricknadel, glaube ich«,

flüsterte sie. Plötzlich krümmte sie sich wie unter starken Schmerzen zusammen. Ein Schwall Blut quoll unter ihrem Rock hervor.

»Eine Stricknadel? Jemand hat mit einer… Stricknadel in ihrem Leib herumgestochert und sie dabei verletzt?« Suzanne wagte kaum, sich diese grausame Prozedur vorzustellen.

»Wir müssen das Fieber senken und die Blutung stillen«, sagte Renée.

Suzanne holte frisches Wasser und legte ein feuchtes Tuch auf Camilles glühende Stirn. »Mein Gott, ich glaube, sie ist ohnmächtig geworden.« Flehend sah sie Renée an. »Du kennst doch bestimmt einen Arzt. Du musst deine Beziehungen spielen lassen.«

»Pah!«, machte Renée. »Die Ärzte sind alle an der Front. Und außerdem macht ein Arzt sich dadurch strafbar. Abtreibungen sind verboten, und wenn ein Arzt eine Frau erwischt, die bei einer Engelmacherin war, ist er verpflichtet, sie anzuzeigen.«

»Das ist doch jetzt egal. Sie verblutet, wenn wir ihr nicht helfen. Lieber Gefängnis als Tod!«

Renée dachte kurz nach. Dann sagte sie: »Vielleicht weiß ich jemanden. Du bleibst bei ihr. Versuch das Fieber zu senken und die Blutung zu stillen.«

»Aber wie soll ich das machen?«

»Du lässt dir besser etwas einfallen.«

Die nächsten Stunden gehörten zu den schlimmsten in Suzannes Leben. Ständig lief sie hin und her, tauchte Waschlappen in kaltes Wasser und legte sie auf Camilles Stirn und die Waden. Camille wurde immer wieder für kurze Zeit ohnmächtig. Manchmal redete sie wirr vor sich hin. Der blutige Fleck auf ihrem Rock breitete sich immer weiter aus, der Stoff war schon ganz verkrustet und hart. Die Fieberschübe wechselten sich mit Schüttelfrost ab. Dann zitterte Camille vor Kälte und klapperte mit den Zähnen. Ihre Nasenspitze war eiskalt, die Stirn mit kaltem Schweiß bedeckt. Dann entfernte Suzanne rasch alle feuchten Tücher und nahm Camille in die Arme, um sie zu wärmen. Bis der nächste Fieberschub kam.

Sie musste etwas tun, sonst würde Camille unter ihren Händen verbluten.

»Also gut«, sagte sie und holte tief Luft. Dann hob sie Camilles Röcke an. Ein weiterer Schwall blutiger Klumpen schoss zwischen den Beinen ihrer Freundin hervor und besudelte ihre eigene Kleidung. Als sie die Menge des warmen Blutes sah und den metallischen Geruch einatmete, drehte sich ihr der Magen um. Suzanne schloss für eine Sekunde die Augen, dann drehte sie Camille von der Seite auf den Rücken und tat etwas, von dem sie niemals geahnt hätte, dazu fähig zu sein. Sie holte ein frisches Handtuch, zerriss es, und stopfte Camille einen Streifen zwischen die Beine. Sie zog ihr den blutgetränkten Rock aus und legte nasse Tücher auf ihren Bauch in der Hoffnung, dass das die Blutung stillen würde. Camille stöhnte auf, als sie sie herumdrehte und berührte. Durch die Bewegung floss ein neuer Blutstrom aus ihr heraus, aber Suzanne sah, dass ihr Atem nicht mehr ganz so stoßweise ging. Die Blutung hörte zwar nicht auf, wurde aber wesentlich schwächer. Als sie das Gefühl hatte, dass Camille sich etwas entspannte, zog Suzanne den blutigen Stoff ganz vorsichtig aus der Wunde hervor und wechselte ihn gegen einen frischen aus. Bei der Wiederholung ging ihr die Prozedur schon leichter von der Hand.

Unter sichtbaren Schmerzen drehte sich Camille zurück auf die Seite, sodass Suzanne auch ihren unteren Rücken mit kalten Tüchern kühlen konnte. Sie hoffte, dadurch die Blutung zu verlangsamen oder sogar zu stillen. Nach einer gefühlten Ewigkeit fiel Camille in einen unruhigen Schlaf. Suzanne begann vor Erleichterung und Erschöpfung zu weinen. Sie wusch sich das Blut von den Händen und setzte sich auf die Bettkante. Unablässig streichelte sie ihrer Freundin über das Haar und die Schultern und redete mit ihr.

»Camille, was hast du dir da nur angetan. Bitte bleib bei mir. Gleich kommt Hilfe. Du musst nur noch eine kleine Weile durchhalten. Camille, meine Camille!«

Endlich kam Renée mit einem jungen Mann zurück, der einen Arztkoffer trug und seinen Namen nicht nannte.

»Er ist ein Freund meines Bruders und studiert Medizin«, flüsterte sie Suzanne zu.

»Er ist… Student?«

»Er hat bald sein Examen in der Tasche. Und er stellt keine Fragen. Wir müssen ihm vertrauen.«

Der Medizinstudent untersuchte Camille. Er zog das Laken zwischen den Beinen hervor, und Suzanne konnte sehen, dass die Blutung tatsächlich schwächer geworden war.

»Das haben Sie gut gemacht«, sagte er. »Lassen Sie mich jetzt bitte einen Moment mit ihr allein. Ich denke, ich muss nähen.«

»Komm«, sagte Renée.

Sie gingen in ihr Zimmer hinüber, bis der angehende Arzt sie wieder hereinrief.

»Ich hoffe, die Blutung ist gestillt. Das Fieber macht mir noch Sorgen, aber ich denke, es wird sinken. Ich habe ihr etwas gegeben.«

Er hielt Suzanne ein Tütchen mit einem weißen Pulver hin. »Geben Sie ihr davon alle zwei Stunden einen Teelöffel in Wasser gelöst. Es ist wichtig, dass sie viel trinkt. Und sie muss liegen, bis die Wunde sich geschlossen hat. Mindestens bis morgen Abend darf sie sich nicht bewegen. Guten Abend.«

Bevor Suzanne etwas sagen konnte, war er zur Tür hinaus.

Die nächsten beiden Tage verließ Suzanne Camilles Krankenlager nicht. Sie schlief auf der Erde vor dem Bett, wechselte die kühlenden Umschläge und flößte ihr Wasser und

Suppe ein. Renée besorgte einige Einkäufe und versorgte Suzanne mit Essen. Nach zwei Nächten hatte Camille es überstanden. Sie gehörte wieder zu den Lebenden.

Drei Wochen später wurde Suzanne eine Arbeit bei Citroën am Quai de Javel, unterhalb des Eiffelturms, zugewiesen. Mit zwölftausend anderen Menschen stand sie dort am Fließband und setzte Gewehrmunition zusammen. Sie hasste die stumpfsinnige Arbeit, und mit den anderen Frauen verband sie nichts, außerdem brauchte sie für den Weg in die Fabrik, die ganz im Westen der Stadt lag, eine Ewigkeit. Aber sie hatte keine Wahl. Die tägliche Aussicht auf den Eiffelturm tröstete sie, obwohl der Turm wegen der Gefahr feindlicher Flugzeugangriffe nicht einmal erleuchtet war. Bis ihre Schicht vorüber und sie zu Hause war, war es schon später Abend, sodass sie kaum Zeit fand, zu Charles ins Atelier zu gehen. Um selbst zu fotografieren, blieb ihr nur der Sonntag, und auch da nur die Stunden, in denen sie sich nicht um ihre Wäsche und andere Dinge kümmern musste.

Camille wohnte jetzt in einem frei gewordenen Zimmer neben Suzanne. Sie wollte auf keinen Fall zurück in die Wohnung, in der sie mit Arthur gelebt hatte. Dieses Kapitel ihres Lebens war durch die Abtreibung vorüber. Sie war immer noch sehr schwach. Sie ging gebeugt, ihr Haar war strähnig, jede Lebendigkeit schien aus ihrem Körper gewichen zu sein.

»Das stimmt ja auch«, sagte sie bitter zu Suzanne. »Ich bin nicht mehr lebendig. Jedenfalls werde ich nie Kinder bekommen können.«

Das hatte ihr der angehende Arzt, der seinen Namen nicht genannt hatte, brutal ins Gesicht gesagt. Er hatte zwar Camille das Leben gerettet, aber er hatte sich keine Mühe gegeben, seine Missbilligung zu verbergen. Er war mit ihr grob umgegangen, und Suzanne vermutete, dass er ihre Kinderlosigkeit als gerechte Strafe empfand.

Während Camille Mühe hatte, ihre Lebensfreude wiederzufinden, lebte Renée auf. Sie hatte sich verliebt. Emile war auch ein Freund ihres Bruders, stammte aus guten Verhältnissen und studierte Jura. Für beide war es wie ein Blitzschlag gewesen, als sie sich begegneten. Renée schwebte anfangs im siebten Himmel, ständig sang und lächelte sie. Sie verbrachte viel Zeit mit Emile, und Camille und Suzanne bekamen sie nur selten zu Gesicht. Ein Problem gab es aber: Die Eltern waren gegen eine Hochzeit. Emile stellte Renée seinen tief religiösen Eltern vor, die entsetzt waren, als sie erfuhren, dass die Verlobte ihres Sohnes den Kontakt zu ihrer Familie abgebrochen hatte. Sie verboten Emile jeden weiteren Umgang mit ihr. Emile hielt sich zwar nicht an das Verbot, doch er litt unter dem Zerwürfnis mit seiner Familie. Auch Emile war sehr katholisch, und der Vorwurf, in Sünde zu leben, belastete ihn schwer. Und Renée wusste, dass Emile den Ansprüchen ihrer Familie nicht genügen würde. »Und selbst wenn«, sagte sie. »Meine Eltern sind der Meinung, dass Töchter verheiratet werden müssen. Eine Hochzeit aus Liebe widerspricht allem, woran sie glauben.«

Aber Renée war bereit, auf den elterlichen Segen zu verzichten. Sie hatte genug Vertrauen in ihre und Emiles Fähigkeiten und in ihre Liebe, um das Leben zu meistern. Leider war Emile nicht so stark. Er quälte sie beide mit Selbstzweifeln und Schuldvorwürfen. Sie hatten sogar versucht, sich zu trennen, hatten aber schnell festgestellt, dass sie ohne einander nicht leben konnten.

Für Suzanne und Camille war es schwer, mit anzusehen, wie sehr Renée und Emile litten.

»Es ist eine Schande«, sagte Camille voller Wut, als Renée weinend in ihr Zimmer gegangen war. Emile war bei ihr gewesen, und sie hatte ihn fortgeschickt, weil seine Mutter an dem Tag Geburtstag hatte. Er sollte zu ihr gehen.

»Die beiden sind der Inbegriff eines Liebespaares«, sagte Suzanne. »Wie Abaelard und Heloise.«

»Aber sie stürzen sich gegenseitig ins Unglück. Das bestätigt nur wieder meine Theorie, dass die Liebe zu nichts führt.«

»Fang nicht wieder damit an«, stöhnte Suzanne.

»Sie tun mir einfach nur leid. Und diese Eltern sollte man zum Teufel jagen.«

»Immerhin gibt es für Renée jemanden. Das kann man von uns beiden leider nicht behaupten.«

Camille stand etwas schwerfällig auf. »Ich sehe noch mal nach Renée. Und dann gehen wir zwei ins Kino. Wäre doch gelacht, wenn wir uns nicht auch ohne Männer amüsieren könnten!«

Es gab kaum noch Maler in Paris. Die meisten waren eingezogen worden. Die Leute ließen sich auch nicht mehr so oft fotografieren. Und wenn, dann waren es meist traurige Anlässe, etwa wenn ein junger Mann an die Front musste und seine Familie ein Abschiedsfoto machen ließ.

Suzanne verlegte sich darauf, Straßenszenen zu dokumentieren, obwohl sie wusste, dass sie unverkäuflich waren. Doch die Hungermärsche, die Demonstrationen, die grimmigen Gesichter der Hausfrauen vor den Bäckereien, in denen das Brot immer teurer wurde, die Drohung in den Augen eines Polizisten, der eine Ansammlung wütender Bürger auseinandertrieb, die fremdartigen Gesichter der Einwanderer aus Nordafrika, Portugal und Indochina, die den Arbeitskräftemangel ausgleichten und nebenbei das Erscheinungsbild von Paris für immer veränderten, dies alles zeigte ihr ein neues Antlitz der Stadt, das sie festhalten wollte.

Es gab auch weiterhin das andere, das fröhliche, lärmende, tanzende Paris, das sich in diesen Kriegstagen noch wilder gebärdete als üblich. Warum sollte man sich zurücknehmen? Was für einen Sinn machte es, an die Zukunft zu denken, wenn man am nächsten Tag von einer Kugel getroffen werden konnte? Es gab Cafés für Männer, die Männer liebten, solche, in denen nur Frauen verkehrten, es gab dunkle Kaschemmen, in denen Frauen viel Haut zeigten und man Kokain kaufen konnte. Hier verkehrten die britischen und kanadischen Soldaten. Die fremden Soldaten und die einheimischen Kriegsgewinnler warfen mit Geld nur so um sich. Die traumatisierten französischen Fronturlauber und die Verwundeten konnten mit den selbstbewussten, gut aussehenden Alliierten nicht mithalten und fühlten sich aus dieser Glitzerwelt ausgeschlossen.

Suzanne, Camille und Renée schlossen sich zu einer eingeschworenen Gemeinschaft zusammen. Zu dritt war vieles leichter zu ertragen, was der Kriegsalltag ihnen aufbürdete. Sie wechselten sich beim Schlangestehen vor den Läden ab, die eine konnte einigermaßen kochen, die andere nähen, die dritte organisieren. Wenn es in ihren Zimmern einfach nicht warm werden wollte, weil die Kohlen kaum oder gar nicht vorhanden waren, dann kuschelten sie sich alle drei in einem Zimmer zusammen. Vor allem redeten und lachten sie gemeinsam, was den düsteren Alltag aufhellte.

Sie mussten mit ihrem Geld haushalten. Als bezahlbares Vergnügen entdeckten sie das Kino für sich. Am liebsten gingen sie in das Gaumont-Palace, das seit einigen Jahren in das Hippodrom an der Place de Clichy gezogen war. Sechstausend Plätze gab es hier und einen Orchestergraben für achtzig Musiker. Neben den ergreifenden Szenen, die sie auf der Leinwand sah, interessierte sich Suzanne vor allem für die Technik. Schließlich war Film nichts anderes als die Aneinanderreihung unzähliger Fotografien.

»Jetzt lass uns doch damit in Ruhe!«, stöhnten die beiden anderen manchmal, wenn Suzanne von Bildsequenzen und Einstellungen, Belichtung und Dramaturgie sprach. »Das einzig Wichtige ist doch, dass die Liebe am Ende siegt.«

Suzanne versuchte das, was sie im Kino sah, in ihren Aufnahmen umzusetzen. Doch allzu viel konnte sie nicht probieren, denn ihr fehlte das Geld für Filmmaterial. Und Charles Meursault sah es auch nicht gern, wenn sie in seinem Revier wilderte, wie er es nannte. Die Paris-Fotografie war sein Metier, Suzanne sollte sich an die Frauen und die Ablage halten.

Obwohl sie in diesem Punkt uneins waren, war Suzanne gern mit Charles und Hélène zusammen. Nicht nur, weil Hélène so gut kochte – Suzanne aß hier während des Krieges die besten Gerichte. Sie war auch deshalb so gern mit den beiden zusammen, weil es ihr guttat, mit anzusehen, wie sehr sich die Meursaults liebten. Sie lasen sich gegenseitig die Wünsche von den Augen ab und warfen sich unentwegt verliebte Blicke zu. Suzanne wurde es leicht ums Herz, wenn sie dieses häusliche Glück sah, das nichts zu vermissen schien. Auf dem Nachhauseweg fragte sie sich manchmal, ob ihr Leben mit Robert auch so ausgesehen hätte.

»Stellt euch vor, heute hat mich doch ein Polizist angehalten und mich gefragt, was ich da treibe! Er hatte die Hand an seiner Pistole!«

Charles war immer noch ganz außer sich über das, was ihm da widerfahren war. Es war ein Sonntagabend im März, und sie saßen in der Küche der Meursaults zusammen.

»Du hast doch nicht mit ihm gestritten?«, fragte Hélène besorgt. »Du weißt, sie verhaften dich einfach, wenn du ihnen frech kommst.«

»Pah! Ich bin Franzose und Patriot. Ich würde für mein Land kämpfen, wenn ich nicht zu alt wäre! Und dann so etwas.«

Hélène bekreuzigte sich. »Ich würde es nicht ertragen, wenn du an die Front müsstest.«

Mit Schwung stellte sie das Bœuf Bourguignon auf den Tisch, das sie seit dem frühen Morgen bei kleiner Hitze im Ofen gehabt hatte. Dann fuhr sie sich mit dem Handtuch, das ihr als Topflappen gedient hatte, über die schweißbedeckte Stirn. Als sie den Deckel des schweren Topfes anhob, strömte ein betörender Duft heraus. Suzanne sah die dicken Fleischstücke, die in der dunklen Soße schwammen. Ihr Magen zog sich schmerzhaft zusammen. Sie hatte seit dem Morgen nichts gegessen, und so etwas Gutes hatte sie schon lange nicht mehr auf dem Teller gehabt. Weder sie selbst noch Renée, geschweige denn Camille kochten besonders gut, und ein Bœuf Bourguignon gehörte definitiv nicht zu den Rezepten, die sie sich zutrauten. Sie hätten auch gar nicht gewusst, wie sie ein solches Gericht auf den winzigen Kochplatten zubereiten sollten.

Hélène ließ sich Charles' Teller geben und füllte ihm auf, wobei sie darauf achtete, ihm wie zufällig die schönsten Stücke Fleisch zu geben.

»Hier, mein Lieber«, sagte sie. »Und jetzt wollen wir der jungen Dame mal eine ordentliche Portion auftun. Sie sehen abgemagert aus.« Ihre Stimme klang vorwurfsvoll.

Suzanne konnte sich nur mit Mühe zurückhalten, bis auch Hélène sich den Teller gefüllt hatte. Dann aßen sie.

Charles erzählte noch einmal, was ihm an diesem Nachmittag passiert war. Er hatte eine Tordurchfahrt an der Place de la République fotografiert. In diesem Augenblick war ein Trupp Soldaten in einem Auto vorbeigefahren, und der Polizist wollte ihm allen Ernstes unterstellen, er würde Spionage treiben. Nur mit Mühe hatte er ihn überzeugen können, dass er professioneller Fotograf sei.

»Ich habe ihm meine Visitenkarte gezeigt, da steht ja alles drauf, und der Trottel sagt doch glatt, so etwas könne sich ja jeder drucken lassen. Zum Glück kam Monsieur Arnoud vorbei – Monsieur Arnoud hat die Wäscherei in der Rue du Cherche-Midi«, erklärte er, an Suzanne gewandt. »Na ja, Monsieur Arnoud konnte die Sache dann aufklären, aber ich habe Blut und Wasser geschwitzt. Ich und ein Spion!«

»Iss, mein Lieber, das beruhigt.«

»Ich bin auch schon mal misstrauisch angesehen worden,

als ich im Jardin du Luxembourg fotografiert habe«, sagte Suzanne.

»Ja, ja, die Zeiten sind schlecht«, sagte Charles.

»Aber solange es etwas derart Gutes zu Essen gibt…« Hélène hob ihr Glas und prostete ihnen zu.

Kapitel 13

Als sie nach dem Essen mit den Meursaults auf dem Weg zur Metro war, geriet sie in den ersten Luftangriff, denen Paris im Lauf des Krieges ausgesetzt sein sollte. Zwei feindliche Zeppeline überflogen die Stadt und warfen Brandbomben ab. Suzanne hörte ein Zischen, dann einen dumpfen Knall, als die Bombe aufprallte, anschließend loderten ungefähr hundert Meter vor ihr Flammen auf. Sofort war die Straße schwarz von Menschen, die ins Freie stürzten und schrien. Suzanne blieb einfach stehen, sie war unfähig, sich zu bewegen. Das Läuten der Feuerglocken dröhnte in ihren Ohren. Ein Polizist trat auf sie zu und forderte sie barsch auf, sofort weiterzugehen. Sie setzte sich in Bewegung und trat in eine tiefe Pfütze am Rinnstein. Erst jetzt merkte sie, dass es ziemlich heftig zu regnen begonnen hatte.

Ohne zu wissen, in welche Richtung sie eigentlich wollte, ging sie weiter. Größer konnte der Gegensatz nicht sein: Sie kam von einem friedlichen, tröstlichen Abendessen mit Freunden, und jetzt war plötzlich die Hölle ausgebrochen. Suzanne liefen Tränen über die Wangen. Ihre Fersen brannten, denn sie trug neue Schuhe, die noch nicht eingelaufen waren.

Als sie wieder klar denken konnte, bemerkte sie, dass sie sich ganz in der Nähe des Lipp befand. Plötzlich überfiel sie der Wunsch nach menschlicher Gesellschaft und nach einem starken Getränk. Sie überquerte die Straße und betrat das Lokal. Die stickige Wärme und der Lärm der Gäste, die ihr entgegenschlugen, machten sie schwindlig. Die Menschen hier schienen von den Ereignissen auf der Straße nichts mitbekommen zu haben. Zum zweiten Mal an diesem Abend registrierte Suzanne, dass Alltag und Krieg gleichzeitig existierten.

Das Lipp war brechend voll, und sie musste sich durch die dicht gedrängt stehenden Menschen hindurchkämpfen, um an die Bar zu gelangen.

»Hier treffe ich Sie also wieder! Endlich! Setzen Sie sich. Was haben Sie bestellt? Ich bringe es Ihnen.« Sie vernahm eine ruhige, wohlklingende Stimme mit einem Timbre, das einen schwach machen konnte.

Sie fuhr herum und sah einen dunkelhaarigen Mann vor sich, der mit seinem breiten Rücken die Drängler von ihr fernhielt. Sie erkannte in ihm den Fremden, der sie auf dem Kostümfest in Arthurs Atelier so unverblümt angestarrt hatte. Aber irgendetwas war anders an ihm. Sie stutzte einen Moment, dann fiel ihr auf, dass er keinen Bart mehr trug. Das war ungewöhnlich. Die meisten Männer trugen einen Schnauzer oder gleich einen Backenbart.

»Da vorn ist gerade ein Tisch frei geworden. Gehen Sie schon mal hin. Ich komme gleich.«

Suzanne war so erschöpft, dass sie nicht weiter überlegte, sondern auf den Tisch zustolperte und sich auf einen Stuhl fallen ließ. Sie betrachtete ihre Hände und bemerkte, dass sie zitterten. Als sie die schmerzenden Füße in den Schuhen streckte, fühlte sie ihre durchnässten Strümpfe. Sie sah hinunter und ärgerte sich über die großen Wasserflecken auf den hellen Schuhen. Die sind ruiniert, und dabei sind sie neu, dachte sie verärgert.

Gleich darauf kam der Fremde mit einem Cognac und einem Glas Wasser zu ihr. Suzanne sah auf die beiden Getränke in seiner Hand und griff instinktiv erst nach dem Wasserglas. Sie stürzte den kühlen Inhalt hinunter, leckte sich über die Lippen, nahm den Cognac und trank ihn in einem Zug leer. Sie schüttelte sich, dann stellte sie beide Gläser bedächtig vor sich auf den Tisch. Erst dann sah sie hoch.

»Das war nötig«, sagte sie und lächelte zaghaft. Sie musterte den Mann, der vor ihr stand und sich nun einen Stuhl heranzog.

»Und jetzt einen Kaffee?«, fragte er.

Ich sollte sofort aufstehen und gehen, dachte Suzanne, aber dazu fehlte ihr die Kraft. Stattdessen lächelte sie ihn erneut an. »Gern.«

Der Mann stand wieder auf und ging noch einmal an den Tresen, um zu bestellen. Suzanne sah ihm nach. Sie registrierte seine eleganten, geschmeidigen Bewegungen. Die Menschen schienen ihm instinktiv Platz zu machen. Er kommt aus einem guten Stall, konstatierte sie. Dann wandte sie den Blick ab, um sich schnell in einem der Spiegel ihr Haar zu richten.

Während er am Tresen darauf wartete, dass der Barmann seine Bestellung erledigte, drehte der Fremde sich um und betrachtete Suzanne. Sie ist wohl die einzige junge Frau in ganz Paris, die sich ihr Haar noch nicht abgeschnitten hat, dachte er bei sich, als er beobachtete, wie sie ihren Hut abnahm. Alle modernen Frauen trugen jetzt diese Kurzhaarschnitte, man sah keine Chignons mehr, keine Haarkämme, keine Locken. Aber sie hatte ihr rötliches Haar zu einem weichen Knoten im Nacken geschlungen. Der Barmann reichte ihm die Getränke über die Theke, und er ging zurück an den Tisch.

»Ich habe Ihnen noch einen Cognac zum Kaffee bestellt. Sie sehen aus, als könnten Sie ihn brauchen.«

Suzanne klopfte die Regentropfen aus ihrem Hut. »Ich bin völlig zerzaust! Erst ein Bombenalarm und dann der Regen.«

»Aber es hat wohl nur ein paar Leichtverletzte gegeben, habe ich gerade an der Bar gehört. Das meiste ist in den Vororten niedergegangen.« Seine Stimme wurde ernst. »Es wird nicht der letzte Angriff gewesen sein.«

Suzanne kippte den zweiten Cognac hinunter. Mit einem Brennen rann er ihre Kehle hinab und füllte ihren Magen mit wohltuender Wärme. Der Alkohol machte sie übermütig. »Bevor mir eine Bombe auf den Kopf fällt, würde ich gern wissen, wie Sie heißen.«

Er lächelte, stand auf und verbeugte sich leicht vor ihr. »Mathieu Proust, wie der Dichter. Und ich muss sagen, ich danke dem Zufall auf Knien, dass er Sie mir wieder in die Arme getrieben hat. Und heute ist nicht Ihr Geburtstag.«

»Das haben Sie sich gemerkt?«

»Natürlich!«

»Aber das ist ja schon über ein Jahr her!«

»Genau. Und das ist viel zu lange.«

Suzanne musste lächeln, während sie den anderen Gästen zusah, die zwischen den eng gestellten Tischen tanzten. Mehr als einmal wurde jemand angerempelt. Sie war froh, mit dem Rücken zur Wand zu sitzen. Sie hätte es nicht ausgehalten, wenn jemand auf ihre schmerzenden Füße getreten wäre.

Dann wandte sie ihren Blick wieder ihrem Begleiter zu, der sie ebenfalls ansah, und betrachtete ihn genauer. Er sah wirklich gut aus, hatte dunkles Haar, einen markanten Mund mit dunkelroten Lippen, eine scharf geschnittene Nase. Die Brille ließ ihn klug aussehen. Ohne es verhindern zu können, verglich sie ihn mit Robert, wie sie es mit jedem Mann tat, der ihr gefiel. Er sah ebenso gut aus, auch wenn er bestimmt zehn Jahre älter war, aber hatte er auch Roberts Charme und seine Schlagfertigkeit? Es war ihr egal, sie würde es nicht herausfinden, weil sie nur noch nach Hause wollte. Sie würde sich eine Droschke mieten, in diesen Schuhen konnte sie keinen Schritt mehr gehen. Sie wollte aufstehen, geriet aber ins Wanken, was an den beiden Cognacs liegen mochte oder an der stickigen Luft im Raum.

Der Mann erhob sich schnell und drückte sie ganz sanft wieder auf den Stuhl. »Sie sehen so aus, als bräuchten Sie eine kleine Pause. Trinken Sie Ihren Kaffee. Wollen Sie etwas essen?«

»Nein, nein«, wehrte sie ab. »Sie müssen mich ja für eine Landstreicherin halten.« Sie verspürte plötzlich den dringenden Wunsch zu fliehen. Sie sollte so schnell wie möglich aufstehen und sich von diesem Mann verabschieden. Es würde ihr Leben durcheinanderbringen, wenn sie noch eine Minute länger hier sitzen blieb. Doch seine nächste Bemerkung ließ sie jede Vorsicht vergessen.

»Eine Landstreicherin mit neuen Schuhen?«

Ein Lachen schüttelte sie. »Das haben Sie bemerkt?«

Mathieu Proust arbeitete als Schriftsetzer und Drucker. In der Imprimerie Berthaud im 15. Arrondissement, ganz in der Nähe des Eiffelturms, in der er beschäftigt war, galt er als Spezialist für schwierige Texte mit ausländischen Lettern. Er war sorgfältig und schnell, und durch das Setzen unterschiedlichster Texte hatte er sich ein umfangreiches Wissen auf zahlreichen Gebieten angeeignet. So wusste er zum Beispiel alles über Hochzeitsriten auf Südseeinseln und die richtigen Köder fürs Hochseeangeln. Nachdem er ein Buch über Weinanbau gesetzt hatte, bestellte er in Restaurants außergewöhnliche Tropfen und verdiente sich damit den Respekt – oder das Unverständnis – der Kellner.

Er war bodenständig und zuverlässig, tat immer nur eine Sache zur selben Zeit und führte sie zu Ende, bevor er sich etwas Neuem zuwandte. Seine Gewissenhaftigkeit und die Geschicklichkeit seiner Hände flößten den Menschen in seiner Umgebung Zutrauen zu ihm ein. Manchmal vertiefte er sich allerdings derart in eine Aufgabe, dass er alles andere um sich herum vergaß. Dann konnten andere sich ausgeschlossen fühlen.

Er war Mitglied der Sozialistischen Partei, zu der auch der

ermordete Jean Jaurès gehört hatte. Auf den Parteiversammlungen wurden seine Worte gehört, obwohl er kein Theoretiker war. Mathieu war ein glühender Gegner des französischen Kolonialismus. Aus diesem Grund war er der Partei beigetreten, sobald er einundzwanzig geworden war. Als die Sozialisten nach der deutschen Kriegserklärung für den Verteidigungskrieg und die Bewilligung von Kriegskrediten gestimmt hatten, wäre er beinahe wieder ausgetreten.

Er war Mitglied in einem Ruderklub. Fast jedes Wochenende ruderte er auf der Seine und ihren Nebenflüssen. Einige seiner Freunde waren Illustratoren und Maler, und manchmal ging er mit ihnen auf Atelierfeste. So war er auch ein Jahr zuvor auf das Fest in der Rue Lepic geraten.

Er hatte sich bereits bei seiner ersten Begegnung mit Suzanne in sie verliebt. Obwohl er kein Wort mit ihr gesprochen hatte, hatte er gespürt, dass sie eine faszinierende Frau sein musste. Er hatte in den folgenden Monaten immer wieder an sie gedacht. Er hatte sogar in den Künstlerlokalen wie ein Schuljunge Ausschau nach ihr gehalten und dabei über sich selbst gelächelt. Als der Krieg gekommen war – er selbst war wegen seiner Kurzsichtigkeit nicht kriegstauglich – und er sie immer noch nicht wiedergefunden hatte, hatte er geglaubt, sie habe die Stadt verlassen wie so viele andere. Als der Zufall sie an jenem Abend des ersten Bombenangriffs ins Lipp geweht hatte, hatte er sein Glück kaum fassen können. Und nach diesem Abend war er fest entschlossen, sie für sich zu gewinnen. Noch nie zuvor – bis auf die Entscheidung für die Sache des Sozialismus – war er sich einer Sache so sicher gewesen. Immer wieder sah er sie vor sich, wie sie das Lokal betreten hatte, völlig durchnässt und mit schmerzenden Füßen. Er hatte ihren Fluchtreflex gespürt und gewusst, dass er alles tun musste, um sie zum Bleiben zu bewegen, weil er sie sonst für immer verloren hätte. Als er sie dann zum Lachen gebracht hatte, hatte er sich unverwundbar gefühlt.

Mathieu hatte sich in Suzannes Lebensmut verliebt, in ihre Unkompliziertheit und Stärke, die sie über sich selbst lachen ließ. Suzanne war eine Frau, die ihre Gefühle zeigte, sie hatte keine falsche Scham, sagte immer, was sie dachte, war direkt und ehrlich, unfähig zum Getue. Aber es gab da etwas an ihr, das ihn verunsicherte. Etwas, das sie ihm verheimlichte. Er war entschlossen, es herauszufinden.

Das gestand er ihr, als er sie eines Abends, ungefähr zwei Wochen, nachdem sie sich im Lipp wiederbegegnet waren, von der Arbeit abholte. Das war bereits das dritte Mal, dass er an den Quai de Javel kam und sie nach Hause begleitete, während sie von ihrer Arbeit und der Fotografie erzählte. Aber bisher waren sie sich nicht nähergekommen.

Er hatte sich vorgenommen, das an diesem Tag zu ändern. Die Freude auf ihrem Gesicht, als sie ihn inmitten der anderen Männer entdeckte, die ihre Frauen nach der Schicht abholten, deutete er als gutes Zeichen.

»Ich bin müde und verschwitzt«, sagte sie, als sie ihm die Hand gab. »Diese Arbeit ist die Hölle! Ich fürchte, heute keine besonders charmante Begleitung zu sein.«

Er lächelte sie an. »Natürlich sind Sie das. Kommen Sie mit. Ich zeige Ihnen Paris von einer ganz neuen Seite.«

»Eine neue Seite von Paris? Ich glaube die Stadt ziemlich gut zu kennen!«

»Warten Sie es ab.«

Er hatte sein Boot nicht weit entfernt unterhalb einer Brücke vertäut und half ihr hinein. Ihre Sitzbank hatte er fürsorglich mit einem Kissen gepolstert. Er setzte sich ihr gegenüber und ergriff die Ruder.

»Stadtauswärts oder einwärts?«, fragte er.

»Raus aus der Stadt«, antwortete Suzanne und lehnte sich zurück.

Die Dämmerung senkte sich bereits herab. Über ihnen auf den Quais strömten die Menschen, Autos und Pferdedroschken vorüber. Eine Metro überquerte die Seine auf der

Höhe der Schwaneninsel. Die Waggons wanden sich gleich einer leuchtenden Schlange über ihren Köpfen. Es quietschte ohrenbetäubend, als sich die Reifen an den Schienen rieben. Dann herrschte wieder Stille. Hier unten auf dem Wasser war nur das leise Plätschern der Ruder zu hören, die in das Wasser tauchten. Mathieu ruderte mit gleichmäßigen, kraftvollen Stößen. Sie kamen schnell voran. Schon bald wurde es dunkler, die Häuser wurden weniger. Der Eiffelturm erhob sich plötzlich über ihren Köpfen. Aus dieser Perspektive hatte Suzanne den Turm noch nie gesehen. Er kam ihr viel größer vor, als er ohnehin schon war. Am westlichen Ende der Schwaneninsel, die eigentlich nicht viel mehr als ein künstlich aufgeschütteter Damm mitten im Fluss war, erhob sich die Freiheitsstatue.

»Endlich sehe ich sie mal von vorne«, sagte Suzanne. Denn die Figur, ein Geschenk der Amerikaner an die Pariser, wandte der Stadt den Rücken zu und sah in Richtung ihrer großen Schwester in New York.

»Ich habe Ihnen doch eine neue Seite von Paris versprochen. Und ich halte immer mein Versprechen.«

»Das glaube ich Ihnen«, sagte Suzanne. Sie gab einen kleinen Seufzer von sich und lehnte sich zurück. Das sanfte Wiegen des Bootes machte sie schläfrig, aber die Anwesenheit von Mathieu, der sie die ganze Zeit ansah, ließ sie gleichzeitig hellwach sein. An diesem Tag war es genau drei Jahre her, dass Robert sich in Fayence von ihr verabschiedet hatte, um den Zug nach Cherbourg zu nehmen und auf die *Titanic* zu gehen. Seit drei Jahren war es keinem Mann gelungen, dass sie ihn vergessen konnte. Sie war nicht fähig gewesen, sich für einen anderen Mann zu interessieren, sie hatte ja nicht einmal richtig bemerkt, wenn einer sie ansah oder um sie warb. Der Erste, der ihren Panzer angekratzt hatte, war Mathieu gewesen, damals auf dem Atelierfest in der Rue Lepic. Und heute bescherte er ihr diesen verzauberten Abend auf der Seine. Suzanne lächelte still in sich hinein.

Ein Lastkahn kam ihnen entgegen, und Mathieu musste ans Ufer rudern, um ihm auszuweichen. Das Boot wippte leicht auf und ab, als sie die Heckwellen des anderen Schiffs kreuzten. Suzanne schloss für einen Augenblick die Augen und ließ sich von den Wellen wiegen.

Sie musste tatsächlich für ein paar Minuten eingeschlafen sein, denn als sie die Augen wieder aufschlug, bemerkte sie, dass Mathieu bereits die Spitze der grünen Insel von Saint-Germain ansteuerte. Sie fühlte sich plötzlich ausgeruht und frisch.

Mathieu vertäute das Boot unter einer Trauerweide.

»Beim nächsten Mal fahren wir weiter, aber heute ist es zu spät. Wir müssen ja auch noch zurück«, sagte er.

»Beim nächsten Mal?«, fragte sie.

»Gefällt es Ihnen nicht?«, fragte er erschrocken zurück.

»Doch, es ist wunderbar.«

Er seufzte erleichtert auf. »Ein Glas Wein?« Er machte sich an einem Korb zu schaffen, den sie erst jetzt bemerkte, und reichte ihr ein Glas herüber. »Hier ist auch noch eine Decke. Falls Ihnen kühl wird.«

Suzanne nippte an dem Wein und nahm ein Stück Brot dazu.

»Ein Picknick auf dem Wasser. Was für eine schöne Idee. Das habe ich noch nie gemacht.« Sie lehnte den Kopf zurück, um die Stimmung dieses Abends in sich aufzunehmen. Es war so lange her, dass sie so etwas Schönes erlebt hatte. Der Krieg, das ständige Anstehen nach Lebensmitteln, die Angst um Freunde und Bekannte, die an der Front waren: Das Leben war grau geworden. Aber dieser Abend auf dem Fluss, umgeben von der Stille und den Lichtern der Stadt, war etwas ganz Besonderes, eine Flucht aus dem Alltag. Sie fühlte sich leicht und glücklich und beschloss, diesen Abend in vollen Zügen zu genießen.

»Suzanne?«

Als sie aus ihrer Träumerei erwachte, war sein Gesicht dicht vor ihrem. »Soll ich Sie schlafen lassen?«

»Nein«, sagte sie und zog ihn zu sich heran.

Sie hatte noch nie einen Mann geküsst, der keinen Bart trug. Sie hatte vor ihm ja ohnehin nur Robert geküsst. Aber den Gedanken an Robert schob sie in diesem Augenblick weit von sich. Sie ließ sich von Mathieus weichen Lippen liebkosen. Sie strichen über ihre Wangen und streichelten ihren Hals. Sie bedeckten ihre Augenlider und berührten ihre Ohrläppchen. Mathieu legte seine Hand in ihren Nacken und spielte mit ihrem Haar. Lange küssten sie sich und lagen eng umschlungen in dem kleinen Boot, im Schutz der bis auf die Wasseroberfläche herabhängenden Äste der Trauerweide.

Suzannes Atem ging schneller, und auch Mathieus Berührungen wurden drängender. Mit einem letzten Kuss richtete er sich auf und rückte von ihr ab. Sofort spürte sie, wie die Kälte zurückkehrte. Am liebsten hätte sie ihn gleich wieder an sich gezogen.

Mathieu räusperte sich. »Wir sollten zurückrudern. Es ist schon spät«, sagte er.

Suzanne war aufgewühlt und von ihren starken Gefühlen für Mathieu überrascht. Auch von dem Wunsch, sich immer weiter von ihm küssen zu lassen. Jedes Mal, wenn er sie beim Rudern leicht berührte, was in der Enge des Bootes nicht zu vermeiden war, zuckte sie zusammen. Sie nahm das Muskelspiel seiner Arme wahr und wollte, dass er sie mit ihnen umfing, so wie gerade eben noch. Seine Küsse brannten noch auf ihren Lippen.

An der Anspannung in Mathieus Gesicht sah sie, dass er ähnlich fühlte. Sie sprachen wenig, bis sie wieder am Quai de Javel anlegten. Es war schon nach Mitternacht. Die Metro fuhr nicht mehr, und sie nahmen ein Pferdetaxi bis in die Rue du Faubourg-Saint-Antoine. Vor dem Haus blieben sie kurz stehen und sahen sich an. Dann begann Mathieu plötzlich, unbändig zu lachen.

»Wir sind doch keine Kinder mehr!«, sagte er. »Wir müssen niemanden um Erlaubnis fragen. Warum tun wir nicht einfach, was wir beide uns so sehr wünschen?« Er nahm sie in die Arme und küsste sie.

»Doch«, sagte Suzanne. »Wir müssen jemanden fragen: die Concierge! Oder auch nicht...«

Sie grinsten sich verschwörerisch an, dann schlichen sie an der dunklen Loge der Hausmeisterin vorbei und stiegen die Treppe in ihr Zimmer hinauf, um sich zu lieben, bis der Morgen kam. Es geschah ganz selbstverständlich und voller Zuneigung. Sie fühlten beide, dass sie zueinanderpassten.

Suzanne lag hinterher erfüllt und glücklich in Mathieus Armen. Obwohl es lange her war, dass sie mit einem Mann zusammen gewesen war, waren ihr die Bewegungen noch vertraut. Mathieu liebte anders als Robert, aber sie merkte, dass auch sie selbst sich verändert hatte. Die Erfahrungen der letzten Jahre hatten sie erwachsen werden lassen. Sie ließ nicht mehr alles mit sich geschehen, sie wusste, was sie wollte und was nicht, und sie forderte das Recht für sich ein, das auch zu zeigen.

Unvermittelt begann sie zu weinen. Sie versuchte für einen Augenblick die Tränen zurückzukämpfen, dann gab sie auf. Sie barg den Kopf an Mathieus Schulter und weinte. Vor Erleichterung, aus Verwirrung, vor Erschöpfung. Die Tränen und der Mann an ihrer Seite trösteten sie. Mathieu sprach beruhigend auf sie ein und strich ihr über den Rücken. Er fragte sie nicht nach dem Grund für ihre Tränen, und er bat sie auch nicht, mit dem Weinen aufzuhören. Das fand sie am nettesten von ihm. Mathieu ließ sie einfach weinen, und sie ließ die Tränen fließen, bis ihre Wimperntusche in schwarzen Striemen auf ihren Wangen lag, bis ihre Augen rot und geschwollen waren. Nur ganz langsam beruhigte sie sich wieder. Und Mathieu war immer noch an ihrer Seite, hielt sie vorsichtig im Arm und murmelte Koseworte in ihr Ohr.

Suzanne war gern mit Mathieu zusammen, sie liebte ihn dafür, wie er sie liebte und sich um sie bemühte. Er tat ihr gut, weil sich seine ruhige Selbstgewissheit auf sie übertrug. Für ihn schien jedes Problem nur dazu gemacht, die richtige Lösung dafür zu finden.

Wann immer es möglich war, holte Mathieu sie von der Arbeit bei Citroën ab. Sie gingen an den Fluss hinunter, wo er sein Ruderboot liegen hatte, und sie machten ausgedehnte Paddeltouren. Suzanne lernte Paris aus einer ganz neuen Perspektive kennen, genau wie er es versprochen hatte. Wenn sie von dem winzigen Boot aus den Blick nach oben richtete, sah sie Baumwipfel und die oberen Etagen von Häuserfronten. Von Kirchtürmen und Monumenten sah sie die Dächer, die Kreuze und Firste. Und sie hielt diese neuen Eindrücke mit der Kamera fest. Besonders die Brücken hatten es ihr angetan. Sie fotografierte die Unterkonstruktionen, die Wölbungen, die Verfärbungen, die das steigende und fallende Wasser hinterlassen hatte, die eisernen Ringe, die zum Vertäuen der Schiffe dienten. Bei Vollmond bildeten sich silberfarbene Schleier, wenn das Mondlicht auf die Wasseroberfläche traf und sich im Sandstein spiegelte.

Mathieu wusste viel über die Geschichte der über dreißig Pariser Brücken. Die älteste war der Pont Neuf mit den regelmäßigen Rundbögen und dem Reiterstandbild Heinrichs IV. in der Mitte. Die nächste Brücke in westlicher Richtung war der Pont des Arts, eine Fußgängerbrücke aus Eisen. Seit ihrer Erbauung flanierten hier die Pariser unter den aus Blumenkübeln herauswachsenden Bäumen und genossen den unverstellten Blick auf ihren Fluss. Eine der prachtvollsten Brücken war der Pont Alexandre III, benannt nach dem russischen Zaren, mit ihren goldenen Pegasusfiguren. Man hatte die Brücke zur Weltausstellung 1900 eröffnet und sie verband den Grand Palais, einen der damaligen Ausstellungsorte, mit dem Invalidendom. Suzannes Lieblingsbrücke aber war die Passerelle de Passy, die über die Spitze der Schwaneninsel führte. Wenn sie unter dieser Brücke hindurchfuhren, beugte sie sich jedes Mal zu Mathieu hinüber, wobei das Boot gefährlich ins Wanken geriet, und küsste ihn.

Suzanne konnte Mathieu stundenlang zuhören, wenn er ihr Geschichten über die Brücken erzählte. »Wusstest du, dass die Pariser Brücken in früheren Zeiten mit mehrgeschossigen Häusern bebaut waren? Oder dass der Pont Neuf die erste Brücke mit getrennten Wegen für Fahrzeuge und Fußgänger war? Oder der Pont d'Alma, wo die Ausflugsschiffe anlegen: Dort steht als Figur ein Zuave, ein Soldat, der den Parisern den Wasserstand der Seine anzeigt. Bei der Überschwemmung von 1910 reichte ihm das Wasser bis zu den Schultern.«

Sie liebte die Brücken, und wenn sie sah, wie abends das Licht der Gaslaternen sie in goldenes Licht tauchte, berührte sie das sehr.

»Du musst doch schon Hunderte Fotos der Pariser Seine-Brücken haben! Eines Tages wirst du sie ausstellen.«

»Meinst du wirklich?«, fragte sie glücklich.

»Da bin ich mir sicher.«

Sie verbrachten jede freie Minute des Sommers im Freien, wobei sie ihre Ruderpartien immer weiter ausdehnten. Als es im Herbst zu kühl wurde, stellten sie ihre Ausflüge mit großem Bedauern ein und freuten sich schon auf die ersten warmen Tagen des Frühjahrs, um sie wieder aufnehmen zu können.

Suzanne gewöhnte sich an Mathieu, so sehr, dass sie sich ein Leben ohne ihn gar nicht mehr vorstellen konnte.

Es gab jedoch eine Sache, die ihr Kopfzerbrechen bereitete: Sie wusste, dass Mathieu sie viel mehr liebte als sie ihn. Manchmal dachte sie daran, ihm von Robert zu erzählen, damit er alles verstehen könnte. Einmal hatte er sie sogar gefragt, ob es einen anderen gebe. »Nein«, hatte sie gesagt und ihre Antwort im selben Moment bereut. Sie hatte ihm nicht die Wahrheit gesagt, und das hatte er nicht verdient.

Trotz ihrer starken Gefühle für ihn konnte sie nicht verhindern, dass ihr Herz nach wie vor Robert gehörte, ihm immer gehören würde. Sie mochte Mathieu sehr, sie vermisste ihn sogar, wenn sie sich für einige Tage nicht sehen konnten. Aber sie wollte nicht jede Minute mit ihm zusammen sein, wie sie es mit Robert gewollt hatte. Nur mit Robert war sie ganz gewesen, ohne viel über diesen Umstand nachgedacht zu haben, ganz selbstverständlich.

Die Pariser hatten nun bereits das zweite Weihnachtsfest im Krieg zugebracht. Es war ein trauriges Ereignis gewesen, ohne Festmahl und Champagner.

An einem Januartag fuhren Suzanne und Mathieu in den Bois de Vincennes. Dort, auf dem Lac Daumesnil, wollten sie wie die Touristen ein Boot mieten und auf dem See herumschippern. Auf dem Weg dorthin sahen sie lange Kolonnen von Militärlastern, die am Straßenrand standen. Soldaten in langen, schweren Mänteln und mit geschultertem Gewehr patrouillierten auf den Trottoirs. Einige riefen den vorübergehenden jungen Frauen Komplimente nach, doch die meisten machten sorgenvolle Gesichter.

»Ob sie an die Front müssen?«, fragte Suzanne.

Mathieu drückte ihre Hand.

Als sie sich dem See näherten, wurden sie zum zweiten Mal an diesem Tag mit den Auswirkungen des Krieges konfrontiert. Viele der Bäume und Sträucher waren abgehackt und zu Feuerholz verarbeitet geworden, die Allee, die zum Lac Daumesnil führte, hatte man komplett kahl geschlagen. Die übrig gebliebenen Baumstümpfe ragten wie amputierte Glieder aus dem Boden.

»Was kann man schon dagegen tun?«, fragte der Bootsverleiher. »Mir hat man einige Boote gestohlen, und ich habe gehört, dass die Leute nicht mal vor den Tieren im Zoo haltmachen. Sie klauen sie und essen sie dann. Sind eben schlechte Zeiten«, sagte er und kratzte sich am Kopf. »Der verdammte Krieg. Wollen Sie ein Boot?«

Sie verzichteten an diesem Tag darauf und machten sich bedrückt auf den Heimweg.

»Willst du mich heiraten?«

Sie hatte sich vor dieser Frage gefürchtet. Sie waren in Mathieus Wohnung in der Rue Jacob, die zwei Zimmer hatte und besser geheizt war als Suzannes Zimmer unter dem Dach. Außerdem lag sie näher an der Stelle, an der Mathieus Boot ankerte. Suzanne war gern hier. Im Wohnzimmer standen ein Esstisch mit vier Stühlen und in der Ecke ein Sofa sowie ein Schrank. Hier tickte Tag und Nacht eine schwere Pendeluhr, die Mathieu von seinen Eltern geerbt hatte. Suzanne mochte das gleichmäßige Geräusch, mit dem das Pendel seine Schwingungen ausführte. Es beruhigte sie. Während das Wohnzimmer aufgeräumt und gemütlich war, glich das Schlafzimmer einer Höhle. Neben und unter dem Bett, auf den Fensterbänken und auf einer Kommode, die Mathieu als Schreibtisch diente, stapelten sich Bücher, Zeitungen, vollgekritzelte Zettel und Flugblätter. Die Fensterscheiben waren leicht blind vom Staub, was aber andererseits den Vorteil hatte, dass niemand hineinsehen konnte, denn es gab keine Vorhänge.

Suzanne lag in dem zerwühlten Bett und sah Mathieu entgegen, als er das Zimmer betrat. Er hatte Kaffee gemacht und kam mit einem Tablett herein. Er war nackt bis auf ein Bettlaken, dass er sich um die Hüften geschlungen hatte.

»Was?« Mehr brachte sie nicht heraus.

»Willst du mich heiraten?« Er sagte das mit diesem ihm eigenen unvergleichlichen Vibrieren in der Stimme, das sie immer im Innersten traf und dem sie sich nur schwer entziehen konnte.

»Wenn, dann nur wegen deiner Stimme«, gab sie leichthin

zurück, doch er hörte die Beunruhigung aus dem Gesagten heraus.

Er ließ sich langsam neben ihr auf der Matratze nieder, um den Kaffee nicht zu verschütten. Vorsichtig reichte er ihr eine Tasse und fragte: »Willst du mir nicht doch sagen, was dich davon abhält?«

Suzanne schüttelte den Kopf. Was hätte sie ihm sagen sollen? Dass sie ihn liebte, so gut sie es konnte, aber dass da immer noch Robert zwischen ihnen stand? Dass die Erinnerung an ihn sie davon abhielt, ihm alles zu geben, wie er es verdient hätte? Dass da immer noch etwas war, das sie ihm vorenthielt?

»Da ist noch jemand, habe ich recht?«

Sie hörte die Trauer in seiner Stimme. Fieberhaft überlegte sie, ob sie ihm doch von Robert erzählen sollte. Vielleicht würde er es verstehen, wo er doch so vieles verstand. Sie holte tief Luft, um zu antworten, aber es war bereits zu spät.

In einer heftigen Bewegung stand Mathieu auf. Dunkler Kaffee spritzte auf die weiße Bettdecke. Sie sah seinen vom Rudern muskulösen Rücken und wäre am liebsten aufgesprungen und hätte sich an ihn geschmiegt. Er nahm seine Brille vom Schreibtisch und drehte sich zu ihr um.

»Suzanne«, sagte er, und seine Stimme klang hart und hatte alles Verführerische verloren. »Ich glaube, wir sollten uns eine Zeit lang nicht sehen.«

Ihr stockte der Atem.

»… so lange, bis du zu einer Entscheidung gefunden hast. Ich für meinen Teil bin mir sicher. Du bist die Frau, mit der ich mein Leben teilen will. Wenn du derselben Meinung sein kannst, machst du mich zum glücklichsten Mann in ganz Paris. Bis dahin …«

Suzanne hatte plötzlich einen bitteren Geschmack im Mund. Sie stand auf, aber ihre Glieder waren auf eine merkwürdige Art und Weise steif. Sie bewegte sich wie eine Marionette, deren Fäden ruckartig und ungeschickt gespielt wurden. Sie suchte ihre Kleider zusammen und drehte ihm den Rücken zu, um sich anzuziehen. Das hatte sie noch nie getan, aber seine Blicke waren ihr plötzlich peinlich. Sie spürte Zorn und Verzweiflung angesichts seiner Forderung. Sie war wütend auf ihn, weil er sie zu dieser Entscheidung zwang. Sie hatte gewusst, dass sie früher oder später auf sie zukommen würde. Sie hatten nicht nur einmal gestritten, weil er ihre Zurückhaltung spürte. Aber diesmal stellte er ihr ein Ultimatum, und sie fühlte sich unfähig, darauf zu reagieren. Sie wollte ihn auf keinen Fall verlieren, denn er machte ihr Leben reicher und schöner. Er machte, dass sie sich wie eine Frau fühlte, sie bewunderte ihn für seine politischen Überzeugungen, für seine Rechtschaffenheit. Und sie lag gern in seinen Armen, sie mochte seinen Duft und seinen Atem an ihrem Hals und zwischen ihren Brüsten. Aber er konnte Robert nicht ersetzen. Robert, der immer noch ihr Herz besetzt hielt. In diesem Augenblick hasste sie ihn dafür.

Als sie angezogen war, stellte sie sich vor den kleinen Spiegel, um ihr Haar hochzustecken. Sie wusste, dass Mathieu ihr gern dabei zusah, und spürte seinen brennenden Blick in ihrem Nacken wie bei ihrer ersten Begegnung. Während der ganzen Zeit sagten beide kein Wort. Als sie fertig war, drehte sie sich zu ihm um.

Er saß auf dem Bett, und sie wartete darauf, dass er etwas sagen, sie zurückhalten würde. Aber er blieb stumm und sah sie nur aus seinen großen dunklen Augen an. Seine Mundwinkel zuckten vor Anspannung.

Suzanne schluckte schwer. Sie hob die Hand zum Gruß, dann ging sie. Tränen erlaubte sie sich erst im Treppenhaus.

Mathieu ließ nicht von sich hören. Suzanne war von tiefer Traurigkeit erfüllt, brachte aber nicht den Mut auf, mit ihm zu reden. Mechanisch ging sie jeden Tag zur Arbeit, aß und schlief. Dann erhielt sie ihre Kündigung bei Citroën. Sie fragte nicht nach dem Grund, eigentlich war sie sogar froh darüber. Sie hatte die stumpfsinnige Arbeit ohnehin gehasst, und die Vorstellung, mitzuhelfen, dass weitere Munition für diesen Krieg hergestellt wurde, verursachte ihr Übelkeit.

Die Kündigung bestärkte sie in einem Entschluss. »Ich fahre nach Hause und besuche Tante Madeleine. Ich bin so erschöpft von diesem Leben hier. In Fayence gibt es wenigstens keine Probleme mit der Versorgung. Eigentlich war die Kündigung ein Glück für mich.«

Sie sah Camille an. »Warum kommst du nicht einfach mit? Dich hält hier doch auch nichts.« Sie wunderte sich, wie schnell Camille sich überreden ließ.

»Es wird mir guttun«, sagte sie. »Ich bin immer noch nicht wieder ganz zu Kräften gekommen. Und meine Arbeit hängt mir ohnehin zum Hals heraus, so etwas finde ich jederzeit wieder.«

Camille arbeitete seit einigen Wochen als Kassiererin in der Metro. Stundenlang saß sie da, nahm den Leuten das Kleingeld ab und zählte das Wechselgeld und die Fahrkarten in die silbernen Ablageschalen unter dem Fenster.

Als sie nach stundenlangem Schlangestehen endlich zwei Zugfahrkarten nach Marseille ergattert hatten, machten sie sich auf den Weg.

Von Marseille aus brauchten sie zwei Tage bis Fayence, sie gingen den größten Teil des Wegs zu Fuß, nur manchmal nahm sie jemand mit. Einmal war es sogar ein Militärfahrzeug. Die Luft flimmerte in der ersten Sommerhitze, die Grillen zirpten, und der Duft der Mimosen lag über der Landschaft.

»Als wäre in der Zwischenzeit gar nichts passiert«, sagte Camille. »Das ist doch nicht möglich.«

Einer der Fahrer, die sie mitnahmen, erzählte, dass es an der Riviera zurzeit natürlich keine Touristen gab. Die noblen Hotels und Restaurants, die Casinos und Rennbahnen wurden als Lazarette und Sanatorien für Verwundete genutzt. »Manchmal riecht es auf den Straßen nach Blut«, sagte er.

Am Ortsschild von Fayence trennten sie sich. Camille nahm den linken Weg zum Haus ihrer Mutter, Suzanne wandte sich nach rechts und stand kurz darauf vor ihrem Elternhaus.

Tante Madeleine schien sich aufrichtig zu freuen, sie zu sehen. Sie gab sich jeden Tag viel Mühe beim Kochen und holte die leckersten Dinge aus Keller und Speisekammer. Sie war gealtert, ihr Haar war grau geworden. Aber sie war immer noch eine schöne Frau. Sie traf sich neuerdings beinahe täglich mit anderen Frauen im Gemeindehaus, um Socken und Leibchen für die Soldaten zu stricken.

»Ist es tatsächlich schon fast vier Jahre her, dass du gegangen bist?«, fragte sie, als sie sich am ersten Abend am Tisch gegenübersaßen.

»Schon? Sollten wir nicht sagen: erst? Immerhin haben wir inzwischen Krieg.«

»Wie ist es in Paris? Was tust du dort? Du hast mir ja höchstens ab und an mal eine Postkarte geschrieben.«

Suzanne berichtete. Sie schwärmte vom Bon Marché, von den Dingen, die es in Paris zu sehen gab, von den schönen Frauen, von Galerien... Madeleine interessierten mehr die praktischen Dinge. Sie wollte wissen, wo sie wohnte, und konnte nicht fassen, unter welch beengten Verhältnissen Suzanne lebte.

»Und du hast keinen vernünftigen Herd? Wie kochst du dann?«

»Ich gehe oft essen. Oder Camille, Renée und ich kochen gemeinsam.«

»Wer ist Renée?«

»Eine Freundin.«

»Was macht sie? Arbeitet sie auch in diesem Kaufhaus? Und was kocht ihr? Wo gehst du einkaufen? Du achtest doch auf die Preise?«

Suzanne konnte ihrer Tante schlecht sagen, dass Renée in einer Bar arbeitete, und log ihr etwas von einer Anstellung in einer Bäckerei vor. Nach Camille fragte Madeleine nicht einmal, worüber Suzanne froh war.

Beim gemeinsamen Abwasch legte Madeleine ihr plötzlich eine nasse Hand auf den Unterarm. »Gibt es einen Mann in deinem Leben?«

Suzanne sah sie überrascht an, konnte aber keine Hintergedanken im Gesicht ihrer Tante erkennen.

»Nein, Tante Madeleine«, sagte sie dann. »Es gibt keinen Mann.«

Ihre Tante atmete tief ein und ließ die Luft mit einem lauten Geräusch entweichen.

In der folgenden Nacht wurde Madeleine Mons von ihrem schlechten Gewissen geplagt. Sie bereute längst, dass sie damals, als dieser Mann vor ihrer Tür gestanden hatte, gelogen hatte, weil sie gesagt hatte, dass Suzanne verheiratet sei. Sie konnte sich noch genau an das Entsetzen in den Augen von diesem Robert Cailloux erinnern. Er hatte aber auch etwas Gehetztes an sich gehabt! Er war so verschwitzt gewesen, in jedem Fall hatte er nicht besonders vertrauenerweckend gewirkt. Sie war froh gewesen, als er sich umgedreht hatte und mit seinem Fahrrad davongefahren war. Aber das Ganze war ja jetzt schon Jahre her, und ihre Nichte dachte bestimmt nicht mehr an ihn. Es war sicher richtig gewesen, Suzanne, die nach dem Tod ihres Vaters sehr verstört gewesen war, nicht neuerlichen Aufregungen auszusetzen. Und außerdem war sie doch in Paris, und dieser Robert hatte davon gesprochen, dass er an der Küste lebte. Wie hätte das gut gehen sollen? Wenn sie es recht bedachte, hatte er auch etwas sehr Bestimmendes an sich gehabt, etwas Drängendes.

Sicherlich wäre er nicht gut gewesen für Suzanne. Und zudem war er nie wiedergekommen. Wenn er es ehrlich gemeint hätte, dann hätte er doch bestimmt einen zweiten Versuch unternommen, um Suzanne anzutreffen … Mit diesen und ähnlichen Gedanken, die sie in vielen Nächten zuvor ganz ähnlich umgetrieben hatten, wälzte sie sich ruhelos in ihrem Bett herum.

Sie überlegte, Suzanne einfach von der Begegnung zu erzählen, aber dann verwarf sie diese Idee wieder. Sie wollte sich nicht dem Verdacht aussetzen, sich damals nicht richtig verhalten zu haben.

Dem Pfarrer hatte sie die Sünde der Lüge schon längst gebeichtet, und er hatte ihr vergeben. Dabei würde sie es belassen. Die Zeit schien diese Wunde ja auch längst geheilt zu haben … Mit diesem Gedanken fand sie endlich Schlaf.

Drei Wochen in Fayence vergingen sorglos. Suzanne streifte durch die Gegend wie früher als Kind, sie nahm ihre Lieblingsplätze wieder in Besitz, sie half Madeleine beim Einsäen der Samen und Pflanzen des Gemüses.

Als sie nach Seillans fuhr, sah sie, dass das Fotogeschäft von Monsieur Felix nicht neu vermietet war. Spinnen hatten ihre Netze im Schaufenster gezogen, die Tauben hatten die Simse der kleinen Fenster im Obergeschoss für ihre Nester okkupiert. Traurig ging sie hinüber zum Notar, der seine Kanzlei ebenfalls am Marktplatz hatte, um die Kisten abzuholen, die Monsieur Felix ihr vermacht hatte. Dabei erfuhr sie, dass die Dunkelkammer immer noch im Laden stand.

»Dürfte ich sie benutzen?«

Er zuckte mit den Schultern. »Meinetwegen. Wenn Sie im Gegenzug ein bisschen sauber machen. So ein Laden vermietet sich besser, wenn er aufgeräumt ist.«

Maître Normand war so freundlich, sie mit seinem Wagen nach Hause zu fahren. Suzanne trug die drei großen Kartons nach oben in ihr altes Zimmer. Sie freute sich darauf, sie am Abend durchzusehen. Doch dann kam Camille vorbei.

»Ich fahre nächste Woche zurück. Ich halte es hier nicht mehr aus. Fayence ist mir einfach zu klein geworden.«

»Aber du hast dich erholt«, sagte Suzanne. »Das gute Essen und die frische Luft tun dir gut. Du bist lange nicht mehr so blass.«

»Du meinst, ich habe wieder Chancen bei den Männern?«

Suzanne reagierte ärgerlich. »Jetzt lass das doch mal. Du kannst dein Leben doch nicht immer nur an einen Mann hängen. Wenn du ihn lieben würdest, dann vielleicht, aber …«

Camille unterbrach sie. »Lass uns nicht wieder davon anfangen. Ich kann nun mal nichts anderes.«

»Wie geht es Ernestine?«, fragte Suzanne. Auch sie hatte kein Interesse an einem neuerlichen Streit.

»Besser als gedacht. Sie und Honoré scheinen sich gut zu verstehen. Sie ist schon wieder schwanger. Maman ist ganz aus dem Häuschen.«

Suzanne legte ihr die Hand auf die Schulter. Dieses Thema war nach wie vor sehr schmerzhaft für Camille.

»Und Sophie?«

»Hat einen Verlobten an der Front und hofft, dass er heil zurückkommt. Er ist an der Marne stationiert.«

Suzanne zuckte zusammen. Mit dem Wort Marne verbanden die Franzosen nichts Gutes. Langeweile und Dreck in den Schützengräben, Angriffe und Rückzüge, die nichts brachten, Tod und Verwundung.

»Kommst du mit zurück?«

»Nein, ich bleibe noch. Was soll ich in Paris? Wenn ich an die unerträgliche Hitze denke, die Paris im August verströmt… Passt du auf mein Zimmer auf? Vermiete es unter, wenn du jemanden findest.«

»Mach dir keine Sorgen.«

Sie standen auf und nahmen sich gegenseitig in die Arme.

Die Fotos in den Kartons riefen zahlreiche Erinnerungen wach, schöne und schmerzliche. In den Kisten herrschte ein ziemliches Durcheinander. Offensichtlich hatte Monsieur Felix sie nicht selbst eingepackt, sondern jemand anderes hatte es nach seinem Tod getan. Automatisch fing Suzanne an, die Abzüge zu sortieren. Einige der Abgebildeten lebten inzwischen nicht mehr. Da waren die Alten, die eines natürlichen Todes gestorben waren, da war aber auch die Aufnahme des Jüngsten von der Bäckerei in Fayence, der gleich in den ersten Kriegstagen gefallen war. Beim Anblick der Aufnahme der vier großen Olivenbäume oben in Mons schloss sie die Augen, um sich besser an die Begegnung mit Robert erinnern zu können. Damals hatte Robert ein Foto von ihr gemacht. Ein kleiner Ast hatte sich in ihrem Haar verfangen, und er hatte die Hand ausgestreckt, um ihn vorsichtig herauszuziehen. Wo dieses Foto jetzt wohl sein mochte? Robert hatte es gewiss bei sich gehabt, als er die *Titanic* bestiegen hatte. Wahrscheinlich ruhte es auf dem Grund des Meeres.

Sie sah in den Spiegel vor sich und musste erkennen, dass die Zeit seit damals, als die Aufnahme entstanden war, auch nicht spurlos an ihr vorübergegangen war. Ihr Gesicht war nun auf eine fast unmerkliche Art voller. Sie fragte sich kurz, wie das sein konnte, da sie seitdem nicht an Gewicht zugenommen hatte. Dann erregte ein Foto vom Friedhof in Draguignan ihr Interesse. Es zeigte das angebliche Grab ihrer Mutter. Sie hatte geglaubt, alle privaten Fotos mitgenommen zu haben. Sie nahm es heraus und legte es auf ihre Kommode. Sie würde es am nächsten Tag Madeleine zeigen, in der Hoffnung, noch etwas über ihre Mutter zu erfahren.

Es folgten eine Reihe von Fotos, die Häuser und Straßen zeigten. Sie waren nicht schlecht, aber ihnen fehlte das Besondere. Sie waren genauso aufgenommen, wie jeder Fotograf es machen würde, der nicht nachdachte. Ihnen fehlten die scharfen Linien, die unerwartete Perspektive, die die

Motive aus ihrer Alltäglichkeit herausrissen und den Betrachter stutzen ließen. Und manchmal erkannte sie sogar stürzende Linien, ein Verbrechen in den Augen von Charles Meursault. Er hatte sie sogar einige Male losgeschickt, um ein Motiv erneut aufzunehmen, wenn sie nicht darauf geachtet hatte.

»Danke, Charles«, sagte sie mit einem Lächeln.

Es sprach sich rasch herum, dass Suzanne wieder da war. Außerdem fiel sie mit ihrem Fotoapparat auf. Es dauerte nicht lange, bis die ersten Leute kamen, weil sie ein Foto wollten. Die meisten benötigten Aufnahmen von ihren Kindern, um sie den Männern an die Front zu schicken.

»Damit er einen Grund hat, auf sich aufzupassen und wiederzukommen«, sagte Madame Bliotte und traf damit die Meinung vieler.

Manchmal verabredete sie sich mit Jean Michaud. Sie wusste, dass er in sie verliebt war und sich Hoffnungen machte, weil sie wieder da war. Nachdem sie klargestellt hatte, dass sie für ihn nur wie eine Freundin empfand, bemerkte er traurig, hier wiederhole sich ja wohl eine alte Geschichte.

»Du meinst deinen Vater und meine Tante?«, fragte sie und musste plötzlich unbändig lachen. »Du hast recht!«

Er nahm es ihr nicht übel und lachte mit ihr.

Es war heiß. Suzanne war an die Kraft der südlichen Sonne nicht mehr gewöhnt. Sie fühlte sich oft matt, und morgens war ihr übel. Einmal hatte sie sich sogar übergeben müssen.

Obwohl der Ort ihrer Kindheit ihr guttat, was allein daran lag, dass sie wieder reichlich zu essen bekam, fühlte sie sich unruhig und getrieben. Es fiel ihr schwer, einfach nur im Garten zu sitzen und die Landschaft auf sich wirken zu lassen. Schon nach kurzer Zeit sprang sie wieder auf, um irgendetwas zu tun. Auch Madeleine bemerkte ihre Nervosität.

»So kenne ich dich gar nicht«, sagte sie mehr als einmal. »Die Stadt hat dich aus dem Gleichgewicht gebracht.«

Suzanne ahnte, woher ihre Ruhelosigkeit kam. Sie entschloss sich, nach Fréjus zu fahren. Eigentlich hatte sie schon die ganze Zeit dorthin gewollt, aber das schlechte Gewissen gegenüber Mathieu hatte sie zögern lassen. Aber nun hoffte sie plötzlich, an dem Ort, an dem sie alles an Robert erinnerte, Klarheit über ihre Gefühle zu gewinnen.

Vorher aber schrieb sie Mathieu eine Postkarte. *Ich bin zu meiner Familie in die Provinz gefahren,* stand darauf. *Mach dir keine Sorgen.*

An einem Mittwochmorgen nahm sie den Bus nach Fréjus, der pünktlich verkehrte, als gäbe es keinen Krieg.

Während der Fahrt begrüßte sie jede Kurve, jeden neuen Ausblick auf das Mittelmeer.

In Fréjus ging sie zuerst ans Meer und wanderte am Ufer entlang, bis ihre Beine müde wurden. Sie ging den Weg zurück und setze sich in das kleine Restaurant, wo sie Robert zum ersten Mal gesehen hatte. Die Wirtin kam an ihren Tisch und stellte ihr wie beim letzten Mal einen Teller mit frisch gebratenen Sardinen hin.

Während Suzanne eine Sardine nach der anderen in den Mund steckte, musste sie daran denken, wie selbstverständlich ihr vieles inzwischen geworden war. Sie wusste, wie man Sardinen aß, genauso wie sie wusste, wie man eine Champagnerflasche öffnete oder einen Lippenstift benutzte. All das und noch viel mehr hatte sie in der Zeit gelernt, die vergangen waren, seit sie Robert das erste Mal begegnet war. Der Gedanke machte sie wehmütig. Sie war nie gern die Naive und Schüchterne gewesen, aber sie spürte, dass mit den Jahren, in denen sie zur Frau geworden war, auch etwas verloren gegangen war. Etwas, das mit der Neugierde auf die Welt zu tun hatte, mit der Möglichkeit, sich überraschen zu lassen, etwas zu erleben, von dem sie nicht wusste, dass es das gab.

Vor der Terrasse tauchte ein dunkelhaariger Junge an der Hand seiner Mutter auf. Er musste sechs oder sieben Jahre alt sein. Er machte sich los und rannte an ihrem Tisch vorbei zum Tresen. Suzanne beobachtete ihn und sah, dass die Wirtin ihm einen Bonbon zusteckte. Plötzlich beneidete Suzanne das Kind um all die Erfahrungen, die es noch machen würde. Und dann dachte sie, dass sie sentimental wurde und sich besser zusammenreißen sollte.

»Guten Tag, Odette«, rief die Wirtin seiner Mutter zu. »Olivier ist bei mir.«

Die Frau lachte. »Das habe ich mir gedacht.«

Dann rief sie ihren Sohn, und die beiden gingen weiter am Hafen entlang.

Suzanne sah ihnen nach, während sie die letzten Sardinen vom Teller nahm. Sie waren köstlich, und dennoch hatten ihr die allerersten Sardinen ihres Lebens, als sie nicht genau gewusst hatte, wie sie ihnen beikommen sollte, am besten geschmeckt. All die Dinge, die sie mit Robert entdeckt hatte, würden für sie immer mit ihm verbunden sein und etwas ganz Außergewöhnliches an sich haben.

Als sie aufgegessen hatte, machte sie sich auf den Weg zurück in den Ort, wo die Kathedrale mit dem angrenzenden Kloster stand. Sie stieg die Treppe zum ersten Stock des Kreuzgangs hinauf. Dort lehnte sie sich an die Brüstung und sah auf den Garten mit dem Brunnen hinunter, wo sie die Mosaike fotografiert hatte. Es war Nachmittag, aber die Sonne stand immer noch hoch. Fast der gesamte Innenhof lag im Sonnenlicht. Sie glaubte die Anwesenheit von Robert körperlich spüren zu können. Mehr als einmal sah sie sich um, weil sie hoffte, er würde plötzlich hinter ihr stehen, so wie damals.

»Robert«, flüsterte sie. »Wo immer du auch bist. Ich liebe dich, und ich werde nie wieder einen anderen Mann so lieben wie dich.« Sie ballte die Fäuste, um die aufsteigenden Tränen zurückzukämpfen. Dann sprach sie weiter: »Du bist in meinem Herzen, ich denke jeden Tag an dich, ich sehe dich vor mir, ich spüre deine Berührungen auf meinem Körper, als wäre es gestern gewesen. Was würde ich dafür geben, noch einmal mit dir am Meer spazieren zu gehen, noch einmal in deinen Armen zu liegen! Aber, Robert, ich kann so nicht weitermachen. Ich will mein Leben zurück. Es gibt da jemanden, einen anderen Mann. Vielleicht habe ich ihn verloren, weil ich dich nicht loslassen konnte. Er verdient es nicht, dass ich ihn unglücklich mache. Robert, was soll ich nur tun? Manchmal bekomme ich Angst. Ich denke dann, ich hätte dich zu sehr geliebt. Auf eine Art, die einen zugrunde richtet, wenn diese Liebe nicht mehr da ist. Ich habe nicht nur mich unglücklich gemacht, sondern auch Mathieu, weil ich dich zu sehr liebe. Robert, ich habe jetzt genug um dich getrauert. Ich werde dich loslassen. Adieu!«

Sie schwieg und blieb noch einen langen Moment einfach so stehen, um ihren Gedanken nachzuhängen. Dann sah sie, dass es Zeit für den Bus war, und wandte sich zum Gehen. Sie hatte endlich das Gefühl, ihren Frieden mit der Vergangenheit gemacht zu haben.

Am nächsten Morgen schaffte sie es gerade noch bis zur Waschschüssel, bevor sie sich übergehen musste. Sie gab den Sardinen die Schuld daran. Aber als ihr das an den nächsten beiden Tagen wieder passierte, rechnete sie nach, wann sie das letzte Mal ihr Unwohlsein gehabt hatte. Unvermittelt traf sie die Erkenntnis, dass sie schwanger war.

Sie schlug die Hand vor den Mund und sah ungläubig an ihrem Körper herunter. Sie trug Mathieus Kind in sich. Sie konnte den Gedanken daran, was sie gefühlt hätte, wenn sie von Robert schwanger gewesen wäre, nicht verhindern. Und die verrückte Idee kam ihr, dass er ihr mit diesem Kind etwas sagen wollte, dass er sie freigab.

Sie schob alle Grübeleien zur Seite. Sie musste jetzt an ihr Kind denken. Es brauchte eine Mutter, die für es sorgte und mit beiden Beinen im Leben stand. Und wenn es irgend möglich war, würde sie dafür sorgen, dass ihr Kind auch einen Vater bekam.

Sie schrieb Mathieu eine weitere Postkarte.

Ich habe nachgedacht. Ich muss dir etwas sagen. Bin in vier Tagen wieder in Paris. Treffpunkt Lipp um acht Uhr abends. Bitte komm. Suzanne

Kapitel 14

Robert hasste den Anblick der ausgemergelten Männer, die hinter dem Stacheldraht unter freiem Himmel der brennenden Sonne ausgesetzt waren. Sie saßen auf dem Boden und stierten vor sich hin, ohne Beschäftigung, ohne Hoffnung, ohne Kontakt zu ihren Familien. Es waren zwei Dutzend Deutsche, die das Pech gehabt hatten, bei Kriegsausbruch in Marokko gewesen zu sein. Marokko kämpfte aufseiten Frankreichs, und die Deutschen waren damit feindliche Ausländer. Sie wurden interniert, und niemand wusste so recht, was mit ihnen geschehen sollte. Man konnte sie ja schlecht nach Hause schicken, wo sie sofort in die Armee eingezogen und gegen Frankreich kämpfen würden. Gut möglich, dass einige von ihnen Spione waren, aber die meisten hatten einfach nur Pech gehabt und waren zur falschen Zeit am falschen Ort gewesen.

Robert dachte darüber nach, wie viel Glück er gehabt hatte. Angenommen, er wäre bei Kriegsausbruch in Deutschland gewesen oder in Österreich? Dann würde er jetzt hinter irgendeinem Stacheldraht sitzen, vergessen von der Welt. Stattdessen war er Armeekorrespondent für die *Dépêche du Midi*. Ihm war bewusst, dass er dankbar sein musste. Denn er hätte jetzt auch gut und gerne in irgendeinem Schützengraben liegen können. Jean Favert hatte sich für ihn verwendet und ein paar Briefe geschrieben, und es war sein Glück, dass er hier in Marokko saß, wo die Mühlen der französischen Militärverwaltung langsamer mahlten. Aber er fühlte sich unnütz. Die Zensur verbot die meisten seiner Artikel. Er durfte weder über die im Land stationierten Franzosen noch über Hafenanlagen noch über die Nöte der Einheimischen berichten. Im Grunde durfte er über gar nichts schreiben. Es war zum Verrücktwerden.

Er beschleunigte seine Schritte und ging rasch an dem Lager vorbei, das sich in den Außenbezirken von Marrakesch befand. Das Wachpersonal beobachtete ihn misstrauisch. Einer der Wächter stand auf und kam betont lässig auf den Zaun zu, wobei er einem der Gefangenen den Gewehrlauf in den Rücken stieß. Es war ein junger Deutscher aus dem Rheinland, der als Fernmeldetechniker nach Marokko gekommen war und nun hier einsaß. Robert hatte lange mit ihm gesprochen und sich auch die Lebensgeschichten der anderen Gefangenen erzählen lassen. Aber der Artikel, den er daraus gemacht hatte, war bisher nicht veröffentlicht worden. Ob er verrückt geworden sei, musste er sich von Jean Favert fragen lassen. Es könne ihn seinen Job kosten, wenn er sich für die Feinde Frankreichs einsetzen würde. Seine Zeitung sei schließlich nicht das Rote Kreuz.

Als er in seine Wohnung zurückkam, fand er dort einen Brief von Odette vor. Sie war seine einzige Verbindung nach Frankreich, abgesehen von der Korrespondenz, die er mit verschiedenen Zeitungen und Verlagen führte, um seine Artikel zu verkaufen. Er riss den Umschlag auf und las, was sie geschrieben hatte. Es war ein kurzer Brief. Sie berichtete von gemeinsamen Bekannten, dass der Wirt vom Café du Port nun doch eingezogen worden war und ein älterer Kellner die Leitung übernommen habe.

Dein Vater ist in der letzten Zeit noch verwirrter geworden. Er ist ein einsamer alter Mann. Er freut sich immer so, wenn Olivier ihn besucht. Dann beginnt er sich zu erinnern und die beiden sitzen draußen auf der kleinen Bank vor dem

Haus, und er erzählt seinem Enkel alles, was er über die Fischerei weiß. Ich mache in der Zeit ein bisschen Ordnung und koche ihm etwas. Madame Vernier kommt zwar auch jeden zweiten Tag und kümmert sich um ihn, aber sie ist nicht besonders liebevoll bei der Sache, na ja …

Olivier vermisst dich sehr. Ostern kommt er in die Schule. Er fragt oft nach dir, und ich weiß dann nicht, was ich antworten soll …

Robert ließ den Brief sinken. Nie schrieb sie, dass sie selbst ihn vermisste, was Robert ihr hoch anrechnete. Vor vielen Jahren hatte sie ihn im Café du Port gefragt, ob er sie heiraten würde. Seitdem hatte sie nie wieder auch nur die kleinste Forderung an ihn gestellt.

Sie macht es mir leicht, sie zu vermissen, dachte er, während er an seiner Zigarette zog. Er zog sein verschwitztes Hemd aus und legte sich mit nacktem Oberkörper auf das schmale Bett.

Odette war oft in seinen Gedanken, immer sah er sie mit einem kleinen Lächeln im Gesicht vor sich. Sie ging gelassen durchs Leben, nahm die Dinge, wie sie waren, und kämpfte nicht gegen Widrigkeiten, die sie nicht ändern konnte. Sie war meistens guter Laune, obwohl das Leben es nicht gut mit ihr gemeint hatte. Ihr Sohn war ihr ganzes Glück. Für Olivier würde sie töten, und noch nie hatte er gehört, dass sie ihn für ihre Lage verantwortlich machte. Sie überhörte die Bemerkungen der Leute, übersah ihre Geringschätzung, wenn sie darauf anspielten, dass sie eine ledige Mutter war. Sie war sich für keine Arbeit zu schade, und er erinnerte sich an ihren kleinen, festen Körper, und wie gut sie roch. Beschämt gestand er sich ein, dass er bisher noch nicht daran gedacht hatte, wie sie sich und ihren Sohn durch den Krieg brachte. Das Leben war so schon hart genug, aber als Frau allein mit einem Kind?

Robert sah sich in seinem schäbigen Zimmer um. Die

Hitze der Nacht war unerträglich, an Schlaf war nicht zu denken. Eine fette Kakerlake kroch neben der Tür die Wand hoch. Robert nahm seinen Schuh und warf ihn nach ihr. Er verfehlte das Tier, das sich blitzschnell in die Ritze zwischen Türzarge und Wand verkroch. Er sah zur Decke hoch, wo zwei weitere Exemplare saßen. Er hatte das Gefühl, dass sie ihn beobachteten, in dem sicheren Wissen, dass sie immer die Sieger bleiben würden.

Er spürte einen bitteren, pelzigen Geschmack im Mund und setzte sich auf, um sich ein Glas Wasser aus der Karaffe einzugießen. Es war lauwarm und hatte einen brackigen Beigeschmack. In einem Anfall von plötzlicher Wut warf er das Glas an die Wand, dorthin, wo eben noch die Kakerlake gesessen hatte. Was tat er hier eigentlich? In diesem Land, das den Marokkanern gehörte? In diesem stinkenden Zimmer voller Ungeziefer? Er war hier zu gar nichts gut. Er verbrachte seine Nächte trinkend mit einigen anderen Franzosen, die wie er hier gestrandet waren und nicht wussten, wohin. Die wenigen Artikel, die er schrieb, wollte niemand lesen. Er hatte kaum noch Geld. Er war dreiunddreißig Jahre alt und hatte nichts aus seinem Leben gemacht. Die Zeiten, da er ein angesehener Journalist mit einer glänzenden Zukunft gewesen war, waren längst vorüber. Und das Beste, was ihm in seinem Leben passiert war, die Liebe zu Suzanne, war aus und vorbei. Warum hatte sie ihn verlassen? Hatte auch sie nicht an ihn geglaubt? Nein, dem war nicht so. Suzanne hatte ihn geliebt, davon war er überzeugt. Und dennoch musste etwas geschehen sein, weil sie einen anderen Mann geheiratet hatte. Manchmal stellte er sich vor, zu ihrer Tante zu gehen und sie nach Suzannes Adresse zu fragen. Dann würde er zu ihr fahren und sie fragen, warum sie nicht auf ihn gewartet hatte. Er schüttelte heftig den Kopf. Das war auch so eine Schnapsidee von ihm. Suzanne lebte längst ihr eigenes, geordnetes Leben. Und das sollte er, verdammt noch mal, auch endlich tun: sein Leben in den Griff bekommen.

Am nächsten Morgen, nach einer ruhelosen Nacht, beschloss er, nach Frankreich zurückzukehren und Odette zu fragen, ob sie seine Frau werden wollte.

Im Juli 1916 ging er in Toulon von Bord.

Er rechnete mit seiner sofortigen Einberufung an die Front, aber zu seiner Überraschung wurde er in die regionale Niederlassung des Informationsministeriums in Marseille bestellt.

»Sie kennen Marokko und den Maghreb? Sie sind Journalist? Sind Sie Sozialist?« Bei der letzten Frage bekam die Stimme etwas Lauerndes.

»Ich bin Franzose«, entgegnete Robert.

Damit war er eingestellt. Seine Arbeit bestand darin, Nachrichten aus Nordafrika auszuwerten und in Bulletins zusammenzufassen. Jeden Freitagabend wurden diese Berichte abgeholt und nach Paris geschickt. Er hatte keine Ahnung, für wen er sie schrieb, ahnte aber, dass sie in der Zensurabteilung des Kriegsministeriums landeten. In einem anderen Büro saßen Kollegen von ihm, die ähnliche Berichte nach der Lektüre englischer und amerikanischer Zeitungen verfassten. Robert vermied den Kontakt zu ihnen. Im Grunde war sein Leben in Marseille ähnlich einsam wie in Marrakesch.

Am Wochenende nahm er den Zug nach Fréjus und freute sich auf Odette und Olivier.

Odette und er hatten gleich nach seiner Rückkehr aus Afrika geheiratet. Als Robert die Liebe in Odettes Augen gesehen hatte, als er sie gefragt hatte, ob sie seine Frau werden wolle, wusste er, dass er das Richtige tat.

Wenn er an den Wochenenden die Wohnung am Hafen von Fréjus betrat, dann hatte er das Gefühl, nach Hause zu kommen. Olivier wartete meistens unten auf der Straße schon ungeduldig auf ihn. Wenn Robert um die Ecke bog, rannte er auf ihn zu und stürzte sich in seine Arme. Als er ihn zum ersten Mal Papa nannte, im Eifer eines heftigen Gespräches, in dem es um einen Klassenkameraden ging, der Olivier verprügelt hatte, musste Robert schlucken. Er nahm Olivier in die Arme und drückte ihn an sich. Er nahm seine Vaterrolle ernst. Er übte Boxen mit seinem Sohn und brachte ihm die Fußballregeln bei. Sie lasen gemeinsam die Schlagzeilen der Zeitung, und er zwang ihn dazu, seine Rechenaufgaben noch einmal zu machen, wenn sie fehlerhaft waren.

Nachdem Robert Olivier begrüßt hatte, ging sein Blick nach oben zu dem kleinen Balkon, der mit Wein berankt war. Dort stand meistens Odette an das Geländer gelehnt und winkte ihm zu.

»Du bist ein guter Vater«, sagte Odette abends im Bett zu ihm.

Seit sie geheiratet hatten, verhütete sie nicht mehr, und bald war sie schwanger.

Robert freute sich, nur manchmal fragte er sich, ob es richtig war, mitten im Krieg ein Kind in die Welt zu setzen.

»Wann denn sonst?«, fragte Odette zurück. »Müssen wir nicht diesem Wahnsinn etwas entgegensetzen? Hoffnung? Zukunft?«

Von Montag bis Freitag wohnte er in einem kleinen Zimmer in einer Straße, die sich vom Alten Hafen den Hügel zur Cathédrale de la Major hinaufwand. An den freien Abenden streifte er durch die Hafenstadt, weil er nichts Besseres zu tun hatte. Marseille war eine ungastliche Stadt. Die Straßen waren laut und staubig, und manchmal, wenn er um eine Ecke bog, hatte er plötzlich das Gefühl, auf dem Land zu sein. Er stand vor Viehställen, und statt der Gaslaternen sah er Agaven und Palmen. Der Gestank des Hafens drang den Hügel hinauf, es roch nach Motoröl, nach Verbranntem und gegen Abend nach den Fischabfällen, die die Händler tagsüber von ihren Karren auf die Hafenmole warfen, wo die Möwen sich um sie stritten, bis jemand sie ins Hafenbecken kehrte. Menschen unterschiedlichster Nationen bevölkerten die Straßen, Seeleute aus aller Herren Länder die billigen Bars und Bordelle. Auch viele Nordafrikaner waren unter ihnen. Wenn es sich ergab, suchte Robert das Gespräch mit ihnen und berücksichtigte das, was sie sagten, in seinen Berichten.

Einmal sah er auf dem Heimweg von seinem tristen Büro eine Frau, die eine Kamera vor sich hielt und einen leeren Schulhof mit einer großen Platane in der Mitte fotografierte. Sie hatte rötliches Haar und beugte den Kopf auf die gleiche Art wie Suzanne. Er rannte auf sie zu.

»Suzanne!«, rief er. Als er bei ihr war, packte er sie an der Schulter und drehte sie zu sich herum.

Die Frau sah ihn erschrocken an.

Sie war eine Fremde.

»Ich habe Sie verwechselt, entschuldigen Sie bitte«, brachte er schließlich heraus und ging mit langen Schritten davon.

An diesem Abend betrank er sich. Wäre er nicht so aufgewühlt gewesen, er wäre niemals in dieses Lokal gegangen, in dem zwielichtige Männer an spärlich beleuchteten Tischen saßen.

Suzanne, dachte er nach dem dritten Schnaps, wie kannst du mich nach all den Jahren immer noch so aus dem Gleichgewicht bringen? Ich dachte, ich wäre über dich hinweg. Ich habe Odette geheiratet, und ich liebe sie. Sie erwartet ein Kind von mir. Und dann kommt da eine Frau daher, die dir ähnlich sieht, und ich benehme mich wie ein verliebter Schüler. Er hieb mit der Faust auf den Tisch und bemerkte die misstrauischen Blicke der Männer um ihn herum.

»Noch einen!«, rief er dem Mann hinter der Theke zu. »Lass die Flasche gleich hier«, sagte er, als der Barmann an seinen Tisch kam.

»Ist hier nicht üblich.«

»Ist mir egal!« Er warf einen großen Schein auf den Tisch und packte die Flasche. Er goss sich ein großes Glas ein und sagte laut: »Auf Suzanne, wo immer du bist.«

»Ach Gott, er ist verliebt!«, säuselte ein Mann am Nebentisch. Er war ziemlich betrunken.

Die anderen lachten. »Und sie will nicht! Haha!«

»Blöde Weiber. Machen nur Ärger.«

Robert überlegte, ob er aufstehen und gehen sollte. Dann besann er sich anders und lud die Männer an seinen Tisch ein.

Suzanne achtete darauf, vor der Zeit im Lipp zu sein. Sie wollte unbedingt beobachten, wie Mathieu den Raum betrat, wie er durch seine Brillengläser sah und sie mit den Augen suchte. Sein Lächeln, wenn er sie entdeckte. Sie wollte in Ruhe den Mann betrachten, der der Vater ihres ungeborenen Kindes war.

Doch als sie das Lokal betrat, war er schon da. Sie bemerkte ihn sofort. Er saß an dem Tisch, an dem sie schon häufig gesessen hatten. Er lächelte sie an und erhob sich, als sie mit klopfendem Herzen auf ihn zuging. Er küsste sie aber nur leicht auf beide Wangen.

»Wie geht es dir?«

Der Klang seiner Stimme beruhigte sie wie immer. Sie hörte Besorgnis heraus und Liebe.

»Mathieu«, begann sie, nachdem sie sich gesetzt und beim Kellner einen Kaffee bestellt hatte. »Ich habe nachgedacht. Es gibt etwas, dass ich dir sagen muss.« Ihr fiel auf, dass sie ihm das bereits geschrieben hatte. Sie wusste nicht weiter.

»Hast du eine Antwort auf meine Frage, ob du mich heiraten willst?«, fragte er.

In diesem Augenblick wusste sie, dass sie das Richtige tat. »Ja, ich will dich heiraten«, sagte sie mit fester Überzeugung in der Stimme. »Ich liebe dich.«

Er stand auf und kam zu ihr herüber. Er zog sie vom Stuhl hoch und nahm sie in die Arme. Er presste sie an sich, dann küsste er sie auf die Lippen. Irgendetwas in der Art, wie er sie festhielt, sagte Suzanne, dass etwas nicht in Ordnung war. Mathieu löste sich von ihr und nahm ihre Hände in seine.

»Ich muss dir auch etwas sagen.« Er räusperte sich.

Sie sah ihn fragend an.

»Als du weg warst, habe ich mich freiwillig gemeldet. Ich muss in zwei Wochen einrücken.«

»Aber ... Was hast du getan! Du bist doch kurzsichtig«, rief Suzanne. »Mein Gott, es ist alles meine Schuld!« Sie begann zu weinen.

»Nein. Ich habe schon länger mit dem Gedanken gespielt. Und außerdem komme ich nicht an die Front, sondern arbeite in der Druckerei der Armee. Die wissen, dass ich damit«, er zeigte auf seine Brille, »wahrscheinlich nur die eigenen Leute treffen würde. Ich komme wieder, das verspreche ich dir.« Damit nahm er sie erneut in die Arme.

Suzanne machte sich so weit von ihm los, dass sie ihm in die Augen sehen konnte. »Das solltest du auch. Ich bin nämlich schwanger.«

Das hatte Mathieu nicht ahnen können. Aber es änderte nichts an seiner Entscheidung. Er, der Pazifist, glaubte, dass sein Platz jetzt bei den französischen Soldaten sei. Wie viele andere hatte er den großsprecherischen Verlautbarungen geglaubt, der Krieg würde nur ein paar Monate dauern. Doch jetzt ging der Krieg ins dritte Jahr, und an einen schnellen Sieg der einen oder der andere Seite glaubte niemand mehr. Die Armeen lagen sich feindlich gegenüber, ganz Nordfrankreich und Belgien waren ein einziger Schützengraben. Mathieu konnte es mit seinem Gewissen nicht länger vereinbaren, nicht dazuzugehören. Es war bereits seine zweite Meldung. Beim ersten Mal war er noch ausgemustert worden, doch jetzt wollte ihn die französische Armee.

Die Hochzeit feierten sie zusammen mit Camille und Renée, den Meursaults, und einem Freund von Mathieu. Suzanne lud ihre Tante ein, doch Madeleine sagte ab. Sie traute sich eine Reise nach Paris nicht zu. Aber sie schickte ein großes Paket mit Lebensmitteln, aus denen Suzanne ein Festmahl für die Gäste zauberte. Doch niemand konnte den Krieg ganz vergessen.

Als alle gegangen waren, zog Mathieu Suzanne langsam aus und liebte sie mit der ganzen Zärtlichkeit und Leidenschaft, derer er fähig war.

Im April hatten die Vereinigten Staaten Deutschland den Krieg erklärt. Kampfwillige und unverbrauchte amerikanische Soldaten wurden an die Front geworfen, und so mancher hoffte, allein durch ihre Zahl würde Bewegung in den Stellungskrieg kommen.

Mathieu wurde an die Front nach Verdun versetzt. Entgegen seiner Vermutung kam er zur Artillerie, nach einigen Wochen sogar in die ersten Linien. Der Dreck und das Elend, die Abgestumpftheit der Soldaten, die schon länger dabei waren, der immer gegenwärtige Tod, der Geruch von Blut, der in jede Ritze seiner Kleidung und seiner Haut drang, war die Hölle, die nur durchbrochen wurde durch den Terror der Großoffensiven. Mathieu erlebte den Vorstoß der Alliierten gegen die deutsche Armee. Mehrere Millionen Granaten wurden dabei auf ein Gebiet von nur wenigen Quadratkilometern abgeschossen. Im Frühsommer folgte die englische Offensive an der Somme, die die Deutschen dazu zwingen sollte, Kräfte vor Verdun abzuziehen. Bereits am ersten Tag fielen einundzwanzigtausend englische Soldaten. In den nächsten Monaten lagen sich beide Armeen in einer bis dahin nie gekannten Materialschlacht gegenüber. Vor Verdun starben über eine halbe Million Männer, an der Somme noch mehr. Und dabei konnte keine Seite bedeutende Gebietsgewinne verzeichnen. Die umkämpften Territorien waren zerwühlt und von Granattrichtern übersät. Von den Wäldern waren nur noch verkohlte Baumstümpfe übrig, die aussahen wie in die Erde gesteckte Zahnstocher. Überall lagen Munitionsreste und verwesende Leichen.

Natürlich schrieb Mathieu Suzanne davon nichts. In seinen Briefen beteuerte er nur immer wieder, dass er zurückkommen werde, weil er sein Kind sehen wolle.

Im September wurde er von einem Granatsplitter, der seinen Helm durchdrang, an der Schläfe getroffen. Er wurde evakuiert und operiert. Seine Verletzung war nicht lebensgefährlich, es dauerte aber Wochen, bis er Suzanne benachrichtigen konnte, dass er lebte.

Für Suzanne waren das Wochen, in denen sie glaubte, wahnsinnig zu werden. Ohne Camille und Renée wäre es vielleicht auch so weit gekommen. Sie konnte nicht fassen, dass sie nach Robert nun auch Mathieu verloren hatte. Er war einfach verschwunden, ohne Nachricht. Und dabei erwartete sie in zwei Monaten sein Kind.

Vier Wochen nach seinem letzten Brief erhielt sie eine Meldung aus dem Krankenhaus, in dem er lag und dessen Name aus Geheimhaltungsgründen nicht genannt werden durfte. Es gehe ihrem Mann gut, er sei verwundet, aber auf dem Weg der Besserung.

Suzanne hatte Camille benachrichtigt, und die war sofort gekommen.

»Was soll denn das heißen, verwundet?«, fragte Suzanne unter Tränen. »Das kann doch alles Mögliche bedeuten. Amputation, Blindheit …«

»Jetzt mach dich doch nicht verrückt.« Camille hatte die Nachricht gelesen und legte das Stück Papier zurück auf den Tisch. »Hier steht doch, er ist auf dem Weg der Genesung. Er wird zu dir zurückkommen. Du musst Geduld haben.«

Suzanne strich über ihren prallen Bauch. Sie stützte sich mit beiden Händen auf dem Tisch ab und erhob sich, um Teewasser aufzusetzen. Ihre Bewegungen waren schwerfällig geworden.

»Lass mich das machen«, sagte Camille. »Ruh dich aus.«

Suzanne setzte sich wieder und sah Camille dabei zu, wie sie am Herd herumhantierte. Mathieus Wohnung hatte sich verändert. Suzanne hatte die Fenster geputzt und Gardinen aufgehängt. Das Schlafzimmer war jetzt aufgeräumt, alle Manuskripte, Bücher und Zeitschriften hatte sie in Kartons und Regale verbannt. In der Ecke vor dem Fenster stand eine Babywiege mit frisch gestärkten und bestickten Kissen. Hélène Meursault hatte sie ihr geliehen. Suzanne hatte nicht gefragt, wieso sie eine Wiege besaß, wo sie doch keine Kinder hatte.

»Er tritt mich gerade wieder«, sagte sie zu Camille. »Komm schnell!«

Camille legte ihre Hand auf den Bauch und spürte leichte Bewegungen unter ihrer Handfläche.

»Woher willst du wissen, dass es ein Junge wird?«, fragte sie.

»Ich weiß es einfach.«

Camille ließ sich ihr gegenüber nieder, die Hand immer noch auf Suzannes Bauch. Trauer lag auf ihrem Gesicht.

»Bereust du deine Entscheidung von damals?«

Sie hatten nie wieder über die Abtreibung gesprochen, aber Suzanne spürte, dass Camille die Aussicht, nie Kinder haben zu können, tief verletzte.

»Es hätte nicht so ausgehen dürfen«, sagte Camille leise. »Ich konnte dieses Kind nicht bekommen, aber ich wusste nicht, dass der Preis dafür so hoch sein würde. Dass ich auch kein anderes Kind bekommen würde.«

»Ach, Camille. Was machen die Männer bloß mit uns?«

Das Teewasser kochte, und Camille goss es auf ein paar dürre Blätter. Auch Tee gehörte zu den Artikeln, die in Paris nur schwer zu bekommen waren. Ebenso wie Zucker. Angeekelt rührte Suzanne einen Löffel Rübensirup in ihr dünnes Getränk. Seit sie schwanger war, konnte sie viele Dinge nur noch mit Widerwillen essen. Das war zum Glück die einzige Unannehmlichkeit, die ihr Zustand mit sich brachte. Die morgendliche Übelkeit hatte sie schon lange überwunden, und an ihre Schwerfälligkeit hatte sie sich gewöhnt. Sie nahm einen Schluck und schüttelte sich leicht. Wenigstens war der Tee heiß und wärmte sie, denn der Oktober war kühl.

»Lass uns von anderen Dingen reden. Wie geht es denn Charles und Hélène?«, fragte Camille.

»Die beiden sind wunderbar. Sie helfen mir, wo sie nur können. Ich würde verhungern, wenn Hélène mich nicht durchfüttern würde. Sie hat Familie auf dem Land und fährt einmal in der Woche hin, um Lebensmittel zu holen. Sachen schleppt sie an…«

»Hör auf!«, jammerte Camille. »Für ein ordentliches Steak würde ich meinen rechten Arm geben.«

Suzanne lachte. »Vielleicht sollte ich dich mal mitnehmen. Hélène hat ein großes Herz. Wenn sie sehen würde, wie dürr du bist, würde sie dich garantiert unter ihre Fittiche nehmen. Sie glaubt, jeder, der nicht mindestens hundert Kilo wiegt, muss gerettet werden.« Sie wurde wieder ernst. »Aber abgesehen vom Essen gehe ich wegen der Arbeit dorthin. Charles geht es nicht besonders gut, er wird alt, fürchte ich. Und wir müssen aufpassen, dass wir die wenigen Kunden behalten. Ich kann es mir nicht leisten, dass er mir kündigt oder den Laden zumacht. Mir gibt doch sonst keiner Arbeit, jetzt, wo ich schwanger bin. Die Fotoaufnahmen sind manchmal ganz schön anstrengend für mich. Ich bin einfach nicht so beweglich in letzter Zeit… Die beiden behandeln mich, als sei ich ihre Tochter. Manchmal glaube ich, Hélène freut sich mehr auf das Kind als ich. Sie leidet wohl sehr darunter, dass es bei ihr nicht geklappt hat… Oh, mein Gott, entschuldige bitte. Ich bin eine Idiotin!« Sie legte Camille die Hand auf den Unterarm.

Die winkte ab. »Ach, ist schon gut. Schwangere sind eben oft nicht zurechnungsfähig.«

Suzanne war ihr dankbar für ihren Galgenhumor. »Was gibt es bei dir Neues?«

»Manchmal juckt es mich in den Fingern, ein rotes Blümchen oder ein Herz auf einen Ärmelaufschlag zu sticken, einfach so, um endlich mal ein bisschen Abwechslung zu haben. Diese Arbeit ist so öde, und die anderen Frauen sind es noch mehr.« Sie stöhnte auf, als sie auf die Uhr sah. »Und heute habe ich auch noch Nachtschicht. Ich muss los.«

Camille arbeitete seit einigen Monaten in einer Schneiderei. Sie hatte schon immer gut nähen können, das hatte ihre Mutter ihr beigebracht. Den größten Teil ihrer Garderobe schneiderte sie selbst. Aber jetzt nähte sie Uniformen zusammen, unförmige Mäntel aus einem Stoff, der so hart und schwer war, dass die Näherei Schwerstarbeit war. Sie nahm den letzten Schluck aus ihrer Tasse und stand auf.

»Wie geht's Renée?«

»Gut. Obwohl sie halb verhungert ist, weigert sie sich nach wie vor, bei ihrer Familie zu Kreuze zu kriechen. Hat echt Format. Wenn ihr Bruder ihr nicht ab und zu etwas zustecken würde ...«

Suzanne stand ebenfalls auf, um ihre Freundin zum Abschied auf beide Wangen zu küssen. »Grüße sie von mir.«

»Mach ich, wir gehen nachher gemeinsam aus.«

»Nachher? Nach der Arbeit?«

Camille lachte. »Es gibt da ein neues Lokal, in dem viele Amerikaner verkehren. Nette Männer mit den Taschen voller Geld. Und ihnen hat der Krieg noch nicht so viel anhaben können. Wir würden dich ja mitnehmen, aber du bist ja leider verheiratet.«

»Und was ist mit Emile?«, fragte Suzanne.

Camille sog hörbar die Luft ein. »Er ist mit seinen Eltern aufs Land gefahren. Renée sagt, er tut das, um sie zu besänftigen. Aber er geht jeden Abend auf einen anderen Ball, ich glaube, seine Eltern versuchen ihn zu verkuppeln, damit er Renée verlässt.«

»Und?«, fragte Suzanne, die sich bei der Vorstellung unwohl fühlte.

»Ich weiß es nicht. Emile ist nicht so stark wie Renée. Er will seine Eltern nicht enttäuschen. Und er rennt dauernd zum Familienpriester, der ihm ins Gewissen redet. Ich weiß nicht, wie lange er dem Druck noch standhält. Du kennst ihn ja auch.«

»Nein, im Grunde kenne ich ihn kein bisschen. Ich bin ihm bisher nur zweimal begegnet.« Suzanne erinnerte sich an den gut aussehenden, gepflegten Mann, der aber irgendwie unentschlossen gewirkt hatte. »Ich habe versucht, mit ihm ins Gespräch zu kommen, aber er hat den ganzen Abend nur Renée angehimmelt. Er war…« Sie suchte nach dem passenden Wort.

»Verträumt?«, schlug Camille vor.

»Genau. Als ob er in einer anderen Welt leben würde.«

»Das stimmt. Ich befürchte, dass der gute Emile für diese Welt zu weich ist.«

»Machst du dir Sorgen um Renée?«

»Ja, das tue ich. Ich werde versuchen, sie heute Abend aufzumuntern. Himmel, jetzt muss ich aber wirklich los. Wenn ich in diesem Monat noch einmal zu spät komme, fliege ich wegen Sabotage!« Camille legte beide Arme um Suzanne. »Pass auf dich auf. Und sag mir Bescheid, wenn es losgeht!«, sagte sie und küsste sie zum Abschied auf beide Wangen. Dann war sie schon aus der Tür hinaus.

»Bitte, komm, bevor das Baby da ist. Ich brauche dich!« Dieses Gebet sprach Suzanne jeden Abend vor dem Einschlafen.

Doch als am 10. November die Wehen einsetzten, war Mathieu noch immer nicht zurück. Suzanne war schon den ganzen Tag merkwürdig unruhig. Nachdem der Oktober sich schon wie Winter angefühlt hatte, war es jetzt viel zu warm für die Jahreszeit, die Luft dampfte geradezu, die Frauen auf den Straßen hatten ihre Mäntel ausgezogen. Paris fühlte sich an wie an einem der ersten warmen Frühlingstage.

Hélène behauptete, in der Gegend zu tun zu haben, und kam auf einen Sprung bei Suzanne vorbei.

»Meine Güte, ist das eine Hitze draußen!« Sie zog ihren Mantel aus und auch die Strickjacke, die sie über ihrer weißen Bluse trug.

In diesem Augenblick setzten bei Suzanne die Wehen ein, mit einer Heftigkeit, die sie erschreckte. Sie presste die Hände auf den Leib und krümmte sich.

Hélène blieb eine Stunde bei ihr, und als die Wehen alle zehn Minuten kamen, zog sie ihren Mantel wieder an und holte die Hebamme.

Suzanne versuchte sich auf den Beinen zu halten und in der Wohnung umherzugehen, so lange das möglich war. Sie war merkwürdigerweise ganz ruhig.

»Alles wird gut werden, mein Sohn. Das verspreche ich dir. Und dein Vater wird bald da sein. Auch das verspreche ich dir.«

Als Hélène mit der Hebamme zurückkam, waren die Wehen bereits sehr stark und die Abstände zwischen ihnen sehr kurz.

Zwei Stunden nach Mitternacht wurde Suzannes Sohn geboren. Sie nannte ihn André, wusste aber jetzt schon, dass sie ihn Dédé rufen würde.

Vier Wochen später stand Mathieu vor der Tür. Er war mager, seine Haut war erschreckend grau, und er hinkte. Aber als er Suzanne sah, die ihm mit André auf dem Arm die Tür öffnete, ging ein Strahlen über sein Gesicht.

An Dédés erstem Geburtstag wurde der Waffenstillstand unterzeichnet. Suzanne und Mathieu wussten nicht, was sie glücklicher machte: das Ende des Krieges oder der erste Geburtstag ihres Sohnes. Am Vormittag kurz nach elf Uhr begannen die Glocken in der Stadt zu läuten.

Menschenmassen zogen durch die Straßen, singend und tanzend, und immer wieder hörte man die Rufe: »Wir haben sie! Wir haben die Deutschen!« Mathieu hielt es nicht im Haus. Sie zogen Dédé warm an und mischten sich unter die

Menschen. Arm in Arm liefen sie durch Paris und feierten den Sieg.

»Endlich Rache für Sedan!«, rief ein Mann, der ihnen entgegenkam.

»Endlich Frieden«, entgegnete Mathieu. »Das ist viel wichtiger.«

Odette erlebte den Tag des Waffenstillstands als Albtraum. Olivier war schon seit einigen Tagen kränklich, aber an diesem Tag glühte er vor Fieber. Dann kam ein Anfall von Schüttelfrost, der ihn fast aus dem Bett zu schleudern drohte. Odette warf sich über ihn, um ihn festzuhalten. Olivier stöhnte vor Schmerzen.

Durch den Lärm alarmiert kam Robert herbeigestürzt, er trug die kleine Suzanne auf dem Arm, die in zwei Tagen ihren ersten Geburtstag feiern würde. Als sie vor knapp einem Jahr auf die Welt gekommen war, hatte er darauf bestanden, sie Suzanne zu nennen, obwohl er während der Schwangerschaft nie laut über einen Namen nachgedacht hatte. Odette hatte es stillschweigend akzeptiert.

»Bring sie raus!«, schrie sie nun. »Hol den Arzt. Lauf!«

Doktor Manet bestätigte, was sie bereits befürchtet hatte. Olivier hatte die Spanische Grippe. Von Nord nach Süd, in den Städten und auf dem Land hatte sie Europa fest im Griff. Die ersten Fälle waren schon im Sommer aufgetreten, als noch Krieg geherrscht hatte. Als hätten die Menschen nicht schon genug gelitten.

In Fréjus wütete die Grippe seit ein paar Wochen. Roberts Vater war einer der Ersten gewesen, die an der heimtückischen Krankheit gestorben waren. Damals hatte man das noch auf sein Alter geschoben. Aber dann hatte es auch die Jungen erwischt. Die Wirtin des Restaurants, wo Robert und Suzanne sich zum ersten Mal gesehen hatten, die Frau des Bäckers, Oliviers Lehrer in der Schule. Die Schule wurde geschlossen, aber einige Kinder hatten sich bereits angesteckt. Ein Klassenkamerad von Olivier, der hübsche Pierre, Sohn eines Weinbauern, war gestorben. Und nun sah es so aus, als würde auch Olivier den Kampf gegen die Krankheit verlieren.

Mit hochrotem Kopf lag er im Bett, das Gesicht aufgedunsen, die Augen vor Fieber glänzend. Er hatte nicht einmal mehr die Kraft zum Phantasieren. Reglos lag er da, als sei er bereits tot. Wenn Odette ihn berührte, sprang sie die Hitze an, die in ihm tobte. Sie tauchte ein Handtuch ins Wasser und drückte vorsichtig einen Tropfen auf seine Lippen, die feuerrot und aufgesprungen waren. Er rann seitlich auf die Wange des Kindes. Olivier war zu schwach, um den Mund zu öffnen.

Odette kämpfte um sein Leben. Sie ließ das Bett keine Minute unbewacht, sie aß fast nicht und schlief nicht. Robert und Suzanne durften das Zimmer nicht betreten. Robert stellte ihr Essen vor die Tür. Als seien sie zwei Gefangene in Isolationshaft. Odette erzählte ihrem Sohn die alten Geschichten, die Märchen seiner Kindheit, wieder und wieder sang sie ihm die alten Lieder vor, in der Hoffnung, ihm auf diese Weise die Kraft zum Weiterleben zu geben.

Am dritten Tag war Odette am Ende ihrer Kräfte. Sie hatte nicht eine Sekunde geschlafen, obwohl Robert sie beschwor, auch an sich zu denken. Er hatte die Tür einen winzigen Spalt geöffnet und sah in das Zimmer hinein. Beim Anblick von Olivier, dessen Haut wegen des Sauerstoffmangels bläulich verfärbt war, weiteten sich seine Augen vor Entsetzen.

»Mein Gott!«, entfuhr es ihm.

Dann hatte er sich wieder in der Gewalt. »Wenn du geschwächt bist, hat die Krankheit leichtes Spiel!«, sagte er. »Lass mich doch bei ihm wachen.«

»Nein, einer von uns muss gesund bleiben«, murmelte sie. »Geh weg. Pass auf Suzanne auf!«

Gegen das Verbot riss Robert die Tür auf und machte einen

Schritt auf sie zu. »Hast du dich angesteckt? Fühlst du dich krank?« Die Sorge stand ihm ins Gesicht geschrieben.

»Mir geht es gut«, sagte sie. »Ich bin nur müde. Bitte mach die Tür zu.«

Sie wollte nur einen Moment den Kopf auf den Bettrand legen. Sie schloss die Augen.

Als sie aus dem Schlaf schreckte, galt ihr erster Blick Olivier. Er lag da wie vorher. Odette berührte ihn, und wieder traf sie die Hitze seines kleinen Körpers. Sie nahm das Tuch und tauchte es in die Waschschüssel. Sie öffnete sanft seine Lippen und ließ einige Tropfen auf seine Zunge fallen. Dann wusch sie ihm die Stirn und die Unterarme mit dem kühlen Leinen ab. Wie sie es schon hundertmal getan hatte.

Gegen Abend kam Leben in seinen kleinen Körper. Er schlug kurz die Augen auf und sah verwirrt um sich.

»Olivier, ich bin hier.«

Er gab ein leises Stöhnen von sich.

»Mach den Mund auf. Du musst etwas trinken.«

Olivier tat, was sie gesagt hatte, und Odette wusste, dass er gerettet war. Sie schluchzte vor Dankbarkeit auf.

Die kleine Suzanne war ihr in der Zeit, die sie ausschließlich an Oliviers Bett verbracht hatte, beinahe fremd geworden. Sie konnte schon deutliche Laute von sich geben und würde wohl bald ihr erstes Wort sagen können. Und als Odette einige Tage nach Oliviers Besserung an ihr Bett trat, saß sie darin und versuchte sich an den Holzstäben hochzuziehen.

Stolz und Liebe auf dieses kleine Wesen, das sie so sehr mit Robert verband, und ein überwältigendes Glücksgefühl, weil sie heil die Grippeepidemie überstanden hatten, trieben ihr dir Tränen in die Augen.

Abends im Bett nahm Robert sie in die Arme. »Du hast meinen Sohn gerettet. Dafür danke ich dir. Das werde ich dir nie vergessen.« Er küsste sie.

Odette überließ sich seinen Zärtlichkeiten. Und sie wurde

sich bewusst, was er eben gesagt hatte. »Mein« Sohn... Und sie beschloss, ihn für dieses Wort noch mehr zu lieben, bis ans Ende ihrer Tage.

Es herrschte zwar Frieden, aber in die Freude hinein mischte sich tiefe Sorge. Auch in Paris grassierte die Spanische Grippe. Im Herbst 1918 überrollte die zweite Welle der Epidemie die Hauptstadt. Auf den Straßen sah man Menschen mit weißen Masken vor dem Gesicht. Die Sargtischler und Bestatter kamen mit der Arbeit nicht nach.

An einem trüben Januartag folgten Suzanne und Camille in einer Allee auf dem Friedhof Père Lachaise dem Sarg, in dem Renée lag. Der Nebel hing dicht zwischen den großen Bäumen, die Feuchtigkeit fraß sich durch ihre zu dünnen Mäntel und durch die Schuhsohlen. Die Wege waren notdürftig von Blättern und den Resten des Schnees befreit worden, aber auf den Grabstellen rechts und links türmte sich das braun durchsetzte Gemisch kniehoch. Camille griff nach Suzannes Hand und schluchzte auf. Zwei Tage zuvor war sie morgens wie immer aus dem Haus gegangen, und am Abend hatte sie Renée in ihrem Bett vorgefunden, da war sie schon so krank, dass ihr das Blut aus Mund und Nase rann. Camille war überzeugt, dass Emile Schuld an ihrem Tod trug. Eine Woche zuvor hatte er die Beziehung zu Renée abgebrochen, und das hatte ihr das Herz gebrochen und ihr die Kraft zum Weiterleben genommen. Die Krankheit hatte leichtes Spiel gehabt.

»Aber er hat sie doch immer noch geliebt!«, rief Suzanne.

Camille gab sich keine Mühe, ihre Wut zu verbergen. »Er hat sich für seine Familie entschieden. Er wollte Renée keine Ehe zumuten, die nicht unter dem Schutz seiner Familie stand. Er hat geredet wie ein verdammter Priester. Und hat ihr dabei ein Messer ins Herz gerammt, mit jedem Satz ein Stückchen tiefer. Er ist ein verdammter Feigling. Wenn ich ihn noch einmal sehe, kratze ich ihm die Augen aus!«

Suzanne sah sich unwillkürlich um. Aber sie konnte Emile nicht entdecken. Er ist tatsächlich ein Feigling, dachte sie. Direkt hinter dem Sarg ging Renées Familie. Die Frau, die ihre Mutter sein musste, hielt sich kerzengerade, den Kopf hoch erhoben, das Gesicht hinter einem Schleier verborgen. Ihr Vater hielt den Blick gesenkt, aus dem Zucken seiner Schultern konnte sie schließen, dass er weinte. Zwischen ihnen ging Renées Bruder. Ihn hatte Camille benachrichtigt, als sie Renée gefunden hatte, doch als er kurze Zeit später eintraf, war Renée schon tot gewesen. Die schöne Renée, die ihr eigenes Leben leben wollte und bereit war, dafür auf die Sicherheiten und Annehmlichkeiten ihrer Klasse zu verzichten.

»Warum ausgerechnet Renée?«, flüsterte Suzanne unter Tränen, als sie sich auf dem Weg zum Ausgang befanden.

»Warum nicht sie?«, fragte Camille und wies auf die zahlreichen anderen Beerdigungen, die zeitgleich stattfanden. In vielen Häusern gab es Tote zu beklagen, besonders die kräftigen jungen Menschen zwischen zwanzig und vierzig Jahren waren betroffen. Die, die das Gemetzel des Krieges überlebt hatten …

Frankreich war ausgeblutet. Ganze Landstriche verödeten, nur die Alten blieben, die Jungen waren entweder tot oder verließen die Gegend. Fayence und andere Dörfer verloren mehr als die Hälfte ihrer Einwohner. Weil die Männer, die Ernährer, fehlten, weil niemand da war, um die Felder zu bestellen und die Ernte einzubringen, gingen auch die jungen Frauen und die Kinder in die Städte. Auf den ehemaligen Schlachtfeldern im Norden würde auf Jahre oder Jahrzehnte nichts mehr wachsen. Wie eine Mondlandschaft sah die aufgewühlte Erde mit den tiefen Kratern aus. Viele Gebiete waren immer noch vermint. An einigen Orten entstanden Soldatenfriedhöfe, auf denen sich die Kreuze in akkurat ausgerichteten Reihen bis zum Horizont und noch weiter zogen.

Kreuze statt Bäume, Kreuze an der Stelle von Getreidehalmen … Eine Million vierhunderttausend Kriegstote gab es, fast jeder sechste französische Soldat war ums Leben gekommen. Dazu kamen die Krüppel und die psychisch Versehrten. Sie saßen in Paris an den Straßenecken und vor den Metrostationen, reckten die Stümpfe ihrer fehlenden Gliedmaßen den Passanten entgegen und forderten mit hasserfüllten Mienen Almosen ein.

Suzanne machte einmal den Fehler und fotografierte einen von ihnen, einen Mann um die vierzig, dem beide Unterschenkel amputiert worden waren. Der Mann erhob sich mit einer unerwarteten Behändigkeit, griff seine Krücken und ging auf Suzanne los. Sie war so entsetzt, dass sie nicht an Flucht dachte. Zwei Passanten gingen dazwischen und hielten den Mann davon ab, weiter auf sie einzuschlagen.

»Warum fotografieren Sie ihn auch! Diese Männer sind doch schon gestraft genug.«

»Aber …«, stammelte Suzanne und hielt sich den schmerzenden Arm. Ja, warum eigentlich? Sie bückte sich nach ihrer Kamera, die ihr durch den Schlag aus der Hand geflogen war.

Als sie nach Hause kam, saß Mathieu beim Abendbrot, mit Dédé auf dem Schoß. Er strich die Butter wie immer in einem einzigen Messerstrich auf das Brot und verteilte sie dennoch exakt. Der Anblick dieser schlichten Tätigkeit beruhigte Suzanne. Sie setzte sich an das andere Ende des Tisches und sah ihrem Mann dabei zu, wie er ihren Sohn fütterte. Tiefe Dankbarkeit überkam sie.

Kapitel 15

Odette zog die kleine Suzanne, die vor ihr auf dem Fußboden saß, für einen Spaziergang an. Sie wollte den ersten warmen Tag des Jahres nutzen. Olivier war schon die Treppe hinuntergelaufen. Robert war am frühen Morgen nach Marseille gefahren. Es gab einige Pestfälle in der Stadt. Die Nachricht klang wie ein schlechter Witz. Nach der Spanischen Grippe nun die Pest. Niemand hätte für möglich gehalten, dass diese für ausgerottet oder zumindest für beherrschbar gehaltene Krankheit wie aus dem Nichts wieder auftauchen würde. Und doch war es so. Nach Marseille hörte man auch von Erkrankungen in Paris. Dort, in Clichy, waren Textilarbeiter betroffen, die Stoffe aus dem Orient verarbeiteten. Die Behörden versuchten, die Nachrichten über die Seuche zu unterdrücken, um eine Panik zu vermeiden. Robert hatte sich deshalb auf den Weg gemacht, um vor Ort mehr zu erfahren.

»So, meine kleine Zaza, gleich gehen wir runter an den Strand, mal sehen, was das Meer in den letzten Tagen so angespült hat.« Sie küsste Suzanne auf die Nasenspitze, was diese mit einem Kichern quittierte.

Plötzlich wurde die Wohnungstür von außen aufgestoßen und krachte gegen die Wand.

»Olivier, was ist denn los?«, fragte Odette, die glaubte, ihr Sohn habe etwas vergessen. »Ich bin gleich so weit. Nur noch die Mütze.«

Hinter Olivier drängte ein Mann in die Wohnung hinein. Er hielt Olivier am Kragen und schob ihn vor sich her.

»Guten Tag, Odette.«

Sie erkannte die gehässige Stimme sofort und erschrak bei ihrem Klang bis ins Mark. Als sie aufsah, stellte sie fest, dass sie sich nicht geirrt hatte.

»Antoine! Was willst du hier? Verlass sofort meine Wohnung. Und lass Olivier los. Augenblicklich!«

Antoine kümmerte sich nicht um ihre Aufforderung. In aller Ruhe sah er sich um.

Odette nahm Zaza auf den Arm und erhob sich. Als sie Antoine näher betrachtete, stieg Furcht in ihr auf. Er sah ungepflegt aus. Nur sein Schnauzbart war ebenso akkurat gestutzt wie früher, aber seine Kleidung hatte bessere Tage gesehen. Die Schuhe waren staubig, der Saum seines Anzugs war am Ärmel eingerissen, an den Ellenbogen war der Stoff fadenscheinig, das weiße Hemd schimmerte hindurch. Aber am meisten verstörte sie die Brutalität in seinen Augen. Er hatte früher schon einen Hang zur Gewalt gehabt, aber dieser Charakterzug schien in den letzten Jahren stärker geworden zu sein.

»Lass Olivier los. Und verschwinde«, versuchte sie es noch einmal.

Antoine machte einen Schritt auf sie zu und packte sie hart am Unterarm. Dafür ließ er Olivier los, der mit vor Schreck geweiteten Augen starr stehen blieb.

»Olivier, geh schon mal runter auf die Straße, ich komme gleich nach«, sagte sie zu ihm.

Doch Olivier hörte die Hast in ihrer Stimme. Er sah von ihr zu Antoine und wusste offensichtlich nicht, was er tun sollte. Auch Zaza entging das Bedrohliche der Situation nicht. Sie verzog den Mund. Gleich würde sie anfangen zu weinen.

»Du bleibst hier!«, befahl Antoine Olivier.

Ohne Odette loszulassen, ging er mit langsamen Schritten durch die Wohnung. Er zog sie hinter sich her, öffnete alle Türen und sogar einen Schrank. Er trat ans Fenster und sah auf die Straße hinunter. Dann gab er Odette frei und ließ sich in den Sessel vor dem Balkon fallen, in dem sonst immer Robert saß. Breitbeinig fläzte er sich hin und sah Odette und Olivier, der ihnen gefolgt war, provozierend an.

»Du bist also Olivier? Komm doch mal her!«

Olivier zögerte, ging dann aber auf ihn zu. Odette sah seine Angst und gleichzeitig den entschlossenen Ausdruck auf seinem Gesicht, den er immer aufsetzte, wenn er erwachsen wirken wollte.

»Wie alt bist du denn? Lass mich nachdenken... Du musst jetzt neun Jahre alt sein.«

»Zehn«, antwortete Olivier mit zusammengepressten Zähnen.

»Soso, und du hast eine Schwester.« Er sah auf Zaza, die sich ängstlich an Odettes Schulter schmiegte.

»Und wo ist dein Papa?«

Olivier sah seine Mutter fragend an.

»Robert kommt gleich nach Hause. Und du solltest besser verschwunden sein, wenn dein Bruder zurück ist.« Odettes Stimme klang scharf.

Antoines Gesicht nahm einen dümmlichen Ausdruck an, dann durchzuckte ihn die Erkenntnis. Seine Lippen wurden weiß vor Wut. »Robert?«, presste er hervor.

»Ja, mein Papa heißt Robert,« sagte Olivier stolz.

Antoine sah von ihm zu Suzanne. Seine Augen blitzten vor kaum unterdrücktem Zorn. Der ganze Körper war angespannt, wie zum Sprung bereit.

»Robert hat dich genommen?« Plötzlich lachte er, ein hässliches, hasserfülltes Lachen. Er schlug sich auf die Schenkel vor Vergnügen. »Das hätte ich mir ja denken können! Da hatte mein Bruder ja mal wieder die Gelegenheit, Unrecht aus der Welt zu schaffen. Ich habe unten in der Bäckerei nur nach Odette gefragt, aber die gute Frau hat mir nicht gesagt, dass du jetzt mit Nachnamen Cailloux heißt. Und du?«, wandte er sich an Olivier. »Wie heißt du mit Nachnamen?«

»Lass Olivier aus dem Spiel. Er hat damit nichts zu tun!«, rief Odette.

Doch Olivier, ihr kleiner Olivier, hörte nicht auf sie. Mutig trat er noch einen Schritt nach vorn, bis er nur noch einen Meter von dem für ihn Fremden entfernt stand, so dicht, dass Antoine nur den Arm auszustrecken brauchte, um ihn zu packen oder zu schlagen. Doch Olivier sagte trotz seiner Angst laut und deutlich: »Ich heiße auch Cailloux! Wie meine Mutter und mein Vater.«

Antoine sah für einen Augenblick verwirrt aus, dann lachte er noch einmal schallend. »Cailloux! Natürlich heißt du Cailloux. Dein Vater heißt ja schließlich auch so.« Er konnte sich vor Lachen kaum beruhigen.

Odette nutzte seine Unaufmerksamkeit. Rasch beugte sie sich zu Olivier hinunter und flüsterte ihm ins Ohr: »Lauf runter zu Madame Hoffman. Sag ihr, sie soll sofort raufkommen! Schnell!« Sie nahm ihn bei den Schultern und schubste ihn in Richtung Tür.

Bevor Antoine merkte, was passierte, war Olivier aus dem Zimmer. Man hörte, wie die Haustür zufiel und dann das Trappeln von eiligen Schritten auf der Treppe.

Antoine verstummte plötzlich. Er stand auf und trat ganz dicht an Odette heran. »Er ist mein Sohn, merk dir das. Ich bin sein Vater, und ich habe das Recht, ihn zu sehen.« Bevor Odette es verhindern konnte, strich er Zaza über das weiche Haar.

Angewidert wandte sie sich ab. »Wenn du den Kindern etwas tust, wirst du das bereuen«, sagte sie.

»Wieso den Kindern? An deiner Tochter habe ich kein Interesse. Und wenn du nett zu mir bist, bin ich auch nett zu Olivier. Er ist ja schließlich mein Sohn.«

Voller Entsetzen spürte Odette, wie er ihr mit seinen unsauberen Fingern über die Taille strich und seine Hand auf ihr Gesäß legte. Sie stieß ihn von sich, aber er grinste sie nur an.

»Ich komme wieder«, sagte er und ging.

Den ganzen Tag über meinte Odette die große Hand auf sich zu spüren, die ihren Körper so grob berührt hatte.

Antoine würde sie nicht in Ruhe lassen, das wusste sie. Und sie ahnte auch, was er von ihr verlangen würde. Schon damals hatte sie sich seinen Bitten, seinem Flehen nicht widersetzen können, und wenn sie es doch getan hatte, dann war er grob geworden. Er hatte auch nicht aufgehört, wenn sie ihn weinend darum gebeten hatte. Die körperliche Liebe war für ihn sehr wichtig gewesen, und offensichtlich war sie es immer noch, das hatte sie an seinem Blick und an seiner obszönen Geste erkannt.

Von nun an würde sie sich nicht mehr frei in Fréjus bewegen können. Sie würde immer Angst haben müssen, ihm zu begegnen, seine Schritte plötzlich hinter sich zu hören. Und was war mit Olivier? Was, wenn er ihn auf dem Schulweg abfing oder beim Spielen? Antoine Cailloux würde ihr und ihrem Sohn in Zukunft das Leben zu Hölle machen, das wusste sie.

Auch Olivier spürte die dumpfe Gefahr, die von dem Fremden ausging.

»Besser, wir sagen Papa nichts von dem Mann, der heute hier war, nicht wahr?«, fragte er seine Mutter, als sie an sein Bett trat, um ihm eine gute Nacht zu wünschen.

»Nein, wir sagen ihm nichts. Der Mann wird nicht wiederkommen.«

Doch Antoine kam wieder. Nicht in die Wohnung, denn Odette hatte Madame Hoffman, die Concierge, informiert, ihn nicht ins Haus zu lassen.

Aber ein paar Tage nach dem Vorfall kam Olivier verstört aus der Schule nach Hause. Als Odette fragte, was passiert sei, erzählte er, dass Antoine vor der Schule auf ihn gewartet und ihn fast bis nach Hause begleitet habe.

»Hat er dir etwas getan?«, fragte Odette voller Angst.

»Er hat gemeine Sachen gesagt. Über dich.«

»Willst du es mir erzählen?«

Olivier schüttelte den Kopf, während er seine Tränen hinunterschluckte.

Am nächsten Tag lungerte er auf dem Markt herum, als Odette mit Suzanne ihre Einkäufe machte. Und wieder lauerte er Olivier nach der Schule auf.

Odette wusste nicht, was sie tun sollte. Der Hass auf Antoine und die Angst vor ihm lähmten sie. Es kam nicht infrage, dass sie mit Robert darüber sprach. Dazu schämte sie sich viel zu sehr. Außerdem befürchtete sie, dass er sich von Antoine provozieren lassen und eine Dummheit machen würde. Sie musste sich etwas anderes einfallen lassen.

Ihre Tage verbrachte sie voll Angst. Sie begann, Olivier von der Schule abzuholen, um ihn zu schützen, und ließ ihn nicht mehr allein draußen spielen. Jeden Abend, wenn Robert nach Hause kam, befürchtete sie, dass auch er Antoine begegnet sei.

Aber Antoine hielt sich von seinem Bruder fern. Er schien auch nicht in Fréjus zu wohnen. Er kam nur ab und zu in die Stadt, um Odette und ihre Kinder zu terrorisieren.

Als sie eines Tages einen Zettel im Briefkasten fand, auf dem er sie aufforderte, sich am nächsten Abend am Hafen mit ihm zu treffen, beschloss sie zu handeln. Sie holte die Porzellandose von ganz hinten aus der Anrichte hervor und nahm ihre gesamten Ersparnisse heraus. Sie waren für die Schulausbildung von Olivier gedacht, aber die Investition, die sie nun tätigen würde, betraf auch seine Zukunft. Den Gedanken, was Robert sagen würde, wenn er das Fehlen des Geldes bemerkte, schob sie beiseite.

Zum ersten Mal belog sie ihren Mann. Sie sagte ihm, die Freundin einer Freundin habe ein Kind bekommen und sie um einen Rat gebeten, weshalb sie nun zu ihr gehen wolle.

Robert wünschte ihr einen schönen Abend. »Lass mich nicht zu lange warten«, sagte er und küsste sie. Sie sah das

Verlangen in seinen Augen und gleichzeitig das Vertrauen. Mit gesenktem Kopf verließ sie das Haus.

Während sie die Treppe hinunterging, spürte sie wilden Hass auf Antoine in sich aufsteigen. Allein deshalb, weil sie seinetwegen ihren Mann angelogen hatte, würde sie ihm am liebsten ins Gesicht schlagen, wieder und wieder.

Er saß auf einer Bank auf der dunklen Seite des Hafens, gegenüber des Café du Port, und wartete auf sie.

Als er sie kommen sah, stand er auf. Er schwankte. Offensichtlich war er schwer betrunken.

Odette erschrak.

»Wir gehen ans Wasser runter«, befahl er.

Sie wollte sich weigern. »Ich habe Geld mitgebracht. Alles, was wir haben. Ich gebe es dir, wenn du wieder aus Fréjus verschwindest.«

Abrupt blieb er stehen.

»Zeig her!«

Sie holte den Umschlag heraus. Darin waren knapp zweitausend Francs, ihre gesamten Ersparnisse.

Er pfiff durch die Zähne, seine Laune besserte sich schlagartig. »Na also, hatte es doch etwas für sich, dass ich dich aufgesucht habe. Schließlich hast du mir fast zehn Jahre mein eigen Fleisch und Blut vorenthalten.«

»Du bist damals gegangen«, wagte sie zu erwidern. »Wo warst du eigentlich die ganze Zeit?« Sie stellte die Frage in der Hoffnung, ihn damit abzulenken.

Doch er antwortete nicht. Stattdessen packte er sie am Arm, und als sie sich wehrte, zerrte er sie hinter sich her. Sie gingen um das kleine Hafenbecken herum und kamen an den menschenleeren Strand. Das Meer war schwarz, nur einzelne weiße Schaumkronen zeigten sich dort, wo der fahle Mond durch die Wolken auf die Oberfläche schien. Je dichter sie an das Wasser kamen, desto lauter schlugen die Wellen an den Strand. Voller Panik erkannte Odette, dass sie hier niemand hören würde.

»Was willst du denn noch? Ich habe dir alles gegeben.«

Er blieb stehen und sah sie mit einem Ausdruck an, den sie nur allzu gut kannte. »Nein, alles noch nicht.«

Odette ahnte, was er vorhatte. Sie begann mit der freien Hand auf ihn einzuschlagen und rief um Hilfe, doch er presste ihr die Hand auf den Mund. Sie roch den Alkohol an seinen Fingern und würgte. Obwohl sie sich mit aller Kraft wehrte, hatte sie nicht den Hauch einer Chance gegen ihn. Der Alkohol hatte ihn schon damals nicht geschwächt, sondern nur entschlossener gemacht.

Nach ungefähr hundert Metern erreichten sie die erste der kleinen Fischerhütten. Er trat die Tür mit dem Fuß ein. Als er die Hand von ihrem Mund nahm, schrie sie, so laut sie konnte. Doch sie waren zu weit weg vom Hafen und das Rauschen des Meeres übertönte ihre Schreie.

Er stieß sie in die Hütte hinein. Sie fiel hart auf den Boden. Noch einmal schrie sie auf, diesmal vor Schmerz. Dann fühlte sie, wie Antoine sich auf sie fallen ließ und sie unter seinem Gewicht und unter seinen Bewegungen schier zu ersticken drohte.

Er suchte ihren Mund und zwang seine Zunge zwischen ihre Lippen. Der Geschmack nach Alkohol ließ sie erneut würgen. Voller Entsetzen nahm sie wahr, dass seine Hände über ihre Hüften wanderten, die Oberschenkel hinab bis zu den Knien, und wie er ihr Kleid nach oben schob. Sie hörte das Reißen von Stoff. Er presste ihr sein Knie zwischen die Schenkel und zwang sie, die Beine zu spreizen.

Das passiert nicht wirklich, dachte sie. Das bin nicht ich. Wieder hörte sie das Geräusch, wenn Stoff zerriss. Der Schmerz zwischen ihren Beinen kam plötzlich und heftig, gleichzeitig fühlte sie, wie er brutal ihre Brüste knetete. Er hob den Kopf und stöhnte. Ein Speichelfaden aus seinem Mund rann ihr über die Wange. Odette schrie, sie wusste nicht, ob vor Schmerz oder Ekel. »Hör auf zu schreien«, brüllte er und schlug ihr mit der Faust ins Gesicht. Dann presste er wieder seine Lippen auf ihre. Seine Bewegungen wurden heftiger, der Schmerz in ihrem Inneren stärker. Sie wand sich unter ihm und bekam ihren linken Arm frei. Sie tastete wild mit den Fingern über die Erde, auf der sie lag, und fühlte etwas Langes, Hölzernes, vielleicht den Stiel eines Besens. Sie packte das Werkzeug, hob es in die Luft, und schlug zu.

Sie wusste nicht, ob sie seinen Rücken oder seinen Kopf getroffen hatte. Sie wollte noch einmal zuschlagen, doch der Holzstiel schien irgendwie festzustecken. Gleichzeitig hörte sie, wie Antoine eine Art Grunzen ausstieß, und dann ertönte ein Geräusch, als würde Luft aus einem Reifen gelassen. Seine Bewegungen erstarben, der Schmerz in ihrem Körper ließ nach.

Für einige Sekunden lag sie einfach nur da, sog gierig die Luft ein und versuchte zu verstehen, was geschehen war. Dann überfiel sie namenloses Grauen. In wilden Bewegungen machte sie sich los und schob ihn halb von sich herunter, halb wand sie sich unter ihm hervor. Endlich hatte sie sich befreit. Zitternd stand sie auf. Erst jetzt merkte sie, dass sie nicht aufhören konnte zu schluchzen. Sie zog ihr Kleid herunter und versuchte die Knöpfe ihres Oberteiles zu schließen, aber ihre Hände zitterten zu sehr, und die meisten Knöpfe waren ohnehin abgerissen.

Antoine gab ein Stöhnen von sich, und das brachte sie schlagartig zur Besinnung. Sie musste sofort weg von hier, bevor er sich erholte und sie wieder in seine Gewalt brachte. Voller Entsetzen sah sie, dass er zwischen ihr und der Tür lag. Sie musste über ihn hinwegsteigen. Sie holte tief Luft, machte einen Satz über seinen Körper hinweg und warf sich gegen die Tür. Dann war sie im Freien und begann zu laufen, so schnell sie konnte.

Unter der ersten Straßenlaterne am Hafenbecken blieb sie mit einem Ruck stehen und sah an sich herunter. Ihr Kleid war zerfetzt, am linken Ärmel war es blutverschmiert. Entsetzt befühlte sie ihren Körper, um festzustellen, ob sie verletzt war. Sie konnte keine Wunde entdecken. Also musste das Blut auf ihrer Kleidung von Antoine stammen. Ekel überkam sie, als sie spürte, wie es feucht zwischen ihren Beinen hinablief. Fieberhaft überlegte sie, ob sie irgendetwas in der Hütte vergessen hatte. Nur den Briefumschlag mit dem Geld. Sie lachte bitter auf. Dann richtete sie sich auf und machte sich auf den Weg nach Hause, wobei sie darauf achtete, von niemandem gesehen zu werden.

Als sie in der Rue du Port ankam, registrierte sie, dass Robert noch wach war, denn es brannte Licht im Wohnzimmer. Es war ausgeschlossen, dass er sie in diesem Zustand sah, also verbarg sie sich hinter dem Zeitungskiosk, der auf der gegenüberliegenden Straßenseite stand. Sie lehnte sich an die hölzerne Wand und begann zu weinen. Sie ekelte sich vor sich selbst, ihr Körperinneres brannte, ebenso wie ihre Wange. Sie erinnerte sich, dass Antoine sie in der Hütte geohrfeigt hatte, als sie versucht hatte zu schreien. Ihre Beine fingen jetzt so stark an zu zittern, dass sie sich nicht länger aufrecht halten konnte. Sie ließ sich mit dem Rücken an der Wand herabgleiten, bis sie auf dem Boden saß.

In ihrem Kopf jagten sich die Gedanken. Wie sollte sie Robert unter die Augen treten? Wie würde er reagieren, wenn er erfuhr, was sein Bruder ihr angetan hatte? Und wie würde Antoine sich rächen? Panik stieg in ihr auf, als sie daran dachte, was er Olivier und Zaza antun könnte. Sie wünschte sich in diesem Augenblick, ihn getötet, die Gefahr, die von ihm ausging, für alle Zeit aus der Welt geschafft zu haben. Sie hörte wieder sein Stöhnen, als sie über ihn hinweggestiegen war, um zur Tür zu kommen. Sie hatte sein Blut an ihren Kleidern. Sie kam zu dem Schluss, dass das Werkzeug, mit dem sie auf ihn eingeschlagen hatte, ein Messer zum Abschuppen großer Fische gewesen sein musste, vielleicht auch ein Harpunenhaken, wie die Fischer sie benutzten, um den

Fang an Bord zu ziehen. Deshalb hatte sie nicht noch ein zweites Mal zuschlagen können, weil die Klinge sich in seinem Körper verfangen hatte. Der Gedanke ließ sie würgen.

Sie sah zu ihrer Wohnung hoch, wo immer noch Licht brannte. Das war eine liebe Angewohnheit zwischen ihr und Robert: Der eine wartete auf den anderen. Dann saßen sie sich gegenüber und erzählten sich, wie der jeweilige Abend gewesen war. Odette fragte sich, ob sie jemals wieder diese vertrauten Stunden mit Robert erleben würde. Vor Verzweiflung barg sie das Gesicht in den Händen. Sie wusste nicht, was sie tun sollte.

So fand sie kurz darauf Madame Hoffman, die Hausmeisterin.

»Kindchen, was ist denn passiert? Habe ich doch richtig gesehen, dass Sie das sind. Warum kommen Sie denn nicht ins Haus?«

Odette konnte nicht antworten. Was hätte sie auch sagen, wie ihren Zustand erklären sollen?

Madame Hoffman half ihr aufzustehen. »Sie kommen erst mal mit zu mir und ziehen sich etwas anderes an. So können Sie Ihrem Mann doch nicht unter die Augen treten. Keine Angst, es ist weit und breit niemand zu sehen.«

Aimée Hoffman war etwas rundlicher als Odette, aber etwa gleich groß.

»Hier, das ist mir etwas eng, das müsste gehen.« Sie reichte Odette ein Kleid durch die halb geöffnete Badezimmertür. »Lassen Sie es jetzt gut sein. Ganz abwaschen können Sie es ohnehin nicht.«

Odettes Haut war gerötet und voller Striemen, so gründlich hatte sie sie mit der Wurzelbürste geschrubbt, immer wieder. Das Gefühl, in die Badewanne gleiten zu können, hatte ihr anfangs gutgetan, doch dann, als sie im heißen Wasser lag, kamen die Erinnerungen zurück. Wenn sie bestimmte Stellen ihre Körpers berührte, spürte sie wieder die anderen

Berührungen, seine Berührungen. Dazu kam ein grenzenloses, lähmendes Gefühl der Demütigung. Wie hatte sie es so weit kommen lassen können? Warum war sie mit Antoine mitgegangen, warum hatte sie sich überhaupt mit ihm getroffen? Hatte sie ihn zu seiner Tat ermutigt?

»Jetzt kommen Sie schon!«, mahnte Madame Hoffman hinter der Tür.

Odette stieg aus der Wanne, trocknete sich ab, wobei sie jeden Blick in den Spiegel vermied. Ihr Körper war ihr ebenso fremd wie das Kleid, das sie jetzt anzog. »Das andere habe ich in den Ofen gesteckt. Es war nicht mehr zu reparieren«, sagte Madame Hoffman, als sie zu ihr in die Küche kam.

»Danke. Warum tun Sie das?«

Aimée Hoffman stellte ihr eine Tasse Tee hin. Sie überging Odettes Frage.

»Wer hat Ihnen das angetan? War das der Mann, der neulich in Ihrer Wohnung war? Den ich nicht ins Haus lassen sollte?«

Odette nickte.

»Wer ist er?«

»Der Bruder meines Mannes.«

Natürlich kannte auch Aimée Hoffman die alte Geschichte. »Antoine?«, fragte sie. »Hab ich mir doch gleich gedacht, dass ich den Kerl kenne. Er wollte wohl alte Rechte geltend machen, der Gute?«

Odette sagte nichts.

»Auf Ihrem Kleid war Blut. Es muss von ihm stammen, denn Sie sind nicht verletzt, jedenfalls nicht äußerlich. Hat er Ihnen etwas angetan, und Sie haben sich gewehrt?«

Odette nickte. »Woher wissen Sie?«

»Ich war im Krieg Krankenschwester in einem Lazarett. Dorthin sind manchmal auch die Frauen aus den offenen Häusern gekommen, denen man übel mitgespielt hat. Ich könnte Ihnen Geschichten erzählen…«

»Ich bin nicht so eine Frau!«, protestierte Odette.

»Das habe ich auch nicht gemeint. Ich wollte Ihnen nur erklären, woher ich weiß, was mit Ihnen ist. Und ich gebe Ihnen den Rat, es mir zu erzählen. Das ist der erste Schritt, um darüber hinwegzukommen. Ich werde schweigen wie ein Grab, das verspreche ich.«

Eine halbe Stunde später waren die beiden Frauen auf dem Weg zu der Hütte am Strand. Aimée Hoffman hatte eine Spitzhacke dabei, damit sie sich gegebenenfalls wehren konnten. Sie ging als Erste in die Hütte hinein und winkte dann Odette heran.

»Hier ist niemand«, sagte sie. »Ich sehe nur eine ganze Menge Blut.« Sie hob eine kleine Harpune vom Boden auf. Sie war blutverschmiert. »Damit haben Sie zugeschlagen?«

»Ja, aber ich wusste nicht, dass da ein Messer dran war.«

»Wo haben Sie ihn getroffen?«

Odette zuckte mit den Schultern. Sie stellte sich noch einmal die Situation vor, wie sie unter Antoine gelegen und mit ausgestrecktem Arm zugestoßen hatte. »Vielleicht am Rücken…«

»Hm, möglich, dass Sie ihm eine innere Verletzung zugefügt haben. Vielleicht aber auch nur eine ordentliche Fleischwunde. Gut geht es ihm gerade bestimmt nicht«, sagte Madame Hoffman grimmig.

»Aber wird er überleben?« Odette schwankte. Dann drehte sie sich um und übergab sich keuchend in den Sand vor der Hütte. Die Aussicht, Antoine getötet zu haben, den Vater ihres Sohnes, war schrecklich. Aber die Gewissheit, dass er noch lebte und sich zweifelsohne an ihr rächen würde, war womöglich noch schlimmer.

Aimée suchte die Umgebung mit den Augen ab. In einiger Entfernung gab es weitere Hütten, aber es war unwahrscheinlich, dass Antoine sich dort aufhielt.

»Hier ist er nicht. Wahrscheinlich hat er sich in irgendeinem Loch verkrochen und leckt seine Wunden. Sie sollten jetzt nach Hause gehen, es ist schon fast Morgen. Ihr Mann wird sich Sorgen machen.«

Vor ihrer Wohnung trennten sie sich.

»Danke«, sagte Odette. »Ich weiß nicht, was ich ohne Sie getan hätte.« Sie zögerte.

»Lassen Sie es gut sein«, sagte Aimée. »Kommen Sie zu mir, wenn Sie Hilfe brauchen.«

Robert fragte sie beim Frühstück, wann sie nach Hause gekommen sei.

»Ich habe sehr lang auf dich gewartet.«

Odette murmelte eine Ausrede und war froh, als er zur Arbeit ging. Sie war immer noch viel zu aufgewühlt von den Ereignissen der letzten Nacht, um sich normal verhalten oder mit ihm reden zu können.

»Ist irgendetwas?«, fragte er am Abend, als sie stumm neben ihm saß. Als es an der Tür klopfte, zuckte sie zusammen und hielt die Luft an. Doch es war nur eine Nachbarin, die sich eine Tasse Zucker ausleihen wollte.

»Du kannst mir sagen, wenn etwas ist«, versuchte Robert es noch einmal, als sie wieder nebeneinandersaßen. »Ich bin dein Ehemann.«

»Es ist nichts«, gab sie zurück, aber ihr Blick flackerte.

Zwei Tage später klopfte es an der Tür. Es war schon spät.

Odette riss vor Schreck die Augen auf und sah Robert hilflos an. Er stand auf, um zu öffnen.

Ein Polizist stand draußen. Atemlos hörte Odette, wie er wissen wollte, wann zuletzt er Antoine gesehen hätte.

»Antoine? Das ist schon Jahre her! Was wollen Sie denn von ihm?«

»Sie sind doch der Bruder! Kommen Sie bitte mit.«

Robert steckte den Kopf zur Tür herein. »Ich gehe mit aufs Revier. Irgendetwas mit meinem Bruder.«

Eine Stunde später war er zurück.

»Sie haben Antoine gefunden«, sagte er.

Odette presste die Hand auf den Mund.

»Was ist passiert?« flüsterte sie.

»Er ist tot. Man hat ihn am Strand von Saint-Aygulf gefunden.« Das lag nur wenige Kilometer südlich von Fréjus. »Er ist angespült worden. Ich musste mit aufs Revier, um ihn zu identifizieren.«

»Antoine ist tot?« Sie hatte Mühe, die Wörter hervorzubringen. Ihre Mundhöhle war plötzlich trocken, als hätte sie seit Tagen nichts getrunken.

Robert nickte.

Odette fing an zu weinen und konnte nicht wieder damit aufhören. Zum einen war sie unfassbar erleichtert, dass er ihr nun nichts mehr tun konnte, gleichzeitig hatte sie aber auch Angst, dass sie an seinem Tod schuld sein könnte. Sie schlug die Hände vor das Gesicht.

Robert nahm ihre Hände weg und zog sie in seine Arme. »Aber, Odette, was ist denn? Ich dachte, du wärst über ihn hinweg.«

Abrupt hörte sie auf zu weinen. »Du glaubst, ich trauere um ihn? Dass ich ihn womöglich immer noch liebe? So ist es nicht, das musst du mir glauben!«, beteuerte sie.

Er nickte.

»Dann sag mir endlich, was passiert ist. Du hast doch etwas. Du bist seit einigen Tagen so still, du hast Angst, wenn es an der Tür klopft.« Er hielt sie im Arm und streichelte ihr beruhigend über den Rücken. Dann erzählte er ihr, was er bei der Polizei erfahren hatte. »Antoine hat in Paris im Gefängnis gesessen, wegen Erpressung und einiger anderer Delikte. Bei Kriegsausbruch hat er sich freiwillig gemeldet und in einem Strafbataillon gedient. Als er aus der Armee entlassen wurde, ist er in dem allgemeinen Durcheinander untergetaucht. Und dann hat er sich hier herumgetrieben, das hat man mir auf dem Revier erzählt.« Plötzlich stockte er und dachte nach. »Er war hier bei dir, nicht wahr? Deshalb bist du so verstört. Deshalb will Olivier nicht mehr raus zum Spielen.«

Odette nickte. »Das hast du auch bemerkt?«

Robert schlug mit der Faust in seine geöffnete Hand. »Hat er dir etwas angetan? Warum hast du nichts gesagt? Ich hätte euch beschützt. Es wäre meine verdammte Pflicht gewesen.« Odette sah die Wut und die Qual in seinem Gesicht.

»Du hast recht, ich hätte mich dir anvertrauen müssen. Aber ich habe mich so geschämt. Er hat…« Sie begann wieder hemmungslos zu weinen, sie schämte sich so, dass es ihr unmöglich war, mehr zu sagen.

Sein Kopf flog herum. Er wusste Bescheid, ohne dass sie etwas sagen musste.

»Es war an dem Abend, als du angeblich bei einer Freundin warst.« Es war eine Feststellung, keine Frage. »Du warst so verändert danach.«

»Es tut mir so leid«, schluchzte sie.

»Nicht dir muss es leidtun, sondern mir. Und ihm. Ich bin froh, dass du keine Angst mehr vor ihm haben musst.«

Odette wagte kaum zu fragen: »Wie ist er gestorben?«

»Die Polizei meint, er sei ertrunken. Obwohl er eine Wunde auf dem Rücken hatte.«

»Mein Gott!«, brachte Odette hervor. Dann erzählte sie Robert davon, wie sie ihn geschlagen hatte.

»Odette, was hast du nur durchmachen müssen!« Er nahm sie wieder in die Arme.

Endlich stand nichts mehr zwischen ihnen. Sie klammerten sich aneinander und küssten sich. Sie nahmen sich nicht einmal die Zeit, ins Schlafzimmer hinüberzugehen. Ihre Körper fanden sich, und Robert liebte Odette zwar zärtlich, aber mit einer derart verzweifelten Leidenschaft, als wollte er alle Spuren seines Bruders tilgen.

Am nächsten Morgen sagte er zu ihr: »Ich werde mit Olivier sprechen, damit er keine Angst mehr haben muss. Und dann werden wir den Namen meines Bruders nie wieder erwähnen.«

Aimée Hoffman war ihr eine gute Freundin geworden. Die einzige, die sie seit der Geburt von Olivier je gehabt hatte, wenn sie ehrlich war. Denn alle ihre Schulfreundinnen hatten brav geheiratet und sich von ihr abgewendet.

Aimée fragte sie, ob sie an die möglichen Folgen der Vergewaltigung gedacht habe.

Es dauerte etwas, bis Odette verstand, was Aimée damit meinte. Was, wenn sie schwanger wäre? Sie lachte bitter auf, und die Hässlichkeit des Geräusches erschreckte sie. Aber die Vorstellung war ja auch wirklich zu grotesk: Zweimal ungewollt schwanger von demselben Mann. Ihr Lachen ging wieder in Schluchzen über.

»Wann war Ihre letzte Periode?«

Odette rechnete nach und stellte mit Entsetzen fest, dass es ihre fruchtbaren Tage gewesen waren.

»Was soll ich tun? Sie müssen mir helfen. Das würde ich nicht überleben!«

»Wir können nur abwarten. Noch ist nichts verloren.«

Als Odette zwei Wochen, nachdem Antoine ihr Gewalt angetan hatte, ihr monatliches Unwohlsein bekam, war ihre Erleichterung grenzenlos.

Sie rannte die Treppen hinunter und klopfte an der Loge der Concierge. »Alles in Ordnung«, rief sie und umarmte Aimée stürmisch, ohne groß zu überlegen.

»Das sollten wir feiern«, gab Aimée zurück.

»Genau. Ich werde für Sie ein Festmahl geben. Heute Abend.«

Robert hatte seinen Traum, Reporter in Paris zu werden, noch nicht aufgegeben. Nach dem Tod seines Vaters hatten er und Antoine das kleine Haus am Meer geerbt, in dem sie aufgewachsen waren. Solange Antoine noch lebte, hatte Robert es nicht verkaufen können, doch nachdem sein Bruder das Erbe nicht mehr antreten konnte, entschloss Robert sich, es zu veräußern. Er selbst würde dort nicht mit Odette und den Kindern einziehen, denn es war zu klein und zu unbequem für sie. Außerdem gefiel ihm die Lebendigkeit der Wohnung am Hafen.

Er hatte Riesenglück, als einer der vielen Maler aus Paris, der Ruhe und Motive suchte, sich in das Haus verliebte und einen guten Preis dafür zahlte. Robert war froh, das Haus los zu sein. Es hatte ihn an Fréjus gebunden. Zudem verschaffte ihm das Geld einen finanziellen Freiraum. Sonst kamen er und Odette gerade so über die Runden, wenn sie keine großen Ausgaben tätigten. Mit dem Erlös für das Haus bezahlte er Antoines Beerdigung, einen Teil des Geldes nahm er für sich, um nach Paris zu fahren, den Rest legte er in die Spardose. Das Geld, das Odette Antoine gegeben hatte, blieb verschwunden.

»Kann ich dich für ein paar Tage allein lassen?«, fragte er Odette eines Abends. »Ich muss nach Paris. Ich möchte mich dort beim *Matin* vorstellen.«

Odette machte die Vorstellung, Fréjus zu verlassen, Angst. Sie kannte Paris nicht, sie würde dort ein ganz anderes Leben führen als hier. Aber sie sagte nichts. »Natürlich komme ich allein zurecht. Olivier ist doch schon groß, und Zaza ist so lieb. Und sonst hilft mir Aimée.«

»Dann fahre ich nächsten Mittwoch und komme am Sonntagabend wieder.«

Doch aus Roberts Plänen wurde vorerst nichts. Beim *Matin* hatte man keine Stelle für ihn.

Robert beschloss, seinen Traum nicht aufzugeben und die Augen offen zu halten. Eines Tages würde er als Journalist in Paris arbeiten, das schwor er sich.

Kapitel 16

Suzannes zweite Schwangerschaft verlief wie aus dem Bilderbuch. Ihr war weder übel noch hatte sie besondere Gelüste. Sie wurde einfach nur dicker und schwerer.

»Nicht einmal schlechte Laune hast du«, sagte Mathieu mit einem Lächeln. »Und deine Lust lässt auch nicht nach.«

Im Gegenteil, dachte Suzanne. Seit sie schwanger war, konnte sie nicht genug von Mathieu bekommen. Manchmal konnte sie es kaum erwarten, bis Dédé endlich in seinem Bettchen schlief, damit sie ungestört waren. Sie wurde rot, als sie seinen Blick auf sich spürte.

Mathieu räusperte sich. »Wie geht es Charles?«, fragte er.

Sie saßen am Küchentisch vor den leer gegessenen Tellern. Suzanne wollte aufstehen und abräumen, aber Mathieu legte ihr die Hand auf den Arm. Sie setzte sich wieder und seufzte.

»Unverändert. Er liegt in seinem Bett und starrt die Decke an. Hélène behauptet, er würde verstehen, was sie sagt. Aber ich glaube das nicht. Das würde ich ihr natürlich nie sagen. Manchmal denke ich, es wäre besser für ihn, wenn er von uns ginge.«

Vor drei Monaten war Charles plötzlich in seinem Laden umgekippt, als er gerade einen Ordner aus einem Regal über seinem Kopf herausgezogen hatte. Suzanne hörte noch den dumpfen Aufprall, als der schwere Körper auf den Fußboden prallte, und dann noch einen, als der Ordner hinterherfiel. Sie hatte sofort die Ambulanz gerufen, aber in den Gesichtern der Sanitäter hatte sie gelesen, dass es schlecht um ihn stand. Nach drei Wochen war er aus dem Krankenhaus entlassen worden. Die Ärzte hatten Hélène keine Hoffnung auf Besserung gemacht und ihr geraten, sich von ihrem Mann zu verabschieden. Charles war gelähmt und nahm die Welt um sich herum nicht wahr. Mit unendlicher Geduld flößte Hélène ihm Essen und Trinken ein, saß an seinem Bett und erzählte ihm den neusten Klatsch aus der Nachbarschaft oder sang ihm vor. Sie war fest davon überzeugt, dass er eines Tages wieder gesund werden würde.

Suzanne glaubte nicht daran. Weil Charles trotz Hélènes Bemühungen kaum Nahrung zu sich nahm, magerte er immer mehr ab und wurde zusehends schwächer. Aber das Atelier musste weiterlaufen. Ganz selbstverständlich hatte Suzanne seine Arbeit mit übernommen, und Hélène hatte sie darin bestärkt.

»Der Laden ist sein Leben. Er soll noch da sein, wenn er wieder aufwacht«, sagte sie.

Kurz darauf hatte Suzanne bemerkt, dass sie wieder schwanger war.

»Wie soll das gehen?«, hatte sie Hélène ängstlich gefragt.

»Ich werde auf beide Kinder aufpassen, wenn du unten im Laden bist. Ob ich nun nur Dédé oder noch ein zweites Kind habe … Und wenn das Kleine Hunger hat, bringe ich es dir.«

»Aber du musst dich doch auch um Charles kümmern. Wird dir das nicht zu viel?«

Hélènes Blick flackerte kurz, dann zeigte sie wieder ihren unerschütterlichen Optimismus. »Ich kriege das schon hin. Und Charles wird ja auch wieder.«

Suzanne war unendlich dankbar dafür, wie sich trotz Charles' Krankheit alles fügte. Sie liebte die Arbeit im Fotostudio nach wie vor, und wenn sie ehrlich war, dann tat sie das jetzt, wo sie die alleinige Verantwortung trug, noch mehr.

Nachdem Charles' Zustand sich auch nach mehreren Wochen nicht gebessert hatte, fing sie mit vorsichtigen Veränderungen an. Sie stellte neue Bilder ins Schaufenster.

Fotos, die die kühne Pariser Architektur zeigten, Fotos von Familien beim Sonntagsausflug, die wie Schnappschüsse wirkten: fröhlich und ungestellt.

Die Zeitungen waren in diesen Wochen voll von Artikeln über den städtischen Wohnungsbau. Eine Fraktion in der Stadtverwaltung hielt eine Umgestaltung der alten, unhygienischen Viertel und den Bau von modernen Wohnungen für unabdingbar. Die Gegner plädierten für die Bewahrung des historischen Erbes der Stadt. Zudem wurde die Bebauung der »Zone« beschlossen.

Die Zone war ein ungefähr zweihundertfünfzig Meter breiter Verteidigungsstreifen rund um Paris. Auf diesem Gelände durfte bisher nicht gebaut werden, sogar die Bäume waren geschlagen worden, um freie Sicht auf mögliche Angreifer zu haben. Hier hatten sich illegal die Ärmsten der Armen in Hütten und Verschlägen, alten Eisenbahnwaggons und Zeltstädten angesiedelt. Ihre Zahl war mittlerweile auf mehr als vierzigtausend Menschen angewachsen. Um der Wohnungsnot zu begegnen, wurde im Stadtrat beschlossen, die Zonenbewohner zu vertreiben, die alten Behausungen niederzureißen und an ihrer Stelle neue Häuser zu bauen.

Suzanne wollte die Zone noch so fotografieren, wie sie jetzt war. Daher fuhr sie mehrere Male mit der Metro in südlicher Richtung bis zur Endstation nach Ivry, dann machte sie sich zu Fuß auf den Weg. Die Zone, das war hier ein ödes Stück Land, ohne Bäume und Sträucher. Horden von Jungen in zu kurzen Hosen liefen ihr entgegen, einige schauten sie provozierend an, andere verschüchtert. Sie lungerten vor baufälligen Hütten herum, mit leeren Mägen und wachem Blick. Sie posierten vor ihrer Kamera und klopften Sprüche.

Je weiter sie vordrang, umso mehr Details entdeckte sie. Sie fotografierte die Hühnerställe, die kleinen, mit wackeligen Bretterzäunen abgetrennten Gemüsegärten und die Ziegenherden, die Jahrmarktstände, die Buden der Wahrsagerinnen, die umherziehenden Musiker, die ihr ein Ständchen gaben, den Mistelverkäufer, der seine Waren an einem Holzstecken in dicken Ballen rechts und links auf der Schulter trug. Eine ganze Familie von Lumpensammlern kam ihr entgegen, ein Mann und eine Frau und viele Kinder, die jüngsten von ihnen thronten auf dem hochbeladenen Karren. Vor einem ausrangierten Waggon der Eisenbahn war eine Wäscheleine gespannt, auf der Weißwäsche akkurat nach Hosen und Leibchen sowie nach Größe sortiert aufgehängt war. Das fast blendende Weiß der Wäsche stand im krassen Gegensatz zu dem allgegenwärtigen Schmutziggrau der Ansiedlung. Zwei kleine Mädchen spielten zu Füßen der hölzernen Leiter, die in den Waggon hinaufführte. Suzanne vermutete, dass sie die Wäsche bewachten.

Wenn sie von diesen Ausflügen abends nach Hause kam, war ihr Kopf so voller Geschichten und Eindrücke, dass sie sie Mathieu erzählen musste.

»Da geht eine ganze Tradition verloren. Diese Zone ist nicht Paris, aber auch nicht das Landleben. Die Leute sind arm, und viele von ihnen sind bestimmt kriminell, um über die Runden zu kommen. Aber sie sprühen vor Ideen, überall hört man Musik, gibt es Zirkusvorführungen…«

»Pass nur auf, dass dir nichts passiert. So eine Kamera könnte für den einen oder anderen zu verlockend sein«, mahnte Mathieu. »Und ich möchte nicht, dass du Dédé mitnimmst.«

»Keine Sorge, er bleibt bei Hélène. Und was meine Sicherheit angeht: Meistens begleitet mich eine ganze Bande von Jungen. Und ich erzähle den Leuten, dass ich auf ihrer Seite bin. Meine Arbeit dort ist wichtig. Dort geht ein Stück der Kultur unserer Stadt verloren. Ich will sie festhalten, bevor sie verschwindet.«

»Wohin gehen denn die Leute, die man von dort vertreibt?«

Suzanne wusste es nicht. Man versprach den Bewohnern der Zone Entschädigungen und billige, neue Wohnungen, aber sie trauten den Zusagen nicht. Beinahe täglich gab es Protestmärsche. Auch die fotografierte Suzanne. Als sie eine Mappe mit Aufnahmen zusammenhatte, ging sie damit zum Direktor des Museums für Stadtgeschichte. Nachdem er sich von seiner Überraschung erholt hatte, dass eine Frau – und dann auch noch schwanger! – die Fotos gemacht hatte, zeigte er sich interessiert. Suzanne bot ihm auch einzelne Segmente von Charles' Sammlung an: die Treppenhäuser, die Türknäufe, die Häuser, die er vor ihrem Abriss fotografiert hatte. Sie konnte ihr Glück kaum fassen, als der Museumsdirektor sie ihr abkaufte.

Hélène war unglaublich stolz auf ihren Mann. Sie saß an Charles' Bett und erzählte ihm jeden Tag aufs Neue, seine Fotos würden jetzt im Museumsarchiv lagern. Der Erlös aus den Verkäufen ging zum großen Teil für die Krankenhaus- und Arztrechungen dahin. Das Geld war schneller ausgegeben, als es hereinkam. Suzanne ließ sich etwas Neues einfallen.

»Wir werden Werbung machen«, verkündete sie eines Tages der verblüfften Hélène.

»Das hat mein Charles nie für nötig gehalten.«

Suzanne setzte sich ihr gegenüber und nahm ihre Hand. Aus der Nähe konnte sie sehen, dass Hélènes Haut, die immer prall und rosig ihre Wangen überspannt hatten, schlaff geworden war. Eine Welle der Sympathie für die ältere Frau überkam sie. »Nur ein paar kleine Anzeigen. Das machen jetzt alle. Wir müssen die Kunden ins Atelier locken. Wir müssen ihnen Dinge anbieten, von denen sie bisher nicht wussten, dass sie sie brauchen. Ich dachte zum Beispiel an Sonderangebote für Hochzeitsfotos.«

»Die Leute heiraten doch gar nicht. Es gibt keine Männer mehr seit diesem verdammten Krieg.«

Da hatte Hélène recht. Der Frauenüberschuss entwickelte sich zu einem echten Problem.

»Na gut, aber was ist mit den Einschulungen? Zu Ostern kommen die Kinder in die Schule. Ich biete ihnen Aufnahmen vom ersten Schultag an.«

Hélène wiegte nachdenklich den Kopf hin und her.

»Vertrau mir, Hélène. Denk an die offenen Rechnungen. Meine Ideen sind gut. Sieh nur.« Sie faltete ein Schreiben des historischen Museums der Stadt auseinander. Dort war man interessiert an einer Serie von öffentlichen Brunnen und Wasserstellen, die Charles vor einigen Jahren aufgenommen hatte. »Auf diese Weise geht Charles' Arbeit nicht verloren. Seine Fotos überdauern die Zeit. Und dann habe ich noch eine Idee: Wie wäre es mit Postkarten?«

»Hm«, machte Hélène. Sie zupfte sich an ihrem linken Ohr, so wie ihr Mann es auch getan hätte.

»Ich habe mit Mathieu gesprochen. Er würde die Verbindung zur Druckerei herstellen und für uns die Kosten verhandeln. Wir würden die Postkarten im Laden anbieten und im Schaufenster ausstellen. Man müsste an die Amerikaner herankommen. Das sind die Leute, die heutzutage Geld haben. Die ganzen Sammies, die noch hier sind seit dem Krieg oder die als Touristen wiederkommen. Denen sitzt das Geld locker und sie lieben Paris …« Suzanne dachte schon einen Schritt weiter. Camille verkehrte in diesen Kreisen. Seit Kurzem gab es da sogar einen gewissen Tom, der ihr den Hof machte. All dies erzählte sie Hélène und geriet dabei vor Eifer ganz außer Atem.

»Ist ja gut, ist ja gut.« Hélène lachte und hob wie zur Kapitulation die Hände. »Es scheint dir ja sehr wichtig zu sein. Meinetwegen, versuch's.«

Damit war das Thema für sie abgeschlossen.

Suzanne schuftete wie ein Pferd. Sie musste den Laden organisieren. Dazu stellte sie einen Jungen ein, der vormittags hinter dem Tresen stand, die Kunden bediente und die Räume sauber hielt. Solange Pierre im Laden war, fertigte sie die Porträts an und machte die Straßenaufnahmen. Am Nachmittag war sie im Geschäft, entwickelte die Fotos, machte die Ablage, dekorierte, schrieb Rechnungen… Und in der Metro auf dem Weg nach Hause dachte sie darüber nach, wie sie die Dinge noch besser und effizienter gestalten konnte. Manchmal war sie abends, wenn sie mit Dédé nach Hause kam, völlig erschöpft. Ihre Beine waren schwer, und sie spürte ein unangenehmes Ziehen im Bauch. Aber sie weigerte sich, weniger zu arbeiten.

Um Ostern herum ging sie in die Schulen, denen sie vorher angeboten hatte, die neuen Klassen zu fotografieren. Viele Direktoren fanden die Idee gut. Sie war tagelang unterwegs, um Erstklässler mit eingeschüchterten Gesichtern und bunten Schultüten zu fotografieren.

Der Druck der Postkarten ließ sich ebenfalls gut an. Suzanne begann mit beliebten Motiven: die Blumenverkäuferin, der Kioskbesitzer und andere typische Berufe, Pariser Sehenswürdigkeiten und ihre Ansichten von der Seine. Sie stellte fest, dass Menschen vor berühmten Bauwerken sich am besten verkauften: das verliebte Paar auf dem Pont Neuf, ein Kind mit einem Drachen auf dem Platz vor dem Trocadéro und so weiter.

Die Menschen im Viertel kannten sie mittlerweile: die schwangere Frau, die forschen Schritts eine Kinderkarre mit einem Jungen vor sich her schob und Häuser und Metroeingänge fotografierte. Die Entfernung zwischen Charles' Atelier in der Rue du Cherche-Midi und ihrer Wohnung in der Rue Jacob war nicht allzu groß. Wenn sie einen kleinen Umweg machte, konnte sie durch den Jardin de Luxembourg gehen. Als der Sommer kam, nahm sie sich auf dem Nachhauseweg die Zeit, um hier mit Dédé zu spielen. Der Junge freute sich besonders, wenn sie den Mann trafen, der stundenweise kleine hölzerne Modellboote vermietete. Er ließ das Boot auf dem großen Wasserbecken zwischen den vielen anderen fahren und zog es an einer Schnur hinter sich her, wobei er sich Wettrennen mit anderen Booten lieferte. Suzanne saß auf einer Bank, streckte die Beine von sich und sah ihm zu. Er sollte mehr mit anderen Kindern spielen, dachte sie. Er ist zu viel mit Hélène und mir zusammen. Zärtlich strich sie sich über den Bauch. Immerhin wird er bald ein Geschwisterchen haben.

Wann immer er es einrichten konnte, kam Mathieu nach der Arbeit ebenfalls in den Jardin de Luxembourg. Er spielte Fußball mit Dédé und anderen Jungen oder er setzte sich neben Suzanne auf die Bank, holte ihr ein Glas Limonade und fütterte sie mit gebrannten Mandeln. Wenn der Parkwächter die Schließung des Gartens ankündigte, setzte sich Mathieu seinen Sohn auf die Schultern, und sie machten sich müde und zufrieden auf den Heimweg.

Mathieu hatte jetzt einige Russen als Kollegen, Emigranten, die vor der bolschewistischen Revolution in ihrem Land geflohen waren. Die meisten arbeiteten als Taxifahrer. Viertausend von ihnen gab es mittlerweile in Paris. Sie hatten einen eigenen Berufsverband gegründet und verfügten durch ihren gesellschaftlichen Hintergrund – die meisten von ihnen waren in Russland Minister und hohe Beamte, Wissenschaftler oder Bankiers gewesen – über vollendete Manieren, was die französischen Taxichauffeure mit Hohn und Spott quittierten. Die russischen Frauen, deren großbürgerliche Erziehung ihnen unter anderem ein außerordentliches Geschick im Nähen und Sticken mit auf den Weg gegeben hatte, waren in den Modehäusern beschäftigt und schufen mit ihren filigranen Perlenstickereien Kleider, die wie Feenschleier wirkten.

Manchmal brachte Mathieu einen von ihnen mit nach Hause. Suzanne mochte sie. Sie unterstrichen ihre Worte mit großen Gesten und machten ihr übertriebene Komplimente, sie lobten ihre Küche und bedankten sich überschwänglich für ihre Gastfreundschaft. Wenn sie zu viel getrunken hatten, sangen sie Lieder in ihrer Sprache und weinten dabei. Diese Abende waren voll von Gesang, Gelächter und Emotionen.

Später sollte Suzanne denken, dass dieser und der folgende Sommer wohl die schönsten ihres Lebens waren. Sie führte ein friedliches Familienleben, sie hatte einen entzückenden Sohn und erwartete ein zweites Kind, von dem sie hoffte, es würde ein Mädchen werden. Mathieu liebte sie von ganzem Herzen, und die Leidenschaft zwischen ihnen loderte beinahe jeden Tag aufs Neue auf. Wenn es einmal vorkam, dass sie über Nacht getrennt waren, dann vermisste Suzanne die vertraute Wärme ihres Mannes sehr. Sie war immer noch verliebt in seine Rechtschaffenheit, in die Klarheit seiner Gedanken und in die Eleganz seiner sparsamen Bewegungen. Sie ließ sich gern von seinem Körper umfangen, von seinem breiten, glatten Rücken, von seinem Geruch, der immer etwas Weiches, Honighaftes hatte. Sie vertraute ihm rückhaltlos, sie wusste, er würde immer für sie und die Kinder da sein. Und zu alldem kam ihre Aufgabe im Fotoatelier. Sie genoss die Erfolge, die sie mit ihrer Arbeit einheimste, sie zählte gern das Geld, das sie ihr einbrachte. Sie hatte keine Angst vor der Zukunft.

Besonders schön war die Feier zum 14. Juli. Es war ein goldener Abend, die Sonne wärmte die Straßen und Plätze. Sie und Mathieu waren gesund und glücklich. Mathieu machte den Vorschlag, zur Place de la Bastille zu laufen. Dort hatte man Tische und Bänke in langen Reihen aufgebaut. Es gab Wein und Würstchen, Feuerschlucker und Gaukler traten auf, dann spielte eine Kapelle, und die Menschen tanzten und schoben sich über den Platz. Sie waren so ausgelassen, so sorglos, so jung! Und sie waren fest entschlossen, diesen Abend, den Nationalfeiertag, zu einem fröhlichen Fest zu machen. Der Morgen dämmert schon, als sie endlich nach Hause gingen, und Mathieu liebte Suzanne und flüsterte ihr Liebesschwüre ins Ohr.

An Robert dachte sie in dieser erfüllten Zeit nur selten.

»Heute wirst du endlich Tom kennenlernen.« An der Art, wie Camille das sagte, erkannte Suzanne, dass er etwas Besonderes sein musste. In der letzten Zeit war dieser Name auch immer häufiger gefallen.

Sie hatten sich in der Brasserie Lipp verabredet, genau wie früher. Dort wurde ein Diner-dansant veranstaltet. Es war das erste Mal, dass Suzanne nach der Geburt ihrer Tochter ausging. Aber Jeanne war jetzt drei Monate alt, und Mathieu hatte gesagt, er freue sich auf einen Abend allein mit ihr.

Suzanne kam sich komisch vor, als sie ihre Mäntel an der Garderobe abgaben. Sie hatte noch nicht ganz ihre alte Figur wieder, sie war weich und rund in der Taille und an den Oberarmen, und ihre Brüste waren größer als sonst. Ihr Haar hatte nach der Schwangerschaft einen stärkeren Rotstich bekommen. Anfangs hatte sie sich darüber geärgert, aber dann gemerkt, wie sehr es Mathieu gefiel. Für diesen Abend hatte sie sich ihre Locken aus dem Gesicht gekämmt und die Augen dezent geschminkt. Ihr Teint war immer noch so blass wie früher, erschien aber durch das dunklere Rot der Haare noch zerbrechlicher. Sie bewegte sich mit der Selbstsicherheit einer glücklichen Frau, die weiß, dass sie geliebt wird, und mit einer leichten Trägheit, die etwas Irritierendes an sich hatte. Neben ihr stolzierte Camille, dünn, kantig und zappelig. Als sie quer durch den Saal zu ihrem Tisch gingen, fing sich ihr Bild in den zahlreichen Spiegeln und wurde von ihnen zurückgeworfen, von vorn, von hinten und von der Seite. Camille trug ein extravagantes, kniekurzes zitronengelbes Kleid, dessen viele Falten und Säume mit Fransen geschmückt waren. An Dekolleté und Handgelenk blitzten schwarze Perlen in dicken Strängen, die zusammen mit ihren nachtschwarzen Haaren einen Kontrast zu dem hellen Kleid bildeten. Suzanne trug ein schlichtes Kleid in Grün, ihrer Lieblingsfarbe. Ihr einziger Schmuck bestand in einem bestickten Kragen und ihrem roten Haar. Suzanne registrierte die gierigen Blicke der Männer, die sich nicht zwischen diesen beiden so gegensätzlichen Frauen entscheiden konnten.

Tom Harper hatte sich entschieden. Er hatte nur Augen für Camille. Als sie an den Tisch traten, sprang er auf, um Suzanne höflich die Hand zu reichen, dann nahm er Camille in die Arme und küsste sie auf beide Wangen.

»Du siehst wunderschön aus«, sagte er voller Bewunderung. »Sie natürlich auch«, beeilte er sich mit einem Blick auf Suzanne hinzuzufügen.

Sie mussten alle drei lachen, und der Bann war gebrochen.

Der Kellner kam, und sie bestellten einen Bordeaux und Steaks.

»Weißt du noch, wie wir uns vor noch gar nicht so langer Zeit nach einem Steak gesehnt haben?«, fragte Camille.

Suzanne lachte. »Du hättest damals deinen Arm für ein Stück Fleisch gegeben.«

Tom sah sie entsetzt an. »Deinen Arm?« Es war offensichtlich, dass er aus einem Land kam, in dem Hunger und Entbehrungen unbekannt waren. Er nahm Camilles Hand und ließ sie nicht wieder los.

»Woher kommen Sie?«, fragte Suzanne.

»Aus Boston.«

»Und? Welche Stadt ist schöner: Ihre oder meine?«

»Hier sind die Frauen schöner. Und die Steaks sind besser«, antwortete er, als der Kellner ihnen das saftige Fleisch servierte. Er schnitt einen großen Bissen ab und aß mit gesundem Appetit.

Camille sah Suzanne an und wollte durch ein simples Hochziehen der Augenbrauen wissen, wie sie Tom denn fände.

Suzanne lächelte sie an. Dieser Mann schien genau der Richtige für ihre beste Freundin zu sein. Er war schon älter, demnächst wurde er vierzig, hatte Camille ihr erzählt. Sein dichtes dunkelblondes Haar hatte er mit viel Pomade nur halbwegs bändigen können, aus seinen weißen Hemdsärmeln ragten kräftige Hände, deren Oberseiten behaart waren. Tom

Harper hatte in Boston eine Klempnerfirma mit Zweigstellen in vielen Stadtteilen. Er hatte in seinem Leben bereits viel Geld verdient und war wohlhabend. Im Krieg war er als Soldat in Frankreich gewesen und war jetzt zurückgekommen, um das Land im Frieden zu sehen. Weiter als Paris hatte er es aber bisher nicht geschafft, weil Camille ihm über den Weg gelaufen war.

»In Boston platzen die Wasserleitungen noch häufiger als hier. Das liegt an unseren strengen Wintern. Von verstopften Toiletten ganz zu schweigen«, sagte er gerade. »Aber mein Bruder kümmert sich während meiner Abwesenheit um alles. Ich habe sechs Geschwister, müssen Sie wissen. Familie ist doch das Wichtigste, und ohne sie ist man schnell aufgeschmissen.«

Suzanne nickte und bemerkte, wie Camille nervös an ihrer Serviette zupfte.

Tom war bodenständig, kein bisschen exotisch, und er hatte sich in den Kopf gesetzt, Camille glücklich zu machen.

»Iss jetzt, meine Schatz«, sagte er gerade zu ihr und hielt ihr fürsorglich seine Gabel mit einem besonderen Bissen vor den Mund. Camille ließ sich bereitwillig von ihm füttern.

Er wandte sich wieder an Suzanne. » Camille sagte mir, Sie fotografieren?«

Suzanne nickte. »Ich habe auch einen Geschäftspartner, der aber leider krank ist. Also führe ich unser Fotostudio in der Rue du Cherche-Midi zurzeit allein.«

»Rue du Cherche-Midi? Das ist am Montparnasse, nicht wahr?«, fragte er.

Suzanne nickte.

»Dort wohne ich. Im Lutetia.«

»Oh«, machte Suzanne und dachte dabei an den Luxus dieses Hauses und an ihre Unsicherheit, als sie damals der russischen Großfürstin ein Kleid ausgeliefert hatte. Wie lange das her war! Was war in der Zwischenzeit nicht alles geschehen!

Sie hatten ihre Steaks aufgegessen und zum Nachtisch Profiteroles und eine Flasche Sauternes bestellt. Während Tom und Camille tanzten, dachte Suzanne über die letzten Jahre nach. Sie nippte an ihrem Wein, der ihr schon zu Kopf stieg, und lehnte sich zurück, einen Ellenbogen über die Rückenlehne ihres Stuhls gelegt. Ein Mann kam an ihren Tisch und bat sie um einen Tanz. Sie lehnte ab. Sie genoss es, einfach hier zu sitzen und der Musik zu lauschen.

Tom brachte Camille an den Tisch zurück und forderte Suzanne zum Tanz auf. Erst jetzt bemerkte sie, dass er einen guten Kopf größer war als sie. Er war das Urbild eines gesunden, fröhlichen Amerikaners, strotzte vor Selbstbewusstsein und zweifelte nicht daran, das zu bekommen, was er wollte. Er war ein guter, routinierter Tänzer, der mit einer Ernsthaftigkeit zu Werke ging, die sie schmunzeln ließ. Er war offensichtlich fest entschlossen, an diesem Abend seinen Pflichten als Gastgeber und als Gentleman nachzukommen. Er schenkte nach, machte Komplimente, rückte Stühle zurecht.

Er wirkt wie Camilles großer Bruder, dachte sie, nachdem Tom sie wieder an ihren Platz geleitet hatte und nun erneut mit Camille tanzte. Und wahrscheinlich ist es genau das, was ihr gefehlt hat: ein älterer Freund, der sie durchs Leben führt. Sie sah Camilles strahlendes Lächeln und die Fürsorglichkeit, mit der Tom darauf achtete, dass ihr niemand auf die Füße trat. Camille sog diese Aufmerksamkeit geradezu in sich auf, nachdem sie die letzten Jahre stur auf ihre Unabhängigkeit bestanden hatte. Sogar die Abtreibung hatte sie ohne Beistand durchgestanden. Wahrscheinlich ist sie einfach erschöpft und sehnt sich nach ein bisschen Ruhe und Frieden, dachte Suzanne. Ganz abgesehen davon wird sie an Toms Seite keine materiellen Sorgen mehr haben. Aber in Camilles Augen las sie noch mehr: Camille sah zu Tom auf, sie schien sich gern von ihm leiten zu lassen. Suzanne fragte sich nur ein wenig beunruhigt, ob Camilles alte Seite nicht irgendwann wieder zum Vorschein kommen würde, ob ihr die Fürsorge irgendwann wie Bevormundung oder Entmündigung erscheinen würde. Und da war noch etwas, was Suzanne Sorge bereitete: Ob Tom wusste, dass Camille ihm keine Kinder schenken konnte?

An diesem Abend kam sie nicht mehr dazu, darüber nachzugrübeln. Nach dem Lipp gingen sie ein paar Straßen weiter ins Jockey, einen Nachtklub am Boulevard Montparnasse. Es war zwar dunkel und schummrig, aber man konnte dennoch erkennen, dass die Wände über und über mit Plakaten tapeziert waren. Tom setzte seinen ganzen Ehrgeiz darein, einen Tisch für sie zu ergattern, aber das Lokal war hoffnungslos überfüllt. Er zog sogar einen großen Dollarschein aus der Tasche und hielt ihn dem Kellner hin, aber es war nichts zu machen. Suzanne befürchtete schon, dass er jetzt ungehalten werden würde, aber er lächelte nur und bugsierte sie an den Tresen, wo er immerhin zwei Barhocker für sie organisieren konnte. Dann bestellte er Champagner. Es war zu laut für ein richtiges Gespräch, aber sie prosteten sich zu und machten Scherze über die Anwesenden.

Der Morgen graute schon, als Suzanne endlich vor ihrem Haus aus der Autodroschke stieg. Ihr war kühl in ihrem dünnen Kleid. Sie freute sich plötzlich unbändig darauf, sich an Mathieus warme, duftende Haut zu schmiegen und zu schlafen. Schnell zog sie sich aus und stahl sich ins Bett.

»Du bist ganz kalt«, flüsterte Mathieu schlaftrunken. Er drehte sich zu ihr um und nahm sie in die Arme, schlang sogar ein Bein um sie, um sie zu wärmen.

»Ich liebe dich«, sagte Suzanne an seinem Ohr.

»Er hat mich gefragt, ob ich ihn heirate!«, sagte Camille glücklich. Es war ein Sonntag, zwei Wochen nach dem Abend im Lipp, und sie trafen sich im Jardin de Luxembourg, damit die Kinder an die frische Luft kamen. Der Januartag war kalt, aber sonnig.

»Er hat dich gefragt? Herzlichen Glückwunsch.« Suzanne nahm Camille in die Arme und drückte sie. »Er ist ein charmanter Mann. Und er tut dir gut.«

Suzanne nahm Jeanne aus ihrem Kinderwagen, weil sie aufgewacht war und quengelte. Aber auf ihrem Arm beruhigte sie sich gleich wieder und blickte neugierig um sich. Sie kniff die Augen gegen das helle Sonnenlicht zusammen und zog dabei ihr Näschen kraus.

»Aber... Moment mal. Heißt das, er bleibt in Frankreich?«

Camille schüttelte den Kopf. »Wir gehen nach Amerika. Dort heiraten wir auch.«

Suzanne fühlte, wie ihr die Tränen in die Augen stiegen. »Dann sehe ich dich nie wieder. Und ich werde bei deiner Hochzeit nicht dabei sein. Was ist denn mit deiner Familie? Deiner Mutter, deinen Schwestern?«

»Nächste Woche fahren wir nach Fayence, damit sie Tom kennenlernen. Ich habe meine Mutter gefragt, ob sie mit nach Boston kommt, um bei der Hochzeit dabei zu sein. Und Sophie auch.«

Sophie, Camilles große Schwester. Ihr Verlobter war nicht aus dem Krieg zurückgekommen. Sie hatte den Verlust bis heute nicht überwunden.

»Wir hoffen alle, dass ihr Amerika guttun wird. Wer weiß, vielleicht lernt sie dort einen Mann kennen. In Fayence versauert sie doch.«

»Wann wirst du fahren? Nach Amerika, meine ich?«

»Schon nächsten Monat. Wir haben eine Passage für Ende Februar gebucht.«

»So bald schon?« Suzanne fühlte, wie ihr erneut die Tränen kamen. »Aber dann bist du ja weg! Was soll ich denn ohne dich anfangen?« Suzanne atmete tief ein, um die Tränen zurückzuhalten, denn Dédé kam auf sie zugerannt. Er hielt das Segelboot, das Mathieu für ihn gebaut hatte, vor sich. Weinend zeigte er auf den Mast, der nach einer Kollision mit einem anderen Schiff abgebrochen war. Das Segel hing traurig herunter. Die Kinder konnten die Schiffe zwar nicht auf dem Wasser fahren lassen, weil die Becken über den Winter geleert worden waren, aber sie zogen sie dennoch an Bändern hinter sich her.

»Komm her, das haben wir gleich«, sagte Camille. Sie ging mit Dédé zu einer Bank, wo sie das kleine Boot abstellte, um das Segel wieder zu befestigen.

Suzanne machte mit Jeanne auf dem Arm ein paar Schritte. Camilles Nachricht verstörte sie. Erst war Renée gegangen, und nun würde auch Camille gehen. Ihr Leben würde einsamer werden, sie hätte keine Freundin mehr. Sicher gab es da noch Hélène, aber sie war dreißig Jahre älter, und mit ihr konnte man nicht ausgehen und Spaß haben.

Sie sah, dass ihr Sohn wieder zu den anderen Kindern gegangen war. Dann spürte sie, wie Camille sie an der Schulter berührte.

»Ich werde dich auch vermissen.«

»Hast du es ihm gesagt?«, fragte Suzanne.

»Was?«, fragte Camille gedehnt.

»Du weißt, was ich meine. Dass du keine Kinder bekommen kannst.«

Camille sagte nichts, also drehte Suzanne sich zu ihr um. Camille lächelte sie triumphierend an. »Ich war gestern beim Arzt. Ich habe es neulich im Lipp schon geahnt, aber jetzt habe ich Gewissheit.« Sie drehte sich, damit Suzanne sie von der Seite sehen konnte, und reckte den Bauch ein wenig vor.

»Du meinst…?«

Camille nickte langsam, und ihr Lächeln wurde noch breiter. Ihr Gesicht fing an zu strahlen vor Glück.

»Aber das ist ja wunderbar! Aber wieso? Dieser Arzt hat doch gesagt…«

»Das war höchstens ein angehender Arzt. Und er hat sich offensichtlich geirrt. Vielleicht wollte er mich auch nur bestrafen, was weiß ich, es ist mir auch egal. Ach, Suzanne, ich freue mich so!«

»Und ich mich erst. Hier, halt sie mal!« Sie gab Camille die kleine Jeanne in die Arme und umarmte dann beide so fest, dass Jeanne sich beschwerte.

»Weiß Tom es schon?«

Camille nickte. »Seit gestern. Er ist total aus dem Häuschen. Deshalb muss jetzt alles so schnell gehen.«

»Kannst du nicht hier heiraten?«

»Wir haben uns das überlegt. Aber Tom will unbedingt, dass sein Sohn – er schwört, dass es ein Junge wird –, ein waschechter Amerikaner wird. Und er meint, deshalb sollten wir so schnell wie möglich fahren.« Sie umarmte Suzanne. »Ich freue mich so. Das ist für mich die Gelegenheit, etwas von der Welt zu sehen.«

Suzanne lachte. »Ich weiß ja, wie schnell die Dinge für dich zu eng werden.«

»Ich bin eben eine Abenteurerin!«

Kapitel 17

Manchmal passieren die Dinge, die uns aus der Bahn werfen, in rascher Folge. Wir hadern noch mit dem einen Schicksalsschlag, haben uns vielleicht gerade halbwegs mit ihm arrangiert, da trifft uns bereits der nächste.

Es war ein schwerer Gang, der Suzanne an diesem Sonntagmorgen im Februar zur Gare de Lyon führte. Sie war etwas spät dran und sah unruhig auf die Uhr mit den riesigen Zeigern, die den Turm des Bahnhofs schmückte. Nur noch eine Viertelstunde, bis der Zug nach Fayence abfuhr. Hastig überquerte sie den Bahnhofsplatz und betrat die riesige Halle. Rechts lag das große Restaurant, für das sie aber keinen Blick hatte. Sie eilte weiter in Richtung der Bahnsteige. Sie fand sich in dem Gewühl gut zurecht, weil sie hier schon selbst abgefahren war. Das war auch gut so, denn ihre Augen waren von Tränen verschleiert. Tom und Camille fuhren an diesem Tag zwar nur nach Fayence, für Suzanne fühlte es sich aber an, als verabschiedete sich ihre älteste Freundin schon jetzt für immer aus ihrem Leben.

Am Kopf des Bahnsteigs sah sie sich um und entdeckte Camille, die einige Waggons entfernt stand und gemeinsam mit einem Schaffner auf einen Zettel sah. Offensichtlich suchte sie ihre Plätze. Sie trug zufällig ein blaues Reisekostüm von einer ganz ähnlichen Farbe wie an dem Tag, als sie in Suzannes Klasse gekommen war. Suzanne sah Camille wieder vor sich, wie sie eines Tages, sie war neun Jahre alt gewesen, kurz vor Weihnachten in ihre Klasse geschneit kam und wie Monsieur Clappel ihr den Platz neben Suzanne zugewiesen hatte. Camille war überhaupt nicht eingeschüchtert gewesen, wie es sich für eine Neue gehört hätte. Sie hatte Suzanne verschwörerisch angegrinst. »Wir haben denselben Weg, wie schön«, hatte sie nach der Schule gesagt. Auf diesem Heimweg war ihre Freundschaft entstanden. Suzanne hatte ihre neue Freundin von Anfang an bewundert. Camille war frech, mutig und treu. Sie hätte sich für Suzanne in Stücke reißen lassen. Durch Camille und ihre Schwestern bekam Suzannes Leben Farbe. Sie dachten sich Spiele und Streiche aus, sie spielten Prinzessin und Piraten, und später lasen sie einander Liebesromane vor. Camille hatte immer mehr vom Leben gewollt als Suzanne, und manchmal hatte sie Suzanne vorgeworfen, zu lasch zu sein, sich zu schnell zufriedenzugeben. Aber die winzigen Fältchen, die sich um ihren Mund eingegraben hatten und die früher nicht da gewesen waren, waren der Beweis dafür, dass Camille den Preis für ihre Träume gezahlt hatte. Es war ihr nicht gelungen, Schriftstellerin zu werden. Die Geschichten, die sie schrieb, konnte sie nicht verkaufen, und ihr Roman war nicht über die ersten hundert Seiten hinausgekommen. Sie hatte ihr Leben ausgekostet und war dabei oft an ihre Grenzen gestoßen. Auch die Abtreibung war ihrem Wunsch nach Freiheit entsprungen, und sie hatte sie beinahe mit dem Leben bezahlt. Doch nun sah es so aus, als sei die widerborstige, unbeugsame Camille endlich zur Ruhe gekommen. Da stand sie, an der Seite von Tom, und sagte dem Gepäckträger, in welches Abteil er ihren Koffer und die Hutschachtel zu bringen habe.

Jetzt hatte sie Suzanne entdeckt und winkte sie zu sich. »Da bist du ja endlich, ich dache schon, ich müsste fahren, ohne mich von dir zu verabschieden.«

»Tut mir leid, aber Jeanne wollte unbedingt mit und ich musste sie erst trösten…«

Die Lokomotive stieß einen Schwall Dampf aus und machte ein weiteres Gespräch unmöglich. Der Schaffner gab den Reisenden per Handzeichen zu verstehen, dass der Zug gleich abfahren würde und sie einsteigen sollten.

Camille nahm Suzanne in die Arme und bestieg anschließend den Zug.

»Ach, fast hätte ich es vergessen: Ich habe einen Schal für Tante Madeleine gekauft. Würdest du ihn ihr vorbeibringen und sie von mir grüßen?« Suzanne reichte Camille ein kleines Päckchen durch das geöffnete Abteilfenster. Der Schaffner hatte bereits zur Abfahrt gepfiffen.

»Wenn sie mich ins Haus lässt.«

»Jetzt bist du doch ehrbar. Heiratest einen Amerikaner.«

Tom lachte dröhnend. Suzanne war sicher, dass er ihre Tante ganz schnell um den kleinen Finger wickeln würde, denn er war genau die Sorte Mann, die in Tante Madeleines Augen als gute Partie galt.

Der Zug setzte sich in Bewegung. Suzanne ging auf dem Bahnsteig neben dem Abteil her.

»Wenn wir zurück sind, geben wir ein großes Fest zum Abschied.« Camille warf ihr eine Kusshand zu. »Gib Dédé und Jeanne einen Kuss von mir.«

Der Zug fuhr immer schneller, und Suzanne blieb stehen und winkte, bis er aus der Halle gefahren war. Dann machte sie sich traurig auf den Heimweg.

Zu Hause hielt Mathieu ihr ein Telegramm hin. Er kam von den Nachbarn der Meursaults: Charles war gestorben, und Hélène weigerte sich, den Arzt in die Wohnung lassen. Suzanne zog sich nicht einmal den Mantel aus, sondern machte sich sofort auf den Weg.

Hélène war am Boden zerstört. All ihre Hoffnungen waren zunichtegemacht geworden. Sie konnte nicht fassen, dass ihr Charles nie wieder bei ihr sein würde. Suzanne hatte es immer für eine Übertreibung gehalten, wenn sie davon hörte, aber Hélènes Haar war tatsächlich über Nacht grau geworden. Wie ein Geist wanderte sie durch die Wohnung, mit zitternden Händen, unfähig, einen klaren Gedanken zu fassen oder die alltäglichen Dinge zu erledigen.

Also kümmerte sich Suzanne um die Beerdigung. Hélènes Schwester lebte in der Bretagne. Das war ihre ganze Familie. Charles' zwei Brüder und ein Neffe waren im Krieg gefallen.

Einige von Charles' Kunden und Vertreter der Museen, die seine Bilder gekauft hatten, folgten dem Sarg. Es regnete und ein eisiger Wind pfiff, alle wollten so schnell wie möglich ins Trockene. Sobald der Pfarrer sein Gebet am Grab gesprochen hatte, zerstreute sich die Trauergemeinde eilig.

»Werden Sie das Geschäft weiterführen?«, fragte der Vizedirektor der Architektenkammer. Er hielt seinen Schirm so, dass das eisige Wasser Suzanne in den Nacken tropfte.

Sie machte einen kleinen Schritt nach vorn, um dem Wasser auszuweichen. »Ich weiß es nicht. Ich muss mit seiner Frau…, mit seiner Witwe sprechen.«

Hélène wollte das Geschäft verkaufen, weil sie zu ihrer Schwester ziehen wollte. Das Ladengeschäft und die Wohnung waren nur gemietet, es blieb der gute Name des Traditionsgeschäfts.

»Wirst du es übernehmen?«, fragte Hélène hoffnungsvoll.

Suzanne schüttelte den Kopf. Sie hatte lange darüber nachgedacht und war zu dem Schluss gekommen, dass das unmöglich war. Sie hätte einen Kredit aufnehmen müssen. Aber vorher war es wichtig, dass sie eine größere Wohnung fanden. Dédé und Jeanne schliefen immer noch bei ihnen im Schlafzimmer. Und außerdem brauchten die Kinder sie, nun da Hélène nicht mehr da sein würde, um sie zu betreuen. Schweren Herzens lehnte sie ab.

»Aber du liebst doch deine Arbeit«, sagte Mathieu.

»Ich werde mir etwas anderes suchen müssen«, gab sie zurück.

Drei Tage bevor ihr Schiff in Cherbourg ablegen sollte, feierten Camille und ihr Zukünftiger ihren Abschied. Wie es schon beinahe Tradition war, hatten sie ins Lipp eingeladen, diesmal aber einen ruhigen Nebenraum reserviert.

Suzanne hielt den Atem an, als sie Camilles Mutter sah. Sie war über die Jahre noch schöner geworden. Voller Bewunderung registrierte sie den Charme und die Weltläufigkeit dieser Frau. Geschieden und nicht katholisch hielt sie es in der traditionsbewussten Provinz mit ihren engherzigen Menschen aus und hatte sich dabei ihre Fröhlichkeit bewahrt. Es war keine Frage, von wem Camille ihr Temperament geerbt hatte.

Hoffentlich bin ich auch so, wenn ich fünfzig bin, dachte sie.

Sie war überrascht, als Madame de Coligny-Senas ihr Komplimente über ihr Aussehen machte. Voller Herzlichkeit reichte sie Suzanne die Hand und drehte sie einmal um die eigene Achse. »Du bist nicht mehr so mager. Das macht die Liebe, mein Kind. Und dein Haar: absolut bewundernswert. Aus dem schüchternen Mädchen ist eine bezaubernde junge Frau geworden.«

»Stimmt das?«, fragte Suzanne.

»Siehst du denn nie in den Spiegel?«, kam die Antwort. »Ich darf doch weiterhin du zu dir sagen?«

»Aber natürlich!« Suzanne war stolz auf das Kompliment. Sie hätte es von niemand anderem lieber gehört.

»Und das ist also der sagenhafte Monsieur Proust, dem wir einen Teil dieser Veränderungen zu verdanken haben«, meinte Madame de Coligny-Senas nun zu Mathieu, der neben Suzanne stand.

Mathieu küsste ihr die Hand. »Auch ich habe von Ihnen gehört«, sagte er und lächelte sie gewinnend an.

»Ich möchte, dass Sie mit mir ein Glas Champagner holen gehen«, sagte sie zu ihm. »Ich will ihn ein wenig unter die Lupe nehmen, ich fühle mich immer noch verantwortlich für dich«, sagte sie mit einem Augenzwinkern zu Suzanne und hakte Mathieu unter. In einer unnachahmlichen Geste neigte sie ihm ihren Kopf zu und gewährte ihm dabei einen Blick auf ihren schlanken Hals. Direkt über dem mit Brüsseler Spitze besetzten Kragen ruhte ein Collier aus rosa Perlen.

»Fehlt nur noch, dass sie ihm mit einem Fächer auf die Finger haut«, sagte Sophie, die ihrer Mutter ebenfalls hinterhersah. Neben Madame de Coligny-Senas sah sie farblos aus, und das wusste sie auch. Sie war immer die Vernünftige in der Familie gewesen. Ihr fehlte die Lebendigkeit, die sie auch durch ihre Jugend nicht wettmachen konnte. Über die Jahre hatte sich ein trauriger Zug um ihren Mund eingegraben.

»Es tut mir leid, was passiert ist«, sagte Suzanne.

»Ich habe eben einfach nicht so viel Glück wie meine Schwestern«, gab Sophie zurück. »Aber weißt du was? Ich bin fest entschlossen, mich in Amerika zu amüsieren und meine Chancen zu nutzen. Wenn ich welche haben sollte.« Ihr Gesicht hellte sich auf, und ihre Augen begannen zu strahlen.

»Alle Achtung! Das ist wahrscheinlich genau die richtige Haltung.« Suzanne freute sich aufrichtig, Sophie wiederzusehen. Sie hatte ihren trockenen Humor schon früher geschätzt. »Du fährst also mit nach Boston?«, fragte sie.

Sophie nickte. »Ich glaube, ich muss mal raus aus der französischen Provinz. Vielleicht kann ich ja doch noch den Erwartungen meiner Mutter gerecht werden.« Dabei suchte sie mit den Augen den Raum ab. Einer von Toms Freunden fing ihren Blick auf und lächelte sie breit an.

»Wie meinst du das?«, fragte Suzanne verunsichert.

Sophie lächelte sie leichthin an. »Ich weiß, dass ihr alle sie bewundert. Wegen ihrer Schönheit und ihrer Unabhängigkeit. Ich tue es ja auch. Aber meine Mutter betrachtet mich als gescheiterte Existenz.«

»Warum?«, entfuhr es Suzanne.

»Weil ich nicht verheiratet bin. Ich bin die älteste ihrer Töchter, und die beiden anderen haben eine gute Partie gemacht. Für Camille wäre ihr eine alte französische Familie sicherlich lieber gewesen, aber so ein Amerikaner bringt zumindest etwas Abwechslung in den Stammbaum. Meine Schwestern haben den ihnen zukommenden Platz in der Gesellschaft gefunden. Sie werden ihr Enkelkinder schenken, wenn sie es nicht schon getan haben wie Ernestine, und sie mit Stolz erfüllen. Bei mir sieht das anders aus. Ich habe es immer noch nicht geschafft, mir einen Mann zu angeln, und dieser Makel fällt auf sie zurück.«

»Aber das ist doch nicht dein Ernst. So denkt vielleicht meine Tante, aber doch nicht deine Mutter!«

Sophie sah sie ernst an. »Die Fesseln einer Gesellschaftsschicht sind fester, als man glaubt. Meine Mutter kann mir keine entsprechende Mitgift bieten, und deshalb bin ich nicht verheiratet. Für sie bin ich eine Enttäuschung, eine Deklassierte. Sie würde mir das nie offen ins Gesicht sagen, aber ich lese es in ihren Augen, wenn sie andere junge Frauen sieht, die eine Familie haben. Entschuldige mich, ich muss mich mal ein bisschen um die amerikanischen Gäste kümmern.«

Suzanne sah Sophie nach, die mit einem bezaubernden Lächeln ein Kompliment von einem von Toms Freunden entgegennahm. Dann bemerkte sie Madame de Coligny-Senas, die mit Mathieu flirtete, dabei ihre älteste Tochter aber keine Sekunde aus den Augen ließ und jeden ihrer Schritte beobachtete. Nachdenklich nippte Suzanne an ihrem Getränk. Sie musste an Renée denken, der die Erwartungen ihrer Eltern zum Verhängnis geworden waren.

»Bitte werde glücklich, Sophie«, flüsterte sie.

»Mit wem redest du?« Mathieu war plötzlich neben ihr.

»Hat sie dich genug ausgefragt?«, fragte Suzanne mit einem Blick auf Madame de Coligny-Senas.

»Ich habe Dinge erfahren…« Sein Lächeln bekam etwas Anzügliches.

»Komm, bring mich auf andere Gedanken. Lass uns tanzen.«

Sie nahm seine Hand und zog ihn mit sich auf die Tanzfläche, wo sich bereits einige der Amerikaner vergnügten.

Es waren ungefähr zehn Amerikaner unter den Gästen, zumeist ehemalige Soldaten, Freunde von Tom. Zwei hatten ihre Frauen mitgebracht. Sie sprachen nur sehr wenig Französisch, aber mit jedem Glas Champagner wurde die Unterhaltung lebhafter, die Verständigung einfacher.

Zu vorgerückter Stunde kniete Tom vor Camille auf dem Fußboden nieder, legte die Hände auf sein Herz und machte ihr eine Liebeserklärung. Er hob sein Glas und sagte: »Auf alle französischen Frauen und auf die Schönste von ihnen, auf Camille!«

Am Tag nach dem Abschiedsfest wurde Suzanne einunddreißig Jahre alt. Mathieu schenkte ihr ein Fahrrad. Es stand morgens blitzend in der kleinen Küche.

»Ich glaube, das wird dir Freude machen«, sagte er und küsste sie. »Du wirst mit jedem Jahr schöner, weißt du das?«, murmelte er an ihrem Ohr, und seine Stimme bewirkte, dass sich Suzannes Nackenhärchen aufstellten. Sie lehnte sich für einen Augenblick an seine Schulter.

»Woher weißt du, dass ich fahren kann?«, rief sie. »Ich hatte früher in Fayence ein Rad. Ich bin die ganze Zeit damit herumgefahren, um Motive zu suchen.« Sie wusste bereits, dass sie dieses Gefährt und die Möglichkeiten, die es ihr bot, lieben würde.

»Du kannst Rad fahren? Das hätte ich mir denken können. Wir gehen nachher in den Jardin de Luxembourg. Da kannst du es ausprobieren.«

»Ich will auch fahren«, rief André. Er überreichte Suzanne ein selbst gemaltes Bild und ließ sich von Mathieu probeweise in den Sattel setzen.

Nachmittags kam Camille, um zu gratulieren und sich endgültig zu verabschieden.

»Ein schönes Geschenk machst du mir da«, sagte Suzanne. Sie weinte und musste gleichzeitig lachen.

»Ich werde dich so vermissen. Wenn ich denke, was wir zwei alles gemeinsam durchgestanden haben. An wen soll ich mich denn jetzt wenden, wenn etwas schiefläuft?«

»Und ich? Versprich mir, dass du drüben auf dich aufpasst. Und dass du glücklich wirst.«

»Denkst du, es besteht die Möglichkeit, dass du mich besuchen kommst?«, fragte Camille vorsichtig.

»Wer weiß? Wenn ich doch noch mal eine berühmte Fotografin werde? Viele Amerikanerinnen sind in Paris, um hier zu fotografieren. Warum sollte es nicht umgekehrt auch gehen? Aber du wirst doch ab und zu zu Besuch kommen? Schließlich leben deine Mutter und deine Schwestern hier.«

»Verlass dich drauf! Gib gut acht auf deine Kinder. Und schick mir Fotos von ihnen.«

»Und du pass auf dich auf. Denk dran, du bist schwanger!«

Dann war es Zeit für sie zu gehen. Sie umarmten sich. Beide weinten. Dann machte Camille sich los und schloss schnell die Tür hinter sich.

Die Tage wurden Suzanne lang. Sie hatte zwar Dédé und Jeanne, um die sie sich kümmerte, und die beiden Kinder hielten sie ganz schön auf Trab, aber diese Beschäftigung füllte sie nicht aus. Sie vermisste eine Arbeit, bei der sie abends sah, was sie tagsüber geschafft hatte. Mehr als einmal ging sie am ehemaligen Fotoatelier in der Rue du Cherche-Midi vorbei. Nachdem das Geschäft einige Wochen lang leer gestanden hatte, wurden die Räume nun frisch gestrichen. Der neue Mieter eröffnete ein Geschäft für Weißwäsche und Mieder. Suzanne wusste nicht, was sie erwartet hatte, aber sie war enttäuscht.

Camille war in Amerika, Hélène bei ihrer Schwester in der Bretagne, und Suzanne stellte fest, dass sie außer Mathieu keine Freunde in Paris hatte. Ihre geliebten Ruderpartien mussten sie wegen der Kinder weitgehend aufgeben, das Boot war zu klein, und nachdem Dédé einmal fast ins Wasser gefallen war, nahmen sie sie nicht mehr mit. Nur ganz selten konnten sie die beiden bei einer Nachbarin lassen. Dann unternahmen sie Ausflüge auf der Seine. Mathieu hatte Suzanne den Umgang mit dem Boot beigebracht, und sie wechselten sich beim Rudern ab. In diesen Momenten waren sie sich sehr nahe.

»Du bist unglücklich«, sagte Mathieu bei einer ihrer Partien zu ihr.

Suzanne zog die Ruder ein und ließ das Boot treiben. »Unglücklich ist nicht das richtige Wort. Mir fehlt meine Arbeit. Vor ein paar Monaten habe ich noch gedacht, ich würde bald eine eigene Ausstellung haben.«

Er nahm ihre Hände in seine. »Aber das kommt doch wieder, glaub mir. Bald kommt André in die Schule.«

»Ich habe Angst, bis dahin meine Ideen zu vergessen. Ich glaube, ich tauge nicht zum Hausmütterchen.«

»Ich wollte auch nie eines haben. Hör zu: Vielleicht solltest du für ein paar Wochen verreisen. Du hast deine Tante lange nicht mehr besucht. Dort unten im Süden ist es schon Frühling. Fahr mit den Kindern hin.«

Suzanne nickte. »Danke, Mathieu«, sagte sie. »Weißt du eigentlich, wie sehr ich dich liebe?«

Als sie mit den Kindern und zwei Koffern in Fayence aus dem Bus stieg, wusste sie sofort, dass ihre Entscheidung richtig gewesen war. Die südliche Sonne wärmte bereits, und der Geruch nach frischem Grün tat ihr gut. Es herrschte Mittagsruhe, niemand war zu sehen. André und Jeanne sahen sich verdutzt um. Einsame Straßen kannten sie aus Paris nicht.

Die nächsten Wochen waren unbeschwert und schön. André mit seinen vier Jahren genoss seine ungewohnte Freiheit. Er verbrachte seine Tage draußen und machte sich mit wissenschaftlichem Ehrgeiz daran, die Hühner zu betreuen. In der Nachbarschaft gab es einige Kinder, und er spielte mit ihnen. Suzanne sah ihn manchmal ganze Nachmittage nicht.

Jeanne brachte es fertig, den Panzer von Tante Madeleines Herz zu knacken.

»Sie sieht aus wie du«, entfuhr es Madeleine, als sie die Kleine zum ersten Mal sah. »Ich erinnere mich genau, als bei dir damals das Haar zu wachsen begann: genau derselbe Stich ins Rötliche, und auch diese feinen Löckchen.«

Suzanne sah ihre Tochter an. »Und sie ist fünf Monate alt, nur ein bisschen älter als ich damals, als meine Mutter gegangen ist«, sagte sie, weil es ihr gerade bewusst wurde. Die Vorstellung, sie müsste ihre kleine Jeanne verlassen und würde sie nie wiedersehen, ließ sie frösteln. Erst jetzt konnte sie ermessen, was ihre eigene Mutter damals durchgemacht hatte.

Jeanne schien zu spüren, dass über sie geredet wurde. Sie quietschte plötzlich voller Fröhlichkeit und zog ihr Näschen kraus. Und sie streckte die Ärmchen nach ihrer Großtante aus und lachte, als die sie auf den Arm nahm. Sie griff nach ihrem Haar und schmiegte ihr Gesicht an ihre Wange. Damit hatte sie Tante Madeleines Herz im Sturm erobert. Jedes Mal, wenn sie sie sah, streckte sie ihre kleinen Arme nach ihr aus. Tante Madeleine, die niemals zugelassen hatte, dass ein Mensch sie so bedingungslos liebte, schmolz dahin. Die beiden schäkerten den ganzen Tag miteinander herum. Madeleine fütterte die Kleine und wechselte ihr die Windeln. Wenn sie mit ihr im Kinderwagen durch den Ort schob, brachte sie es sogar fertig, den Gruß von Caspar Michaud freundlich zu erwidern.

Madeleine Mons war jetzt eine Frau von fünfundfünfzig Jahren. Ihr Haar war immer noch üppig, aber es war nun mit grauen Strähnen durchzogen. Sie kämmte es nicht mehr ganz so sorgfältig wie früher, im Laufe des Tages konnten sich einige Strähnen aus dem Knoten lösen. Die hellen Augen blickten immer noch ein wenig missbilligend in die Welt, aber weil auch ihre Augenbrauen heller geworden waren, sah sie nicht mehr ganz so streng aus. Nach wie vor trug sie das Medaillon um den Hals, und ihre Kleider waren hochgeschlossen.

»Dieses kleine Mädchen muss eine Hexe sein«, sagte Caspar Michaud mit einem Grinsen zu Suzanne, als er sie auf der Straße traf. »Deine Tante grüßt mich endlich, nach dreißig Jahren!«

»Keine Hexe, ein Engel!«, gab Suzanne zurück.

Auch Suzanne genoss ihre kleinen Freiheiten, wenn die Kinder versorgt waren, und unternahm Ausflüge. Ihr erstes Ziel war das ehemalige Fotostudio von Monsieur Felix in Seillans. Sie musste schlucken, als sie auf dem Marktplatz stand und das Schild über der Tür las: *Morvan et Fils, Photographie artisanale.* Künstlerische Fotografie, dachte sie und betrat den Laden. Der Verkaufstresen mit der gläsernen Platte stand an seinem alten Platz, aber der Paravent, der den Verkaufsraum vom Atelier getrennt hatte, war durch einen dicken dunklen Vorhang ersetzt worden. Es gab ihr einen Stich ins Herz, als sie das Diplom von Monsieur Felix an der Wand hinter dem neuen Eigentümer entdeckte.

»Was kann ich für Sie tun?«, fragte der junge Mann, der hinter dem Tresen stand. Er war noch ziemlich jung, es musste sich bei ihm um den Sohn des Unternehmers handeln. Er war Suzanne auf den ersten Blick unsympathisch, weil er sie aus stechenden Augen taxierte. Außerdem hatte er einen weißlichen Speichelfleck im Mundwinkel, den er jetzt geräuschvoll einsog.

»Ich weiß noch nicht genau«, gab Suzanne zur Antwort. »Darf ich mich umsehen?«

»Bitte, gern, Madame.«

»Haben Sie Monsieur Felix gekannt?«

Er sah sie verständnislos an. »Wen?«

Suzanne antwortete nicht. Sie hatte keine Lust, sich mit ihm zu unterhalten. Sie ging an den Wänden entlang und betrachtete die Fotos. Es waren die üblichen Porträts vor bemalten Paravents, fast alle Abgebildeten hatten dieselbe Position eingenommen: Die Männer hatten einen Ellenbogen auf der Sessellehne abgelegt, das Kinn nachdenklich in die Hand gestützt, die Frauen standen seitlich neben dem Stuhl und hielten eines der Kinder an der Hand, das andere auf dem Arm. Von künstlerisch keine Spur.

»Sie haben den alten Lehnstuhl wiederbelebt«, sagte sie, als sie das Möbelstück auf einem Bild entdeckte.

Der Mann kam hinter seinem Tresen vor und stellt sich neben sie, um ebenfalls einen Blick auf das Bild zu werfen. »Ja, er stand hier rum und erschien mir nützlich. Aber alles andere ist neu!«, fügte er stolz hinzu. »Sind Sie interessiert an einer Porträtaufnahme?«

Suzanne schüttelte den Kopf. »Nein, vielen Dank. Auf Wiedersehen.«

Als sie wieder auf dem Marktplatz von Seillans stand, wusste sie, was sie vermisst hatte: den Geruch nach Metall und das Glitzern der Staubpartikel in der Sonne. Der neue Eigentümer machte offensichtlich besser sauber als Monsieur Felix. Es fehlte die Patina der Verwunschenheit, die der Laden früher gehabt hatte. Und natürlich fehlte die verschmitzte Freundlichkeit von Monsieur Felix.

Sie überquerte den Marktplatz und ging zur Seidenspinnerei, in der ihr Vater gearbeitet hatte. Sie war schon vor dem Krieg geschlossen worden. Die heimische Seidenproduktion hatte gegen die chinesische Konkurrenz schon lange keine Chance mehr. Suzanne hatte schon vor längerer Zeit von der Schließung erfahren, dennoch gab es ihr einen Stich ins Herz, als sie nun vor dem verriegelten Tor stand und die eingeschlagenen Fensterscheiben sah.

Sie wandte sich um und ging durch die engen Gassen hinauf bis zur Place du Thouron. Die Platanen fingen gerade an, grün zu werden, und die zarten Blätter rauschten im Wind. Wenigstens hier hat sich nichts verändert, dachte sie und setzte sich auf den Rand des Wasserbeckens. Eine Hand ließ sie ins Wasser gleiten, das sie kühl umspielte. Sie sah zu dem Haus hinüber, in dem sie damals mit Robert gewesen war, um die römische Wasserleitung zu besichtigen. Es gab ihr einen Stich, als sie feststellte, dass das fast zehn Jahre her war. Zehn Jahre… Ob Robert sich auch verändert hatte? Er musste jetzt achtunddreißig sein. Er wäre jetzt achtunddreißig, verbesserte sie sich. Das Gefühl, er sei noch am Leben, hatte in den letzten Jahren an Eindringlichkeit verloren. Nur ganz selten wachte sie noch aus einem Traum auf, in dem er ihr erschienen war. Es war einfach zu lange her. Aber sie konnte ihn immer noch vor ihrem inneren Auge sehen, sie hätte ihn blind zeichnen können, sie wusste noch jede Einzelheit seines Gangs, seines Aussehens. Als sie auf dem Rand dieses Brunnens saß und seit langer Zeit wieder so intensiv an ihn dachte, meinte sie sogar seine Zärtlichkeiten zu spüren und seinen Geruch in der Nase zu haben. Oder vermischte er sich mit dem von Mathieu?

Nie hätte Suzanne geglaubt, dass Madeleine einwilligen würde. Aber als sie ihre Tante fragte, ob sie mitkommen wolle auf einen Ausflug ans Meer, sagte sie sofort Ja.

»Ich möchte keine Sekunde verpassen, die ich mit meiner kleinen Jeanne verbringen kann«, sagte sie. »Außerdem habe ich mir ein neues Kleid nähen lassen, für das ich hier in Fayence ja doch keine Verwendung finde.«

Am nächsten Morgen kam sie in einem taubenblauen Sommerkleid mit passendem Hut in die Küche.

»Pass auf, dass Jeanne es dir nicht ruiniert«, warnte Suzanne.

Sie fuhren mit dem Bus nach Cannes. Tante Madeleine hatte, wie es sich gehörte, einen großen Korb mit einem Picknick zurechtgemacht und auch an eine Decke, eine kleine Schaufel und einen Eimer für die Kinder gedacht. Sie stiegen an der Croisette aus und machten einen kurzen Spaziergang auf der Promenade.

Tante Madeleine hätte es im Traum nicht betreten, aber sehen wollte sie das Casino mit seiner blendend weißen Fassade und den Palmen davor schon. Noch besser gefiel ihr allerdings eine Villa ein paar Gebäude weiter, deren Vorderfront bis hinauf zum zweiten Stock von einer Kaskade aus blauen Glyzinienblüten überwachsen war. In einem Café tranken sie eisgekühlte Limonade, in der Zitronenscheiben schwammen, während sie das mondäne Leben auf der Promenade und die bunten Schirme vor dem blauen Meer bewunderten. Die Saison neigte sich bereits dem Ende zu. Der Winter war vorüber, für den Sommer suchten sich die Reisenden andere Ziele. Aber die, die da waren, geizten nicht mit modischen Marotten. Fassungslos und gegen jede gute Erziehung starrte Tante Madeleine einer Gruppe junger Frauen hinterher. Sie trugen kurze Kleider und rauchten auf offener Straße!

»Mein Gott, Suzanne, du wirst doch in Paris nicht auf diese Art und Weise…?«

Sie hatte keine Zeit, auf Suzannes Antwort zu warten, denn hinter den Frauen näherte sich eine zweispännige Kutsche, die von einer eleganten Frau etwa in ihrem Alter gelenkt wurde. Auch das konnte Tante Madeleine nicht verstehen. So gediegen und offensichtlich wohlhabend, wie diese Frau war, warum nahm sie sich denn keinen Fahrer, sondern legte Wert darauf, selbst zu kutschieren? André hatte seine Limonade in einem Zug ausgetrunken und sah wehmütig einigen Jungen in kurzen weißen Hosen nach, die eine Art Seifenkiste über die Promenade schoben, ihnen folgten zwei Mädchen in Matrosenkleidchen.

»So etwas hätte es zu meiner Zeit nicht gegeben«, meinte Tante Madeleine.

»Aber es ist doch auch deine Zeit«, entgegnete Suzanne mit einem Lächeln.

»Ich meine vor dem Krieg«, verbesserte sich ihre Tante.

Sie bestand darauf, sich für den Strandbesuch einen Platz abseits des Getümmels zu suchen. Also wanderten sie am Wasser entlang und ließen die Stadt hinter sich, bis sie eine passende Stelle gefunden hatten.

»Hier«, bestimmte Tante Madeleine und stellte den Picknickkorb ab.

Es war ein warmer Tag. André zog sich sofort Schuhe und Strümpfe aus und lief auf das Wasser zu.

»Vorsicht, Dédé«, rief Suzanne, aber da war seine Hose schon bis zu den Knien durchnässt. Er lachte vor Entzücken über die Wellen, die ihn fangen wollten, rannte vor ihnen davon und jagte sie dann wieder ins Meer zurück. Suzanne sah ihrem Sohn dabei zu, wie er das Meer entdeckte, und freute sich für ihn. Was machte da schon eine nasse Hose!

Madeleine machte es sich mit Jeanne unter dem Sonnenschirm bequem. Kerzengerade saß sie im Sand und spielte mit ihr.

»Bist du früher schon einmal am Meer gewesen?«, fragte Suzanne.

Ihre Tante nickte. »Mit meinem Verlobten. Er war ein begeisterter Schwimmer.«

»Wirklich?«, fragte Suzanne neugierig. Sie hoffte, vielleicht etwas mehr über den Mann zu erfahren, für den ihre Mutter sie verlassen hatte.

»Ja. Manchmal ist er zu den vorgelagerten Inseln geschwommen. Das haben damals nicht viele gewagt. Aber ich bin sicher, heute ist das ganz anders. Wahrscheinlich gibt es jetzt sogar Frauen, die vor dem Frühstück hinschwimmen und nachmittags gleich noch einmal.«

Suzanne musste lachen. »Ich wusste nicht, dass du Humor hast! Kannst du denn schwimmen?«

»Nein, ich habe es nie versucht, obwohl Maurice mich drängte, es zu lernen.«

Suzanne meinte, leises Bedauern in ihrer Stimme zu hören. »Und wie war er sonst so?«

Ihre Tante sah sie an, ihr Gesicht ohne jede Gefühlsregung. »Du meinst Maurice? Da gibt es nichts weiter zu erzählen. Er ist weg.«

»Hast du nie wieder von ihm gehört? Hast du nie das Bedürfnis gehabt zu wissen, wie es ihm geht?«

Die Antwort kam schnell und hart und ließ keine weiteren Fragen zu: »Nein, warum? Er hat mich verlassen. Warum sollte ich wissen wollen, wie es ihm geht?«

Suzanne musste einsehen, dass sie von ihrer Tante kein Wort mehr erfahren würde. Obwohl sie sich vor Neugierde verzehrte. Was war dieser Maurice für ein Mann gewesen, der zwei Schwestern in sich verliebt machen konnte? So ganz glaubte sie Tante Madeleine nicht, dass sie kein Interesse mehr an ihm hatte. Schließlich war er der einzige Mann in ihrem Leben gewesen. Zumindest soweit sie wusste.

Sie beobachtete Dédé dabei, wie er Eimer um Eimer mit Schlamm füllte und auskippte und bald schon einen beachtlichen Turm aufgeworfen hatte. Er winkte ihr zu, und sie winkte zurück. Ihr Blick ging in die Ferne. Ganz hier in der Nähe war sie zum ersten Mal geschwommen, zusammen mit Robert.

Plötzlich fühlte sie eine unstillbare Sehnsucht nach ihm. Es war ihr mit einem Mal zu viel, dass Jeanne ihr eine Handvoll Sand nach der anderen hinhielt und in die Handfläche rieseln ließ. Sie musste jetzt einen Moment für sich sein. Als Dédé zu ihnen gerannt kam, beide Hände voll mit Muscheln und Seesternen, und anfing, damit Muster in den Sand zu legen, stand sie auf.

»Ich mache ein paar Schritte, wenn es dir recht ist«, sagte sie etwas lahm zu Tante Madeleine.

»Geh nur, geh nur, ich hüte unsere beiden Schätze, nicht wahr, meine Kleinen?«

Suzanne wandte der Stadt, deren Ausläufer sich hinter ihr in einem feinen Dunst verloren, den Rücken zu und wanderte los. Sie hatte ihre Spangenschuhe ausgezogen und bohrte die Zehen in den Sand. Sie ging schnell, und als sie ungefähr an der Stelle ankam, wo sie mit Robert im Sand gelegen hatte, drehte sie sich zu ihrer Familie um. Sie waren nur noch drei kleine Punkte im Sonnenlicht. Sie ließ sich in den Sand fallen und schloss für einen Moment die Augen.

»Suzanne?«

Die Stimme in ihrem Kopf hörte sich an wie die von Robert. Unwillig verscheuchte sie die Erinnerung, die ihr einen Streich spielen wollte. Kein Wunder, schließlich war sie hier an der Stelle, an der sie auch mit ihm gewesen war.

»Suzanne! Oh, mein Gott, du bist es wirklich!«

Es war keine Einbildung. Dicht hinter ihr sagte jemand ihren Namen. Sie drehte sich um und stieß einen Schrei aus.

Dort stand Robert.

»Robert!«, keuchte sie. Dann presste sie die Hand vor den Mund.

Er ging in die Knie, um sein Gesicht mit ihrem auf eine Höhe zu bringen. »Ich beobachte dich schon eine Weile. Ich habe dich an deinen Bewegungen erkannt. Ich musste einfach Gewissheit haben. Suzanne?«

»Aber du bist doch tot«, flüsterte sie.

Er lachte auf. »Wie kommst du denn darauf?«

Suzanne fing an zu weinen. Die Gefühle, die auf sie einstürzten, waren zu viel. Sie schluchzte und war unfähig, ein Wort herauszubringen.

»Suzanne, ich bitte dich, was ist denn?« Er kniete vor ihr im Sand und wusste nicht, was er tun sollte. Schließlich legte er eine Hand auf ihren Arm.

Die Berührung brachte sie wieder zu sich. Sie sah ihn an. »Aber die *Titanic*…«, sagte sie dann. »Du bist nicht zurückgekommen!«

Fassungslos sah er sie an. »Du hast die ganze Zeit geglaubt, ich sei bei dem Unglück ums Leben gekommen?«

»Aber was hätte ich denn sonst denken sollen? Ich habe keine Nachricht von dir gehabt. Du bist nicht zu mir zurückgekommen!« Sie schrie die Worte unter Tränen heraus und drehte sich dann von ihm weg.

»Ich war verletzt und habe wochenlang in Amerika im Krankenhaus gelegen. Als ich zurückgekommen bin, hat mein erster Weg mich zu dir nach Fayence geführt.« Plötzlich wurde seine Stimme hart. »Du bist verheiratet.«

Suzanne nickte.

»Kinder?«

»Ja, zwei. Und du?«

»Ich bin auch verheiratet und Vater von zwei Kindern.«

Suzanne wandte ihm ihr von Schmerz verzerrtes Gesicht zu. »Wir hätten ein gemeinsames Leben haben können.« Ihre Stimme war kaum zu verstehen. Die Erkenntnis traf sie wie ein Schlag. Für eine Sekunde saß sie wie gelähmt da, dann fasste sie sich. Diese Aussicht war einfach ungeheuerlich. Sie musste sie aus ihrem Kopf verbannen, sonst würde sie verrückt werden. »Und? Wie alt sind deine Kinder?« Sie gab sich Mühe, ihre Stimme möglichst neutral klingen zu lassen.

»Olivier ist zehn…«

»Zehn?«, fragte sie gedehnt. Blitzschnell rechnete sie nach: Vor zehn Jahren hatten sie und Robert sich kennengelernt. Also musste da noch eine andere Frau gewesen sein…

Robert schien ihre Gedanken zu erraten. »Er ist der Sohn meines Bruders. Ich habe seine Frau geheiratet.«

»Oh.«

»Und wir haben eine Tochter. Sie ist jetzt vier.«

»Genauso alt wie mein Ältester.«

»Sie heißt Suzanne. Aber Odette, meine Frau, nennt sie Zaza.«

»Deine Tochter heißt Suzanne?« Ihr stockte der Atem.

Er nickte. »Damit ich jeden Tag an dich denke. Aber dazu brauche ich sie gar nicht.«

»Aber…«

»Warum hast du geheiratet, kaum dass ich damals weg war? Warum hast du nicht auf mich gewartet? Ich habe dir doch etwas bedeutet.«

Suzanne sah ihn fragend an. »Mathieu und ich haben erst vor knapp fünf Jahren geheiratet. Als André unterwegs war.« Als sie Mathieus Namen aussprach, hatte sie plötzlich ein schlechtes Gewissen. Als wäre sie ihm nur durch die Tatsache, dass sie sich mit Robert unterhielt, bereits untreu.

Robert schlug sich mit der Faust in die geöffnete Hand. »Aber deine Tante hat mir damals gesagt, du seist verheiratet! Das habe ich respektiert. Sonst hätte ich doch so lange nach dir gesucht, bis ich dich gefunden hätte!«

»Ich bin damals nach Paris gegangen. Ich habe es in Fayence nicht mehr ausgehalten, nachdem du nicht wiedergekommen warst. Aber Mathieu habe ich erst Jahre später getroffen.«

Robert stand auf und machte einige schnelle Schritte. Dann blieb er stehen und fing an zu lachen. Es klang verzweifelt. Er drehte sich zu ihr um. »Du meinst, wenn wir uns damals wiedergesehen hätten, dann hätten wir…, dann wären du und ich jetzt…?« Sein Atem ging stoßweise.

»Ich verstehe das nicht. Warum hat Tante Madeleine dir so etwas gesagt?« Sie sah den Strand hinunter, wo ihre Tante mit ihren beiden Kindern im Sand saß.

Robert setzte sich wieder neben sie in den Sand. »Suzanne«, er nahm ihre Hand, ließ sie aber gleich darauf mit einer Entschuldigung wieder los. Weil er nicht wusste, wohin mit seinen Händen, fuhr er sich durch das Haar und verschränkte sie dann vor der Brust. »Ich bin so froh, dich zu sehen. Lass dich anschauen. Bist du mittlerweile eine berühmte Fotografin?«

Suzannes Haut brannte noch von seiner Berührung. »Ich

konnte lange Zeit keine Kamera anfassen, nachdem du weg warst. Vor einigen Jahren habe ich wieder begonnen, Fotos zu machen und für einen Fotografen gearbeitet. Aber jetzt, mit den Kindern…«

»Lebst du immer noch in Paris?«

»Ja, wir wohnen in der Nähe vom Jardin du Luxembourg. Ich bin mit den Kindern hier, um Ferien zu machen. Sie sind dort hinten. Mit meiner Tante Madeleine.«

Robert blickte nur kurz in die gezeigte Richtung. »Und dieser Mann? Ist er gut zu dir?«

»Mathieu? Er ist der beste Mann, den ich mir vorstellen kann.«

Robert senkte den Blick.

»Und du?«, fragte Suzanne leise. »Wo lebst du? Und deine Frau?«

Robert erzählte von sich, von seiner Suche nach einem Sinn in seinem Leben, wie er sich beinahe verloren hätte, als Suzanne nicht mehr da war, von den Jahren in Nordafrika, von dem besonderen Licht dort, das er ihr so gern gezeigt hätte, von seinem Bruder und von Odette. Er wandte dabei den Blick auf das Meer hinaus. »Was sollen wir denn jetzt nur tun?«, fragte er, ohne sie anzusehen. »Ich kann dich nicht noch einmal verlieren.« Wieder nahm er ihre Hand.

Suzanne machte sich mit einer heftigen Bewegung los. »Wie stellst du dir das vor? Wir können doch nicht zehn Jahre ungeschehen machen! Du hast eine Familie, und ich habe eine Familie. Wir sind für sie verantwortlich.«

»Aber wir können auch nicht so tun, als hätten wir uns heute nicht getroffen. Suzanne!«

Suzanne sah ihn an. Die Intensität seiner blauen Augen raubte ihr den Atem. Sie entdeckte das winzige Muttermal in seiner Halsbeuge und hätte am liebsten wie früher ihre Lippen darauf gedrückt. Mühsam stand sie auf. Ihre Beine wollten ihr fast den Dienst versagen. Sie fühlte sich wie mit starken Seilen an diesen Platz neben Robert gefesselt.

»Ich muss jetzt gehen. Meine Kinder warten auf mich.« Sie wies in ihre Richtung. Dédé war aufgestanden und winkte ihr zu.

»Ich lasse dich so nicht gehen. Wann fährst du zurück nach Paris?« Er stand auf und kickte einige kleine Steinchen, die im Sand lagen, vor sich her.

»In einer Woche.«

»Dann treffen wir uns morgen Nachmittag bei den vier Olivenbäumen.«

Bevor sie etwas entgegnen konnte, ging er davon, den Kopf leicht gesenkt, die Hände in den Hosentaschen vergraben.

Suzanne sah ihm nach. Es kostete sie unendliche Überwindung, ihm nicht nachzulaufen und sich in seine Arme zu werfen. Die Gefühle von vor zehn Jahren waren wieder da, in ihrer ganzen Intensität. Wie gern würde sie seinen Körper spüren, die Liebe in seinen Augen lesen. Mit Tränen in den Augen wandte sie sich ab und sah in die andere Richtung, wo André ihr entgegengelaufen kam. Hinter ihm erhob sich Tante Madeleine etwas schwerfällig aus dem Sand. Sie fuchtelte mit den Armen und versuchte offensichtlich, ihn aufzuhalten. Suzanne sah sich noch ein letztes Mal zu Robert um, der gerade den Dünenkamm hinaufging, mit raschen Schritten, denen man seine Erregung ansah.

Sie wusste, dass es falsch war. Aber sie würde morgen zu den Olivenbäumen gehen.

Dann drehte sie sich wieder um und winkte Dédé zu.

Kapitel 18

Am nächsten Tag aßen sie etwas verspätet zu Mittag. Die Kinder hatten morgens länger geschlafen, weil sie von dem Tag am Strand müde gewesen waren. Tante Madeleine fütterte Jeanne mit winzigen Portionen Grießbrei, Dédé war schon mit seinen Freunden zum Spielen hinausgegangen. Suzanne war voller kribbeliger Erwartung. Ungeduldig sah sie zu Jeanne hinüber, die immer noch nicht fertig war mit Essen. Der Zeiger der Küchenuhr sprang auf zwei Uhr. Noch eine Stunde, dann würde sie Robert wiedersehen. Sobald sie Jeanne für ihr Mittagsschläfchen hingelegt hatte, wollte sie sich auf den Weg machen. Tante Madeleine hatte sie vorgelogen, sie wolle sich mit Ernestine treffen, die aus Draguignan zu Besuch bei ihrer Mutter war.

»Warum nimmst du die Kinder eigentlich nicht mit? Ernestine hat doch selbst welche, sie könnten zusammen spielen.«

Suzanne überlegte fieberhaft, bevor ihr die passende Ausrede einfiel. »Sie lässt die Kinder bei ihrer Mutter, wir wollen einen langen Spaziergang machen. Und außerdem dachte ich, es wäre dir nicht recht, wenn du den Tag ohne die kleine Jeanne verbringen musst.«

Madeleine gab sich mit der Antwort zufrieden. Sie hielt Jeanne einen weiteren Löffel hin und wartete in aller Ruhe, bis sie den Mund aufmachte.

Suzanne konnte die Augen nicht von Madeleine lassen. Sie kam sich schäbig vor, weil sie sie angelogen hatte. Aber hatte ihre Tante es denn besser verdient? Hätte sie damals nicht gelogen, als sie Robert gesagt hatte, sie sei verheiratet, wäre alles anders gekommen. Aber warum hatte sie Robert die Unwahrheit gesagt? Hatte sie ihr schaden wollen? Hatte es immer noch damit zu tun, dass ihre eigene Liebe so unglücklich geendet hatte und sie auch niemand anderem, nicht einmal ihrer Nichte, das Glück einer erfüllten Liebe gönnte? Oder hatte sie Suzanne schützen wollen? Wovor? Vor einer möglichen Enttäuschung? Oder machte sie sich viel zu viele Gedanken und ihre Tante hatte sich damals gar nichts dabei gedacht? Sie würde sie einfach fragen. Sie holte tief Luft.

»Was starrst du mich denn die ganze Zeit so an? Habe ich etwas an der Nase?« Tante Madeleines Stimme klang ungehalten.

»Wie? Ach, entschuldige, ich träume einfach so vor mich hin.« Suzanne stand auf und ging in den Garten hinaus. Der Mut hatte sie verlassen. Ihre Frage würde weitere Fragen nach sich ziehen, Tante Madeleine würde erkennen, dass etwas nicht in Ordnung war. Und womöglich würde sie Suzanne davon abbringen, nachher zu den Olivenbäumen zu gehen.

Die Mittagshitze traf sie wie ein Schlag. Sie lenkte ihre Schritte in den Schuppen, in dem sie als Kind so oft gesessen hatte. Sie suchte und fand das Astloch, das ihr vor vielen Jahren eine erste Ahnung davon gegeben hatte, was eine Perspektive war. Sie musste leicht in die Knie gehen, um ihr Auge auf seine Höhe zu bringen. Auf der anderen Seite sah sie nur die Olivenbäume. Wie so oft vermisste sie den Feigenbaum.

Sie richtete sich wieder auf und drehte sich um. Dieser Schuppen, dachte sie. Hier hatte Madeleine ihre Mutter mit ihrem Verlobten erwischt. Und hier hatte sie die letzte Nacht mit Robert verbracht, bevor er auf die *Titanic* gegangen war.

»Mein Gott«, flüsterte sie. »Was soll ich denn bloß tun?«

Die Aussicht, Robert zu sehen, ließ sie trotz der Hitze erschauern. Die Vorfreude nahm ihr den Atem. Sie hatte einen

Weg gefunden, die Kinder bei Madeleine zu lassen, aber sie hatte dafür lügen müssen, und sie befürchtete, dass es nicht bei dieser einen Lüge bleiben würde. Sie fragte sich, ob es richtig war, Robert zu treffen. Nein, sie wusste, dass es falsch war, denn sie würde ihm nicht widerstehen können, wenn sie ihn traf. Sie hatte Angst vor dem, was danach kommen würde: das schlechte Gewissen, die Angst vor Entdeckung, Heimlichtuereien – und Sehnsucht, wenn sie wieder von ihm getrennt wäre. Auf was ließ sie sich da ein? Unruhig wanderte sie in dem kleinen Schuppen hin und her, ein paar Schritte vor und ein paar zurück. Immer schneller ging sie, und immer schneller drehten sich die Gedanken in ihrem Kopf. Warum nur hatte Tante Madeleine damals nicht die Wahrheit gesagt? Dann wäre sie jetzt wahrscheinlich mit Robert verheiratet. Aber dann hätte sie Mathieu nicht getroffen. Und ihre Kinder? Hätte sie dann auf André und Jeanne verzichten müssen?

»Mama, das ist mein Geheimversteck!«

Sie blieb abrupt stehen, als sie plötzlich Dédé vor sich stehen sah. Vorwurfsvoll sah er sie von unten herauf an.

»Das ist dein Versteck?«, fragte sie.

»Ja, meins. Hier darf nur ich rein.«

Sie bückte sich zu ihm hinunter und nahm ihn fest in ihre Arme. »Und es soll immer nur deins bleiben. Solange Tante Madeleine nichts davon weiß ...«

Als Suzanne zu der Stelle kam, von wo der Weg zu den Olivenbäumen abzweigte, sah sie dort ein Fahrrad stehen. Robert war schon da. Sie machte sich an den beschwerlichen Anstieg. Sie würde verschwitzt sein, wenn sie oben ankam, aber das war ihr gleich. Sie glaubte plötzlich, keine Sekunde länger ohne ihn auskommen zu können. In diesem Augenblick hatte die Frage, ob es richtig war, sich mit Robert zu treffen, keinerlei Bedeutung mehr. Sie wollte bei ihm sein, so schnell wie möglich. Sie blieb mit dem Ärmel ihrer Bluse an einem wilden Himbeerstrauch hängen. Ungeduldig machte sie sich los und zog sich eine blutige Schramme am Handgelenk zu. Es war ihr egal, sie lief weiter.

Als sie die Lichtung fast erreicht hatte, stand er plötzlich vor ihr. Er war hinter einem Baum hervorgetreten. Als er ihren Blick sah, zog er sie in seine Arme und bedeckte ihr Gesicht mit Küssen.

»Suzanne, oh, meine Suzanne«, stöhnte er. Dann schob er sie auf Armeslänge von sich. Während er sie mit den Augen verschlang, fuhr er mit den Fingerspitzen über ihre Wangen und den Hals.

Auch Suzanne musterte ihn. Um die Mundwinkel hatten sich tiefe Linien eingegraben, die ihn reifer wirken ließen und sein Lächeln betonten. Seine Haut war dunkler als damals, was das Blau seiner Augen noch mehr hervortreten ließ.

»Wir sind beide älter geworden«, sagte sie schließlich.

»Wir haben gelebt«, gab er zurück.

»Dein Haar ist immer noch so voll wie früher.« Sie fuhr mit den Händen hindurch.

»Deines ist röter geworden.«

Dann sagten beide wie aus einem Munde: »Erzähl mir von dir!«

Suzanne wusste nicht, was sie lieber wollte: alles von ihm erfahren oder seine Haut auf ihrer spüren. Wissen, was er in den letzten Jahren getan hatte, oder herausfinden, ob er sich noch so anfühlte wie damals. Ihm alles geben oder alles von ihm nehmen…

Sie konnten sich später nicht daran erinnern, wie lange sie sich so gegenübergestanden hatten, sich angesehen, sich geküsst, sich gegenseitig Fragen gestellt hatten. Wer wen am Ende auf die Erde gezogen hatte, wie oft sie miteinander geschlafen hatten, weil sie nicht genug voneinander bekommen konnten, weil sie nicht glauben konnten, dass der andere wirklich da war.

Die Sonne war schon hinter den Bäumen verschwunden, als Suzanne sich endlich von Robert losmachte. Sie setzte sich auf und sah sich nach ihren Sachen um, die verstreut um sie herum lagen. Sie saß mit dem Rücken zu ihm und knöpfte sich ihr Hemdchen zu. Dann griff sie nach ihrer Bluse. Als Robert mit den Händen ihre nackten Schultern berührte, drehte sie sich zu ihm herum und beugte sich über ihn. Noch einmal flammte die Lust zwischen ihnen auf. Es war, als befürchteten beide, sich nie wiederzusehen.

Darüber hatten sie noch nicht gesprochen.

Als sie langsam, Hand in Hand, den Hügel zur Straße hinuntergingen, wussten sie nicht, ob und wann sie sich wiedersehen würden. Weder ob sie es wollten noch ob sie die Gelegenheit dazu haben würden.

»Ich bleibe nur noch drei Tage«, sagte Suzanne schließlich.

»Kannst du nach Cannes kommen? Ich will dich noch einmal ganz für mich haben, in einem Bett, in einem Zimmer.«

Sie sog scharf die Luft ein. »Ich weiß nicht. Und dann?«

»Ich werde nach Paris gehen. Es gibt da eine neue Illustrierte, sie finden, dass ich gut schreibe...«

In Suzannes Kopf stiegen sofort Bilder auf. Sie und Robert in Paris! Sie würden sich oft sehen können, vielleicht jeden Tag...

Sie waren an der Straße angelangt. Robert zog sein Fahrrad aus dem Gebüsch und setzte sich in den Sattel. Dann zog er sie vor sich auf die Stange. Sie fuhren in hoher Geschwindigkeit die enge, gewundene Straße bergab. Robert hielt sie mit einem Arm fest, und sie spürte seinen Atem an ihrem Nacken.

»Ich könnte ewig so mit dir weiterfahren«, flüsterte er. »Bis ans Ende der Welt.«

Und Suzanne dachte bei sich, dass sie noch nie in ihrem Leben so glücklich und unbeschwert gewesen war. Sollten sie jetzt stürzen, dann würde sie glücklich sterben.

An der letzten Biegung, bevor die ersten Häuser von Fayence ins Blickfeld kamen, hielt Robert an, und Suzanne stieg vom Fahrrad. Sie spürte ein geradezu körperliches Unwohlsein dabei, sich nicht mehr an ihn lehnen zu können.

»Du wirst dir eine Ausrede überlegen müssen«, sagte er mit einem Lächeln.

Als sie ihn verständnislos ansah, sagte er: »Dein Haar.«

Suzanne griff sich an den Hinterkopf und steckte die Strähnen notdürftig hoch.

»Das nächste Mal bringe ich eine Bürste mit.«

»Das nächste Mal…«

Hinter ihnen näherte sich ein Fuhrwerk. Ein Bauer aus Fayence auf dem Heimweg von der Feldarbeit.

»Komm morgen nach Cannes. Erinnerst du dich an die Stelle, wo wir uns zufällig getroffen haben, als du mit deiner Freundin dort warst?«, meinte Robert hastig und eindringlich.

Suzanne nickte.

»Dort gibt es ein Hotel. Dort warte ich auf dich. Um zwölf.« Er sah zu dem Fuhrwerk, das jetzt schon ziemlich nahe war. »Jetzt darf ich dich nicht einmal zum Abschied küssen!« Er reichte ihr die Hand, dann fuhr er davon. Suzanne blieb wie versteinert mitten auf der Straße stehen und sah ihm hinterher, bis der Bauer hinter ihr rief, sie solle endlich Platz machen.

Als sie kurze Zeit später die Haustür öffnete, kam Mathieu ihr entgegen. Er lächelte sie an und streckte die Arme nach ihr aus. Verstört sah sie ihn an.

»Ich wollte euch überraschen. Ich bin gekommen, um mit euch noch ein paar Tage hier zu verbringen und dann gemeinsam nach Paris zurückzufahren.« Er machte einen Schritt auf sie zu und umarmte sie. »Ich habe dich so sehr vermisst.«

Suzanne lehnte sich an seine Schulter und schloss die

Augen. Sie musste ihre ganze Kraft aufwenden, um nicht vor Verwirrung in Tränen auszubrechen.

Mathieu wollte sie wieder freigeben, doch Suzanne hielt ihn fest. Sie umklammerte ihn geradezu. Du darfst mein Gesicht nicht sehen, dachte sie, du würdest alles in ihm lesen.

»Ich habe mich schon mit deiner Tante angefreundet«, murmelte er dicht an ihrem Ohr. »So schrecklich, wie du immer gesagt hast, ist sie gar nicht. Sie ist geradezu vernarrt in Jeanne. Ich durfte sie nur ganz kurz mal halten, dann hat sie sie wieder an sich genommen.«

»Halt mich fest und sprich weiter«, bat sie. »Wann bist du angekommen?«

»Ich habe den Morgenzug genommen. Die Fahrt war angenehm. Ich habe zufällig neben einem Mann gesessen, der Drucker ist, und wir haben die ganze Zeit gefachsimpelt.«

Er erzählte von den Ereignissen der letzten Wochen in Paris, und sie hörte ihm zu. Seine Stimme beruhigte sie, der erste Schrecken war vorüber.

»Wo warst du denn eigentlich?«, fragte er schließlich. »Hast du einen schönen Tag gehabt?«

»Ich bin einfach losgewandert, habe die alten Wege aufgesucht und mich dabei, fürchte ich, etwas verausgabt.«

»Das stimmt, du siehst ein wenig zerzaust aus.« Jetzt schob er sie doch auf Armeslänge von sich und strich ihr zärtlich eine Haarsträhne hinter das Ohr.

»Ich bin total verschwitzt. Kann ich rasch ein Bad nehmen, bevor wir zu Abend essen?« Ohne seine Antwort abzuwarten, machte sie sich von ihm los und rannte in den kleinen Flur, der zum Bad führte.

Soll das jetzt immer so weitergehen? dachte sie, als sie in den Spiegel sah. Panisch suchte sie nach Anzeichen, die Mathieu verraten konnten, dass sie von einem anderen Mann kam. Ihre Augen glänzten, ihr Haar war zerzaust und ein Büschel trockenes Gras hatte sich dort verfangen. Ihre Bluse war hoffnungslos zerknittert, und die Lippen waren vom Küssen geschwollen. Sie presste die Nase auf ihre Hände und auf die Haut am Unterarm und fragte sich, ob Roberts Geruch noch an ihr haftete. Die Berührung der Haut ließ die Erinnerung an Roberts Zärtlichkeiten wieder aufsteigen. Ein Schauer überlief sie. Sie zerrte ihre Kleider vom Körper und ließ sich in das kalte Wasser gleiten. Dann rieb sie sich die Haut mit einem Schwamm ab.

Mein Gott, was habe ich nur getan!, dachte sie, während sie Wasser über ihr Haar schöpfte. Niemals darf Mathieu davon erfahren, es würde ihm das Herz brechen. Jetzt, wo Roberts Präsenz nicht mehr so stark war, spürte sie plötzlich das schlechte Gewissen gegenüber ihrem Mann. Er hatte bemerkt, dass etwas nicht in Ordnung war, aber er hatte nicht nachgefragt. Er hatte es nicht verdient, dass sie ihn betrog. Sie liebte ihn doch, und er war der Vater ihrer Kinder!

Aber da war Robert, die große Liebe ihres Lebens, der Mann, der ihr gezeigt hatte, was Liebe war, und dessen Liebe zu ihr immer noch da war, nach all den Jahren. Robert, der sie begehrte wie kein anderer Mann, Robert, zu dem sie sich mit jeder Faser ihres Leibes und ihrer Seele hingezogen fühlte, der die Sehnsucht in ihr weckte, wenn sie nur an ihn dachte, Robert…

War es nicht möglich, dass eine so reine, so große Liebe, die ein Jahrzehnt der Trennung überstanden hatte, auch eine Verpflichtung beinhaltete? Durfte sie eine Liebe, die so groß war, verschmähen? Wie vielen Menschen war denn ein so großes Gefühl überhaupt vergönnt? Mit einem derartigen Geschenk durfte man keinesfalls leichtfertig umgehen. Eine solche Liebe kannte keine Gebote, sie war maßlos. Aber rechtfertigte das auch wirklich den Betrug gegenüber Mathieu?

Sie stieg aus der Wanne und ging in ihr altes Zimmer hinauf, um sich anzuziehen. Auf dem Bücherregal über ihrem Bett entdeckte sie die Claudine-Romane. Sie nahm einen Band in die Hand und blätterte in ihm. Wie leicht hier alles war! Claudine verliebte sich und trennte sich, wenn sie einen anderen Mann fand, sie lebte in einer Ménage à trois, als sei das die einfachste Sache der Welt. Suzanne konnte sich nicht erinnern, in den Büchern von schlechtem Gewissen oder Schuldgefühlen gelesen zu haben. Sie kam zu dem Schluss, dass die Welt in den Romanen zu einfach dargestellt war. Das wirkliche Leben war viel komplizierter. Als Heranwachsende hatten diese Romane ihr Mut gemacht und waren ihr ein Beispiel gewesen. Heute hatte das echte Leben die erfundenen Geschichten überholt.

»Suzanne, wann kommst du denn? Das Abendessen ist fertig!« Das war Mathieu, der von unten nach ihr rief.

Sie stellte das Buch zurück ins Regal und ging hinunter in die Küche.

Dort empfing sie der verführerische Duft nach gebratenen Eiern und frischem Thymian.

»Hmm!«, machte sie.

Mathieu stand am Herd und drehte sich zu ihr um. Unter seinem liebevollen Blick drehte sich ihr beinahe der Magen um.

»Tante Madeleine hat den Hühnerstall für ein Riesenomelette geplündert. Und sie hat mir gestattet, es zu braten.«

»André hat heute zehn Eier gefunden«, sagte Tante Madeleine, die bereits am Tisch saß und das Brot schnitt. »Es ist kaum zu glauben, aber seit der Junge da ist, legen die Tiere besser.«

Dédé stand vor seiner Mutter und sah sie voller Stolz an. Suzannes Herz flog in diesem Moment ihrem Sohn zu. Schnell nahm sie ihn in die Arme und küsste ihn.

Mathieu hatte mittlerweile Jeanne auf den Arm genommen und lief nun zwischen Schrank und Tisch hin und her, um Teller und Besteck aufzulegen. Zwischen ihm und Tante Madeleine flogen die Bemerkungen hin und her, offensichtlich hatte er sie mit seinem soliden Charme erobert.

Er kam auf Suzanne zu und küsste sie leicht auf den Hals. »Geht es dir jetzt besser?«, fragte er.

Sie nickte, und es gelang ihr, ihm ein unverkrampftes Lächeln zu schenken.

Das Abendessen gehörte zu den fröhlichsten, die Suzanne in diesem Haus erlebt hatte. Das Essen war vorzüglich, André aß sein Omelette, sogar die Kräuter, und erzählte seinem Vater von den Abenteuern, die er in den letzten Wochen erlebt hatte. Jeanne war schon am Tisch eingeschlafen.

»Können wir nicht einfach hierbleiben?«, fragte Dédé. »Ich will nicht zurück nach Paris. Hier ist es viel schöner.«

»Aber du wirst doch in die Schule gehen«, wandte Mathieu ein.

Tante Madeleine mischte sich ein. »Von mir aus könnt ihr hier wohnen. Ich werde euch so vermissen, wenn das Haus wieder still ist wie ein Grab!«

Mathieu legte ihr die Hand auf den Unterarm, und Suzanne musste unwillkürlich daran denken, dass es wohl sehr lange her war, dass ein Mann ihre Tante berührt hatte. »Wir wissen dein Angebot sehr zu schätzen, und ich kann auch gar nicht verstehen, warum wir nicht früher hergekommen sind«, er warf Suzanne einen fragenden Blick zu, »aber unser Leben ist nun einmal in Paris.«

»Wir können doch im Sommer wiederkommen!«, warf Suzanne ein. Sie biss sich gleich darauf auf die Lippen, weil sie dabei nicht an die Kinder gedacht hatte, sondern an sich und Robert.

»Na, Hauptsache, ich bekomme euch häufiger zu Gesicht, besonders die Kinder. Ich finde, das sollten wir feiern. Ich hole noch eine Flasche Rotwein aus dem Keller«, sagte Tante Madeleine.

»Lass mich das doch machen«, rief Mathieu. Er nahm mit Schwung die leere Flasche vom Tisch und stand auf, um neuen Wein zu holen.

Suzanne trank mehr, als sie vertrug. Sie musste sich irgendwie beruhigen. Als sie gegen Mitternacht ins Bett gingen, hatte sie einen Schwips.

»Habe ich dir schon gesagt, dass ich dich vermisst habe?«, sagte Mathieu. Er lag schon im Bett und sah ihr dabei zu, wie sie sich auszog und ihr Haar für die Nacht kämmte. Das hatte er immer schon geliebt.

»Und die Kinder nicht?«, fragte sie kokett.

»Die Kinder kein bisschen. Nur dich.« Er griff nach ihrer Hand und zog sie ins Bett, bevor sie ihr Nachthemd überstreifen konnte. »Wie dick sind die Wände hier? Kann deine Tante uns hören?«, murmelte er an ihrem Ohr.

Suzanne kicherte. »Du hast sie doch schon in deinen Bann gezogen.«

Sie legte sich zu ihm, bereit, sich von ihm lieben zu lassen auf die altvertraute, beruhigende Art.

»Du warst so merkwürdig heute, so anhänglich, aber gleichzeitig auch nicht richtig bei mir …«

»Aber jetzt bin ich da«, flüsterte sie und zog ihn über sich.

Ich werde mich morgen mit Robert treffen und ihm sagen, dass wir uns nie wiedersehen dürfen, war ihr letzter Gedanke, bevor sie sich ihrem Mann hingab.

»Ich bin die Frau eines anderen, Robert. Wir dürfen uns nicht mehr sehen.«

»Und das sagst du ausgerechnet jetzt, wo wir uns gerade geliebt haben?« Er stützte sich auf den Ellenbogen und griff über sie hinweg zum Nachtschrank, wo die Zigaretten lagen. »Auch eine?«

Suzanne nickte.

Er steckte sich zwei Gitanes in den Mund und zündete sie an. Dann reichte er ihr eine.

Suzanne nahm einen tiefen Zug. »Wie soll das weitergehen mit uns? Weißt du, wie schwierig es war, mich heute freizumachen und hierherzukommen? Mathieu ist gestern überraschend gekommen.«

»Hast du mit ihm geschlafen?« Die Frage kam schnell und hart.

Sie wandte den Blick ab. »Ich habe dich auch nicht gefragt, ob du gestern mit deiner Frau geschlafen hast. Immerhin bist du zu ihr ins Ehebett gekrochen.«

»Du hast recht, es tut mir leid.«

Suzanne sah sich in dem kleinen Hotelzimmer um. Durch die halb geschlossenen Läden aus Holzlamellen drang scharf das Sonnenlicht und beleuchtete den wackeligen kleinen Tisch und das kitschige Heiligenbild darüber. Von draußen war der Lärm des Gemüsemarktes zu hören, der auf der Straße vor dem Hotel stattfand. Sie hatte sich vor dem anzüglichen Blick des Mannes an der Rezeption innerlich gewappnet, dennoch hatte er sie getroffen. Würde es ab jetzt immer so sein? Liebe in schäbigen Hotelzimmern, begleitet von den argwöhnischen oder lüsternen Blicken der Portiers? Würde sie das aushalten? Sie drückte ihre Zigarette in dem angestoßenen Porzellanaschenbecher aus.

»Eigentlich weiß ich doch gar nichts mehr von dir. Wir haben uns zehn Jahre nicht gesehen. Und damals waren wir noch so jung. Es ist leicht, die Vergangenheit zu idealisieren. Wer weiß denn, ob wir uns überhaupt noch lieben würden, wenn wir die ganze Zeit zusammen gewesen wären. Wir hatten doch gar keine Gelegenheit, uns auf die Nerven zu gehen.« Ihre Worte klangen lahm, sie glaubte ihnen selbst nicht.

Robert lachte leise in sich hinein. »Netter Versuch, aber mich überzeugt er nicht. Du hättest mich glücklich gemacht, das weiß ich. Wir beide sind füreinander bestimmt, Suzanne.«

»Füreinander bestimmt? Von wem, vom Schicksal? Das hat uns jedenfalls auseinandergerissen.«

»Jetzt wirst du melodramatisch. Aber es steht dir.«

Suzanne sah ihn an. »Mich hat in den ganzen Jahren nie

das Gefühl verlassen, dass du noch lebst. Obwohl Camille mir einzureden versucht hat, du seist tot. Sie hat es gut gemeint, sie wollte mich damit trösten. Ich habe so oft von dir geträumt, manchmal war dieses Gefühl, dass du bei mir bist, geradezu körperlich. Aber ich habe mich gefragt, warum du nicht zu mir zurückgekommen bist.«

»Glaub mir, ich hätte nichts lieber getan. Weißt du eigentlich, wie oft ich in den letzten Jahren beinahe verzweifelt bin, weil du nicht mehr bei mir warst? Die Vorstellung, dass du mit einem anderen Mann verheiratet bist, hat mich vor Wut rasend gemacht.«

»Und ich bin nach wie vor mit einem anderen Mann verheiratet. Und du mit einer anderen Frau. Mathieu hat es nicht verdient, dass ich ihn betrüge.«

»Was nehmen wir Odette und Mathieu denn weg?«

»Alles«, sagte Suzanne. Sie wandte ihm den Rücken zu und legte den Kopf auf seinen Unterarm.

Er nickte.

»Können wir nicht nur Freunde sein?« Sie wusste, wie seine Antwort auf diese Frage lauten würde, und gab sie sich selbst: »Nein, das können wir wohl nicht.«

Robert fing an, ihren Rücken mit Küssen zu bedecken. Seine freie Hand glitt über ihre Hüfte. »Lass uns später darüber reden.«

Auf der Rückfahrt im Bus lehnte sie den Kopf ans Fenster und schloss die Augen. Ihre Haut brannte von Roberts Berührungen, sie hatte seinen Geschmack auf ihren Lippen. Sie hatten sich vor dem Bus getrennt, ohne eine Lösung gefunden zu haben. Bevor sie einstieg, hatte er gesagt: »Ab jetzt werde ich immer bei dir sein. Egal, wo ich bin. Ich liebe dich.«

Suzanne wusste, dass das stimmte. Es war ein tröstliches Gefühl. Robert würde von nun an an ihrer Seite sein und sie an seiner.

Ein paar Tage darauf fuhr sie zurück nach Paris, ohne Robert noch einmal getroffen zu haben.

Sobald sie ein paar Minuten allein in ihrem Schlafzimmer in der Rue Jacob war, holte sie Roberts Ring aus der kleinen Schatulle, in der er seit so vielen Jahren lag. *Für immer Dein. Robert.* Sie hatte ihn nicht mehr getragen, seitdem sie mit Mathieu verheiratet war. Sie steckte ihn sich an den Finger. Doch da saß schon Mathieus goldener Ring, ihr Ehering. Die Ringe passten nicht zueinander. Sie betrachtete ihre Hand, dann zog sie Roberts Ring ab und legte ihn wieder in die Schatulle, die sie ganz hinten in die Schublade schob.

In den nächsten zwei Monaten schrieben sie sich Briefe, postlagernd, aus Angst davor, entdeckt zu werden. Dann, im Juli, kam Robert nach Paris, und sie trafen sich mehrere Male in einem Hotelzimmer. Robert hatte ein Hotel in der Nähe des Eiffelturms vorgeschlagen, aber Suzanne hatte vehement abgelehnt.

»Dort bin ich immer mit Mathieu gerudert«, sagte sie.

Also trafen sie sich weitab vom Fluss, an der Porte de Clignancourt. Das Hotelzimmer sah beinahe so aus wie jenes in Cannes.

Erst bei ihrem vierten oder fünften Treffen waren ihre Körper so gesättigt, dass sie Gelegenheit zu längeren Gesprächen fanden.

Suzanne berichtete von ihren Fotos, von den Themen, die sie interessierten, von ihrer Arbeit bei Charles Meursault. »Ich glaube, ich bin eine gute Fotografin geworden.«

»Die warst du damals schon.«

Suzanne lachte. »Dann musst du meine neuen Arbeiten sehen. Dazwischen liegen Welten.«

»Und woran arbeitest zu zurzeit?«

»An nichts Bestimmtem.«

»Warum nicht? Du solltest dein Talent nicht brachliegen lassen. Es ist ein Teil von dir. Ein wichtiger Teil.«

»Ich weiß.« Das sagt Mathieu auch immer, dachte sie, sprach ihren Gedanken aber nicht aus.

Suzanne fühlte sich den ganzen Sommer über so lebendig wie noch nie zuvor in ihrem Leben, jede Faser ihres Leibes bebte und vibrierte. Es war ja nicht so, dass Mathieu sie nicht reizte oder befriedigte. Die körperliche Liebe spielte zwischen ihnen eine große Rolle. Und dennoch war es mit Robert anders, besser. Mit ihm verband sie eine Seelenverwandtschaft, die auch ihren Körper mit einschloss. Sie wusste nicht, warum das so war. Was sie mit Robert verband, war nicht zu erklären. Es war wie eine Urgewalt. Es war tiefe Liebe. Und das nahm sie als Entschuldigung für ihr Verhalten, für ihren Verrat an Mathieu.

Es wunderte sie nicht, als sie feststellte, dass sie wieder schwanger war. Ihr Körper war von Leben erfüllt, und es erschien ihr nur natürlich, dass er seiner ursprünglichen Aufgabe nachkam. Sie rechnete nach und stellte fest, dass Robert nicht der Vater sein konnte. Die Erkenntnis erleichterte sie unendlich, obwohl sie sich tief in ihrem Herzen ein Kind von Robert wünschte.

Mathieu freute sich auf das Kind. »Weißt du noch, deine letzte Schwangerschaft?«, fragte er sie. »Du warst unersättlich.«

Suzanne lächelte ihn an. Auch sie freute sich auf ihr drittes Kind, aber sie sah auch die Einschränkungen, die ein Säugling mit sich bringen würde. André ging mittlerweile in die Vorschule, und Jeanne brachte sie an den Vormittagen bei einer Nachbarin unter. Suzanne nutzte jede freie Stunde, um sich der Fotografie zu widmen. Sie konnte zwar nicht mehr auf ein eigenes Entwicklungslabor zurückgreifen, aber sie hatte ein Fotoatelier in der Rue Jacob gefunden, wo sie die Buchhaltung erledigte und dafür einmal in der Woche abends das Labor benutzen konnte. Bevor ihr Kind kam, wollte sie möglichst viel fotografieren. Ihr fehlte nur noch ein passendes Sujet, eines, das noch nicht von anderen entdeckt worden war. Ein Thema, mit dem sie sich einen Namen machen konnte. Dieser Wunsch hatte schon seit Jahren in ihr geschlummert, aber jetzt, nicht zuletzt durch Roberts Zuspruch, war er immer dringlicher geworden. Robert regte ihre Kreativität an. Er forderte ihre Intelligenz heraus. Für ihn war es ein Frevel, wenn Menschen ihre Fähigkeiten nicht einsetzten. Er war der festen Überzeugung, durch geistige Arbeit, durch Aufklärung, manchmal auch durch Provokation könne die Welt zu einem besseren Ort werden. Dieses Credo verfolgte er in seinen Artikeln, und er verlangte es von seinen Mitmenschen. Suzanne hatte auf diesen kleinen Anschubser nur gewartet. Weil er ihren eigenen Bedürfnissen entgegenkam. Und weil sie wollte, dass Robert stolz auf sie war.

Sie fuhr mit ihrem Fahrrad kreuz und quer durch Paris, entdeckte Straßen und Viertel für sich, in denen sie vorher noch nie gewesen war, immer auf der Suche nach neuen Motiven.

Eines Tages radelte sie die Rue du Faubourg du Temple hinunter in Richtung der Seine, als etwas auf der rechten Straßenseite ihre Aufmerksamkeit erregte. Sie bremste scharf ab und sprang vom Rad. Hinter einem geschmiedeten Tor, dessen einer Flügel offen stand, lag eine Passage. Neugierig ging sie hinein. Es roch modrig, und in einer Ecke stank es nach Urin. Sie staunte, als sie den Eingang zu einem Theater fand. Neben der Tür hing noch ein Programmzettel aus Vorkriegszeiten, der eine Komödie anzeigte. Erwartungsvoll drückte sie die Klinke herunter und wunderte sich nicht, als die Tür nachgab. Sie sah einen kleinen Saal mit roten Plüschsesseln. Allerdings hatte hier schon lange keine Vorstellung mehr stattgefunden. Der dunkelrote Vorhang war zerschlissen und nur zur Hälfte heruntergelassen. Auf der Bühne lagen ein paar umgekippte Stühle. Sie machte eine Aufnahme der leeren Sitzreihen und ließ die Tür wieder zufallen.

Auch die meisten anderen Läden in der Passage standen leer, aber die großen Schaufenster, die Ladenschilder aus Messing und Holz ließen die einstige Pracht noch erahnen. Und sie gaben wunderbare nostalgische Fotomotive ab. Ihr Blick ging nach oben, und sie erkannte, dass dort im ersten Stock auf der Galerie noch weitere Geschäft lagen. Sie sah sich suchend um, bis sie die enge Wendeltreppe aus Eisen entdeckte, die neben dem Theatereingang hinaufführte. Oben befand sich in einem der winzigen Läden eine billige, von einem Marokkaner geführte Schneiderei. Der Besitzer sah sie erst hoffnungsvoll, dann, als er ihren Fotoapparat sah, misstrauisch an. Suzanne hätte ihn gern zusammen mit seiner alten Nähmaschine fotografiert, aber wegen der Erfahrung mit dem Kriegskrüppel verzichtete sie lieber darauf.

Sie ging weiter und sah, dass die Galerie zur Straße hin durch ein riesiges halbmondförmiges Fenster aus buntem Glas erhellt wurde. Trotz des trüben Wetters leuchtete es. »Wie schön«, flüsterte sie. Sie sah über die Balustrade nach unten und fotografierte das Mosaik der Bodenfliesen, wobei sie zwangsläufig an den Innenhof des Klosters in Fréjus denken musste. Fast erwartete sie, Robert dort unten auftauchen zu sehen. Sie ging zurück, nahm die enge Treppe nach unten, durchquerte die Passage und trat wieder auf die Straße hinaus. Von der gegenüberliegenden Straßenseite aus betrachtete sie erneut das bunte Fenster. Ein ungeahntes Glücksgefühl durchströmte sie. Sie wusste sofort, dass sie ihr Thema gefunden hatte. Sie würde zurückkommen, um dieses außergewöhnliche Gebäude in allen Einzelheiten zu fotografieren und anschließend die Fotos ausstellen.

Am nächsten Tag ging sie in die Bibliothek auf der Suche nach Informationen. Sie fand heraus, dass es früher, zwischen 1800 und 1860, über hundert dieser mit Glas überdachten Wege gegeben hatte, auf die sich Flaneure vor dem Lärm der Straße und den Widrigkeiten des Wetters flüchten konnten. Wie ein Netz hatten die Passagen die Stadt durchkreuzt, und man konnte ungefähr von der Seine bis zur Oper gelangen, indem man eine nach der anderen durchschritt.

Die meisten Passagen waren im Zuge der Modernisierung der Stadt abgerissen worden, aber einige gab es noch. Verschmutzt und vernachlässigt führten die Kleinode ein Dasein im Verborgenen und dienten meist nur als Abkürzung zwischen zwei Straßen. Aber die edlen schwarz-weißen Bodenfliesen waren oft noch erhalten, ebenso die dunklen Holzvertäfelungen an den Wänden und die gold gerahmten riesigen Spiegel, auch wenn sie blind geworden waren.

Suzanne war noch häufiger als zuvor auf ihrem Rad unterwegs. Sie klapperte alle Passagen ab, über die sie gelesen hatte. Manchmal aber fand sie nur noch Trümmer vor oder stand vor neu erbauten Häusern. Aber oft hatte sie Glück und es gab die alten Bauwerke noch.

Sie entdeckte noch weitere bunte Glasmosaike. Trotz der zum Teil eingeworfenen Scheiben konnte sie Vögel, schöne Frauen und Phantasiewesen ausmachen. Einige Passagen waren zwei- oder sogar dreigeschossig. Über filigrane Wendeltreppen gelangte sie nach oben, wo der Verfall noch deutlicher sichtbar war. Die meisten Geschäfte waren verlassen, und die wenigen verbliebenen Läden waren wie aus einer anderen Zeit. Viele Kuriositätenhändler boten hier ihre Waren an. In der Passage Véro-Dodat in der Nähe der Hallen gab es zum Beispiel einen Laden, in dem Porzellanpuppen zu Hunderten in Regalen bis unter die Decke saßen und die Kunden aus großen dunklen Augen anstarrten. Daneben fand sie Buchhandlungen und verwitterte Teesalons, Handwerkerstuben, vor denen die Besitzer Blumen und Gemüse in großen Töpfen zogen, aber auch zweifelhafte Kneipen und Hauseingänge, vor denen zu stark geschminkte Frauen mit den Augenlidern klapperten. Suzanne fotografierte die Interieurs und die Menschen, die schmiedeeisernen Tore, die in die Passagen führten und nachts geschlossen wurden, die Eisenkonstruktionen, die die Glasdächer hielten, und die farbigen Lampenschirme, die von oben herabhingen.

Als sie Mathieu die ersten Fotos zeigte, war er begeistert.

»Ich wusste nicht, dass es so etwas Schönes in Paris gibt«, rief er aus. »Die Bilder atmen Vergangenheit. Daraus musst du etwas machen!«

»Ich wollte das Vergangene zeigen«, bestätigte sie, »und die Fotos bedienen den Wunsch nach der guten alten Zeit. Aber ich finde sie gleichzeitig auch modern. Sieh nur die Ornamente in den Toren und Treppen, das macht man heute auch wieder so. Und die Passagen waren schon sehr früh elektrifiziert. Sie sind sozusagen Zeugen der Vergangenheit, aber auch Vorboten der Moderne. Und genauso ist es mit den Menschen, die in den Passagen leben und arbeiten. Es sind viele alte Nordafrikaner darunter, aber auch Tänzerinnen und Freudenmädchen.«

Mathieu blätterte weiter in den Fotos. »Du musst diese Bilder unbedingt der Öffentlichkeit zeigen. Du musst eine Galerie suchen.« Er überlegte. »Nein, das werde ich tun.«

»Ich habe daran gedacht, in einer der Passagen auszustellen.«

»Die Idee gefällt mir!«

»Wirst du mir helfen?«

Er küsste sie. »Worauf du dich verlassen kannst.«

Robert bekam eine Anstellung in Paris, bei einem neu gegründeten Magazin, das sich auf mehrseitige Reportagen mit langen Fotostrecken spezialisiert hatte. Durch neue Druckverfahren war es möglich geworden, Fotos zu vervielfältigen, in Heliogravuren wurden ganzseitige Fotomontagen erstellt. »Ein Bild sagt mehr als tausend Worte«, war das Motto der Zeitschrift.

Im August fing Robert dort zu arbeiten an. Er wohnte anfangs in einem kleinen Hotel, bis er für sich und seine

Familie eine Wohnung nahe der Place d'Italie fand, weit weg von dem Viertel, in dem Suzanne wohnte. Odette wunderte sich, warum sie so weit entfernt von der Redaktion wohnen sollten, die in der Nähe der Sorbonne lag. Aber da das nicht allzu weit entfernt von der Rue Jacob war, hatten Robert und Suzanne vereinbart, dass Robert und seine Familie nicht dort hinziehen sollten, denn sie hatten zu große Angst davor, sich zufällig auf der Straße zu begegnen.

Über eine andere Sache konnten sie sich nicht einig werden.

»Wann sehe ich dich wieder?«, fragte Robert.

»Du weißt, dass ich das nicht will.«

»Was?«

Suzanne drehte sich zu ihm um, während sie ihre Ohrringe befestigte. »Ich will mich nicht bei einem Treffen für das nächste mit dir verabreden.«

»Weil du glaubst, du könntest ohne mich auskommen.«

Suzanne antwortete nicht, aber es war so. Sie hoffte immer noch, eines Tages ohne Robert leben zu können. Das glaubte sie ihrer Familie schuldig zu sein.

Robert kam auf sie zu und umarmte sie. »Suzanne. Wir werden uns wiedersehen, und das weißt du.« Er küsste sie auf den Hals.

»Was sollen wir denn nur tun?«, frage sie, den Kopf an seine Schulter gelehnt.

»Willst du, dass ich sage, ich komme nie wieder? Dass ich mich von dir trenne und wir uns nie wiedersehen? Willst du das? Kannst du das?«

Suzanne schüttelte den Kopf. »Ich kann mir ein Leben ohne dich nicht mehr vorstellen. Ich kann dich nicht noch einmal verlieren.« Sie hob das Gesicht, um ihn anzusehen. Tränen standen in ihren Augen. Sie hatte ihr Haar noch nicht wieder im Nacken zusammengenommen. Es bildete einen lebhaften Kontrast zu ihrem blassen Gesicht.

Robert starrte sie an. In diesem Augenblick kam sie ihm

vor wie eine Heilige. Von seinen Gefühlen überwältigt zog er sie an sich und strich ihr über das Haar. »Mir geht es doch genauso. Wir werden nicht aufhören, uns zu lieben und uns zu sehen. Aber wir werden vorsichtig sein. In der nächsten Woche kommen Odette und die Kinder. Dann wird es für uns noch schwieriger werden. Sie dürfen auf keinen Fall Verdacht schöpfen.«

»Ja, Mathieu darf auch keinesfalls von uns erfahren. Das könnte ich ihm nicht antun.«

Robert spürte, wie die Eifersucht in ihm hochkroch. Auch er wollte Odette nicht wehtun, aber er hatte das Gefühl, dass die Verbindung zwischen Suzanne und Mathieu stärker war als die zwischen ihm und Odette.

Im September erreichte sie eine Geburtsanzeige aus Amerika: Camille hatte einen Jungen geboren. Aus ihrem Brief sprachen unendliches Glück und Stolz.

... Du glaubst nicht, in was für einem Luxus ich hier lebe. Toms Haus ist so groß, dass unsere gesamte Etage in der Rue du Faubourg-Saint-Antoine bequem hineinpassen würde. Rund um das Haus gibt es eine Veranda, das nennen sie hier Porch. Wenn mein kleiner Frankie schläft, dann setze ich mich mit ihm nach draußen und wandere immer der Sonne nach. Rund um das Haus wachsen hohe Ahornbäume, deren Laub sich jetzt gelb und rot verfärbt. Du müsstest hier sein und das fotografieren! Du wärst begeistert.

Toms Familie ist sehr nett zu mir, besonders seine beiden älteren Brüder und ihre Frauen. Fast jedes Wochenende sind wir bei einem von ihnen eingeladen, und die Frauen kochen und backen. Aber ganz anders als in Frankreich, deftiger und weniger raffiniert. Ich muss sehr aufpassen, sonst werde ich bald auseinandergehen wie ein Hefeteig. Wenn Du meine Schwägerinnen kennen würdest, wüsstest Du, was ich meine. Tom redet ab und zu davon, dass auch ich bald dran bin mit

Einladungen zum Essen und zum Barbecue. Deshalb schaue ich Esther und Jane (so heißen die Frauen seiner Brüder) beim Kochen über die Schulter.

Suzanne ließ den Brief sinken und lächelte in sich hinein. Camille und Kochen... Dann las sie weiter.

Ja, lach nur, aber ich bin fest entschlossen, eine gute amerikanische Köchin zu werden!

Ach, Suzanne, ich lebe hier ein Leben, das so anders ist als in Paris, dass ich es Dir unmöglich beschreiben kann. Aber ich genieße es. Bis auf die eine kleine Sache: Du bist nicht da. Was hätten wir für einen Spaß zusammen! Kannst Du nicht kommen?

Sophie ist übrigens immer noch hier. Sie ist nicht mit Maman zurückgefahren. Stell Dir vor, sie hat sich verlobt. Mit einem Freund von Tom. Ist das nicht wunderbar? Ich freue mich für Sophie, aber auch für mich, denn so habe ich wenigstens meine Schwester in der Nähe.

Versprich mir, dass Du mich besuchst!

Deine Camille

Suzanne las den Brief noch einmal und noch einmal. Sie hatte Camille in ihren Briefen nichts davon geschrieben, dass sie Robert wiedergetroffen hatte. Auch, weil sie davor Angst hatte, dass Camille, die sich gerade für die Ehe entschieden hatte, ihr Vorwürfe machen würde.

Es war ebenfalls im September, als Robert bemerkte, dass Suzannes Bauch sich rundete. Ein Leuchten ging über sein Gesicht. Sie saßen in einem Café am Montparnasse.

»Robert, das Kind ist nicht von dir.«

Sein Blick erstarrte.

»Aber, Robert, was glaubst du denn? Dass ich mich meinem Ehemann deinetwegen verweigere?«

Ohne ein Wort stand er auf und verließ das Lokal. Suzanne sah ihm fassungslos nach.

Die nächsten Tage waren schrecklich für sie. Sie vermisste Robert entsetzlich. Manchmal überfiel sie die Angst, er würde sich von ihr lossagen. Andererseits erwog auch sie, mit ihm zu brechen, denn das Auf und Ab der Gefühle kostete sie die letzte Kraft, die sie eigentlich für ihre Arbeit und die Kinder brauchte. Aber im nächsten Moment wusste sie, dass sie es nicht übers Herz bringen würde.

Als Robert dann nach drei Tagen in der Rue Jacob auf sie wartete, vergaß sie alle Vorsicht und stürzte sich in seine Arme. Sie gingen in das erste Hotel, an dem sie vorbeikamen, und liebten sich mit einer Leidenschaft, die etwas Verzweifeltes an sich hatte.

»Nie wieder dürfen wir im Streit auseinandergehen«, sagte sie atemlos zu ihm. »Ich bin fast verrückt geworden. Noch einmal halte ich das nicht aus.«

»Es tut mir so leid«, murmelte er. »Ich hätte nicht einfach gehen dürfen. Aber ich war so verdammt eifersüchtig auf deinen Mann.« Er zögerte. »Aber natürlich muss es so sein, wie es ist. Und natürlich muss er der Vater deines Kindes sein.«

»Wir können eben nicht alles haben.« Sie stützte sich auf den Ellenbogen und sah ihn an. »Aber das, was ich von dir kriegen kann, das nehme ich mir.« Sie bedeckte sein Gesicht mit Küssen.

Wenn Suzanne in Roberts Armen lag, kam ihr alles so richtig vor und sie fühlte sich glücklich. Aber wenn sie dann nach Hause kam und die Liebe in Mathieus Augen sah, überkamen sie Schuldgefühle und eine lähmende Angst, ihn zu verletzen.

Mathieu war so unendlich liebevoll zu ihr und unterstützte sie auch bei ihrer Arbeit. Er hatte tatsächlich eine Galerie aufgetan, die bereit war, ihre Bilder auszustellen. Sie gehörte einem Freund von Arthur, Camilles ehemaligem Freund. Arthur, der in der Schlacht von Ypern gefallen war.

Suzanne arbeitete wie eine Besessene, immer wieder suchte sie die Passagen auf, nahm bereits fotografierte Motive noch einmal auf, weil eine Kleinigkeit sie störte, weil das Licht nicht ganz so war, wie sie es sich vorgestellt hatte. Sie wollte alles perfekt machen. Es war ihre erste Ausstellung, und sie legte ihr ganzes Herzblut hinein.

Bald schon litt sie an nervöser Erschöpfung. Nachts konnte sie oft nicht schlafen, weil sie an ihre Arbeit dachte oder Schuldgefühle sie plagten. Dann wieder war sie euphorisch und von einer hektischen Betriebsamkeit.

»Sie müssen auf sich aufpassen«, sagte Doktor Schleucher. »Diese Unruhe ist nicht gut für Ihr Kind.«

Auch Mathieu war besorgt. »Was ist denn los mit dir? Ich mache mir Sorgen.«

Suzanne versuchte zu lächeln, was aber misslang. »Warum, was soll denn sein?«, fragte sie.

»Ich merke doch, dass du nicht schläfst. Du hast Ringe unter den Augen, du bist so angespannt. Das erinnert mich an damals, als ich dich gebeten habe, meine Frau zu werden, und du mir ausgewichen bist. Ich habe das Gefühl, dass etwas zwischen uns steht.« Er nahm ihre Hand. »Ich bin nicht bereit, das hinzunehmen. Willst du mir nicht sagen, was es ist?«

Als sie wortlos den Blick senkte und ihm ihre Hand entzog, stand er auf und verließ das Zimmer.

Ich werde sie beide verlieren, dachte Suzanne voller Trauer. Was soll ich denn nur tun? Sie sehnte sich verzweifelt nach Camille. Sie musste mit jemandem reden, jemanden um Rat fragen. Wieder und wieder bewegte sie dieselben Fragen in ihrem Kopf hin und her, kam aber zu keiner Lösung.

Kapitel 19

Die Ausstellung mit Suzannes Fotos fand in einer kleinen Galerie in der Rue Lafitte statt, gar nicht weit entfernt von jener anderen Galerie, in der vor einigen Jahren Camilles Bild ausgestellt worden war. Die Eröffnung war am 30. Oktober. Das Ritual der Rentrées, wenn die Pariser aus ihren Sommerhäusern zurück in die Stadt strömten und das gesellschaftliche Leben wieder aufnahmen, gehörte zwar auch zu den Dingen, die während des Krieges verloren gegangen waren, aber dennoch musste Suzanne denken: »Wie früher.«

Die letzten Wochen hatten sie ihre ganze Kraft gekostet. Sie war reizbar und nervös gewesen und hatte mit den Kindern geschimpft, was sie sonst nur selten tat. Als sie am Tag zuvor probeweise in ihr Kleid geschlüpft war, hatte sie feststellen müssen, dass es nicht mehr passte. Schnell war sie zu einer Schneiderin gehastet, die die Nähte ausgelassen hatte. Sie hatte alle eingeladen, die sie kannte, die Nachbarn und sogar den Bäcker, und war auch im Bon Marché gewesen, um Madame Vignot zu informieren, doch sie arbeitete dort nicht mehr. Mathieus russische Kollegen wussten Bescheid und der Eigentümer des Fotoateliers in der Rue Jacob, der die Bilder natürlich alle schon kannte. Sie hatte Camille geschrieben, die Toms amerikanische Freunde mobilisiert hatte. Hélène Meursault würde aus Brest anreisen, Tante Madeleine hatte abgesagt. Natürlich wusste auch Robert von der Ausstellung, aber sie hatte ihn gebeten, nicht zu kommen. Nicht, wenn auch Mathieu anwesend war.

Den ganzen Tag über hatte Suzanne Fotos auf- und wieder abgehängt, Rahmen geputzt und Staub gewischt. Jetzt konnte sie nichts mehr tun. Sie wanderte durch die noch menschenleeren Räume und überprüfte ein letztes Mal, ob alle Fotos wirklich gut hingen. Sie hatte alles getan, was in ihrer Macht stand, um die Ausstellung zu einem Erfolg zu machen. Jetzt mussten ihre Fotos für sich sprechen.

Von einem Foto begegnete ihr ein Blick aus schwarzumschatteten Augen. Er gehörte einer Frau, die in der Passage de Branly ein kleines Restaurant betrieb und damit mehr schlecht als recht ihre fünf Kinder durchbrachte. Daneben hing das Foto eines Metzgers, der mit zwei Fingern seinen riesigen Schnauzbart glatt strich.

Sie hatte die Bilder so angeordnet, dass in diesem Raum nur Aufnahmen der Menschen hingen, denen sie in den Pariser Passagen begegnet war. Im angrenzenden Raum hingen die Fotos, die die architektonischen und baulichen Details und Verzierungen zeigten und zum Teil stark verfremdet waren. Es war schwierig gewesen, eine Auswahl an Bildern zu treffen und sich dann auch noch für eine Anordnung zu entscheiden. Anfangs hatte sie darüber nachgedacht, jede Passage für sich abzubilden. Dann hatte sie sich für die Aufteilung nach Personen und Dingen entschieden. Die Namen der Orte hatte sie nicht unter die Fotos gesetzt. Sie wollte, dass die Fotos für sich sprachen. Mit der Ausstellung wollte sie der Passage als bauliches Element, das im Verschwinden war, ein Denkmal setzen. Sie wollte keine Tipps für Touristen geben.

»Alles in Ordnung?« Mathieu war zu ihr getreten und legte ihr den Arm um die Schulter.

»Ich habe ein bisschen Angst«, sagte Suzanne und lehnte sich an ihn.

»Deine Bilder sind gut«, sagte er. »Die Leute werden was zum Reden haben.«

»Wahrscheinlich reden sie mehr über die Fotografin, die so schwanger ist, dass sie nicht mehr in ihr Kleid passt.«

»Sie werden sich fragen, wie eine so schöne Frau dazu kommt, Fotos zu machen.«

»Sie kann das nur, weil sie einen Mann hat, der zu ihr hält.«

Er sah sie voller Zärtlichkeit an. »War das eine Liebeserklärung?«

Anstelle einer Antwort küsste sie ihn, und seine Umarmung gab ihr Kraft und Zuversicht.

Den ganzen Abend über nahm Suzanne die Glückwünsche der Besucher entgegen, schüttelte Hände und beantwortete Fragen. Und dann stand plötzlich Robert vor ihr.

Tiefe Freude überkam sie und der Wunsch, den Erfolg mit ihm zu teilen. Doch dann sah sie Mathieu, der nur ein paar Schritte entfernt einem Besucher eine Fotografie erklärte. Sie schnappte nach Luft und blickte Hilfe suchend um sich.

»Du bist eine hervorragende Fotografin, weißt du das?«, sagte Robert dicht an ihrem Ohr. Er hatte ihren Blick auf Mathieu sehr wohl bemerkt.

»Was tust du hier?«

»Ich bin Journalist. Vielleicht schreibe ich einen Artikel über diese Ausstellung.«

»Du weißt genau, was ich meine.«

»Ich wollte einfach bei dir sein. Ich will Anteil haben an deinem Leben.« Seine Stimme wurde lauter. »Versteh das doch!«

Suzanne bemerkte, dass eine Frau sich nach ihnen umdrehte, und jetzt kam auch Mathieu herüber.

»Ich will es doch auch«, sagte sie leise, »mehr als alles andere. Aber jetzt musst du gehen.«

»Übermorgen in unserem Hotel, um fünf.« Damit war er weg.

»Wer war das?«, fragte Mathieu.

»Ein Journalist. Stell dir vor, er will über mich schreiben.«

Sie war froh, als sich eine junge Frau in Begleitung eines

hünenhaften Amerikaners näherte. Sie kannte den Mann von der Abschiedsfeier für Camille. Sie meinte sich zu erinnern, dass sein Name Jack war.

»Mein Name ist Cathy Clarke«, sagte die dunkelhaarige Frau und reichte ihr die Hand. Sie sprach mit starkem amerikanischen Akzent.

Ihr Begleiter mischte sich ein. »Cathy ist Fotografin. Sie sagt, dass Ihre Bilder ihr gefallen.«

Cathy sah ihn tadelnd an. »Jack, das hätte ich Madame Proust gern selbst gesagt. Bitte lass uns mal einen Moment allein.«

Der Mann zog mit einem Grinsen die Augenbrauen hoch, dann schlenderte er davon.

»Bemerkenswert, wirklich«, sagte die Frau dann mit einem Blick auf zwei Fotos, die Details der engen Wendeltreppe in der Passage in der Rue du Faubourg du Temple zeigten. »Sie haben ein gutes Auge für Formen. Haben Sie schon einmal den Begriff Kubismus gehört?«

Suzanne sah sie an. »Sie meinen diese Kunstrichtung, die Bilder in ihre geometrischen Strukturen zerlegt?«

Cathy Clarke lachte. »Keine schlechte Definition. Ich finde, Ihre Fotos ähneln dem Kubismus. Auch Sie haben einen Blick für Formen und ihre Zusammenhänge.«

»So habe ich das noch nie gesehen.«

»Ich arbeite für die amerikanische *Harper's Bazaar.*«

»Oh.« Suzanne schluckte. »Die kenne ich.«

»Haben Sie noch weitere Serien fotografiert? Außer den Passagen?«

Suzanne war von der Frage überrumpelt und wusste im ersten Moment nicht, was sie antworten sollte.

»Sie hat die Zone rund um Paris fotografiert, bevor die Leute von dort vertrieben wurden. Und die Seine vom Wasser aus, besonders die Brücken.« Mathieu, der immer noch neben ihr stand, streckte der Amerikanerin die Hand hin. »Ich bin Mathieu Proust.«

Cathy nahm seine Hand und sagte: »Ich würde diese Bilder gern sehen, wenn Sie erlauben.«

»Warum?«, fragte Suzanne.

Cathy sah sie erstaunt an. »Weil ich mir vorstellen könnte, dass Sie eine gute Reportagefotografin sind. Oder wollen Sie Ihre Bilder nicht verkaufen?«

»Doch, gewiss.«

»Wollen wir uns dann morgen um dieselbe Zeit hier treffen, und Sie bringen Ihre Fotos mit?«

Mit einem Lächeln wartete sie Suzannes Zustimmung ab, dann verabschiedete sie sich.

Suzanne sah ihr nach. Von dieser Frau kann ich eine Menge lernen, dachte sie.

»Haben Sie schon einmal eines Ihrer Fotos veröffentlicht?«, fragte Cathy Clarke, als sie am nächsten Abend wieder in der Galerie in der Rue Lafitte erschien.

»Früher, ganz am Anfang. Es war wohl mehr ein Zufall.«

»Sie wissen, worauf es ankommt?«

» Was meinen Sie?«

Cathy runzelte die Stirn. »Wenn jemand Sie anruft und Fotos zu einem bestimmten Thema will, dann müssen Sie sofort aufbrechen.« Sie sah auf Suzannes Bauch. »Sie sind schwanger.«

»Und ich habe noch zwei Kinder.«

»Das ist ungewöhnlich für eine Frau in Ihrem Beruf.« Sie blätterte die Mappe durch, in der Suzannes frühere Aufnahmen lagen.

»Meine Kinder sind das Wichtigste für mich. Aber die Fotografie liebe ich auch.«

Cathy hielt ein Foto in die Höhe, das zwei Kinder der Zone neben einem verlassenen Hühnerstall zeigte. »Das mag ich an Ihren Bildern: Sie zeigen Paris, wie es ist, und haben dennoch etwas Geheimnisvolles. Sie sind Zeugnisse der Vergangenheit der Stadt, und gleichzeitig weisen sie in die Zukunft.«

Sie legte die Aufnahme zurück zu den anderen Bildern und hielt dann die Mappe hoch. »Darf ich die mitnehmen? Ich würde sie gern ein paar Leuten zeigen. Keine Angst, Sie bekommen sie natürlich unversehrt zurück.«

Als sie am übernächsten Tag die Treppe hochstieg, die in den zweiten Stock des kleinen Hotels führte, in dem sie sich mit Robert treffen wollte, meinte sie, vor Glück und Stolz platzen zu müssen. Sie wäre gern schneller gelaufen, aber ihre Schwangerschaft machte ihr inzwischen verstärkt zu schaffen. Sie war nicht mehr so leichtfüßig, und sie überlegte ernsthaft, bis zur Geburt auch auf das Fahrrad zu verzichten.

Übermütig und ohne anzuklopfen, betrat sie das Zimmer Nummer 29.

Robert wartete schon auf sie.

»Ich habe Erfolg, stell dir vor!«, rief sie, als sie den Raum betrat.

Er hob eine Zeitung hoch. »Ich weiß. Es steht sogar in der Zeitung. *Vielversprechendes Talent zeigt Paris, wie es einmal war*.«

»Das hört sich ja an, als sei ich hoffnungslos romantisch!«

»Nein, ganz und gar nicht. Hier, lies selbst.« Er reichte ihr die Zeitung.

> *Suzanne Proust hat kein Interesse daran, die Wirklichkeit zu beschönigen. Sie will dokumentarisch und genau sein. Sie hat ein Auge für das Wesentliche, das manchmal im kleinsten Detail liegt. Ihre Porträts sind in ihrer großen Einfachheit Meisterwerke. Suzanne Proust gehört zu den vielen Frauen, die sich in den letzten Jahren in Paris als Fotografinnen versuchen und sich in ihrer Wirklichkeitsliebe von den Malern unterscheiden. Aber ihr Talent reicht über das vieler anderer weit hinaus.*

»Wer hat das geschrieben?«, fragte sie. Dann sah sie den Namen Cathy Clarke unter dem Artikel stehen.

»Glückwunsch. Es sieht so aus, als hättest du eine große und wichtige Unterstützerin gefunden.« Robert griff neben das Bett und zauberte eine Flasche Champagner hervor. »Das müssen wir feiern.«

Er hatte sogar an geschliffene, langstielige Gläser gedacht.

Robert prostete Suzanne zu. »Ich bin so stolz auf dich. Wenn es irgend möglich wäre, würde ich dich noch mehr lieben, als ich es ohnehin schon tue.«

In den nächsten Tagen kamen mehr Kunden als üblich in das Atelier in der Rue Jacob, um sich fotografieren zu lassen. Hubert Coubertin wollte sie vor die Paravents komplimentieren, doch die Kunden bestanden darauf, von Suzanne abgelichtet zu werden.

Coubertin war anfangs in seiner Berufsehre gekränkt, doch dann sah er die Vorteile, die sein Geschäft aus der Berühmtheit, zu der es seine Angestellte durch die Erwähnung in einigen Pariser Zeitungen gebracht hatte, ziehen konnte.

Er schlug Suzanne vor, zwei Vormittage in der Woche Porträtaufnahmen zu machen.

»Ich zahle Ihnen fünfundzwanzig Francs pro Woche.«

»Einverstanden«, sagte Suzanne mit einem Lächeln. »Und für jedes Porträt noch einmal fünf.«

»Dann erklären Sie mir aber, was an Ihren Aufnahmen so besonders ist und wie Sie sie machen!«, erwiderte Hubert Coubertin.

Suzannes Porträts lebten vom Spiel von Licht und Schatten auf den Gesichtern. Sie setzte Akzente durch die Betonung des Schwungs der Lippen oder des exakten Bogens einer Augenbraue. Und durch die scharfe Zeichnung der Linien eines Profils traten die Porträtierten wie aus dem Bild heraus und nahmen durch ihre Eindringlichkeit den Betrachter gefangen.

Das allererste Foto, das Suzanne in dieser Technik – damals

noch unbewusst und zufällig – gemacht hatte, war das von Robert in Fréjus gewesen. Sein von der Sonne erhelltes Gesicht hatte sich deutlich vor dem schattigen Hintergrund des Kreuzgangs abgezeichnet. Als sie sich dessen bewusst wurde, suchte sie das Foto heraus, das sie über all die Jahre zwischen den Seiten eines Buchs aufbewahrt hatte. Sie sah es und staunte darüber, dass sie schon vor zehn Jahren zufällig dieselbe Technik angewendet hatte, die sie heute zu einer gesuchten Fotografin machte.

Suzannes plötzliche Bekanntheit hatte noch andere, ganz unerwartete Folgen. An einem Abend Ende November wartete Mathieu schon ungeduldig auf sie, als sie nach Hause kam.

»Das kam heute mit der Post«, sagte er und reichte ihr einen Brief.

Als sie den Absender las, fingen ihre Hände an zu zittern. Es wollte ihr nicht gelingen, den Umschlag zu öffnen. Mathieu nahm ihn ihr sanft aus der Hand und öffnete ihn für sie.

Der Brief kam von Louise Godard.

Suzanne setzte sich, bevor sie zu lesen begann.

Verzeihen Sie, wenn ich Sie belästige. Ich habe von Ihnen in der Zeitung gelesen und Ihr Foto gesehen. Seitdem lässt mir eine Frage keine Ruhe mehr: Kann es sein, dass Sie mit Mädchennamen Suzanne Godard heißen und aus Fayence stammen? Wenn es so ist, dann bitte ich Sie, mit mir in Kontakt zu treten. Ich bin Ihre Mutter.

Es folgte eine Adresse am Montmartre.

»Mathieu!«, rief Suzanne und begann zu weinen.

Ihre Mutter lebte in Paris und wollte sie sehen!

Schon am folgenden Tag fuhr sie nach Montmartre. Direkt gegenüber der angegebenen Adresse in der Rue des Abbesses gab es ein kleines Café. Suzanne setzte sich an einen Tisch und betrachtete das Gebäude, in dem ihre Mutter lebte. Es war eines der ältesten Häuser in der Straße, mit geschmiedeten Blumengittern vor den Fenstern und hölzernen Fensterläden. Sie frage sich, wo ihre Mutter wohl wohnte. Vielleicht hinter den Fenstern mit den Kräutertöpfen auf der Fensterbank? Oder hinter denen mit den dicht geschlossenen Gardinen ganz oben?

Gerade als sie ihren zweiten Kaffee bestellte, öffnete sich die Haustür und eine Frau trat auf die Straße. Suzanne wusste sofort, dass sie ihre Mutter vor sich hatte. Sie hatte das gleiche rötliche Haar wie sie selbst, das unter einer kurzkrempigen Cloche hervorlugte. Ein ziemlich moderner Hut für eine Frau von Mitte fünfzig. Sie war schlank und groß und ging mit raschen, zielsicheren Schritten die Straße hinunter. Suzanne glaubte sich zu erinnern, sie einige Tage zuvor in der Galerie gesehen zu haben.

Sie warf schnell einige Münzen auf den Tisch und folgte ihr, ohne zu wissen, wie es weitergehen sollte. Während sie hinter ihr herlief, beobachtete sie die Haltung und den Gang der Frau und erkannte ihre eigenen Bewegungen in ihnen. Und die Art, wie sie vor einem Schaufenster stehen blieb, um sich eine Haarsträhne unter das Hütchen zu schieben, kam ihr ebenfalls bekannt vor.

Die Unbekannte bog rechts in die nächste Straße ab. Suzanne beschleunigte ihren Schritt, um sie nicht aus den Augen zu verlieren. Als sie ebenfalls um die Hausecke eilte, prallte sie beinahe gegen die Frau, die sie offensichtlich schon erwartet hatte.

»Du bist es tatsächlich«, sagte sie, und ihre Stimme zitterte leicht dabei. Unwillkürlich hatte sie den rechten Arm ausgestreckt, um Suzanne zu berühren, doch dann zog sie ihn schnell wieder zurück.

Sie gingen zurück in das Café, das Suzanne gerade verlassen hatte, und redeten stundenlang, bis der Kellner die Stühle hochstellte und ihnen freundlich mitteilte, dass sie nun schließen würden.

Suzanne erfuhr, dass Louise kein leichtes Leben gehabt hatte, besonders in den ersten Jahren, nachdem Patrick sie aus dem Haus geworfen hatte. Sie hatte nicht gewusst, wohin, und war schließlich nach Paris gegangen, wo sie keiner kannte, und hatte sich als Hausmädchen durchgeschlagen. Sie hatte sich nach ihrem Zuhause, nach ihrer Familie, besonders aber nach Suzanne verzehrt und war darüber beinahe zugrunde gegangen.

»Ich war noch niemals so allein. Ich habe nicht auf mich geachtet, nicht gegessen, aber viel getrunken. Ich war ziemlich heruntergekommen.«

Sie hatte jeden Monat einen Brief geschrieben, aber nie eine Antwort erhalten. Einmal war sie nach Fayence gefahren, aber als Patrick sie erkannt hatte, hatte er ihr die Tür gewiesen und sie beschimpft.

»Du warst damals ein gutes Jahr alt. Du hast geschrien wie am Spieß, als du unseren Streit hörtest. Ich konnte es kaum aushalten. Ich bin nie wiedergekommen.« Sie senkte den Kopf. Die Erinnerung schien ihr immer noch wehzutun.

Schließlich hatte sie sich mit ihrem Schicksal abgefunden. Sie hatte sich mit einem Mann zusammengetan und eine weitere Tochter bekommen, Annette, die vier Jahre jünger war als Suzanne und zusammen mit ihrem Mann in Paris lebte. Louise selbst hatte nie wieder geheiratet, weil Patrick sich geweigert hatte, in eine Scheidung einzuwilligen.

»Er hat mir eine Rückkehr in ein ehrbares Leben unmöglich gemacht«, sagte sie.

Suzanne nickte. »Er war immer so düster. Nie hat er gelacht.«

»Er hat seine Prinzipien. Ist er immer noch so … streng mit sich und anderen? Wie geht es ihm?«

Ein wilder Schreck durchfuhr Suzanne. »Du weißt es nicht?«, fragte sie.

»Was?«

»Er ist tot, im nächsten Jahr werden es zehn Jahre. Er kam mit dem Fahrrad von der Arbeit, ein Auto hat ihn angefahren.«

Louise schüttelte langsam den Kopf. »Er ist seit zehn Jahren tot, sagst du?«

»Hättest du etwas anders gemacht, wenn du es gewusst hättest?«

»Du meinst, ob ich geheiratet hätte?« Wieder schüttelte sie den Kopf. »Ich weiß es nicht. Vielleicht. Aber jetzt ist es zu spät dafür. Jean-Marie ist ebenfalls schon gestorben.«

Suzanne legte ihr die Hand auf den Unterarm, ohne nachzudenken. Es war das erste Mal, dass sie ihre Mutter anfasste, und die Berührung fühlte sich an wie ein Stromstoß.

Sie schwiegen eine Weile, jede in ihre Gedanken versunken.

Louise fing als Erste wieder an zu sprechen.

»Ich habe dich so vermisst. In den ersten Wochen, als Annette auf die Welt kam, wurde es sogar noch schlimmer, weil ich sie immer mit dir verglichen habe. Und ich war unglücklich. Ich hatte mein Leben weggeworfen, für einen Mann, der es nicht wert war.«

»Was ist aus Maurice geworden?«

Ihr Blick nahm einen bitteren Ausdruck an. »Maurice? Er lebt ebenfalls in Paris. Manchmal sehe ich ihn, wenn ich morgens zur Arbeit gehe.«

Dann fragte Louise, wie Suzanne ihre Kindheit erlebt hatte und wie es ihrer Schwester Madeleine ergangen war.

»Tante Madeleine ist bei uns eingezogen und hat sich um mich und Vater gekümmert. Sie haben mir erzählt, du seist tot.«

»Was?« Louise schlug vor Entsetzen die Hände vor den Mund.

Suzanne nickte langsam. »Ich war die Einzige in der Schule, die keine Mutter hatte. Das Mitleid war manchmal nur schwer zu ertragen. Die ersten Jahre war ich sehr einsam. Bis Camille de Coligny-Senas in meine Klasse kam. Sie wurde meine Freundin.« Als sie Louises fragenden Blick sah, fügte sie erklärend hinzu: »Sie ist mit ihrer Familie nach Fayence gezogen, als du schon weg warst. Mit zwanzig habe ich dann durch Zufall ein Foto von dir gefunden. Und deinen Abschiedsbrief an Vater. Wo du ihn bittest, auf mich aufzupassen… Aber es hat noch einmal zwei Jahre gedauert, bis Tante Madeleine mir endlich gesagt hat, was damals mit dir passiert ist…«

»Aber warum haben sie meine Briefe nicht an dich weitergegeben? Ich habe wieder angefangen, dir zu schreiben, als du volljährig wurdest. Ich hatte die Hoffnung nie aufgegeben, dich doch eines Tages wiederzusehen.«

»Ich weiß es nicht. Ich war damals tagsüber arbeiten in Seillans, und dann bin ich nach Paris gegangen. Es ist ihnen irgendwie gelungen, mir die Briefe vorzuenthalten.« Suzanne schüttelte den Kopf. Ihre Tante hatte nicht nur ihr gemeinsames Leben mit Robert zerstört, sondern ihr auch ein Wiedersehen mit ihrer Mutter verwehrt! Oh, Tante Madeleine, warum hast du das nur getan?

Auch Louise war entsetzt. »Mein Gott, wie sehr muss sie mich gehasst haben! So sehr, dass sie sogar bereit war, dich zu strafen.«

Suzanne kam ein anderer Gedanke. »Was war denn mit den Nachbarn in Fayence? Haben sie denn nicht gewusst, dass du gar nicht tot warst? Von ihnen hätte mir doch einer die Wahrheit sagen können!« Suzanne dachte an Caspar Michaud und an die Nachbarin, die versucht hatte, ihr zu erklären, warum ihr Vater so wortkarg war.

»Ich weiß es nicht. Ich habe nie versucht, mit einem von ihnen in Kontakt zu treten. Die meisten haben mich damals verurteilt. Sie hätten mich nie wieder in ihre Gemeinschaft aufgenommen, nachdem, was ich getan hatte. Sie dachten wohl, es wäre das Beste, wenn du glaubst, ich sei tot.«

»Vielleicht hat Tante Madeleine deshalb jeden Kontakt mit den Leuten aus Fayence abgelehnt. Weil sie Angst hatte, dass jemand die Wahrheit sagen würde.«

»Sie hat zu niemandem Kontakt?«, fragte Louise.

»Sie ist sehr einsam. Vielleicht ist das ihre Strafe«, sagte Suzanne.

Sie sahen sich ratlos an.

»Wenn ich bedenke, wie viele Jahre wir verloren haben ...«

Suzanne nickte. »Ist es aber nicht wichtiger, dass wir uns jetzt wiedergefunden haben?«

»Bist du glücklich?«, fragte ihre Mutter sie.

Suzanne sah sie an. »Ja, das bin ich«, sagte sie dann.

»Dann bin ich auch glücklich. Und, Suzanne ..?«

»Ja?«

»Lass es mich wiedergutmachen, bitte.«

Eine große Wunde in Suzannes Leben hatte sich geschlossen. Sie traf sich von nun an regelmäßig mit Louise, obwohl sie Schwierigkeiten damit hatte, sie Mutter zu nennen. Louise drängte sich nicht auf, aber sie wollte André und Jeanne kennenlernen. Suzanne traf auch Annette, ihre Halbschwester, aber das Verhältnis blieb schwierig, weil Annette eifersüchtig war.

Tante Madeleine konnte sich mit der neuen Situation nicht arrangieren. Suzanne fuhr noch vor Weihnachten nach Fayence, um mit ihr zu sprechen. Ihre Tante reagierte abweisend, um nicht zu sagen feindlich.

»Bin ich dir jetzt nicht mehr gut genug, wo sie wieder da ist?« Sie spie die Worte förmlich aus.

»Aber, Tante Madeleine ...«, gab Suzanne zurück.

»Ich will nichts davon hören. Und wenn du meinst, mir von nun an die Kinder vorenthalten zu müssen, dann tu das!«

»Aber davon redet doch niemand! Ich will einfach nur verstehen, warum du so gehandelt hast. Findest du nicht, dass ich ein Recht auf eine Erklärung habe? Wo sind all die Briefe geblieben, die meine Mutter mir geschrieben hat? Was hast du mit ihnen gemacht?«

Doch ihre Tante hatte bereits das Zimmer verlassen.

Suzanne fuhr unverrichteter Dinge und voller Zorn zurück nach Paris.

»Lass die Vergangenheit ruhen«, riet ihr Mathieu. »Nimm die Dinge, wie sie sind. Sei dankbar, dass du deine Mutter wiedergefunden hast. Alles andere kannst du ohnehin nicht mehr ungeschehen machen. Kämpf nicht dagegen an.«

Sie nahm ihn in die Arme. »Ich danke dir.«

»Wofür?«

»Dafür, dass du für alles eine Lösung weißt.«

Als Cathy Clarke anrief, um sie für eine Fotoreportage über eine Demonstration vor den Toren von Citroën zu buchen, brauchte Suzanne genau eine Stunde, bis sie vor dem Fabriktor stand. Die Nachmittagsschicht ging gerade zu Ende, und Hunderte von Arbeitern, überwiegend Frauen, strömten ihrem Feierabend entgegen. Doch vor den Toren des Automobilwerks standen mindestens ebenso viele Demonstranten. Wütend riefen sie den Arbeitern entgegen, Faulpelze zu sein und zu verhindern, dass Frankreich nach dem Krieg wirtschaftlich wieder auf die Füße kam. Einige von ihnen trugen Abzeichen der rechten Ligen.

»Acht Stunden sind zu wenig!«, schrie ein Mann unablässig den Arbeitern entgegen und reckte die Faust.

»Mach du doch meine Schicht!«, rief eine Frau ebenso wütend zurück. »Meine zweite Schicht beginnt gleich zu Hause, darauf kannst du dich verlassen.«

»Frauen sollten sowieso zu Hause bleiben. Ihr habt in den Fabriken nichts zu suchen!«

»Ach nein, und wenn ihr mal wieder Krieg macht, dann

auch nicht? Wer hat denn eure Gewehre montiert?« Die Frau spuckte vor dem Mann aus, und er machte Anstalten, sie zu ohrfeigen. Die Umstehenden konnten ihn nur mit Mühe zurückhalten.

Der Achtstundentag war vor zwei Jahren per Gesetz eingeführt worden, doch viele glaubten, dass die Verkürzung der Arbeitszeit die Ursache dafür war, dass Frankreich sich nur langsam von den Verwüstungen des Krieges erholte. Die Industrie produzierte zu wenig und kam nicht in Schwung. Und hier, vor den Toren eines der größten Unternehmen in Frankreich, standen sich Gegner und Befürworter der Arbeitszeitverkürzung unversöhnlich gegenüber und beschimpften sich gegenseitig. Die Männer und Frauen auf der Straße belagerten die Tore und versuchten, die Arbeiterinnen daran zu hindern, die Fabrik zu verlassen. Es kam zu Rangeleien.

»Kommen Sie mit«, rief Suzanne Cathy Clarke zu.

Sie steuerte auf einen verborgenen Seiteneingang zu, vor dem keine Demonstranten standen, und gemeinsam schlüpften sie unbemerkt auf das Betriebsgelände.

»Woher wussten Sie davon?«, fragte Cathy.

»Ich habe im Krieg hier gearbeitet.«

Die Amerikanerin nickte ihr voller Anerkennung zu. »Wusste ich doch, dass ich mit Ihnen den richtigen Griff tue!«

Sie drangen bis direkt zum Eingang in die Montagehallen vor. Einige Frauen waren verängstigt und trauten sich nicht, das Gebäude zu verlassen. Suzanne machte Aufnahmen von ihren ratlosen Gesichtern. Besonders eine junge Frau, die höchstens sechzehn oder siebzehn Jahre alt war, erregte ihr Mitleid. Mit ihren Zöpfen und der Kittelschürze war sie unschwer als frisch vom Land zu erkennen. Sie versuchte sich hinter zwei älteren Arbeiterinnen zu verstecken und spähte mit aufgerissenen Augen zwischen ihnen hindurch. Suzanne fotografierte sie in dem Augenblick, als sie ihre langen Zöpfe in den Händen drehte, als wollte sie sich an ihnen festhalten.

Dann schwenkte sie die Kamera und nahm andere Frauen ins Visier. Sie waren voller Zorn und drängten nach draußen, weil sie es kaum erwarten konnten, den Demonstranten ihre Meinung zu sagen.

»Wieso haben die eigentlich Zeit, hier am helllichten Tag herumzustehen und uns zu beschimpfen?«, schrie eine Frau um die vierzig. Sie musste Vorarbeiterin sein, denn einige Frauen hatten sich um sie geschart. Sie verschwand wieder in der Montagehalle und kam einige Minuten später mit einem bemalten Schild heraus. Suzanne konnte nicht sehen, was sie darauf geschrieben hatte, aber eine zweite Frau kam mit einem Besenstiel hinzu. Kurzerhand nahm sie die Bürste ab und befestigte stattdessen das Plakat daran. Jetzt konnte Suzanne die Aufschrift lesen: *Unsere Arbeit ist nach acht Stunden noch nicht vorbei!*, stand darauf. Die Vorarbeiterin reckte das Schild in die Höhe und marschierte damit auf das Werkstor zu.

»Sieht sie nicht aus wie Jeanne d'Arc?« Suzanne wies Cathy auf die Frau hin.

Die nickte. »Haben Sie sie im Kasten?«

»Hab ich«, antwortete Suzanne und machte ein letztes Foto von der triumphierenden Frau mit dem Plakat.

Sie gingen neben der Gruppe von Frauen her, die jetzt den Slogan skandierten: »Unsere Arbeit ist nach acht Stunden noch nicht vorbei!«

Die Demonstranten draußen waren für einen Augenblick aus dem Konzept gebracht und wussten nicht, wie sie reagieren sollten. Die Frauen genossen ihren kleinen Sieg. Sie lachten sie aus und zeigten mit den Fingern auf sie.

Doch diese kleine, fast übermütige Episode wurde jäh beendet. Suzanne glaubte ihren Augen nicht zu trauen, als plötzlich berittene Polizisten in die Menge preschten. Ohne zu überlegen, drückte sie auf den Auslöser. In der einbrechenden Dämmerung sah sie sogar Funken unter den Hufen der Pferde blitzen. Hoffentlich ist das auf dem Film, dachte sie und knipste weiter. Ganz in ihrer Nähe schrie eine Frau in Panik. Suzanne drehte sich um und sah die Anführerin. Eines der Pferde hatte sie an den Zaun gedrängt und zertrampelte mit den Hufen direkt vor ihr das Plakat. Der Polizist drängte das Tier noch dichter an die Frau heran, und es sah aus, als wolle es sie im nächsten Moment zermalmen. Suzanne drückte auf den Auslöser, spannte ihn erneut und drückte wieder ab. Die Frau bemerkte sie, und Suzanne sah deutlich die Angst in ihren Augen. Der Polizist auf dem Pferd war ihrem Blick gefolgt und entdeckte nun ebenfalls Suzanne, die die Kamera auf ihn gerichtet hatte. In rasender Wut lenkte er sein Pferd in ihre Richtung. Es war höchstens noch zwei Schritte von ihr entfernt, und Suzanne sah den Schädel des riesigen Tieres hoch über ihrem Kopf. Sie wollte schreien, doch ihre Stimme versagte. Aus den Augenwinkeln bemerkte sie die Frau, die die Hände vor das Gesicht schlug.

Suzanne dachte in diesem Augenblick nur an das Kind in ihrem Leib. Schützend legte sie die Hände über ihren Bauch und schloss ergeben die Augen, um darauf zu warten, dass entweder die Hufe des Pferdes oder der Stock des Polizisten auf sie niedergehen würden. Da umklammerten sie starke Arme und rissen sie zur Seite.

Als sie die Augen wieder öffnete, kniete sie auf dem Pflaster und Robert war neben ihr.

»Wir müssen hier weg«, schrie er. »Hast du deine Kamera?«

Suzanne nickte.

»Dann komm!«

Hand in Hand bahnten sie sich einen Weg durch die Menge, die nun in Panik hin und her wogte. Suzanne merkte, wie die Kräfte sie verließen, außerdem war sie in ihrem Zustand nicht so schnell wie die anderen, die sie stießen und an ihr vorbeizukommen versuchten, um den Pferdehufen zu entgehen. Jemand schob sie grob zur Seite, um sie zu überholen.

»Robert«, keuchte sie.

Er drehte sich zu ihr um und sah, dass sie nicht weiter konnte.

Nicht weit entfernt entdeckte er eine kleine Grünfläche, die zur Seine hin abfiel. Dorthin zog er Suzanne. Hinter einem Baumstamm ließen sie sich einfach auf die Erde fallen.

Robert riss sie in seine Arme und bedeckte ihr Gesicht mit Küssen. »Suzanne, ist alles in Ordnung mit dir? Wenn dieser Polizist dir etwas angetan hätte, ich schwöre dir, ich hätte ihn umgebracht!«

Suzanne erwiderte atemlos seine Küsse und presste sich an ihn. Nach den Minuten der Todesangst fühlte sie nun das Leben in sich pulsieren, ein berauschendes Gefühl. Sie sah an sich herunter. Ihre Strümpfe waren an den Knien zerrissen, das rechte Schienbein war blutig.

»Was ist mit dem Kind?«

Suzanne horchte in sich hinein, es schien alles in Ordnung zu sein. »Wo ist Cathy? Und wo kommst du auf einmal her?«, fragte sie.

Er grinste sie an. »Schon vergessen, wir beide arbeiten in derselben Branche. Und deine Kollegin habe ich eben noch gesehen, sie hat es bis auf die andere Straßenseite geschafft. Ihr dürfte nichts passiert sein.«

»Robert, ich habe Aufnahmen gemacht, von diesen wütenden Männern und den Polizisten, die mit den Pferden auf die Frauen losgegangen sind …«

»Du darfst dich nie wieder in eine solche Gefahr begeben! Du musst an dein Kind denken.«

»Wenn du nicht gewesen wärst. Ich hätte tot sein können …«

»Ich habe dir doch gesagt, dass ich immer für dich da sein werde. Und so wird es immer sein, solange ich lebe.«

Sie legte die Arme um ihn und küsste ihn, als sei es das letzte Mal.

Ihre Fotos waren eine Sensation und lösten eine erregte Debatte über die Brutalität der Polizei aus. Der wütende Text, den Cathy Clarke dazu schrieb, tat ein Übriges. Auf einem der Bilder war zu sehen, wie ein Polizist in vollem Galopp auf eine Frau zuritt. Auch die Funken unter den Hufen waren zu erkennen, darauf war Suzanne besonders stolz. Und die Frau mit dem erhobenen Banner über dem Kopf wurde in der Bildunterschrift als Jeanne d'Arc bezeichnet. In der rechten Presse wurde genau dieses Foto belächelt, die Demonstrantinnen wurden beschimpft: *Seit wann brauchen die Franzosen Fotografinnen, die uns Megären zeigen?*

Mathieu war stolz auf seine Frau, aber er nahm ihr das Versprechen ab, sich nie wieder in eine solche Gefahr zu begeben.

Der Chef von Cathy Clarke meldete sich bei ihr. Ob sich Suzanne vorstellen könne, über ihre Arbeit vor anderen Fotografen zu berichten und sie an ihren Erfahrungen teilhaben zu lassen? Doch als Suzanne zu ihm in die Redaktion ging und er sah, dass sie hochschwanger war, zog er sein Angebot zurück.

»Bekommen Sie erst mal Ihr Kind, dann sehen wir weiter«, meinte er zu ihr.

Kapitel 20

Wenige Tage nach Suzannes zweiundvierzigstem Geburtstag starb Tante Madeleine.

Sie hatte die letzten Jahre ihres Lebens in ihrer eigenen Welt zugebracht. Alles hatte angefangen, als Louise wieder in ihr Leben getreten war. Madeleine hatte sich geweigert, ihre Schwester zu sehen. Nicht einmal von ihr reden durfte Suzanne. »Sie hat mein Leben zerstört«, wiederholte sie störrisch.

Drei Tage nachdem Suzanne sie damals, vor fast zehn Jahren, besucht hatte, hatte sie einen Schlaganfall erlitten. Ihr Körper wurde wieder gesund, aber nicht so ihr Geist.

»Glauben Sie, dass sie in eine geistige Umnachtung flüchtet, um sich ihren Erinnerungen nicht stellen zu müssen?«, hatte Suzanne den Arzt im Krankenhaus in Draguignan gefragt.

»Ein kluger Gedanke«, gab er zur Antwort. »Das liegt durchaus im Bereich des Möglichen, aber wer weiß das schon.«

Von dem Tag an redete Madeleine wirr. Sie sprach von einem Mann, der vor ihrer Tür gestanden hatte, um ihre Nichte zu entehren. Suzanne glaubte, dass sie Robert damit meinte, obwohl sie den Mann manchmal auch Maurice oder Caspar nannte.

Am Ende hatte Suzanne sie in einem Asyl unterbringen müssen, weil sie eine Gefahr für sich selbst geworden war. Wenn Suzanne sie dort besuchte, erkannte ihre Tante sie nicht einmal mehr. Ihre Schönheit war geblieben, aber ihr

Blick war leer. Nur wenn Jeanne dabei war, wurde ihr Geist etwas wacher und ihre Augen glänzten.

Suzanne fuhr mit ihrer Familie zur Beerdigung nach Fayence. Der milde Märztag war ein einziges Versprechen auf den kommenden Frühling. Suzanne schwitzte in ihrem Wintermantel, sie war mittlerweile mehr an die Pariser Temperaturen gewöhnt als an das Mittelmeerklima.

Als sie am Grab standen, ließ Suzanne ihren Blick über die Anwesenden schweifen. Mathieu stand neben ihr, groß und aufrecht, und doch hatten die Jahre ihren Tribut gefordert. Er war vor zwei Jahren fünfzig geworden. Sein Haar war nicht mehr so dicht wie einst, und seine Augen waren noch schlechter geworden. Seine Arbeit als Setzer machte ihm zunehmend Schwierigkeiten.

Jeanne stand neben ihrer Großmutter Louise, die mittlerweile fest zur Familie gehörte und sich um ihre Enkel kümmerte, wenn Suzanne arbeitete. Es war das erste Mal, dass sie wieder in Fayence war, nachdem sie den Ort vor über vier Jahrzehnten verlassen hatte. Jeanne hatte das rotblonde Haar und die blauen Augen von Mutter und Großmutter geerbt. Während der Pfarrer seine Rede hielt, fragte Suzanne sich, ob die Leute aus Fayence wohl wussten, wer da am Grab von Madeleine Mons stand. Aber die Ähnlichkeit der Frauen war unverkennbar und erregte die Neugierde der anderen Trauergäste, die hinter vorgehaltener Hand ihre Vermutungen anstellten.

Der Pfarrer sprach den Segen, die Trauergäste traten einzeln oder zu zweit an das Grab. Einige Gesichter von früher fehlten. Caspar Michaud war schon vor Jahren gestorben, sein Sohn Jean befand sich aber unter den Trauernden.

André, der fast nie mehr Dédé genannt wurde, weil er zu groß dafür geworden war, hielt seinen zehnjährigen Bruder Marius an der Hand und half ihm dabei, eine Schaufel Sand auf den Sarg zu werfen.

Dann war die Reihe an Suzanne. Sie sprach ein leises Gebet und wandte sich dann ab. Mathieu nahm ihre Hand, und sie verließen den Friedhof.

Louise betrat das Haus nur zögernd. Suzanne spürte ihre Erschütterung, als sie sich in der Küche umsah.

»Hier ist ja fast alles noch so wie damals, als ich es verlassen habe«, entfuhr es ihr. Vorsichtig ging sie die Treppe hinauf.

»Darf ich?«, fragte sie, an Suzanne gewandt, die ihr gefolgt war.

»Natürlich«, gab sie zur Antwort.

Louise stieß die Tür zu ihrem ehemaligen Schlafzimmer auf und atmete tief ein, bevor sie einen Schritt hinein wagte.

Normalerweise neigte sie nicht zu Sentimentalitäten, die hatte das Leben ihr ausgetrieben, aber jetzt überwältigten sie die Erinnerungen, vielleicht auch die Ahnung dessen, was sie in ihrem Leben verloren hatte.

»Hier ist nichts mehr von mir«, sagte Louise schließlich. Sie wandte sich zu ihrer Tochter um und lächelte. »Das hier ist schon lange nicht mehr mein Leben. Es ist bei Annette und bei dir und deiner Familie.«

Suzanne trat auf sie zu, und sie umarmten sich. Ihre Annäherung nach den vielen Jahren war vorsichtig gewesen, beide hatten sich der jeweils anderen nur langsam geöffnet, aber so, wie es jetzt war, war es richtig und gut.

Louise zögerte. »Ich möchte das Zimmer meiner Schwester sehen.«

Sie betraten den kleinen Raum neben der Küche, der penibel aufgeräumt war. Das war auch leicht, denn es standen nur ein Bett, ein Nachtschrank und ein großer Kleiderschrank mit einer verspiegelten Tür darin. An der Wand gegenüber dem Bett hing ein großes Kruzifix.

»Warte«, sagte Suzanne, weil ihr plötzlich etwas eingefallen war. In der Schublade des Nachtschränkchens fand sie, was sie gesucht hatte: die Porträtaufnahmen, die ihre Tante jedes Jahr hatte machen lassen. Sie hatte ihre Gewohnheit auch nach Monsieur Felix' Tod beibehalten und war zu seinem Nachfolger gegangen. Das ließ sich aus den Datierungen entnehmen, die auf der Rückseite der Aufnahmen standen. Die letzte stammte aus dem Jahr, als sie sechsundfünfzig Jahre alt gewesen war. Danach hatte sie den Schlaganfall gehabt und war nicht mehr in der Lage gewesen, sich fotografieren zu lassen.

Jede Aufnahme zeigte sie in derselben Pose: auf einem großen Sessel sitzend, den linken Arm auf die Lehne gestützt, den Blick leicht an der Kamera vorbeigerichtet. Madeleines Schönheit war zwar mit den Jahren gewelkt, doch war sie bis zum Ende deutlich sichtbar. Der Ausdruck der Augen hatte jedoch immer etwas Trauriges und Resigniertes an sich. Bis auf einmal. Suzanne war gerührt, als sie auf dem Foto ihre Tochter Jeanne erkannte. »Ich wusste gar nicht, dass sie sie einmal mitgenommen hat.« Auf dieser Aufnahme lächelte Tante Madeleine und wirkte gelöst.

»Warum hat sie das gemacht? Jedes Jahr eine Aufnahme. Sie hat sie nie jemandem gezeigt, soweit ich weiß«, überlegte Suzanne.

»Vielleicht wollte sie sich vergewissern, dass sie existiert hat? Vielleicht wollte sie etwas, das nur ihr gehört?« Louise seufzte tief auf. »Sie hat doch im Grunde das Leben einer anderen gelebt, ohne eigene Familie, ohne Mann.«

»Das stimmt. Als Papa gestorben war, hat sie befürchtet, ich würde sie aus dem Haus werfen.«

Louise hatte plötzlich Tränen in den Augen. »Ist es nicht traurig?«, fragte sie. »Ich habe meiner Schwester den Mann genommen, und sie hat mir das nie verziehen und mir dafür meine Tochter genommen. Warum konnten wir einander nicht vergeben?«

Suzanne trat auf sie zu. »Dafür haben *wir* beide die Kraft zum Verzeihen gehabt.«

»Was wirst du mit dem Haus machen?«, fragte Mathieu, als sie abends im Bett lagen.

»Ich weiß es nicht. So lange es geht, sollten wir es behalten. Wir haben hier so schöne Sommer verlebt.«

»Weißt du, dass du in diesem Licht immer besonders schön aussiehst?«

Sie lachte. »In welchem Licht? Es ist dunkel.«

»Ist doch egal«, gab er zurück und zog sie zu sich ins Bett. »Ich begehre dich immer noch wie am ersten Tag.«

»Fast wie am ersten Tag«, korrigierte sie ihn.

»Soll ich es dir beweisen?«

»Ich bitte darum.«

Als sie zurück in Paris waren, rief sie Robert an.

»Ich muss dich sehen. Die Tage in Fayence haben Erinnerungen wachgerufen.«

Sie hatten schon vor einigen Jahren eine winzige Wohnung in Belleville gemietet, die zu ihrem Schlupfwinkel geworden war. Robert war inzwischen Chefredakteur der Zeitung, für die er nach Paris gekommen war, und Suzanne verdiente mit ihrer Arbeit auch genügend Geld, sodass sie sich die Miete teilen konnten.

Suzanne hatte sich wieder auf ihre Anfänge besonnen, machte Porträts und fotografierte Paris. Für Zeitungen fotografierte sie kaum noch. Daneben gab sie Unterricht an einer privaten Akademie für Fotografie. Marius, ihr jüngster Sohn, ging seit Ostern auf die Oberschule, und so hatte sie den großen Teil des Tages für sich und ihre Arbeit.

Mit Robert traf sie sich, so oft sie konnte. Meistens verbrachten sie einen Abend in der Woche miteinander, manchmal auch einen gestohlenen Nachmittag.

An diesem Tag war sie vor Robert da und schloss die Tür zu ihrem Refugium auf. Sie liebte die beiden kleinen Räume. Ein Wohnraum, in dem auch ein Herd und eine Spüle standen, und ein Schlafzimmer mit einem großen Bett mit geblümter Wäsche. In der hinteren Ecke stand hinter einem Paravent eine verzinkte Badewanne. Robert sorgte dafür, dass immer frische Blumen auf dem Fensterbrett standen. Der Blick reichte über die ganze Stadt. An klaren Tagen konnte man von hier aus sogar den Eiffelturm sehen.

An den Wänden hingen einige Fotos, die sie von Robert gemacht hatte. Eines liebte sie besonders: Es zeigte einen gut aussehenden dunkelhaarigen Mann, der mit übergeschlagenem Bein auf einem Stuhl saß. Den Ellenbogen hatte er auf den Oberschenkel gestützt und er hielt eine Zigarette in der Hand, ein winziges Lächeln umspielte die Lippen, und er blickte voller Zärtlichkeit in die Kamera. Die Liebe in seinen Augen war unübersehbar, und deshalb durfte niemand dieses und die anderen Bilder sehen. Niemand außer ihr.

Suzanne trat ans Fenster und sah hinaus. Es war ein nasskalter Tag. Eine Wolkendecke hing tief über Paris. Wenn die Sonne durch eine Lücke hindurch auf die verzinkten Dächer und das nasse Pflaster fiel, bekam die Stadt diesen silbrig glänzenden Farbanstrich, der so außergewöhnlich war und den Suzanne so liebte. Wie in ebendiesem Augenblick: Ein Sonnenstrahl fing sich auf den Dächern, auf die sie hinabblickte. Eilig lief sie in den Nebenraum, um ihre Leica zu holen, die schon vor langer Zeit ihre erste Kodak ersetzt hatte, und machte ein paar Aufnahmen.

Weil Robert immer noch nicht da war und weil sie fröstelte, ließ sie heißes Wasser in die Wanne laufen und gab ein Badesalz hinzu, das nach Orangen duftete. Sie nahm ihre Perlenkette ab und zog die Jacke ihres Kostüms aus. Das Unterkleid aus roséfarbener Spitze schimmerte im Licht der tief stehenden Sonne. Das elegante helle Wollkostüm war von Chanel. Wenn sie sich mit Robert traf, kleidete sie sich immer besonders sorgfältig und verführerisch. Heute trug sie zwar einen Rock, doch in der letzten Zeit trug sie auch gern weite Hosen, was Robert amüsant fand.

Sie rollte die Seidenstrümpfe hinunter und streifte sie ab. Als sie nackt war, fiel ihr Blick in den Spiegel, der neben der Wanne an der Wand hing. Sie hielt in ihrer Bewegung inne, um sich zu betrachten. Ihr Körper war in den letzten Jahren runder und weicher geworden, kein Wunder nach drei Schwangerschaften. Aber sie war immer noch schlank und hatte muskulöse Beine, was sie dem Fahrradfahren zuschrieb. Sie warf sich selbst ein verführerisches Lächeln zu. Sie wusste, was sie schön gehalten hatte: die Liebe zweier Männer, das Wissen, dass sie begehrt wurde.

Sie nahm das rote Haar, das ihr in Wellen bis in den Nacken fiel, am Hinterkopf zusammen und ließ sich in das heiße Wasser gleiten. Mit geschlossenen Augen wartete sie auf Robert.

Robert... Seit über zwanzig Jahren liebte sie diesen Mann, der ihren Körper immer noch in Flammen setzte, der sie inspirierte und ihr Leben zu etwas ganz Besonderem machte. Das Schicksal hatte sie einst auseinandergerissen, mehr als zehn Jahre lang war sie von ihm getrennt gewesen. Und doch hatte sie immer gespürt, dass er da war, er hatte sich in ihre Träume und ihre Gedanken geschlichen, und nur ganz selten, in ihren schwärzesten Momenten, war die geistige Verbindung zu ihm abgerissen. Seitdem er wieder in ihr Leben getreten war, machte er es reicher. Sie wusste, dass er hinter ihr stand, dass er immer für sie da sein würde. Er gab ihr Kraft und Zuversicht. Und sie liebte ihn, unwiderruflich und für alle Zeiten.

Mit Robert gab es die kleinen Ärgernisse des Alltags nicht, die Zwistigkeiten über den Abwasch oder die Sorgen um die Kinder. Wenn sie bei ihm war, dann feierten sie einfach nur ihre Liebe. Suzanne wusste, dass das nicht gerecht gegenüber Mathieu war, mit dem zusammen sie die Verantwortung für ihre Familie trug. Aber das schlechte Gewissen gegenüber ihrem Ehemann war über die Jahre weniger geworden.

Mathieu ahnte nichts von ihrem Doppelleben, ebenso wenig Odette. Mathieu hatte sich daran gewöhnt, dass sie manchmal abends nicht zu Hause war, aus beruflichen Gründen, wie er glaubte. Die unangenehme Erinnerung an einige Gelegenheiten, bei denen er sie nachdenklich und fragend angesehen hatte, wo sie Traurigkeit und Enttäuschung in seinen Augen gelesen hatte, verdrängte sie.

Sie hatte Glück gehabt. Ihre Mutter hatte einen unbedachten Moment der Untreue bitter bezahlen müssen. Bei dem Gedanken daran wurde ihr plötzlich unerträglich heiß in der Badewanne. Nicht auszudenken, was passieren würde, wenn Mathieu von Robert erfuhr. Sie wollte ihm auf keinen Fall wehtun, das würde sie sich nie verzeihen. Das durfte niemals geschehen! Sie setzte sich so schnell auf, dass das Wasser über den Rand der Wanne schwappte. Dann beruhigte sie sich wieder und ließ sich zurückgleiten. Sie entspannte sich immer mehr und merkte, wie ihr die Augenlider schwer wurden.

Sie wurde wach, als sie Roberts Lippen auf den ihren spürte. Als sie sah, wie sein Blick bewundernd über ihren Körper glitt, regte sich auch in ihr die Lust.

»Komm, das Wasser ist schon fast kalt. Ich trockne dich ab.«

Er hüllte sie in ein Handtuch. Dann nahm er sie in seine Arme und trug sie zum Bett hinüber. Als er sich zu ihr hinunterbeugen wollte, um sie zu küssen, hielt sie ihn zurück.

»Ich wünsche mir etwas von dir«, sagte sie.

»Du kannst alles von mir haben, das weißt du.«

»Erinnerst du dich an den Brief, den du mir von der *Titanic* geschrieben hast? Damals hast du von einem Paar geschrieben, welches auf Hochzeitsreise war. Und du hast mir eine ähnliche Reise versprochen. Ich möchte mit dir nach Marokko. Ich möchte dort sein, wo du gewesen bist. Ich möchte einmal mit dir zusammen sein, als wären wir Mann und Frau. Ich möchte abends mit dir ins Bett gehen und morgens mit dir aufwachen. Ich möchte den ganzen Tag bei dir sein, ohne Angst vor Entdeckung, ohne schlechtes Gewissen. Es soll unsere Hochzeitsreise sein.«

Er nickte. »Wie soll das gehen?«

»Ich werde mir etwas einfallen lassen. Und du?«

»Ich mir auch.«

Suzanne und Robert fanden einen Weg.

Doch sie kamen nur bis Marseille.

An einem frühen Maiabend bestiegen sie an der Gare de Lyon den berühmten Train Bleu, der die Kanalküste mit dem Mittelmeer verband und in den Anfangsjahren vor allem reiche Engländer in die Sonne befördert hatte. Für jeden Waggon mit zehn Schlafkabinen gab es einen eigenen Steward. Als sie aus dem Speisewagen zurückkamen, bestellte Robert bei ihm eine Flasche Veuve Cliquot. Der Steward brachte den Champagner, stilvoll in einem silbernen Kühler und zusammen mit geschliffenen Gläsern.

»Wir möchten nicht gestört werden«, sagte Robert zu ihm.

»Eine angenehme Nachtruhe«, wünschte der Steward und schloss die Tür.

Robert drehte sich zu Suzanne um, die im selben Augenblick in einem spitzenbesetzten Negligé aus dem Bad kam.

Ihm stockte der Atem, und er sank vor ihr auf die Knie. »Wenn ich könnte, würde ich dir jetzt einen Heiratsantrag machen«, sagte er. »Du bist einfach einzigartig. Keine andere Frau berührt mein Herz so wie du. Keine andere Frau weckt solches Begehren in mir wie du. Wie machst du das nur?« Er lächelte sie frech an. »So ein Pech, dass der Steward bereits den Champagner gebracht hat. Wenn es nicht so eine Verschwendung wäre, ihn warm werden zu lassen…« Er stand wieder auf und machte sich daran, die Flasche zu öffnen.

Suzanne stellte sich hinter ihn und umschlang ihn mit ihren Armen. »Wenn ich könnte, würde ich deinen Antrag annehmen.«

Er hielt in seiner Bewegung inne und sagte, ohne sie anzusehen: »Meinst du nicht, dass wir eines Tages ...?«

»Du meinst, wenn die Kinder aus dem Haus sind?«

Er nickte. Sie sprachen nur ganz selten über ihre Familien, über Mathieu und Odette, über Suzannes Kinder und die von Robert. Wenn sie zusammen waren, dann war ihr Alltag ausgeblendet.

Suzanne holte tief Luft. »Jeden Morgen, wenn ich aufstehe und in den Spiegel sehe, dann denke ich an dich und daran, dass du mich liebst und irgendwo bist und an mich denkst. Das gibt mir Kraft. Wenn ich mich hässlich und alt fühle, dann denke ich an dich, wie du meinen Körper bewunderst, und das führt dazu, dass ich mich schön fühle. Ach, Robert, irgendwie bist du immer bei mir, auch wenn du nicht bei mir bist.«

Sie trat einen Schritt zurück, und er drehte sich um und reichte ihr ein Glas.

Während sie tranken, sahen sie sich tief in die Augen.

»Weißt du, dass heute ein ganz besonderer Tag ist? Wir müssen nicht mitten in der Nacht aufstehen und nach Hause gehen. Das erste Mal in über zehn Jahren.«

»Für mich ist jedes Zusammensein mit dir besonders. Und ich werde heute Nacht nicht schlafen«, gab er zur Antwort. »Ich werde dich die ganze Nacht lieben, zärtlich und leidenschaftlich. Und wenn du einschläfst, werde ich dich im Schlaf beobachten. Und morgen früh werde ich der glücklichste Mann der Welt sein.«

»Wer sagt denn, dass ich schlafen will?« Sie legte eine Hand in seinen Nacken und zog ihn an sich.

Als sie am nächsten Morgen in Marseille ankamen, nahmen sie ein Taxi, das sie zum Schiff nach Essaouira bringen sollte.

Im Hafen erfuhren sie, dass es wegen eines Motorschadens erst am Abend ablegen würde.

»Dann lass uns schwimmen gehen«, sagte Robert. »So wie in unserer ersten Zeit miteinander.«

Sie ließen sich auf der kurvigen Küstenstraße nach Les Goudes fahren, einer verschlafenen Bucht einige Kilometer östlich von Marseille, die von hohen Felsen gesäumt war. Die schmale Straße führte oberhalb des Mittelmeers durch die Felsenlandschaft. Ab und zu ergab sich ein Blick auf das blaue Wasser unter ihnen.

Sie baten den Fahrer, sie in einigen Stunden wieder abzuholen, dann waren sie allein am Strand.

»Kannst du inzwischen schwimmen?«, fragte er lachend.

»Nein, und ich habe schon wieder keinen Badeanzug dabei.«

»Hier ist niemand außer uns«, sagte er. »Da hinten sind ein paar Felsen dicht am Wasser, dort sieht uns keiner.«

Einige Minuten später tauchten sie in die Wellen. Robert schwamm mit kraftvollen Zügen ins Meer hinaus. Kurze Zeit später kam er mit nassen Haaren, in denen das Wasser glitzerte, wieder an die Oberfläche. Nie war er Suzanne kräftiger und begehrenswerter erschienen als in diesem Moment.

»Komm, leg dich auf meinen Rücken. Ich schwimme für uns beide.«

Suzanne versuchte es. Sie spürte seinen nackten Körper unter sich und ließ sich von ihm tragen. Es fühlte sich herrlich an.

»Ich liebe dich«, flüsterte sie, mehr zu sich selbst. »Ich liebe dich so sehr.«

Doch er hatte sie gehört. Er schwamm zurück ans Ufer und ließ sie dort von seinem Rücken gleiten. Dann drehte er sich zu ihr um, und Suzanne sah das Verlangen in seinen Augen.

»Komm«, sagte er heiser und zog sie auf den Strand.

Ihre Vereinigung, die beiden in diesem Augenblick so zwingend notwendig erschien, dass sie es wagten, sie unter freiem Himmel zu vollziehen, war die innigste, die sie je miteinander erlebt hatten.

Als sie sich voneinander lösten, sah Robert Suzanne in die Augen.

»Ich werde an dich denken, wenn du silberne Hochzeit feierst.«

»Ich werde ein Glas auf dich trinken, wenn Zaza heiratet.«

»Sollte Mathieu vor dir sterben, werde ich an seinem Grab deine Hand halten. Und ich werde Blumen auf dein Grab legen, so Gott will.«

Sie nahm seine Hand. »Du musst mir versprechen, dass es nicht umgekehrt sein wird. Ich könnte es nicht ertragen, an deinem Grab zu stehen. In einer Welt, in der du nicht bist, will ich nicht sein.«

»Ich werde immer für dich da sein. Bis du alt und grau bist.«

»Und ich für dich.«

Nur widerwillig nahmen sie das Hupen des Taxis wahr.

»Wir müssen los«, sagte Robert zu Suzanne, die schläfrig in seinen Armen lag.

Sie packten ihre Sachen zusammen und stiegen die Felsen hinauf zu dem Wagen, der etwas oberhalb an der Straße wartete. Hand in Hand saßen sie im Fond und blickten auf das Meer, das sich zu ihrer linken Seite erstreckte. Sie fuhren gegen die gleißende Sonne, die die Schiffe am Horizont zu schwarzen Umrissen verdichtete.

»Ich bin so glücklich. Ich freue mich auf Marokko«, sagte Suzanne und drückte Roberts Hand.

»Es wird dir gefallen.«

Sie lächelte. »Ich bin überall gern, wo du bist.«

Sie bemerkte das amüsierte Lächeln des Taxifahrers im Rückspiegel.

Als sie aus der lang gestreckten Kurve herauskamen, war es zu spät, um dem Lieferwagen auszuweichen, der ihnen entgegenraste. Er nahm die ganze Straßenbreite ein.

»Großer Gott!«, schrie der Taxifahrer.

Der Wagen brach nach links aus und wurde von dem Lieferwagen am rechten Kotflügel gestreift. Durch die Wucht des Aufpralls wurde er in die Luft gehoben und segelte über die Böschung hinaus.

Suzanne schrie auf. Sie musste an ihre Kinder denken, an Mathieu und ihre Mutter. Dann blieb ihr Blick an Roberts Augen hängen, die vor Entsetzen geweitet waren.

Plötzlich erfasste sie eine unglaubliche Ruhe. Sie drückte Roberts Hand und sagte: »Es soll so sein. Danke, dass du mich geliebt hast.«

Er erwiderte den Druck ihrer Hand, und der Ausdruck seiner Augen veränderte sich.

Nun sprach nur noch Liebe aus ihnen.

Historische Anmerkungen

Suzanne Godard wird im Roman im Februar 1890 während eines Erdbebens geboren. Dieses schwere Beben hat tatsächlich stattgefunden, allerdings drei Jahre früher, nämlich am 23. Februar 1887.

Wegen starker Regenfälle standen im Frühjahr 1910 die Pariser Straßen unter Wasser, es gibt zahlreiche Fotos, die belegen, wie die Menschen mit Booten durch die Stadt fuhren.

Die *Titanic* ist am 15. April 1912 um 2 Uhr 20 untergegangen, das Unglück jährte sich 2012 zum hundertsten Mal.

Henri Matisse war 1912 und 1913 in Marokko. Die meisten seiner Odalisken malte er allerdings später, Mitte und Ende der Zwanzigerjahre des zwanzigsten Jahrhunderts, in Nizza. Aber es erscheint mir plausibel, dass er bereits während der Reise Vorstudien und Skizzen machte, sich in jedem Fall mit den Odalisken beschäftigte. Die Ausstellung 1913 in der Rue Lafitte ist fiktiv, allerdings befanden sich in dieser Straße zahlreiche Galerien und Kunsthandlungen.

Greta Hansen

Zwischen uns der Ozean

Roman. 384 Seiten. Piper Taschenbuch

Ein Neuanfang in Amerika! Davon träumen Paula Klausner und ihre Eltern, als sie mit dem Ozeandampfer über den Atlantik reisen. Auf Ellis Island aber wird der 16-Jährigen die Einreise verwehrt. Brutal wird Paula von ihrer Familie getrennt und allein nach Hamburg zurückgeschickt. Doch Paula gibt nicht auf. Mit der Hilfe neu gewonnener Freunde erkämpft sie sich gegen alle Widrigkeiten eine verheißungsvolle Zukunft. Und sie hört nicht auf, nach ihrer in New York verschollenen Familie zu suchen. Muss sie die Liebe ihres Lebens opfern, um sie wiederzufinden?

05/2684/01/L

Emma Hamberg

Für Wunder ist es nie zu spät

Roman. Aus dem Schwedischen von Susanne Dahmann. 368 Seiten. Piper Taschenbuch

Nach außen wirkt Majas Leben perfekt: Als Ehefrau eines berühmten Künstlers lebt sie auf einem alten Schloss, romantisch gelegen auf einer Insel im schwedischen Vänersee. Doch während ihr Mann immer gigantischere Kunstwerke schafft, sieht es mit ihrer eigenen Karriere als Bildhauerin mau aus. Zu allem Überfluss fühlt sie sich von ihm nicht mehr begehrt. Das muss anders werden, beschließt sie und schmiedet einen ungewöhnlichen Plan: Sie eröffnet eine Schwimmschule für Erwachsene. Zwei heiße Sommerwochen lang stellen die Kursteilnehmer den Schlossalltag auf den Kopf, unter ihnen der extrem attraktive Alex. Und schon bald steht nicht nur ihre eigene Beziehung auf dem Prüfstand …

05/2707/01/R

Ferenc Máté

Die Hügel der Toskana

Mein neues Leben in einem alten Land. Aus dem Amerikanischen von Martin Bauer. 272 Seiten mit Illustrationen von Christine Paxmann. Piper Taschenbuch

Candace und Ferenc Máté wagen, wovon viele nur träumen: Sie beschließen auszusteigen, ihr Leben in der Großstadt hinter sich zu lassen und fortan auf dem Land zu leben – in der Toskana. Voller Zuversicht machen sie sich auf die Suche nach ihrem Traumhaus. Und sie genießen den Wein, die Küche, das Licht, die Landschaft, das Leben. Humorvoll und mit einem warmherzigen Blick auf Land und Leute erzählt der Autor von seinem Neuanfang in Italien und lädt ein zum Entspannen und Träumen.

»Erzählt mit viel Humor und charmanten Anekdoten.«
Münchner Merkur

05/2710/01/L

Karin B. Holmqvist

Herzschrittmacher gesucht

Roman. Aus dem Schwedischen von Annika Krummacher. 224 Seiten. Piper Taschenbuch

Der Alltag von Selma und Artur Jacobsson auf dem alten Hof in Südschweden ist friedlich und überschaubar. Kein Wunder, dass Selma sich manchmal etwas Abwechslung wünscht. Und die kommt schneller als vermutet – durch die neue Nachbarin Disa, die es mit ihrer esoterischen Ader versteht, Selma für Räucherstäbchen und Rosenmethode zu begeistern. Artur beäugt das Ganze eher misstrauisch. Schließlich hat er Wichtigeres zu tun: Er hat nämlich einen Schlüsselbund gefunden, mit dem er sich Zugang zu einem Bankschließfach verschaffen kann …

»Karin B. Holmqvists Bücher sind typisch schwedisch und mit einer ganz besonderen Wärme erzählt.«
En bokcirkel för alla

05/2720/01/R